Le Destin de Louise

W0305217

Du même auteur

Aux éditions De Borée

Le Temps de l'oubli, roman

Autres éditeurs

Contes du Pays basque, contes pour la jeunesse
Holçarté, roman
L'Impasse Héloïse, roman
Trois Contes du Pays basque, contes pour la jeunesse
Une jeune fille différente, roman
Une poupée dans un fauteuil, roman

En application de la loi du 11 mars 1957,
il est interdit de reproduire intégralement ou partiellement
le présent ouvrage sans autorisation de l'éditeur ou du Centre français
d'exploitation du droit de copie, 20 rue des Grands-Augustins, 75006 Paris.

© De Borée, 2013

Gérard Glatt

Le Destin de Louise

De Borée

Pour Madeleine, sans qui Le Destin de Louise
n'aurait pas vu le jour.

Première partie

L'INCENDIE

I

Ici, dans notre petite ville, située au centre de la France, près de Clermont-Ferrand, il y a des parcs à tous les coins de rue. Peu de gens s'en plaignent. Et surtout pas les jeunes à la voix souvent trop forte, collégiens et lycéens, qu'il faut entendre rire ou papoter entre eux à la sortie des cours, des fois pendant des heures, certains gigotant comme des diables, d'autres sagement installés sur leurs petites fesses. Les vieux non plus ne se plaignent pas de ces parcs dont ils occupent les bancs avec autant d'assiduité que la jeunesse. Si leur présence est plus discrète, leurs langues sont en revanche plus déliées et plus venimeuses. Aussi, la critique va bon train les jours où ils se retrouvent à plusieurs. Ce peut être à cause des papiers gras, ou des traits de craie que forment les enfants sur les allées en bitume, ou de la politique du maire quand elle ne leur convient pas : chez eux, tout est bon à *gongonner*.

Ici, comme partout, les parcs ont tous un nom de baptême. À propos de parc, on remarque d'ailleurs qu'il n'y a pas si longtemps on aurait davantage utilisé le terme de square. De fait, les parcs sont en principe plus imposants que les squares : ils comprennent des allées majestueuses avec des tilleuls odorants ou des marronniers centenaires, tandis que les squares, de forme carrée selon la définition qu'en donnent les Anglais, sont composés de buissons et de pelouses de taille plus réduite, de pièces d'eau de faible dimension et jamais de véritables bassins. Et puis, quand on parle de parc, dans notre région, on pense tout d'abord aux volcans. Ainsi, ne dit-on pas : parc des Volcans, quand il s'agit du puy de Dôme et des montagnes qui font le dos rond autour de lui ? Et, à Vichy, ne dit-on pas aussi : parc des Sources, pour évoquer ce lieu bourgeois, bordé de superbes platanes et de marronniers, qui s'anime tous les après-midi, en saison, et où se pavanent les élégantes, curistes mais pas toujours, les soirs de gala ?

En tout cas, une chose est certaine, à l'époque encore récente qui nous intéresse, François était gardien de parc, non gardien de square. Et son parc à lui, depuis déjà plus de dix années, c'était le parc de l'Âge d'or. Un parc agréable, coincé entre la mairie et l'ancienne Caisse d'épargne, et d'une superficie notoirement plus vaste que ses voisins immédiats.

Personne ne sait pourquoi le parc de l'Âge d'or a été baptisé parc de l'Âge d'or. François lui-même, qui passait beaucoup de son temps, quand il n'était pas à son travail, à consulter les archives municipales, était incapable de fournir la moindre explication à ce sujet. En revanche, il était incollable sur les autres parcs. Il savait à quel moment leur création avait été décidée, à l'occasion de quelle réunion du conseil municipal, et qui avait voté pour, et qui avait voté contre. Il savait à quel paysagiste on avait confié l'harmonie de chacun d'eux, s'il était natif de la ville, ou de Clermont, ou de Riom, ou encore d'une autre région, comme le Lyonnais ou le Limousin. Il savait aussi combien les contribuables avaient dû débourser pour obtenir le juste droit de s'asseoir sur un banc dans l'un de ces carrés plantés d'arbres et de rosiers, ou celui de s'allonger, lorsque l'autorisation en était donnée, sur l'herbe fraîchement tondue d'une pelouse, entre un massif d'œillets d'Inde et un autre de pétunias. De même, si vous lui aviez demandé quelles personnalités avaient inauguré tel ou tel parc et en quelle année, prenons par exemple le parc Vialatte, il vous aurait répondu spontanément que la cérémonie avait eu lieu le 3 mai 1975, en présence de Michel Guy, secrétaire d'État à la Culture, et de notre bien regretté maire, Armand Nectaire, tous les deux morts en 1990. Et puis, sensible à l'intérêt que vous auriez porté aux parcs de la ville, et persuadé de vous faire plaisir, il n'aurait pu s'empêcher d'observer qu'ils avaient tous des noms d'artistes connus, nés en Auvergne : musiciens, peintres ou écrivains, tels que Marmontel, Jean Anglade et Henri Pourrat, Alexandre Vialatte, déjà cité, Marie-Aimée Méraville, Victor Charreton, Maurice Busset et encore quelques autres, tandis que le parc de l'Âge d'or, dont il assumait la garde avec fierté, était le seul à avoir échappé à cette règle.

Mais ce François, si amoureux, si enthousiaste de nos parcs, qui donc était-il ? et d'où venait-il ?

Pour les gens de la ville, surtout ceux qu'il était amené à rencontrer et avec lesquels il se plaisait à bavarder, il disait s'appeler François Chang. Mais on ne lui parlait jamais en disant François Chang, ni monsieur François Chang. On l'appelait tout bonnement François. De plus, malgré les années, une bonne vingtaine, car, avant de devenir le gardien attitré du parc de l'Âge d'or, il avait eu la charge des parcs Marmontel et Pourrat, personne ne le tutoyait jamais, ni les vieux ni même les enfants. Aussi, dans la conversation, lui disait-on toujours vous et non tu, comme une marque naturelle de respect ou d'affection.

Ajoutons encore qu'il était l'ami de « presque » tout le monde, et qu'on l'appréciait beaucoup. Était-ce parce qu'il s'appelait Chang et qu'il était étranger à notre région ? ou bien le devait-il à sa jovialité, voire à sa physionomie ?

Probablement, auraient répondu les habitués du parc, à tout ceci : origine, jovialité, physionomie ; mais à bien d'autres choses également qui, au fil du temps, l'avaient rendu unique, c'est-à-dire irremplaçable. Irremplaçable à ce point que sa silhouette, aperçue à dix mètres devant, suffisait pour que certains hâtassent le pas à seule fin d'arriver à sa hauteur pour le saluer ou échanger avec lui deux ou trois mots, dans la certitude quasi superstitieuse de passer ensuite une agréable journée. Mais toutes ces autres choses que l'on constatait : cet appétit de lui, ce magnétisme qu'il dégageait de manière incontestable, cet attachement de chacun à une personnalité, la sienne, qui, finalement, était et restera pour nous un étonnant mystère, d'où pouvaient-elles donc provenir ? Tant qu'il demeura parmi nous, on en discute encore, nombreux furent ceux qui tentèrent de comprendre : le notaire, le directeur du collège Jules-Romains et le juge Blairot, un brave homme, bien pleuré lui aussi, qu'un vilain cancer, surtout mal placé, nous enleva l'an passé, et même le premier adjoint au maire, M. Honoré Vildrac, psychologue en retraite, mais toujours aussi compétent. Tous se creusèrent la cervelle, parfois en interrogeant François, ou bien en le suivant comme de vrais détectives, mais aucun, absolument, ne parvint à élucider ce mystère. François captivait les esprits et attirait la confiance. Et plus encore que la confiance, la confidence des cœurs. Mais par quelle sorcellerie ? La question reste pendante. Comme restent vivaces dans la mémoire des uns et des autres son allure massive, un peu pataude, et sa démarche que ponctuait un léger boitillement ; son beau visage : un visage aussi rond que le potelé de ses mains, souvent surmonté d'une casquette comme l'exigeait sa fonction ; son regard qui, du matin jusqu'au soir, reflétait la sérénité la plus radicale, ou du moins l'idée que l'on peut s'en faire lorsqu'on est disposé à s'en faire une.

Oui, François était irremplaçable. Et il le restera sans doute encore longtemps, malgré la jeunesse de Julien, celui qui occupe son poste, son intelligence, le noir étincelant de ses yeux.

Avant le parc de l'Âge d'or, Julien a gardé lui aussi les parcs Marmontel et Pourrat. Mais là-bas, comme il dit souvent, en pointant le doigt vers une sorte de nulle part, c'était la galère. Cette galère que François avait connue des années plus tôt, lui aussi, mais qu'il évoquait rarement. Il y a des quartiers comme ça, dans notre ville comme dans bien d'autres, où les gens, de génération en génération, ne se refont jamais.

Aujourd'hui, Julien est bien content d'être là où il est, mais il est comme les nombreux habitués du parc de l'Âge d'or : il regrette trop François Chang ; et il se demande quelle mouche a bien pu le piquer pour qu'il s'en retourne si soudain d'où il était venu.

II

UN JOUR, IL Y A LONGTEMPS, une gamine a dit à sa mère en sortant du parc de l'Âge d'or que François, malgré son sourire, il avait toujours l'air triste. Et la gamine, que cela devait drôlement turlupiner, a continué en lui demandant pourquoi il avait toujours cet air-là. C'est Yvonne Mignard qui en a parlé à l'épicière, une brave personne qu'on appelle aussi la Marguerite du mont Mouchel, pour les désigner, elle et cette colline où elle habite, située à l'est de la ville quand on prend la direction d'Issoire. Une colline toute rase, sans un pet d'ombre, on ne peut pas se tromper. En fait, cette remarque est revenue à l'esprit d'Yvonne Mignard il y a quelques mois seulement ; et puis elle lui est revenue encore, et cette fois elle n'a plus voulu la quitter. C'est pour ça qu'elle en a dit deux mots à la Marguerite du mont Mouchel ; et la Marguerite à son tour en a dit deux mots à quelques-unes de ses clientes, dont Louise Charlannes qui serait sûrement grand-mère si son jeune fils, Antoine, un garçon superbe et tout jeune galonné des chasseurs alpins, était revenu d'Afghanistan dans l'état où il était parti. Mais le destin n'a pas voulu. Ni pour lui ni pour Lucie, sa petite promise. De quoi maudire la terre entière ! Louise Charlannes, après réflexion, elle a pensé que la gamine qui avait fait cette remarque à sa mère s'était montrée plus finaude que le juge Blairot, le notaire, le directeur du collège Jules-Romains et le premier adjoint au maire réunis. Parce que la sérénité du François, Louise savait depuis des lustres que c'était seulement une façade.

Il faut dire aussi que, depuis un certain temps, avant qu'on ne ramenât Antoine dans son cercueil et que le ministre de la Défense et des Anciens combattants leur présentât, à elle et à ses enfants, ses condoléances, elle lui parlait souvent au François.

C'était arrivé à cause des gars du parc Marmontel, de vrais moins-que-rien qui le poursuivaient toujours de leur acrimonie depuis qu'une fois les gendarmes avaient déboulé pour les faire descendre d'un cèdre au sommet duquel, apeurant un pauvre chat, ils avaient cru intelligent de grimper.

Par la suite, ils l'avaient appelé le niakoué.

« Sale niakoué ! » disaient-ils en rigolant, à chaque fois qu'ils passaient près de lui.

L'année d'après, en remplacement du collègue qui avait pris sa retraite, François avait été promu gardien du parc de l'Âge d'or. Mais les moins-que-rien ne l'avaient pas lâché. Un soir, ils avaient crevé un pneu de sa voiture, une Dacia, sagement garée devant la mairie. Une autre fois encore, ils l'avaient effrayé en faisant tournoyer des chaînes de vélo au-dessus de sa tête. Ce ne sont là que des exemples. Avaient-ils l'intention de le frapper ? Probable que non. En revanche, ce qu'ils voulaient, c'était sûrement lui faire rentrer dans le crâne qu'ils étaient chez eux et pas lui.

François avait bien compris ce manège, mais il s'imaginait qu'un jour, l'âge aidant, ces moins-que-rien se lasseraient du niakoué et qu'ils passeraient à des occupations plus gratifiantes. Et puis, un vilain matin d'orage, presque trois ans après l'épisode du parc Marmontel, il avait cru que ses nerfs allaient tout de même craquer. Il s'était pourtant réveillé de bonne humeur, il avait même trouvé une place dans le parking de la mairie sans difficulté. Mais, pendant qu'il ouvrait sa portière, un tonnerre subit s'était déclenché dans sa tête, tonitruant, comme pour la faire éclater.

Par chance, Louise Charlannes passait dans le coin, son cabas vide à la main. Elle se rendait alors au marché, pensant à ce qu'elle achèterait pour Hélène, la cadette de ses trois enfants, encore célibataire, qui devait déjeuner avec elle. Louise avait aperçu François, le dos appuyé contre un mur et la tête entre ses mains, visiblement accablé par la douleur et sur le point de tomber. Alors elle s'était approchée de lui et, tout en le soutenant du mieux possible, elle l'avait conduit jusqu'à l'entrée du parc. Elle avait même fouraillé dans le sac à dos de François pour y trouver les clés de la grille principale. Après ça, elle l'avait installé dans sa guérite où il était resté immobile pendant de longues minutes, sans le souffle et l'œil incertain.

Louise était bien ennuyée, elle avait ses courses à faire, mais elle ne pouvait pas laisser François tout seul. Malgré tout, elle était allée lui chercher un café au *Vercingétorix*. Mais, quand elle était revenue, il lui avait fait non de la tête : car il aurait préféré du thé. Son thé à lui, du thé bien noir. Le fameux thé d'Annam[1]. Un moment interdite, Louise avait failli le planter là avec son exigence. Mais c'était aussi la preuve que François commençait à aller mieux. Alors, à l'intérieur d'elle-même, elle avait poussé un ouf de soulagement, et elle avait insisté pour qu'il fît un effort.

À regret, il avait fini par prendre le gobelet qu'elle lui tendait. Aussitôt après, son sourire tranquille était revenu. Ce sourire qu'on lui connaissait et qui faisait tant de bien à ceux qui lui couraient après pour échanger quelques mots.

---

1. Ancien protectorat français situé au centre de l'Indochine entre le Tonkin et la Cochinchine. Le thé d'Annam, vert ou noir, est réputé pour sa subtilité.

C'est depuis ce moment que Louise et François s'étaient parlé presque tous les jours jusqu'à devenir amis.

Depuis ce moment aussi que Louise savait que la sérénité de François, pareille à celle du Bouddha assis sous son arbre séculaire, était comme une philosophie, une manière de transformer la tristesse en bonheur, et d'offrir ce bonheur à ceux, trop nombreux, qui en manquaient.

Pour Louise, c'était sans doute là ce que la gamine avait compris sans qu'on lui en eût rien dit.

Ici, dans notre petite ville, tout se sait ou presque. Pourtant, de François Chang, on n'a jamais su grand-chose. À l'exception de Louise Charlannes, la personne qui le fréquenta le plus et à qui il se confiait naturellement.

Les jours qui avaient suivi cette improbable rencontre – improbable en soi, mais que le destin avait dû programmer de longue date –, Louise s'était assuré régulièrement auprès de François qu'il n'avait besoin de rien et que sa santé allait s'améliorant. Il avait beau lui répéter qu'il n'était aucunement malade et que l'incident dont elle avait été témoin, qui n'était pas le premier et qui se répéterait si la fatigue devait le reprendre, n'avait pas eu d'effets sur sa façon de vivre, elle ne parvenait pas à se tranquilliser. À Clermont, lui avait-il pourtant assuré, dès le lendemain, il avait visité son médecin. Un bon médecin, oui, qui le soignait depuis des années et qui lui avait ordonné du magnésium en sachets pour améliorer son sommeil et réduire les effets du stress que la présence des moins-que-rien provoquait toujours chez lui, comme la crainte, chez le paysan, qu'un goupil déboule sans prévenir dans son poulailler. À cette observation, ils avaient bien ri. Mais, dans le même temps, l'idée avait germé dans la tête de Louise qu'il fallait en finir avec ces vauriens. Seulement, comment s'y prendre ? C'était bien là, la question. Une de plus. Et sans doute pas la dernière. À coup sûr, elle avait déjà dû en croiser au moins deux ou trois ; peut-être même leur avait-elle parlé et s'étaient-ils montrés agréables à son endroit. Il n'y aurait donc rien eu d'étonnant à ce que l'un d'eux l'ait déjà aidée à porter son sac. Mais comment en être certaine ? Pour les démasquer, Louise devait-elle désormais soupçonner tous ces jeunes gens qui se montraient complaisants avec elle ? C'était déraisonnable. Car elle aurait tout aussi bien pu considérer d'un œil soupçonneux tous ceux qui, la sachant fréquenter François, avaient pris l'habitude de changer de trottoir en la voyant venir. Il y en avait en effet quelques-uns. Assez peu, mais tout de même. De toute manière, elle s'imaginait mal interpeller quiconque pour lui demander s'il était membre ou non de la bande des moins-que-rien. Tout cela, en tout cas, l'avait déjà fait réfléchir bien longtemps, sans résultat néanmoins, quand elle s'était dit qu'elle en parlerait à Antoine, le préféré de ses enfants ; car il lui avait toujours été d'excellents conseils. Elle attendrait donc sa prochaine venue d'Annecy où est basé le 27e bataillon de chasseurs alpins, l'unité dans laquelle il s'était engagé lorsque, sur un coup de malheur, il avait pris la décision d'arrêter ses études.

III

On peut dire sans craindre de se tromper que Louise Charlannes jouit maintenant d'une renommée au moins égale sinon supérieure à la renommée dont François Chang jouissait déjà bien avant elle. Elle n'habite dans notre petite ville que depuis une dizaine d'années, mais elle a été très vite adoptée par ses voisins, puis par les voisins de ses voisins, et ainsi de suite jusqu'à notre maire, Noël Chamouzat, socialiste bon teint, mais à la mode ancienne, qui, aux dernières élections municipales, a tenu à l'intégrer dans sa liste. Elle y figurait en vingt-deuxième position, en remplacement de Maurice Toubonet qui ne souhaitait pas se représenter. Mais les dernières élections, un peu moins favorables que les précédentes, n'ayant apporté au maire que vingt et un conseillers sur les vingt-deux qui constituaient jusqu'alors sa majorité, Louise n'a pu figurer parmi les élus. Cela étant, le maire n'est pas à plaindre, côté majorité, vu que le conseil se compose en tout de vingt-neuf membres ; et la Louise non plus, elle n'a pas eu à se plaindre, puisque le maire n'a eu aucune difficulté à la faire admettre au sein de la mairie, comme conseillère exceptionnelle, chargée des affaires sociales et culturelles. Même la droite, pourtant assez grincheuse, n'a rien trouvé à redire.

Il faut aussi se rappeler que les Charlannes et les Enrieux, parce que Louise est une fille Enrieux, sont des familles connues dans la région depuis des lustres et très respectées.

Après la guerre, dans les années 50, le père Enrieux, originaire de Bésagnac, un bourg situé à deux pas d'ici, faillit même être député de notre circonscription. Disons qu'il l'aurait été si Émile Jacassin, dont il était suppléant, avait eu la bonne idée de casser sa pipe durant son mandat.

Les Charlannes, quant à eux, sont parmi ces familles qui n'ont jamais quitté notre ville et qui y ont bâti leur fortune. Une fortune raisonnable, entendons-nous, et à présent moins heureuse qu'elle ne le fut, ce que beaucoup de gens, dont le curé de Saint-Gerbert, regrettent amèrement.

Cela pour dire que si Louise Charlannes n'habite dans notre petite ville que depuis dix ans, c'est tout bonnement parce qu'après son mariage elle avait suivi son époux, Gustave Charlannes, jusqu'à Loupières où était située la scierie. Un établissement de bon rapport, selon ce qu'on dit, et qui donne toujours de l'excellent bois d'après les ébénistes qui s'y connaissent.

Pour la petite histoire, mais seulement entre nous, on rapporte que chez les Charlannes, jusqu'à la mort du père, il était interdit de parler politique à table et même en public. Une règle qu'on se passait de génération en génération, un peu comme on hérite, et qu'on faisait sienne sans réfléchir. Ainsi ne se chamaillait-on que pour des motifs qui en valaient la peine. Ce qui est certain, en revanche, c'est qu'ils se préoccupaient des miséreux, les vrais comme les faux : les vrais pour les sortir de leur misère et les faux pour les chasser. Le curé de l'église Saint-Gerbert, quand il y pense, en est encore tout ému. Une activité à laquelle Louise se dévouait toujours telle une authentique Charlannes, lorsque est survenue la brutale disparition de Gustave.

Qui ne se souvient d'ailleurs de ce drame terrible ?

Ici, on en parle encore, comme on parlerait du réveil du puy de Saint-Romain, si, il y a douze ans, il s'était réveillé pour engloutir sous ses cendres l'un de nos villages. À coup sûr, ce réveil-là ne nous aurait pas apporté plus de chagrin.

Douze ans, le compte est facile à vérifier, car Antoine Charlannes, qui en aurait vingt-cinq maintenant, venait juste d'attraper ses treize ans.

Il faut également ajouter que cet été 97 s'était montré particulièrement accablant. Tout le mois de juillet, le soleil avait dardé fort sur la France, et le mois d'août s'était offert trois semaines de canicule. Nos paysans criaient misère pour leurs récoltes et pour leurs bêtes qui, disaient-ils, n'avaient plus rien à manger, ni dans les pâturages ni dans les étables.

Il est vrai qu'on entend cette ritournelle un peu tous les étés et autant tous les hivers, et que c'est parfois lassant tous ces gens qui réclament à longueur de temps ; mais là, pour une fois, on était tous du même avis, en Limagne, en Livradois, et même partout ailleurs : ce serait bientôt le 7 septembre, le dimanche du pèlerinage à la Vierge de l'Hermitage, et il faisait vraiment trop chaud, et depuis trop longtemps.

Et c'est précisément l'avant-veille de ce jour que la foudre nous est tombée dessus comme un vrai diable, tant sur Louise qui n'avait rien demandé de tout ça que sur nous autres, ouvriers, patrons, hommes et femmes de tous âges.

En fait, on n'a jamais su exactement ce qui s'était produit. Mais la *Scierie Charlannes et Fils,* en moins de temps qu'il n'en faut pour le dire, a brûlé sans plus rien laisser, au matin suivant, qu'une véritable désolation, et trois morts tout de même, dont une gamine de cinq ans, Émilie Dupeyroux, et Gustave Charlannes qui la tenait dans ses bras.

Certains racontent qu'ils l'avaient remarquée, cette fillette, courant avec une autre au milieu des planches stockées tout autour de la scierie, et qu'à un moment, assises par terre, elles s'amusaient toutes les deux avec des bâtonnets d'encens qu'elles avaient allumés. Mais comment les avaient-elles obtenus ? Qui les leur avait donnés ? Les avaient-elles dérobés ? L'histoire ne le dit pas. Pas plus qu'elle nous dit comment elles avaient pu les allumer sans que personne, les apercevant près des planches, n'ait eu la présence d'esprit de les informer du danger qu'elles couraient. Et qu'elles nous faisaient pareillement courir. Quant à la fillette qui, heureusement pour elle, avait échappé au sinistre, qu'était-elle devenue ? Pour tout dire, cette question, on l'avait soulevée très vite, et même avant que les pompiers n'arrivent ; et elle avait trouvé sa réponse tout aussi vite, comme nous le verrons bientôt. C'est d'ailleurs cette réponse qui a permis de donner tout de suite un nom à la petite victime. Bref, que les deux gamines qu'on avait cru apercevoir au niveau des stocks de planches fussent ou non Émilie Dupeyroux et sa copine, nul n'en a jamais été convaincu, on verra ça bientôt également, mais toujours est-il que, si nous n'avions pas entendu des appels au secours provenant de l'atelier principal, là où les flammes se montraient alors les plus ardentes, Gustave Charlannes serait encore parmi nous et que personne, ici, c'est clair, ne s'en sentirait plus mal. Avant de s'élancer dans les flammes, il avait pourtant tout ordonnancé pour en revenir sain et sauf. En moins de trente secondes, ça ne s'invente pas, son plan avait été formulé : arrosage copieux de ses vêtements, afin que le feu n'eût aucune prise sur lui, et d'une couverture épaisse qu'il était allé chercher dans une remise voisine. Trois de ses gars au moins avaient voulu tenter le coup à sa place. Mais rien n'y avait fait, Gustave avait refusé tout net : car c'était à lui d'y aller, pas à ses compagnons. Ensuite, il avait disparu derrière un épais rideau de fumée, la couverture sur le nez, en direction des cris qu'on ne distinguait déjà presque plus. Aussitôt après, on avait entendu un craquement sinistre, les flammes s'étaient faites encore plus hautes, que le vent méchant, un moment, avait même rabattues sur les pompiers, tous des bénévoles, et l'atelier principal s'était bientôt écroulé dans un fracas de tonnerre. La foudre elle-même aurait frappé juste là, devant nous, qu'on n'aurait pas davantage sursauté. C'est ainsi qu'on ne revit plus ni le sourire de la petite Émilie ni la belle humeur de Gustave Charlannes. Cinquante-trois personnes avaient également perdu leur travail.

Certains, à l'époque, ont aussi parlé de brûlis qu'on aurait lancés sans savoir, ces feux de plantes bien sèches dont on fait des cendres sur les terres avant les semailles du seigle. Il est vrai que c'en était bien la saison. Mais, d'abord, il n'y avait pas de champs à brûler dans les environs immédiats ; il n'y en a d'ailleurs pas plus maintenant. Ensuite aurait été bigrement godiche celui qui s'y serait mis avec le temps qu'on avait, vu qu'il aurait pu y perdre toute sa maisonnée : bêtes, femme, enfants, etc. Avisés comme on les connaît, les gendarmes avaient pourtant posé des questions à tous ceux qui auraient pu, agriculteurs ou non, godiches ou non. Pas un brûlis ne fut recensé. Pas une erreur commise. Pas une allumette de trop. Alors, malgré nos trois morts, il faut bien le reconnaître, on avait tous respiré. Au moins, on n'était pas responsables de notre misère.

Et Louise, dans tout ça ?

Quand l'incendie s'était déclaré, Louise était à Issoire où elle s'activait pour la kermesse du dimanche suivant. Pas celui du pèlerinage à la Vierge, mais celui d'après, dix jours plus tard. Une coutume chez les Charlannes, qui remontait à cette époque déjà lointaine où l'un des Charlannes avait épousé une Issoirienne.

Il y a une douzaine d'années, les Charlannes étaient encore propriétaires d'une de ces maisons luthériennes qui remontent au XVIe siècle. Pendant une période non négligeable, en effet, de 1540 à 1577 à peu de chose près, les protestants, souvent fanatiques, comme l'intrépide et cruel capitaine Merle[1], ont régné sur Issoire comme des seigneurs incontestables.

Donc, ce jour-là, Louise participait, avec des amies, aux préparatifs de la kermesse de Saint-Austremoine et, plus précisément, du stand où seraient présentées pour y être vendues les dentelles qu'elle faisait venir tous les ans d'une bourgade avoisinante bien connue, à mi-course entre Issoire et Le Puy. En général, les ventes se montraient si avantageuses que le curé de Saint-Austremoine ne manquait jamais d'en faire profiter notre curé de Saint-Gerbert. Une générosité que ce dernier devait uniquement à Louise Charlannes, on le croit volontiers, et dont le curé de Saint-Austremoine se serait largement dispensé.

Pour qu'on ne la dérange pas, Louise Charlannes éteignait couramment son téléphone portable Ola. Sans même y penser, c'est ce qu'elle avait fait. Pourquoi en aurait-il été autrement ? Pouvait-elle imaginer que tout le monde tenterait de la joindre ? Pourtant, c'est là encore ce qu'il s'était passé. Tout le monde. Sauf Gustave, au début, c'est-à-dire avant que l'atelier principal ne lui fût tombé dessus. Car il n'avait pas cru nécessaire de la tourmenter. Par gentillesse. Ou par amour. Il connaissait trop l'intérêt de Louise pour les œuvres de charité, alors à quoi bon l'affoler ? C'était inutile. De toute façon, non seulement le téléphone de Louise Charlannes était éteint, mais elle l'avait rangé dans la boîte à gants de sa voiture, une Saxo VSX, qu'elle avait garée sur la place Altaroche, derrière l'église. Alors, c'est évident, que son téléphone fût éteint ou non n'aurait rien changé du tout. On avait appelé sa famille, à Bésagnac. On avait aussi tenté de la joindre chez son beau-père, André Charlannes. Mais tous, ils avaient répondu qu'ils ne savaient où elle pouvait être. En revanche, on avait réussi à

1. *Capitaine huguenot, Mathieu Merle (1548 ? - 1587 ?) sema la terreur en Auvergne, notamment à Issoire dont il laissa l'abbatiale Saint-Austremoine dans un état de dégradation extrême.*

parler à Hélène et à Antoine, tous les deux au collège Jules-Romains : leurs cours terminés, ils étaient déjà sur le chemin du retour. On imagine aisément leur angoisse. Restait Lucien, le fils aîné, en classe préparatoire à Clermont, à qui on avait laissé un message.

Pendant ce temps, toujours aussi vorace, le feu avait poursuivi son œuvre. L'atelier principal n'était plus qu'un amas de tôles et de poutres calcinées. Les ateliers latéraux, le A comme le B, ne tarderaient plus maintenant à le rejoindre. L'air était devenu irrespirable, bien que lavé à grande eau par les pompiers. Mais ce dont on s'occupait surtout, à cause de la sécheresse, ce n'était pas seulement d'épargner ce qui pouvait encore l'être de la scierie, c'était surtout de sauver les alentours, d'éviter que le feu ne gagne les forêts, sur la gauche, et les maisons, dont celle des Charlannes, plus haut vers la droite, quand on s'engage en direction de Thiers. Et puis, on pensait tous à Gustave et à la gamine qu'on devait dégager des poutres qui brûlaient encore, et de ces énormes machines, renversées, grotesques, qui, voici quelques heures, tranchaient les grumes avec application, comme l'auraient fait des artistes. Ces machines, hier superbes, et changées en monstres, qui les avaient écrasés, Gustave et la petite, comme un père et sa fille, serrés l'un contre l'autre. Quel désastre ! Et on repensait encore à Louise, forcément, à ce bonheur de vivre qu'on lui connaissait, à l'ignorance où elle était du cauchemar qui l'attendait. Inconcevable. C'est tout simple, on n'avait même plus envie de pleurer : on pleurait tout court, on reniflait nos larmes, sans prendre la peine de les essuyer. On les avalait comme des cons, pleines de morve, trop misérables et impuissants qu'on était à saisir tout ça. C'est dingue, parfois, c'est dingue ce que la souffrance des autres peut faire gamberger, pire que si c'était la sienne. Mais que faire, quand ça nous dépasse ? Que faire sinon pleurer ? Et pleurer encore ?

Antoine et Hélène sont arrivés. Et tout de suite après eux, à vélo, on a vu les parents d'Émilie. On a alors compris qu'on n'était pas au bout de nos peines.

C'est Vassalou, l'adjoint de Gustave, le contremaître comme on avait l'habitude de dire, davantage par estime que par dérision, car tout de même ingénieur diplômé des Arts et Métiers, qui est allé au-devant des enfants Charlannes. Vassalou, Paul de son prénom, avait alors dans les quarante ans, mais son poil était déjà tout gris. Quel bon bonhomme c'était ! Pas le contremaître qu'on imagine, non, toujours sur votre dos et prêt à vous engueuler. Tout le contraire. Pour lui, on s'en souvient, si on avait un problème devant une machine, une envie de travailler ailleurs ou de ne plus travailler du tout, c'est qu'il y avait bel et bien un problème, disait-il, mais pas un problème à régler devant les copains. C'était ça, Vassalou : il vous prenait le bras, puis on faisait un bout de chemin, comme une promenade de santé, parfois c'était jusqu'au centre-ville, et là on s'expliquait devant un verre de corent, l'un de ces vins qui coulent tout seuls, couleur vieux rose, et râpeux à plaisir. Rares, les fois où il n'y avait pas de solution après une deuxième tournée, ou une troisième si c'était nécessaire. Vassalou, il a donc entraîné les gamins, Antoine et Hélène, à l'écart, plutôt vers chez eux. Et on ne les a plus revus jusqu'à ce que Louise arrive à son tour.

Quant aux parents d'Émilie, les Dupeyroux, le chef comptable de la scierie s'est occupé d'eux. Pas le même bonhomme que Vassalou, mais, vu les circonstances, assez aimable tout de même. C'est la maman, surtout, qui a laissé exploser sa souffrance. On l'a tous entendue, c'était affreux, malgré le craquement des planches et les aplats d'eau qui les frappaient. La pauvre, on aurait cru qu'on lui retournait une lame dans le ventre. Tant de douleur infligée à une mère, est-ce vraiment possible ? Elle hurlait, elle voulait à tout prix qu'on lui rende son enfant. Elle se frappait la poitrine, se tordait les bras, en criant pourquoi. Pourquoi on lui avait fait ça ? Quels péchés elle avait donc commis pour qu'on lui en veuille autant ? Les Charlannes et le bon Dieu, elle les aurait bousillés. Parce que sa petite était morte à cause d'eux. On dit tant de bêtises, pas vrai, dans des circonstances comme celles-ci ? On avait beau lui expliquer, elle n'en démordait pas, sans savoir ce qu'elle disait, tout idiote qu'elle était alors, tandis que Dupeyroux la soutenait pour éviter qu'elle s'écroulât. À ce moment, on en a vus, même parmi les pompiers les plus trempés, et les autres venus d'un peu partout, bergers ou bûcherons, pourtant des costauds, se planter les doigts dans les oreilles pour passer le mieux possible à travers cette misère. S'ils avaient pu aussi fermer les yeux et déguerpir, s'en seraient-ils privé ? Probable que non. Mais le labeur était là, qui s'imposait. Et on avait déjà assez de mal à les extirper, nos deux morts, Gustave et Émilie, du dessous de ces grosses machines qui leur avaient rompu les os. Au bout du compte, on avait éloigné les Dupeyroux et on les avait emmenés, non sans peine, du côté du bourg.

On venait alors de découvrir, au fond de l'atelier principal qui fumait toujours autant, presque jusqu'au sommet du ciel, un troisième corps, aussi calciné que les deux autres.

IV

LOUISE CHARLANNES AVAIT QUITTÉ SES AMIES.

Elle roulait, l'allure tranquille, la vitre baissée. À la radio, on donnait un extrait du dernier disque qu'avait enregistré Alain Bashung : *Osez Joséphine.* L'air était lancinant, mais la voix toujours aussi ronde et envoûtante.

Une année, il était passé à Clermont, Louise s'en souvenait, elle avait tenu à le voir sur scène et Gustave avait fini par accepter. Ensuite, ils avaient dîné en tête à tête, chez Jean-Claude Leclerc, l'un des restaurants à la mode, situé non loin de la place de Jaude, dans une toute petite rue.

Des soirées comme celle-ci, sans les enfants et rien que pour eux seuls, ils n'en avaient pas eu tellement, tout au plus quatre ou cinq, en dix-neuf ans de mariage.

Louise avait ralenti.

À la sortie d'un virage, elle s'était engagée sur la droite en direction de Vic-le-Comte.

Elle s'arrêterait un moment à Buron, juste le temps de dire bonjour à Denise, une camarade d'enfance, et de jeter un regard sur le château dont les ruines, au sommet du piton de roche noire qui domine le village, avait été le but, à l'époque de la communale, de promenades sans nombre. Puis elle filerait jusqu'à Loupières-le-Haut, à ne pas confondre, lui arrivait-il de dire, amusée, avec Loupières-le-Bas, où était la scierie.

Que mangeraient-ils ce soir ?

Elle n'y avait pas songé.

Un bonheur cristallin flottait autour d'elle, comme un peu d'ivresse, et un fin sourire, qui ne s'adressait à personne, sinon à elle, ou à cette route qu'elle affectionnait, entre Issoire et notre petite ville, marquait ses lèvres d'une fine courbe ascendante.

Quelle heure était-il ?

Le soleil était encore à bonne hauteur ; la cime de certains arbres, plus vaillants que les autres, tentait bien parfois de lui faire ombrage, mais, plein de superbe, « Môssieur » n'y prêtait aucune attention. Il avait asséché tant de récoltes, affamé ou massacré tant d'animaux et rabougri tant de vieilles gens au cours de ces deux derniers mois, que pouvait-il redouter de ces arbres, si nobles et vénérables qu'ils fussent ?

De cette constatation, parlant de la hauteur du soleil, Louise en avait déduit qu'il devait être 16 heures.

Aussi, après avoir vu Denise, elle pourrait rendre une courte visite au père Charlannes. Les dimanches, depuis que sa femme était décédée, la solitude le travaillait trop pour qu'on le laissât tout seul. Parce que le boucan qu'elle faisait, maugréait-il en parlant de la solitude, résonnait dans sa pauvre tête comme un bourdon de trente tonnes.

En semaine, ce n'était pas la même chose.

Léontine était là, plus très jeune et souvent de mauvaise humeur, mais c'était au moins une présence rassurante. Pour la situer un peu plus, disons tout de suite qu'elle avait élevé Gustave et qu'elle était déjà entrée au service des Charlannes bien avant sa naissance. Ce qui signifie qu'elle les connaissait tous, les disparus comme les vivants.

Pour le physique, elle était grande comme trois pommes, peut-être moins si c'est faisable, mais sèche comme un coup de badine sur des mollets de blanc-bec. Elle avait aussi des cheveux jaunes et longs, qu'elle agençait à sa façon au-dessus de son crâne avec un peigne pour les retenir. Pour le reste, malgré ses trois poils sur la joue droite, et la verrue qui lui boursouflait l'aile gauche du nez, pareille à celle qu'un président de la République avait affichée au début des années 2000, elle avait un cœur en or si vous lui plaisiez, sinon c'était la guerre.

Par chance, Louise lui avait convenu dès le premier jour et, par la suite, elle l'avait accueillie avec toujours autant de bonheur. C'est d'ailleurs ce qu'il aurait dû se passer ce jour-là, s'il avait été comme les autres jours : Louise serait sortie de la voiture, qu'elle aurait rangée devant la grille de la maison, et Léontine l'aurait attendue, les bras grands ouverts, en haut des marches du perron.

« Il vous attend, aurait-elle dit. Il a plein de choses à vous raconter depuis la dernière fois. »

Alors Louise aurait hâté le pas, déjà en retard sur son planning quotidien, comme souvent, et elle aurait retrouvé son beau-père dans sa bibliothèque, assis derrière son bureau, et ses lunettes sur le nez.

Cinq minutes plus tard, Louise serait repartie, accompagnée par son beau-père et Léontine.

Puis il y aurait eu ces derniers mots, comme un rituel :

« Alors, à dimanche. »

Après quoi Louise serait allée à Casino y acheter de quoi dîner pour le soir même et peut-être aussi pour le lendemain midi.

C'est ainsi qu'on se fabrique des habitudes, chez nous, en Auvergne, comme partout dans le monde, ces habitudes sans lesquelles, plus on avance en âge, on se dit que notre vie n'aurait plus guère de sens. C'est du moins ce que soupirait encore le père Charlannes avant de tirer sa révérence. Et on imagine qu'il aurait soupiré quelque chose du même genre en temps ordinaire.

Seulement, ce 5 septembre 1997, l'avant-veille du pèlerinage à la Vierge de l'Hermitage, on l'a dit, il faisait trop chaud, vraiment trop, et depuis trop longtemps.

Dans la rue des Boucheries, il y avait déjà eu deux morts à cause de la sécheresse. Un autre, au lieu dit la Lavaudieu. En tout, dans la région, on ne savait pas encore, mais certainement davantage. Du reste, *La Montagne* en parlait chaque matin. Et ce 5 septembre, lorsque l'aube était apparue, pointant ses premiers rayons au-dessus des faîtières, encore plus drus qu'à l'habitude et sans la moindre brumaille pour les amollir, tout le monde avait compris que, cette fois-ci, ça tournerait au malheur.

Aussi, bien que tout inquiétée, quand on lui avait appris que ça brûlait quelque part, Léontine n'avait pas été surprise outre mesure. Depuis le temps qu'on s'y attendait. Elle avait même tranquillement narré l'histoire au père Charlannes.

Comme elle lui avait dit, un quart d'heure plus tard, mais ce coup-ci comme une feuille qui tremblait et la voix blanche, que l'incendie, c'était à Loupières qu'il s'était mis.

Sitôt après, le téléphone avait sonné.

C'était la mère de Louise, Marguerite Enrieux, qui cherchait après elle. Parce que les flammes, disait-elle, avaient gagné la scierie et qu'un horrible chagrin, maintenant, les attendait là-bas.

« Le père de Louise est déjà parti, avait-elle continué, et, sûrement, il est déjà à les assister. »

Elle ne comprenait pas pourquoi Louise s'obstinait à ne pas répondre à ses appels.

« Comment faire ? Mon Dieu, comment faire ? » avait-elle encore répété.

Puis elle avait raccroché, la gorge étranglée par des larmes. Léontine avait alors traversé la maison en courant, pour rapporter les propos de Marguerite Enrieux au père Charlannes. Et celui-ci s'était levé d'un bond.

« Faut qu'on y aille ! »

Ils étaient déjà prêts, lui et Léontine, quand Louise avait sonné à la grille. On imagine alors la scène. L'effarement de Louise. Et puis son visage soudain défait.

Mais à quoi bon augmenter la sauce ?

La situation se suffit à elle-même.

Dans nos journaux, parfois, on a le sentiment que c'est tout exprès pour affoler le monde qu'ils nous donnent ces détails affreux qui nous tourmentent, même pendant nos nuits.

C'est déjà si dur ce qu'on vit, sacré bon sang !

Louise, ce qu'elle a refusé de se pardonner, c'est le coup du téléphone. À cause de ça, de ce fichu machin qu'elle avait laissé dans sa voiture et qu'après ça elle avait encore oublié de rallumer, tellement heureuse qu'elle était de rendre visite à Denise, son amie de Buron, et puis de marcher quelques pas vers les ruines du château, façon de se rappeler sa jeunesse, à cause de ça, pendant des années, elle n'a pas cessé de ruminer que le drame avait été sa faute à elle. Elle l'aimait tellement, elle l'aimait trop son Gustave. Sa faute encore si ses enfants, tout soudain, n'avaient plus eu de père. À croire que sa présence aurait pu suffire à éteindre le feu. À les garder en vie, surtout, le Gustave et la gamine, et cet homme, tout aussi grillé, retrouvé sous les décombres, au fond de l'atelier principal. On est vraiment butés, des fois. Nigauds. Bornés comme des ânes. Paysans, bourgeois ou tout ce qu'on voudra, qu'on soit homme ou femme, on réagit tous pareils quand le diable nous attrape les boyaux. Et ce ne sont pas les gens autour, généralement, qui arrangent les choses. Ils font que nous enrager un peu plus, comme la femme Dupeyroux, tout à l'heure, qui jurait dans son chagrin que les Charlannes étaient aussi des assassins.

En fait, il n'y a que le temps qui sache nous apaiser. Le tic-tac de l'horloge et le fil des ans. On le dit souvent, mais il n'y a rien de plus vrai. Jusqu'à cette aube, un beau matin, qui soulève nos paupières sur un monde nouveau, ou plutôt : différent ; un monde qu'on aurait oublié, qui ressemble bien à quelque chose qu'on aurait connu, il y a des lustres, mais qu'on aurait beaucoup de mal à se remettre en mémoire. Alors, ce beau matin, on a le sentiment de se retrouver là où on s'était perdu, on ne sait plus quand, mais ce devait être un triste jour. On a ce sentiment, et pourtant on sait bien que ce n'est pas possible. Parce que les meubles n'ont pas changé de place et le frigo non plus, toujours plein de ce qu'on lui a donné en garde la veille au soir. C'est comme les gamins, ils sont bien toujours dans la même chambre, et les poules, toujours dans le poulailler. Alors, allez comprendre. Allez comprendre ce qu'il s'est passé pendant la nuit. En fait, sans qu'on s'en rende compte, et sans qu'on le veuille, le temps a fait son boulot, et voilà tout. Parce qu'on n'a pas atterri sur cette planète uniquement pour souffrir la mort des autres, mais bel et bien pour vivre notre vie, du début jusqu'à la fin. Le temps a fait son boulot, oui, c'est ça. Comme le font nos poudres à lessive : elles effacent les taches les plus tenaces, et si ce n'est pas du premier coup, c'est du deuxième ; tant pis si, au lieu du coton d'Égypte, on se retrouve bientôt avec un trou de plus au derrière. Et c'est somme toute ce qu'il est arrivé à Louise et, sans doute, à la femme Dupeyroux.

Ce beau matin, justement, Gustave était mort depuis maintenant deux ans, Louise s'était levée de toute bonne heure et, aussitôt, elle était allée voir si Antoine, son Titou comme elle l'appelait encore, était dans sa chambre ou sous la douche : elle avait une chose importante à lui dire, qui lui était venue dans les environs de minuit ; ça ne pouvait plus attendre.

L'incendie

Antoine prenait bien sa douche. Il était aussi nu qu'un ver qui aurait oublié de bronzer.

« Après tout, je suis ta mère, avait déclaré Louise en le voyant tout ballot, les mains posées l'une sur l'autre au plus bas de son ventre. C'est décidé, on va quitter Loupières. Et puis on va habiter chez le grand-père. Tu seras content, au moins, dis ? »

Pour être content, ça oui ! Loupières, c'était sinistre. Si peu pratique pour les études et, le soir, pour rejoindre les copains. Content, mais étonné aussi.

Louise s'en souvient encore : Antoine avait sauté hors du bac à douche, oublieux de sa pudeur, puis il l'avait prise dans ses bras, tout mouillé qu'il était.

« Alors, tu veux bien ? » avait-il fait comme ça, presque en la soulevant de terre.

Forcément, un gamin du XXIe siècle, dans un trou aussi perdu que Loupières-le-Haut ! Pas difficile de se mettre à sa place.

Oui, Louise voulait bien.

Mieux que ça : plus question de traîner !

Elle irait en parler au père Charlannes dans la journée. Depuis le temps qu'il espérait ça lui aussi.

Ensuite, Antoine s'était séché, et Louise avait préparé le petit déjeuner.

Puis la surprise avait été pour Hélène, tout aussi contente. Et un peu plus tard pour Lucien. Mais lui, déjà en deuxième année de prépa H.E.C. au lycée Blaise-Pascal, à Clermont, ne rentrait à Loupières que chaque vendredi soir, après son dernier cours. Alors, ce même matin, Louise l'avait appelé pour lui annoncer la nouvelle. Son cœur l'avait pincé un peu. Mais il s'était repris tout de suite, et il avait dit qu'elle avait raison, pour elle, pour eux tous. Puis il l'avait embrassée bien fort.

V

PENDANT CES DEUX ANNÉES, la vie n'avait pas été commode. On l'imagine sans peine. Mais le pire, en revanche, était souvent resté inimaginable à ceux qui ne l'avaient pas vécu. Parce que le pire, sitôt l'incendie éteint, avait été la mort proprement dite, et puis après, seulement après, les enquêtes qu'ils avaient conduites, les gendarmes et les assureurs. Des requins, ces derniers, et de la belle race, qui vous font des frayeurs rien que pour vous escroquer ce qu'ils vous doivent.

Les corps de Gustave et d'Émilie, la petite Dupeyroux, on n'a jamais pu les séparer. C'est ce qui a fait le plus de mal à tout le monde. Quand on les avait ramenés, ils étaient comme prisonniers l'un de l'autre, les bras de la petite enserrant le cou de Gustave, et les bras de Gustave la maintenant contre son torse. Ce n'était pas beau à voir, ça non, tout noirs qu'ils étaient, la peau éclatée, avec du sang partout qui s'était mélangé aux vêtements, fondus comme du sucre, pour former par endroits des plaques épaisses et brunes d'où s'écoulait un liquide indéfinissable.

On les avait allongés dans les bureaux de la scierie, à même le carrelage, et recouverts d'une grosse bâche. Gustave sur le dos, les jambes et les pieds tordus, comme les morts de Pompéi pour ceux qui connaissent, et la gamine au-dessus de lui, collée à lui comme une bosse, tête contre tête.

Un moment après, on avait placé le cadavre de l'inconnu à côté d'eux. Mais pas très longtemps. Car les pompiers, ou les gendarmes, les gens d'ici ne savent plus exactement, l'avaient très vite évacué sur Clermont.

Du coup, on avait fait semblant de l'oublier. Mais on se demandait tout de même qui c'était et ce qu'il était venu faire dans les parages, et pourquoi il se trouvait dans l'atelier principal quand le feu s'était déclaré.

En attendant, deux jours s'étaient bientôt écoulés, et il avait fallu songer à l'inhumation de Gustave et de la petite Dupeyroux. Pendant ce temps, ceux qui savent ou le prétendent, de Clermont comme de Thiers, ils avaient décidé qu'il n'était pas question de séparer la gamine du dessus du corps de Gustave, trop enchevêtrés qu'ils étaient. Ils avaient aussi parlé d'intégrité, ce qui signifiait qu'on n'avait pas le droit d'y toucher, ou qu'on devait les respecter tels qu'ils étaient maintenant, unis pour l'éternité.

Nous, dans notre petite ville, on a tous été d'accord, bien qu'on n'eût rien à dire. Parce que Gustave, il avait voulu sauver Émilie jusqu'à en mourir. Et parce qu'Émilie, ça se voyait tellement à la façon dont elle le tenait par le cou, et comme elle lui serrait encore la taille avec ses *gambounettes,* elle s'en était remise à lui, pleine de confiance.

Alors, évidemment, au début, sa maman, elle avait encore braillé plus fort. Mais on ne pouvait toujours pas lui en vouloir. Pour elle, il n'y avait que son chagrin qui comptait ; celui de Louise et de ses enfants, ce n'était rien. Elle en avait même oublié le pauvre Dupeyroux. Puis elle s'était bientôt adoucie. Elle avait compris qu'Émilie, si on la lui rendait, ce ne serait jamais que des morceaux arrachés au corps de Gustave. Rien qu'en y pensant, elle a failli tomber raide. Il y avait de quoi. Alors on avait demandé à notre maire s'il était envisageable de placer dans un cercueil deux morts qui n'en faisaient plus qu'un.

« Je n'ai encore jamais vu ça », avait-il répondu en refusant d'en prendre la responsabilité.

Le curé de Saint-Gerbert n'en savait pas davantage.

Alors on était allé jusqu'au préfet. Comment faire autrement ? Mais, l'avant-veille, le dimanche par conséquent, le préfet et son épouse s'étaient rendus à l'Hermitage, pour le pèlerinage de la Vierge, et ensuite ils avaient gagné Lyon-Satolas d'où ils avaient pris l'avion pour passer une huitaine de jours à Madère.

Le sous-préfet, jeunot sorti de l'E.N.A., avait lui aussi refusé de prendre ça sous son chapeau.

Le père Charlannes était alors intervenu auprès de notre député, qui n'était pas de sa couleur politique, mais il fallait bien faire avec ; vingt-quatre heures plus tard, l'autorisation du ministère de l'Intérieur avait été accordée.

Un record !

Est-ce à cause de ça que les nuages dégonflèrent enfin leurs énormes derrières ?

En tous les cas, le surlendemain soir, il ne tombait pas seulement des cordes, ce qui plaisait bien aux cultivateurs, mais on en avait aussi terminé avec nos morts à nous : Gustave Charlannes et Émilie Dupeyroux étaient sous terre, et dans le même trou. Et ce trou-là, c'était le caveau de la famille Charlannes. D'abord, parce que, pour les Charlannes, il n'aurait pas été concevable qu'il en fût autrement. Et ensuite, parce que les Dupeyroux n'auraient pu se payer le luxe d'une tombe dans notre cimetière. Non pas qu'ici ce soit plus cher qu'ailleurs, la question n'est pas là, mais parce qu'ils étaient arrivés chez nous, cela faisait une dizaine d'années, par nécessité et non par attirance. Du reste, selon ce que l'on sait, ils n'avaient aucune parenté à moins de cent kilomètres d'Ambert, quand on descend plus bas vers le sud. Aussi s'étaient-ils bien gardés de discuter quand Louise avait décidé à leur place, et de la cérémonie religieuse, et du cimetière où serait enterrée leur gamine. Là-dessus, il faut d'ailleurs reconnaître que la petite, elle aurait pu tomber plus mal comme famille d'accueil. Pour preuve, ces deux mots sur l'enterrement. Les fleurs, en premier lieu : pour la petite, il y en avait des blanches, et pas du mesquin ; pour Gustave, surtout des rouges, en forme de coussins, qui provenaient de partout. De Clermont comme d'Issoire, de Busséol comme de Sermentizon. Ce n'était pas un malheur qu'on pleurait, mais deux, il ne faut pas oublier ça. Et qui plus est, dans le même paquet, c'était l'innocence et le courage. Le courage au sens de sacrifice. Alors, des gens, il y en a eus dans l'église comme jamais, même que ça débordait sur le parvis de Saint-Gerbert. Il faut dire encore que notre maire, Noël Chamouzat, pour faire bien les choses, il avait décrété qu'à l'heure de la cérémonie tous les services de la commune, administratifs et techniques, seraient fermés. Eh bien, contrairement à ce que l'on peut supposer, tout le personnel était présent à l'église et au cimetière ! Sûr, on n'a tout de même pas fait le compte. Mais sûr aussi qu'à ce moment-là les terrasses des bistrots étaient bien vides ; et que le soir, dans les cuisines, en réchauffant la pompe, on a parlé un long bout de cette triste journée, du Gustave comme de la petite Émilie, tout remués qu'on était encore, et les yeux faits comme des loupes. Ils y étaient tous, parfaitement, les conseillers municipaux comme les autres, et pas seulement par crainte d'être ensuite montrés du doigt.

C'est ce jour-là que, pour la première fois, François Chang a remarqué Louise Charlannes et son chagrin. Pas à l'église, parce qu'il était resté dehors, malgré la pluie, avec au moins trois cents à quatre cents personnes à son côté. Pas à l'église, mais au cimetière où il a été l'un des derniers à lui présenter ses condoléances. Il en était tout tremblant. Parce que cette tragédie lui avait réveillé la mémoire. Une mémoire, malgré ses efforts, qu'il n'était jamais parvenu à effacer : la mort de sa mère, par une nuit lointaine et froide, et gorgée de fureur. Mais pour Louise Charlannes, sa main tendue, ses cheveux raides et noirs, sa courte taille et sa rondeur, tout cela n'avait été qu'un sourire de compassion parmi d'autres. Un sourire auquel elle avait été sensible, mais qu'elle avait vite rangé dans le coin le plus retiré de son esprit. Car elle pensait déjà au lendemain, à la scierie, à ces hommes et à ces femmes, ouvriers et employés qu'elle avait côtoyés chaque jour, pendant des années, et maintenant tout désemparés. C'était à eux qu'elle pensait, bien plus qu'à sa douleur.

Tout ça, François Chang l'avait compris. Il l'avait vu dans son regard : Louise était ailleurs, elle se battait déjà contre les jours, elle luttait contre les semaines, les mois à venir. Pourtant, c'était à présent dans la tête de François Chang, le temps viendrait où il lui parlerait de son pays, de ce qu'il avait supporté étant jeune, et du bruit que fait la guerre dans le sommeil des enfants. Un jour, elle saurait l'entendre, il en était certain, elle saurait partager, et alors il lui parlerait de son pays, il lui dirait Da Nang, et Lang Co, son village natal, et enfin il se sentirait moins seul.

Bientôt, Louise Charlannes avait retiré sa main de celle de François Chang, puis elle l'avait tendue, machinale, à la personne suivante, qu'elle ne connaissait pas davantage, mais qui s'était déplacée tout exprès, elle aussi, pour lui témoigner son affection.

François Chang était ensuite rentré à Clermont, plus nerveux qu'à l'accoutumée.

Cette nuit-là, il n'avait pas bien dormi.

VI

Les gendarmes avaient commencé leur enquête dès le lendemain des funérailles. Les assureurs ne s'étaient manifestés que plus tard. Disons, trois à quatre semaines après les gendarmes, peu pressés, semblait-il, d'ouvrir le dossier « Scierie Charlannes et Fils ». Et encore, leur première visite n'avait-elle eu pour objet que d'annoncer la désignation prochaine d'un expert.

Pour les gendarmes, ce qui ne collait pas du tout, c'était la présence de cet inconnu dont on avait découvert le corps calciné à une dizaine de mètres de l'endroit où Gustave était allé chercher la petite Émilie Dupeyroux. Et ce qu'ils ne s'expliquaient pas davantage, c'était la présence de la petite Émilie dans l'atelier principal, près des machines, alors qu'on disait l'avoir vue jouer avec une camarade dans le parc à grumes, donc près de l'atelier latéral A, situé à gauche de l'atelier principal.

Bien entendu, Louise Charlannes les avait assistés dans leur enquête du mieux qu'il lui avait été possible, mais, vu qu'elle était à Issoire quand l'incendie s'était déclaré, elle les avait à chaque fois renvoyés sur Paul Vassalou, l'adjoint de Gustave. Apparemment, cela avait eu pour effet de les agacer.

« Que voulez-vous que je vous apprenne de plus ? assurait-elle. Je n'étais pas là. J'avais fermé mon téléphone portable. Je m'en veux suffisamment. »

Les gendarmes en convenaient, mais leur enquête n'avançait pas. Et du côté de Vassalou, les informations restaient vagues :

« Lorsque le feu s'est déclaré, répétait-il, j'étais avec le patron, dans son bureau ; c'est lui qui m'a averti, comme il regardait à la fenêtre, qu'il y avait de la fumée juste devant nous, près du A. Le temps qu'on réalise, et c'était déjà trop tard. »

À chaque fois, les gendarmes hochaient la tête, les sourcils froncés, comme s'ils doutaient de ce qu'on leur déclarait. Une attitude désobligeante et stupide. D'autant plus stupide qu'on était tous maintenant dans une fichue galère. Une galère dont on n'était pas près de sortir, se disait-on, en faisant la grimace.

« Et nous donc ! fit un jour un adjudant. Vous croyez peut-être qu'on n'y est pas dans la mouise ? On a un cadavre et on ne sait pas quoi en faire. Pas d'identité, plus de visage ou presque, pas de papiers, et personne pour venir nous le réclamer. Il serait tombé du ciel que ça ne nous étonnerait plus qu'à moitié. Même son A.D.N., c'est vous dire, qui n'aurait fourni aucune information utile ! »

Ce qui était certain, c'est que, nous autres, on aurait bien voulu savoir également à qui on avait eu affaire. Un vagabond ? Quelqu'un de connaissance qui serait venu à la rencontre d'un des employés de la scierie ? Et pour quelle sacrée raison ? Tous, ici, ils avaient été questionnés, mais aucun n'avait dit mot.

« On ne l'avait jamais vu, qu'on vous dit, répétaient-ils. On ne sait point qui c'était. »

Rien d'autre à en tirer.

Et s'il s'était agi d'un règlement de comptes ?

Et si c'était lui, l'inconnu, qui avait foutu le feu pour se venger d'avoir été licencié, par exemple ? Parce que le Gustave, avec les mauvais bougres, il n'était pas toujours très tendre, certains s'en souvenaient.

Oui, tout était pensable.

Mais qu'il eût mis le feu partout et fût resté là, ensuite, planté comme un con, à se faire brûler avec, il y avait de quoi rigoler aussi. À moins qu'on ne lui eût donné le coup de massue sur l'arrière du crâne pour l'empêcher de s'enfuir. Seulement qui ? Parce que le coup sur le crâne, il l'avait bel et bien reçu, le médecin légiste l'avait noté dans son rapport, il était formel ; mais sans pouvoir préciser, cependant, si c'était avant ou après que l'atelier principal se fût effondré sur lui, en même temps qu'il s'était effondré sur Gustave et la petite Émilie.

À propos d'Émilie, en revanche, il n'y avait pas eu de problème. Sa copine, on l'avait retrouvée facilement. Elle habitait à Loupières-le-Haut, une maisonnette encore assez coquette, avec des passeroses en bordure de route. On l'appelait Verveine, et son père, contrairement aux autres habitants de Loupières, hélas ! ne travaillait pas dans le secteur.

Cette fois-là, les deux gamines avaient passé la journée ensemble : la rentrée des classes avait bien eu lieu la veille, le jeudi 4 septembre ; cependant, pour des raisons familiales, leur institutrice avait dû s'absenter dès ce vendredi.

Dupeyroux, le matin, avait donc amené Émilie avant de partir à Vic-le-Comte où il était mécanicien dans un garage ; il devait la reprendre vers 5-6 heures du soir.

Comme souvent, la mère de Verveine leur avait pourtant rappelé de ne pas descendre jusqu'à la scierie sans l'en avertir ; mais ç'avait été plus fort qu'elles, elles avaient préféré s'y rendre en douce, sans se faire voir.

On sait ce que sont les enfants !

« Si je m'en veux ? avait répondu la mère de Verveine, quand un gendarme l'avait questionnée. Mon Dieu, c'est comme si c'était de ma faute ! J'aurais dû les rappeler. Mais rien n'était jamais arrivé jusqu'à ce moment. Alors, est-ce que je pouvais deviner ? »

Le gendarme avait haussé les épaules. Lui aussi, il avait des enfants, et il savait bien qu'on ne peut pas rester constamment derrière eux. Il s'était même dit que c'était encore une bonne leçon à retenir, valable aussi pour lui.

Au moment du drame, c'était exact, elles avaient joué derrière les grumes coupées, mais pas avec des bâtonnets d'encens. Ceux qui les avaient aperçues s'étaient trompés, forcément, et ils avaient dû confondre.

« On n'utilise pas ce genre de choses chez nous, avait fait remarquer la mère. Et les Dupeyroux non plus, j'en suis bien sûre. Quand Verveine est revenue à la maison, elle était en pleurs et tout essoufflée. Elle m'a dit qu'Émilie, elle était restée avec un homme qu'elles connaissaient, pour jouer avec des cartes. Un employé de la scierie, sûrement. Mais pourquoi qu'elle n'a pas suivi ma fille, ça j'en sais fichtre rien. En tout cas, Verveine n'était pas contente d'être revenue toute seule, pensez donc ! »

C'est à ce moment, probable, qu'on avait tous observé les premières fumées. Sauf dans notre petite ville, à cause des nombreux vallonnements. Mais à ceux qui étaient aux champs ou dans les vignes, pas trop loin, ça n'avait pas pu leur échapper.

« Alors, moi, je suis repartie avec Verveine, avait continué la mère. Et on a galopé bien vite, m'sieur le gendarme, on a galopé, vous n'imaginez pas. C'est que je voulais ramener la petiote à la maison. Mais le temps d'y arriver, comme vous a dit Vassalou, il y avait des flammes plus hautes que ça, que c'était déjà impossible d'approcher les ateliers. Avec le sec qui faisait encore tous ces jours, c'était bien obligé. Alors les hommes, ils n'ont pas voulu que j'approche davantage. Je suis donc remontée, toujours en courant, et tenant ma Verveine par la main, pour appeler le Dupeyroux, mais il n'était plus à son garage. Alors j'ai appelé sa femme. Sans lui dire qu'Émilie n'était pas avec moi. Je ne voulais pas lui faire peur non plus. Et puis tout le malheur qui allait lui tomber dessus, je l'ignorais encore, vous comprenez ? Alors, comme le Dupeyroux, il arrivait juste chez eux, elle m'a dit comme ça : "On vient !" Vous comprenez, m'sieur le gendarme ? »

Pour sûr, le gendarme, saoulé par tout ce verbiage, avait compris ça aussi, qui s'était empressé de redescendre jusqu'à la scierie où l'attendaient ses collègues.

Trois semaines plus tard, la hiérarchie avait décidé de classer l'enquête. L'inconnu était toujours inconnu et il risquait de le rester encore longtemps. L'origine de l'incendie, on l'ignorait toujours : au niveau des grumes, ou de ce qu'il en restait, les experts n'avaient constaté aucune trace de bâtonnets d'encens avec lesquels les fillettes avaient soi-disant joué l'après-midi du drame ; et rien ne laissait présumer que l'incendie s'était déclaré là où on avait retrouvé le corps de l'inconnu.

Au bout du compte, comme aurait dit Hugo, tout ça, c'était la faute à pas de chance.

VII

Pendant tout ce temps, les employés de la scierie étaient restés d'un calme olympien ; mais il n'était pas question, pour autant, de les prendre pour des couillons. Eux, ce qu'ils voulaient, c'était reprendre le travail. Mais pour ça, une seule condition : la remise en état de l'atelier principal ! Or les assureurs ne partageaient pas vraiment cet empressement, les éprouvant tous au contraire par des atermoiements abusifs : les employés qui avaient notamment besoin de toucher leur paie au bout du mois pour assurer les crédits, et Louise tout autant qui, comme le restant de la famille, souhaitait voir la trésorerie se regonfler sans tarder grâce aux primes que les assurances, pensait-elle, leur verseraient bientôt.

Fort heureusement, dès que les assureurs étaient arrivés, le père Charlannes, qui avait senti venir le vent, était intervenu, épaulé par Vassalou et un conseiller à lui, ami de vieille date et féru en droit des assurances. Et bien lui en avait pris, car l'engagement, à ce qu'on disait ici, allait être des plus rudes. C'est que Louise et son beau-père tenaient eux aussi à remettre très vite la scierie en marche. Louise, à cause des ouvriers, qu'elle souhaitait se préserver, comme aurait dit son Gustave pour signifier qu'il n'avait pas envie de les laisser filer à la concurrence, et qui, maintenant, espéraient en elle comme ils avaient cru en leur patron. Et le père Charlannes, par amour-propre. Parce qu'il n'était écrit nulle part, et pas même dans l'Ancien Testament, que la faute à pas de chance, cela signifiait aussi la ruine !

Nous autres, c'est normal, on nous en a moins dit sur la façon dont ils ont fini par s'arranger avec les assureurs que sur l'enquête conduite par les gendarmes. En premier lieu, parce que les représentants de la société d'assurances, ils ont tout fait pour que personne de chez nous ne leur rôde autour. Ensuite, parce qu'il était question de gros sous, et que les gros sous, dans le Puy-de-Dôme, ça fait partie de notre intimité, un peu comme les galipettes en chambre. On n'en a moins su, mais, malgré tout, pendant qu'ils discutaient entre eux, les langues bien pendues de quelques-uns nous ont fait part de choses qui n'étaient guère plaisantes pour personne, comme si le but était de salir les Charlannes et leur manière de pratiquer la finance.

Alors, c'est là que les employés, qu'ils soient classeurs de bois, affûteurs, pilotes de scie ou simples manouvriers, ont commencé à ouvrir leur grande gueule. Parce que les Charlannes, et plus encore le Gustave, ils les connaissaient aussi bien que quiconque, sinon mieux. Or voici un peu ce qu'on avait entendu, et qu'on nous répétait aussitôt dit.

On avait entendu notamment que le Gustave, en n'arrosant pas les planches comme il aurait dû les arroser, avait sans doute provoqué un incendie bien plus important qu'il n'aurait été si les planches avaient été arrosées comme elles auraient dû l'être, c'est-à-dire copieusement, en raison de la sécheresse ambiante. C'était assez emberlificoté, mais tous avaient compris où les assureurs voulaient en arriver. En clair, le patron n'avait pas fait son travail comme il aurait fallu, et la responsabilité du désastre, bien qu'il fût mort, allait lui retomber dessus.

La réplique de Vassalou, toujours à ce qu'on nous a rapporté, avait été cinglante :

« Vous connaissez votre métier ; et nous, on connaît le nôtre, avait-il déclaré d'une voix ferme. À chacun sa compétence. Nous, voyez-vous, les chênes, comme les conifères, les saules ou les châtaigniers, on a mis près de quatre-vingts ans à les apprendre. Quatre-vingts années d'expérience. Cette expérience, nous la devons au père de M. Charlannes, qui a créé la scierie qui porte encore son nom au début du XXe siècle, en 1919 ou par là, juste après la Grande Guerre ; nous la devons encore à M. Charlannes, qui a poursuivi son développement ; et, enfin, à Gustave Charlannes qui la dirigeait depuis une dizaine d'années maintenant. Alors, si vous cherchez l'erreur, messieurs, ce n'est pas ici que vous la trouverez. »

À ce moment, nous a-t-on encore raconté, Vassalou s'était approché d'une fenêtre de la pièce où se tenait la réunion. Elle était entrebâillée, mais lui, dégourdi comme pas un, il l'avait ouverte toute grande afin que les gars rassemblés au-dehors puissent l'entendre parler encore plus distinctement. Ensuite, il avait repris, comme s'il s'adressait à des prétentieux à qui il aurait voulu donner une bonne leçon :

« Vous dites, messieurs, que si Gustave Charlannes avait fait arroser plus abondamment les planches juste sciées, elles auraient brûlé moins vite, et que notre stock en aurait été d'autant mieux préservé. C'est une sottise ! Pardonnez-moi. Gustave Charlannes, tout cet été, a travaillé chacune de nos essences comme il convenait, en fonction de sa qualité et de sa destination. Parce que les conditions de stockage, cela ne s'invente pas. Elles répondent à des règles précises, qui tiennent au bois lui-même, tendre ou dur, à son humidité originelle, chaque essence ayant ses propres caractéristiques. Et ne pas respecter chacune de ces règles, messieurs, c'est gâcher son stock, et n'avoir plus rien à vendre sinon du bois tordu, dilaté, rétracté, fendu dans tous les sens ou encore infesté de bestioles, comme souvent les feuillus. Parce qu'un arbre coupé, messieurs, c'est une matière qui vit encore et peut vivre pendant des siècles. Parce qu'un bois, qu'il devienne parquet, solive, latte, douelle dont on fera les tonneaux, armoire ou châssis de sommier, que sais-je encore, doit être honnête quand il sort de la *Scierie Charlannes et Fils*. Alors, messieurs, ne dites pas, n'avancez pas des choses que vous ignorez. Parce que, dans cette cour, juste en dessous, regardez-vous-mêmes, il y a des travailleurs qui ne vous laisseront pas faire n'importe quoi. Parce que le bois, j'oubliais de vous signaler le principal, c'est aussi leur pain… »

À ces mots, cinq personnages s'étaient bientôt penchés à la fenêtre : le père Charlannes, tout d'abord, ému jusqu'aux larmes, et son ami, le conseiller ; Vassalou, bien entendu, mais un peu en retrait ; et les deux représentants de la société d'assurances, Laurel et Hardy de circonstance, l'un et l'autre en cravate, la chemise boutonnée jusqu'au col malgré la moiteur du moment. On était pourtant fin octobre. Mais la pluie qui n'avait guère cessé depuis la semaine qui avait suivi le drame n'avait rien changé, c'est véridique, au climat quasi tropical qui régnait depuis lors. Et face à ce beau monde, il y avait, les têtes rejetées en arrière pour ne rien perdre surtout de la figure des assureurs, une bonne soixantaine de personnes, hommes et femmes, et même quelques enfants, autant de visages sévères, au front barré, qui scandaient à voix de plus en plus forte et résolue :

« Charlannes et Fils,
Charlannes et Fils… »

L'unique slogan qui leur était venu à l'esprit. Trois mots, rien que trois, pour exprimer leur attachement à leur outil de travail et à ceux qui le défendaient avec vaillance.

Des mots que Louise Charlannes, assise en bout de table, répétait pour elle-même, comme on égrène un chapelet. Car elle était là, elle aussi, silencieuse depuis le début. C'est le père Charlannes qui lui avait demandé de venir. Parce que dans son cœur, à présent, elle était sa fille, sa fille unique, celle qui avait su donner de l'amour à Gustave, et pas seulement, trois gosses aussi, des gosses superbes dont l'un, c'était l'évidence, fille ou garçon, cela n'avait pas d'importance, un jour ou l'autre, assurerait la relève. Louise entendait ces mots qui provenaient du dehors, comme un chant qui se serait voulu patriotique, une levée d'hommes et de femmes prêts à tout pour survivre, mais pas n'importe comment, pas n'importe où, non, en pays de liberté, là où ils avaient tous grandis, et son corps, des épaules jusqu'aux bas des chevilles, en était tout branlant. Elle en aurait même pleuré, et ça lui aurait fait du bien, si son beau-père, le premier, n'avait versé des larmes. Parce qu'elle était comme eux : elle aussi, elle voulait rester avec son Gustave, à Loupières, et avec tous ces braves gens, ces travailleurs en manque, qui lui commandaient à leur façon de se battre pour la scierie. Alors, tous ensemble, d'une voix qu'ils voulaient toujours aussi affermie, pour que Louise comprît ce qu'il lui restait encore à faire, pour le père Charlannes aussi, et pour Vassalou, tandis qu'on avait lentement refermé la fenêtre, ils avaient continué à scander :

« Charlannes et Fils,
Charlannes et Fils... »

Ce chant d'humeur avait sans doute impressionné les assureurs, mais ils n'en avaient rien montré. De toute façon, ils savaient parfaitement que, tôt ou tard, ils devraient s'acquitter de deux, voire trois millions d'euros. Les experts diligentés pour l'évaluation des dégâts n'avaient effectivement relevé aucune erreur imputable de près ou de loin aux dirigeants de l'entreprise. Cependant, le plus âgé des deux assureurs, le plus replet aussi, nous avait-on encore rapporté, avait cru nécessaire de remarquer tout en se rasseyant, sur un ton fielleux, qu'il s'agissait là d'une bien belle manifestation, certainement, mais qui n'apportait rien au dossier qu'ils avaient à régler, lui et son collègue.

« J'ai envie de vous dire : et alors ?

– Et alors quoi ? avait fait le père Charlannes, agacé au plus haut point. Votre remarque est déplacée. Comme le sont vos manières. Vous vous adressez à la veuve de mon fils, vous l'oubliez, et c'est bien déplorable.

– Je n'oublie rien, avait aussitôt rétorqué l'autre, je ne fais que mon métier.

– Dans ce cas, vous le faites mal !

– Ce n'est pas à vous d'en juger ! »

Sur un signe discret de Louise Charlannes, Vassalou était intervenu à ce moment :

« Voici des éléments qui vous convaincront peut-être, quant aux capacités de Gustave Charlannes à piloter cette entreprise au mieux de ses intérêts et des vôtres. Vous y verrez que si nos parcs à sciage sont aujourd'hui réduits à rien, ce n'est pas faute d'avoir tout tenté pour les préserver. »

D'un geste de la main, il avait poussé une chemise cartonnée où figurait la copie des procès-verbaux que la gendarmerie, tout au long de l'été, avait rédigés à l'encontre de Gustave Charlannes pour non-respect d'un arrêté préfectoral, relatif à l'obligation faite à chacun, industriel ou particulier, de réduire sa consommation d'eau en période de sécheresse.

Les assureurs avaient tout de suite consulté les documents en question et constaté que trois infractions avaient été relevées pour consommation d'eau excessive, dépassant les normes autorisées. Selon les déclarations de Gustave Charlannes, ces dépassements s'expliquaient pour des raisons identiques à celles déjà avancées par Vassalou : la nature des essences, leur qualité, une clientèle exigeante.

Ensuite, il n'avait pas fallu plus de cinq minutes pour que cette dernière réunion se terminât. Les assureurs avaient quitté leur siège, ils avaient glissé dans leurs serviettes en maroquin les documents que Vassalou leur avait remis, puis ils s'étaient dirigés vers la porte de sortie.

« Merci de votre compréhension, avait dit le plus jeune.

– Nous ne travaillons pas contre vous, avait ajouté l'autre en s'adressant au père Charlannes. Nous sommes sincèrement désolés, vraiment.

– Je comprends », avait répondu celui-ci.

Dehors, dès que la porte s'était ouverte, les rumeurs s'étaient tues. Et les employés de la scierie s'étaient spontanément écartés, ouvrant le passage à Vassalou qui avait tenu à raccompagner les deux hommes jusqu'à leur voiture, une Passat noire, garée à cinquante mètres de là.

« Nous pouvons espérer une décision assez rapide ? avait-il encore demandé. Chaque jour nous coûte très cher, vous en êtes bien conscients.

– Nous ferons de notre mieux, avait répondu le plus âgé.

– Vous savez que pour nous non plus rien n'est facile, monsieur Vassalou, avait encore ajouté le plus jeune. Mais nous connaissons les limites de votre trésorerie… »

Derrière la fenêtre, dissimulée par le rideau qu'elle avait écarté, Louise Charlannes avait regardé s'éloigner, puis disparaître le véhicule. Qu'avaient-ils dans la tête, ces deux bonshommes ? Elle n'osait trop l'imaginer. Couler la scierie ? Là-dessus, elle était tranquille. Personne n'y songeait vraiment, elle peut-être moins que les autres. Mais les sous, les sous, quand arriveraient-ils ? C'était bien là la question ! Et suffiraient-ils à tout remettre en ordre comme avant ? Aujourd'hui encore, pendant la réunion, combien avaient-ils réussi à leur grignoter ? Car le but du jeu, c'était bien ça : en lâcher le moins possible ; accumuler les indices, les erreurs, comme avait dit Vassalou, pour réduire d'autant le montant du chèque qu'on finirait malgré tout par leur adresser. Mais quand ?

Louise Charlannes en était là lorsque Vassalou était réapparu. Elle avait alors regardé l'heure. Antoine et Hélène devaient être rentrés. Maintenant, il était temps pour elle de regagner Loupières-le-Haut. Penchée vers le père Charlannes, qui s'était laissé tomber sur une chaise, elle lui avait demandé s'il viendrait dîner avec elle et les enfants.

Il n'avait pas hésité une seconde :

« Oui, bien sûr. Ce soir, Léontine se passera de moi.

– Et vous, Paul ?

– Si cela ne vous ennuie pas, avait répondu Vassalou. Mais je ne veux pas vous obliger.

– Je ne vous l'aurais pas demandé sinon, vous le savez bien, avait observé Louise en souriant.

– Alors, c'est oui », avait dit Vassalou.

Puis il avait encore ajouté :

« Je vous rejoindrai vers 20 heures, après en avoir terminé avec le rapport que je dois rédiger et lire ensuite aux représentants du personnel.

– Moi également, avait dit le père Charlannes. Je vais rester un peu encore avec Paul. Il doit bien avoir des choses à me raconter. Pas vrai, Paul ? »

Vassalou avait fait oui de la tête.

« Quels *mouraillés*[1], ces assureurs ! avait encore marmotté le père Charlannes, pas mécontent de pouvoir enfin se libérer la poitrine. Mais sûr qu'on redémarrera, avec ou sans eux. Car ce n'est tout de même pas pour rien qu'on use sa chemise pendant toute une vie. Et toi, Louise, qu'est-ce que tu nous dis de tout ça ? Bon sang, heureusement qu'on t'a ! Et heureusement qu'on vous a, Paul ! Parce qu'il faut les tenir,

1. Barbouillés, souvent en parlant du visage.

maintenant, tous nos vaillants[1]. Surtout, qu'ils s'sauvent pas ailleurs. Je pense à quelques-uns qui seraient bien contents de les avoir pour leur talent.

– Et pour pas cher, avait renchéri Louise.

– Pour pas cher, ça oui, avait confirmé le père Charlannes. Mais on compte sur vous, Paul. Faut leur faire comprendre qu'ils y gagneront plus tard, comme nous autres… »

Puis il y avait eu un silence.

« Quels mouraillés, tout de même… »

Sur quoi, il s'était levé pour s'installer sitôt après dans le fauteuil que Gustave occupait encore il y avait quelques semaines. Un fauteuil qui en avait connu des culs, non seulement le sien et celui de son fils, mais aussi celui du Grand. Édouard Charlannes, son propre père. En quelle année avait-il donc disparu, déjà ? Quelle importance ! Une sacrée personnalité, en tout cas. Oui, restait plus qu'à s'en montrer digne.

Le père Charlannes avait retrouvé sa place. Mais c'est avec un pincement au cœur qu'il s'était adressé à Louise :

« Alors, ma fille, on le reprend ce flambeau ? »

Cette fois, Louise n'avait pu retenir ses pleurs.

« Pour Gustave, c'est sûr, avait-elle bredouillé. Et pour les enfants aussi, n'est-ce pas ?

– Tu as raison, avait dit le père Charlannes. Pour eux surtout, tu as raison… »

À ce même instant, ici, dans notre petite ville, comme tous les jours à la même heure, aussi ponctuel qu'une horloge, François Chang avait tiré de son sac les clés des grilles qui, une fois fermées, interdiraient à quiconque d'entrer dans les parcs Marmontel et Pourrat jusqu'au lendemain matin.

---

1. *Travailleurs.*

Deuxième partie

LE NIAKOUÉ

I

CE QUI NOUS A SIDÉRÉS, ici, dans notre petite ville, c'est la rapidité avec laquelle les Dupeyroux ont paru s'être libérés du souvenir de leur malheureuse gamine. Du moins est-ce ainsi que, de leur fait, et de prime abord, nous avons été amenés à apprécier leur départ. Comme un effacement pur et simple, bien difficile à accepter. Mais il est possible aussi, sinon probable, que cette appréciation n'ait pas été fondée et que ce soit pour une tout autre raison qu'un beau jour, c'était un matin, vers les 6 h 30, on les avait vus s'engager dans la direction de Thiers sans les revoir jamais par la suite. Cependant, est-ce que cela nous regardait vraiment ? Rien n'est moins certain. De toutes les façons, et c'est là l'important, pour ce qu'il en est des fleurs et du bon soin de leur tombe, Gustave et Émilie, nos deux inséparables, n'ont jamais manqué de rien, ni de la part des gens de la scierie, ce qui montre à quel point ils ont pu regretter leur patron, ni de la part de Louise Charlannes et de ses enfants. Et les connaissant comme on les connaît presque tous, il est sûr que les prières des uns comme les prières des autres n'ont pas été dites dans le but unique de sauver l'âme de Gustave. Pour preuve, lorsque la tombe est fleurie, encore maintenant, ces nombreux bouquets de fleurs blanches dont on la tapisse. Or, tout le monde le sait bien, cette couleur est plus largement réservée aux enfants qu'aux adultes. Tout ça pour dire qu'il était sûrement injuste d'affirmer qu'en quittant la région les parents d'Émilie avaient souhaité effacer leur enfant de leur mémoire. En fait, on n'en sait toujours rien. Et il est même possible qu'eux et Louise se soient entendus comme il faut, juste avant leur départ. Mais ça, on ne nous le révélera peut-être jamais.

Il n'en est pas moins vrai, pour en revenir aux faits et parce que la réalité est bien là, que ça nous plaise ou non, que ce départ, presque en voleurs, n'a laissé personne indifférent ; et que des questions, comme dans toutes les bourgades un peu retirées du monde, ce qui ne signifie pas qu'on ne s'intéresse pas à lui, ce serait plutôt le contraire, on en a cultivées de toutes les sortes, et pas toujours des plus faciles à ingurgiter, pendant un temps non négligeable, histoire – pourquoi ne pas l'avouer ? – de se faire un peu plaisir aussi. Sans nos bavardages, que deviendrait-on ? On se le demande parfois. Sans compter que les enquêteurs de tous poils, gendarmes et autres paillasses, qu'on avait supportés dans les parages pendant de trop longues semaines, nous avaient finalement harcelés pour un bien maigre résultat. De quoi nous remonter un peu tous et favoriser des soupçons plutôt méprisables. C'est ainsi que, pour résumer tout ça, on s'est finalement demandé si les Dupeyroux, en s'envolant aussi vite et sitôt le matin, n'avaient pas eu quelque chose à se reprocher.

Sans le vouloir, ni même en avoir été vraiment conscient par la suite, François Chang ne fut pas pour rien dans tout ce questionnement ; et s'il n'avait pas pris l'habitude, deux ou trois fois par semaine depuis l'incendie de la scierie, de rentrer chez lui, le soir, en faisant un détour par Loupières-le-Bas, on ne se serait sans doute pas rendu compte immédiatement de la disparition des Dupeyroux ; et peut-être même que personne ne les aurait remarqués, ce matin de queue d'hiver, traversant la ville à piètre allure dans un véhicule si sacrément chargé à l'arrière que le pare-chocs, au moindre cahot, jetait des étincelles de feu à chaque fois qu'il heurtait la chaussée.

C'est en effet quelques jours plus tôt, en ce mois de mars qui avait suivi le drame, six mois après par conséquent, que François Chang, comme chaque jour à cette époque, avait tiré les grilles du parc Marmontel et celles du parc Pourrat à 17 h 30, puis s'en était allé jusqu'à sa vieille Dacia, garée sur le parking de la mairie, pour ensuite rentrer chez lui, à Clermont. Quelle idée lui était alors passée par la tête ? Déjà, la veille, il avait fait le chemin par Loupières-le-Bas et, comme à chaque fois, il avait quelque peu ralenti l'allure dans l'espoir, peut-on supposer, mais lui ne l'aurait pas assuré, d'apercevoir Louise Charlannes sortir des bureaux de la scierie. Parce que depuis la mort de son Gustave, c'était là, en effet, qu'elle passait l'essentiel de son temps, partageant la direction de l'entreprise avec Paul Vassalou, devenu indispensable, et le père Charlannes qui avait dû reprendre du service. Ainsi, François avait fait son détour coutumier ; mais pas plus que les autres soirs il n'avait aperçu Louise, ni même son ombre. Et pas davantage à Loupières-le-Haut, puisque la route l'y conduisait naturellement. Louise lui manquait-elle à ce point qu'il se devait d'y aller voir deux soirs de suite ?

Arrivé à Loupières-le-Bas, François avait ralenti peu avant le coude où prend, sur la gauche, la voix privée qui conduit à la scierie, une vingtaine de mètres en contrebas. De là, d'un seul coup d'œil, on embrasse l'atelier principal et l'atelier latéral A, le B étant masqué par le bâtiment où sont aménagés les bureaux. Un bel édifice, du reste, construit en pierre du pays, d'un brun superbe et luisant, qui, il y a peut-être vingt à trente ans, pour le savoir exactement il faudrait s'en informer auprès des intéressés, servait de demeure à la famille Charlannes. Le seul bâtiment, en tout cas, à avoir été épargné par l'incendie.

À ce niveau du coude que fait la route, juste avant de grimper vers Loupières-le-Haut, un véhicule était déjà stationné sur le bas-côté. Sans vraiment y penser, François s'était arrêté lui aussi, mais quelques mètres en retrait, plus en aval. Ce qu'il se permettait rarement, de crainte qu'on ne le remarquât et ne vînt à s'interroger sur ses intentions. Mais, là, c'était tout différent, car il avait vu une femme jaillir en courant des bureaux de la scierie, puis se diriger vers la route. Sans doute la propriétaire du véhicule, avait-il pensé. Et comme elle arrivait à sa hauteur, François avait encore observé qu'elle était en sanglots, un mouchoir à la main pour essuyer ses larmes, et il avait reconnu la mère de la petite Émilie. Alors lui, intrigué, et toujours brave homme, il était sorti de sa voiture et s'était précipité à son devant.

« Quelque chose ne va pas ? » avait-il demandé.

À cause de son accent, rudement prononcé malgré ses efforts, il avait répété sa question.

« Est-ce que je peux vous être utile ? »

Mais la mère d'Émilie, sans même le regarder, l'avait simplement écarté du bras.

« Laissez-moi, laissez-moi », avait-elle répondu.

Puis, tentant un pauvre sourire :

« Vous êtes gentil. »

Alors, François s'était reculé et l'avait laissée monter dans sa voiture, puis il avait rejoint la sienne, s'empêchant par courtoisie de démarrer tout de suite après elle.

Toute la soirée, François n'avait fait que revoir la scène, se demandant ce qui avait pu justifier les pleurs de la Dupeyroux ; et pourquoi elle était venue à la scierie ; et pourquoi encore elle y était venue seule, sans son mari. Cela l'avait si bien travaillé qu'il avait été obligé, avant le souper, d'en parler à ses deux amis, Ramon et Federico, issus de parents espagnols, immigrés en France au siècle dernier, vers la fin des années 30, probablement pour fuir le régime franquiste récemment installé.

Depuis son arrivée à Clermont, François s'était toujours bien entendu avec eux. C'étaient maintenant de braves vieux, retraités de chez Michelin, dans les quatre-vingts ans chacun, qui vivaient non loin de la place de la Liberté, rue des Vieillards, au 21 ; un immeuble peu reluisant, quasi insalubre, et, pour tout dire, avec des toilettes seulement entre le premier et le second étage, à se partager entre voisins compréhensifs.

François, lui, il habitait dans l'immeuble d'à côté, au numéro 23. Même époque, aspect aussi décrépi à l'extérieur et même allure défraîchie à l'intérieur : une cage d'escalier qui n'avait pas dû être repeinte depuis cinquante ans et qu'éclairait à peine une ampoule de 40 watts ; des marches en bois qui hurlaient de douleur sous les souliers ; et ces fameuses toilettes à partager, deux en tout pour les sept logements.

Lorsque François avait emménagé, en 1985, Ramon n'avait pas manqué, le voyant sous la peine, de lui proposer son aide. Il travaillait alors sur le site de Cataroux et s'en revenait tout juste d'une journée pleine de soleil, malgré la pluie qui n'avait pas cessé de tomber, parce que François Michelin, en personne, venait de remettre, à lui et à d'autres de ses copains, la médaille du travail. Alors, forcément, ce jour-là, c'était le bonheur.

« Je sais ce que c'est que les gros paquets », avait-il fait en soulevant un énorme carton.

Federico était arrivé là-dessus.

« Et moi donc ! » s'était-il exclamé à son tour.

Ni l'un ni l'autre ne respiraient le thé d'Annam, c'est évident, mais François les avait accueillis à bras ouverts, surtout que la nuit tombait vite et qu'il devait restituer dans la soirée, à l'agence clermontoise qu'on lui avait indiquée, la camionnette qu'il avait prise en location le matin même à Paris.

Pour en revenir au soir qui nous préoccupe, c'est justement place de la Liberté, au café *La Jument verte*, que François était allé rejoindre Ramon et Federico.

Il n'était pas 19 heures, et à cette heure-là, comme tous les jours de la semaine, les deux compères discouraient encore avec d'autres anciens, eux aussi retraités de chez Michelin, et tout autant originaires d'Auvergne. Et de quoi discutaient-ils, la tête tout enrubannée de volutes bleues à l'odeur de tabac ? Ni de leur retraite ni de leur Espagne natale, certains n'y ayant du reste jamais remis les pieds depuis le temps où, encore bien jeunes, ils avaient franchi la frontière avec leurs parents, grands-parents et petits-cousins. Non, ce qui les motivaient, du moins ceux qui ne jouaient ni aux cartes ni aux dominos, c'étaient surtout les courses et le Loto, sans lesquels, comme des amoureux, ils n'auraient pu survivre longtemps : les uns préparaient déjà leur tiercé du lendemain, tandis que les autres déduisaient de leurs savants calculs les numéros gagnants du prochain Loto, assurant ainsi, dans la bonne humeur, la fortune du P.M.U. et de la Française des jeux.

François était entré dans la salle, et la fumée l'avait aussitôt attrapé à la gorge. Où donc pouvait être Federico ? À sa place habituelle, sans doute, tout là-bas au fond, sous le grand lustre jaune et près du billard ? Et Ramon ? François les avait rameutés tous les deux près du bar, et quelques autres les avaient suivis, qui flairaient déjà la bonne histoire.

« Qu'est-ce qui nous vaut ? avait fait Ramon.

– T'as pourtant point l'habitude de venir par ici, avait ajouté Federico. Tu viendrais pas par hasard nous compter une bricole ?

– Mais c'est qu'il est tout drôle, avait encore dit un autre.

– Alors, notre François, tu vas-t'y te décider ? »

Tout le monde ici, comme partout dans la région, se souvenait de l'incendie de la *Scierie Charlannes et Fils*. De la sorte, et c'était heureux, François n'avait pas eu à rappeler le déroulement du drame, ni ces obsèques qui l'avaient tant remué.

Un quart d'heure plus tard, non sans avoir répété dix à vingt fois chaque mot, toujours ce maudit accent ! François s'était laissé choir sur une chaise et, d'une seule traite, il avait avalé son demi de bière, la seule concession qu'il n'eût jamais accordé à l'alcool, en dehors du saké dont, en fin connaisseur, il appréciait les subtilités parfumées. Tous l'avaient écouté avec attention et, tous, à présent, s'étaient regardés à tour de rôle, considérant la chose : les pleurs de la Dupeyroux, avec prudence.

Et puis Ramon avait tout de même fini par donner son sentiment. Et debout, face à François, pensant qu'il en serait d'accord, il avait lancé comme une sentence :

« Des salauds, ces Charlannes, à faire pleurer comme ça une pauv'mère qu'a perdu sa gamine !

– Ah ça oui ! avait enchéri un anonyme.

– C'est tout de même pas c'oyable des gens pareils ! » avait dit un autre.

Ensuite, ils s'étaient dispersés, bien contents d'avoir matière à parler pendant une huitaine de jours en sus du Loto, des courses et du tabac qui coûtait de plus en plus cher.

Mais François s'était levé, mécontent après Ramon.

« T'as rien compris ! Il s'est passé des choses, sûrement, mais tu ne sais pas avec qui, ni pourquoi. Alors, pourquoi tu dis du mal des Charlannes ? »

Éberlué, Ramon avait alors bafouillé :

« Ben, je croyais te faire plaisir, moi !

– Me faire plaisir ? avait répété François.

– Ben oui, avait encore fait l'autre. Puisque la Dupeyroux, elle est sortie des bureaux de la scierie, avec qui d'autres voudrais-tu donc qu'elle se soit fâchée ? »

François n'avait rien répondu à ça. Parce qu'il s'était dit tout de suite, interpellé par le bon sens de Ramon, que celui-ci n'avait peut-être pas tout à fait tort. Aussi, il avait préféré se retirer chez lui sans rien ajouter. Mais, toute la nuit, et même avant, quand il avait regardé la télé, après le souper, il était resté comme absent, l'esprit travaillé par les larmes de cette femme, des larmes de douleur et non de colère, il s'en était peu à peu persuadé, que des images de mémoire, dures, sinistres, insupportables, avaient dû provoquer en elle. Par trois fois, à 1 heure du matin, puis à 3 heures, et encore à 6 heures, François s'était réveillé en sursaut, avec la sueur au front et les mains toutes moites. Ces mauvais rêves, toujours, auxquels son sommeil n'échappait jamais, quand il était encore sous le coup d'une émotion violente où terreur et tyrannie se mêlaient intimement. Il se prenait alors la tête entre les mains, et il avait l'impression, pendant de longues minutes, qu'une puissance singulière, maléfique ou bienfaisante, il n'aurait su trop dire, tentait, en lui broyant l'intérieur du crâne, de lui interdire l'accès à son propre passé, cet hier qu'il traînait derrière lui, enfermé dans un sac rempli d'eau et de feu.

Le lendemain, ici, tout le monde savait déjà qu'une violente discussion entre la mère d'Émilie et les Charlannes avait eu lieu à la scierie. Tout le monde était au courant à cause de Bousingot, un agent de la voirie, une pipelette, qui, lui aussi, habitait à Clermont, place de la Liberté. Il avait rapporté l'histoire à sa manière, un peu n'importe comment, et la nouvelle était arrivée ainsi, jusque dans les services administratifs de notre mairie, que, sans la présence d'esprit de François Chang, qui s'était élancé pour les séparer, Louise Charlannes et la Dupeyroux, ces deux idiotes, en seraient clairement venues à se battre.

Quand il avait appris cela, François en était tombé sur les fesses. Comme si la nuit qu'il avait passée n'avait pas été assez pénible, il avait encore fallu que cet âne de Bousingot comprît de travers ce qu'il avait entendu ! Quel bougre, celui-là ! Râblé, moustachu et toujours à graillonner, il buvait comme une outre, souvent assis dans le coin le plus retiré de *La Jument verte*. Les oreilles à l'affût, la droite comme la gauche, il engrangeait les bagous, bien souvent par bribes, sans trier, alors ce qu'il en rapportait ensuite au premier venu, forcément, ce n'était pas toujours du meilleur jus. Et, cette fois encore, il avait montré à quel degré de nocivité il était parvenu. François était furieux. Parce qu'on n'avait pas le droit de nuire aux gens en colportant n'importe quoi.

Vers midi, il avait fermé les grilles du parc Marmontel. Les habitués n'avaient pas compris pourquoi il se rendait à la mairie, mais sa raison ne pouvait qu'être bonne. Alors, en attendant le retour de François, ils étaient partis ailleurs se poser sur un banc, ce n'est pas ce qui manque ici, se demandant tout de même ce qui pouvait bien le pousser à être si grognon.

Aux guichets, faute de visiteurs, on papotait : Germaine, qui s'occupait de l'état civil, avec Yolande, une rouquinasse bien rondelette, chargée de l'accueil.

« Notre François ! s'était exclamée Germaine, en ouvrant les bras. Tu sais qu'on parle de toi comme d'un héros, dis ? On n'était pas au courant, nous autres. Et qui plus est, il faut que ça nous arrive de Clermont.

– Si tu nous racontais un peu ? avait continué Yolande. Parce qu'on nous rapporte bien des choses sur Louise Charlannes, et même qu'elle aurait voulu se battre avec la Dupeyroux. Dis-nous, François, tu y crois, toi ? »

Alors François, qui, d'un geste, les avait sagement apaisées, leur avait raconté son histoire, la seule vraie, celle qu'il avait exposée la veille au soir, au bar de *La Jument verte ;* que Bousingot n'était pas un homme honnête, et qu'avec son nez rempli de vin il disait les mensonges que les gens avaient envie de croire ; et que toutes les deux, Louise Charlannes et la mère de la gamine, elles étaient sûrement bien méritantes.

« Ah ça, pourquoi elle pleurait, la Dupeyroux, je n'en sais rien du tout. Mais ce que je sais, c'est que dans ses larmes il y avait de la douleur, de la souffrance qui fait mal, et pas de la colère. Je l'ai bien vu dans ses yeux. Et pourquoi donc elle en aurait voulu à Louise Charlannes, après tout ce qu'elle a fait, d'avoir cette petite dans les bras de son Gustave ? »

Yolande et Germaine s'étaient regardées ; elles étaient bien d'accord avec François.

« Ce Bousingot, tout de même, c'est pas l'unique fois qu'il nous fait des coups à vouloir être pendu. Mais toi aussi, François, qu'est-ce que tu avais besoin de leur raconter tout ça ? Tu le sais bien, c'est des affaires qui n'intéressent personne... »

Il y avait eu un silence. François avait pris un air contrit :

« On ne peut jamais savoir... »

Et puis Yolande, les mains sur les hanches, s'était soudain redressée, et elle avait demandé :

« Mais, dis-nous donc, François, qu'est-ce que tu rôdais par là-bas, hier soir, plutôt que de rentrer chez toi ? Paraîtrait aussi que, tous ces temps, tu tournicotes bien autour de la scierie. C'est si beau que ça, Loupières-le-Bas ? »

Pauvre François, Yolande avait tapé juste.

« Je tournicote ? Qu'est-ce que ça veut dire, ce mot-là ?

– Houlà, tu fais bien celui qui refuse de comprendre, s'était amusé Germaine. Et, maintenant, te voilà tout rouge. »

Pour être rouge, François était rouge, et même cramoisi, vu son teint déjà bien marqué par la nature.

« Tu ne réponds rien à ça ? s'était enquis Germaine, toujours prête à le taquiner.

– Qu'est-ce que je pourrais vous dire ?

– Et si, des fois, il était amoureux de Louise Charlannes, avait alors fait Yolande avec un sourire malin. Qu'en penses-tu, Germaine ? C'est qu'elle est libre, maintenant, la patronne. Et cela expliquerait bien qu'il nous la défende si fort.

– Ah oui, avait approuvé Germaine. Et ça expliquerait aussi pourquoi, tous les deux ou trois soirs, il file tranquillet vers Loupières-le-Bas plutôt que vers Clermont... »

Mais, là, ces dames étaient allées trop loin, et François était parti fâché, sans plus vouloir entendre leur persiflage. Lui, amoureux de Louise Charlannes ? Comment aurait-il pu même y songer ? C'eût était la blesser. Une femme si respectable, si dévouée aux siens comme aux autres, aux gens de la scierie comme à ceux dont elle ignorait jusqu'à l'existence. Pourtant, quelques minutes plus tard, il ne leur en avait plus vraiment voulu. À quoi bon ? Germaine et Yolande ne pouvaient pas comprendre, elles ignoraient tant de choses, trop de choses que François n'avait dites à personne, sauf une fois, il y avait bien des années, à ses amis Ramon et Federico. Un soir, là encore, où cela avait si fort remué dans sa tête qu'il avait cru qu'elle lui exploserait dans les mains. Des confidences qu'il s'était d'ailleurs reprochées par la suite. Parce que des malheurs comme les siens, avait-il pensé, à quoi cela pouvait bien servir d'en embarrasser les autres ?

Sur le chemin du parc Marmontel, une centaine de mètres et encore, François s'était déterminé à dire lui-même la vérité à ceux qui l'entretiendraient de Louise Charlannes et de la Dupeyroux. La fable de Bousingot, puisqu'il ne pouvait compter ni sur Germaine ni sur Yolande, il la tuerait dans l'œuf et, ainsi, on n'en parlerait plus. Et c'est ce qu'il avait entrepris sans perdre de temps, dès qu'une brave femme l'avait accosté dans sa guérite à propos, précisément, de ce dont on causait depuis le matin.

« Bien sûr, elles ne se chamaillaient pas, avait-il répété une vingtaine de fois, la fin de sa journée arrivée. Et ce qui ne fait pas de doute, c'est que la Dupeyroux, quand je l'ai vue courir, elle pleurait comme une fontaine. Et que je n'ai pas su lui en tirer la raison. C'est bien ça le plus triste. »

Ainsi, de langue en langue, tout au long de cet après-midi et, ensuite, toute la nuit, la vérité, répercutée par l'écho, était entrée dans chaque maison, de la cuisine jusqu'à la chambre, se faufilant sous les portes ou profitant de l'entrebâillement d'une fenêtre. Ainsi, dans toute la ville et même au-delà, à ce qu'on dit, s'était-on à nouveau rappelé l'incendie et nos pauvres morts ; et ces funérailles, les plus douloureuses qui fussent imaginables, auxquelles on avait jamais assisté ; et la souffrance des Dupeyroux, des gens moins solides, moins volontaires peut-être, que les Charlannes ; et la bêtise d'un Bousingot, toujours là pour clabauder et répandre le ragot. Ainsi, enfin, étions-nous tous aux aguets, comme le chasseur à l'orée du bois, prêt à tirer du plomb sur le premier volatile venu. Parce que, finalement, on était plutôt contrarié que le pugilat n'ait pas eu lieu et, plus encore, à l'idée qu'il n'avait sans doute jamais été question d'une telle issue entre les deux femmes. Les hommes sont comme ça, on le sait bien, qui balancent sans cesse entre le noir et le blanc, le bon et le mauvais, tout en prétendant le contraire. Somme toute, en nous ôtant de quoi assouvir nos dérèglements, François Chang nous avait aussi rendus malades, et certains se seraient bien apprêtés à le lui faire savoir si, deux jours plus tard, tout n'était opportunément rentré dans l'ordre.

Comme par hasard, la nouvelle devait encore nous venir de Bousingot. Ce matin-là, courageux comme il était, il s'était mis à l'ouvrage de bonne heure, la brouette sur le trottoir et son balai dans le caniveau. Parce qu'il voulait terminer tôt et, surtout, rentrer pareil. Il venait tout juste de cracher dans sa main droite et commençait déjà à étaler le résultat dans la gauche – pour serrer le manche du balai et le diriger ensuite, il assurait que ça facilitait les choses ! –, quand s'était manifesté derrière lui un bruit pas possible de carlingue à moitié désossée. Alors il s'était retourné, et, là, pas de doute, c'était une antique 403, défigurée à l'avant à cause de la calandre qu'elle avait dû perdre un jour de grand vent, et chargée comme un bourricot, puisque l'arrière, par moments, raclait dur le macadam. Oui, une vieille bête qui n'en pouvait plus, mais qui, pourtant, traversait dignement notre petite ville, comme ses occupants, les Dupeyroux, sans emprunter les ruelles adjacentes, désertes et plus discrètes. Car il leur avait fallu la rue Grande, plutôt qu'une de ces routes qui, de là où ils habitaient, les auraient conduits, les Dupeyroux et leur vieille rosse, bien plus vite dans la direction de Thiers. Sûrement, une toquade !

Pour Bousingot, point de doute possible : c'étaient bien eux ; vu la vitesse à laquelle allait la 403, il avait eu tout le temps de les reconnaître. Alors, bien entendu, dès que les bureaux de la mairie avaient été ouverts, il s'était précipité pour raconter la scène à Yolande et à Germaine et, ensuite, à tous ceux qui l'avaient approché pendant la journée, ici, dans notre ville, ou bien à *La Jument verte*, une fois de retour à Clermont.

Le soir même, toutes les commères, hommes ou femmes, étaient informées. Et chacun se disait déjà que, finalement, il pouvait bien y avoir eu du ramdam entre Louise Charlannes et la maman de la petite Émilie ; et que c'était pour cette raison, maintenant on ne pouvait plus en douter, que les Dupeyroux avaient profité de la brume du matin pour s'envoler.

Du coup, au bar du *Vercingétorix* où il était allé prendre sa dernière gentiane, probablement vers 17 heures, Bousingot s'était redressé du col.

« Que j'avais bien raison ! avait-il clamé tout en se rengorgeant, lorsque le patron l'avait félicité pour sa justesse d'esprit. Et que le François, tout gardien de parc qu'il soit, il ferait bien de la boucler de temps en temps... »

Debout à côté de lui, deux consommateurs l'avaient regardé ; l'un des deux, beau brun, l'avait interrompu :

« De qui donc est-ce que tu parles, Bousingot ? Du François du parc Marmontel, c'est ça ?

– Du mêle-tout, oui, qu'en sait toujours plus que les autres ! Pas fâché de lui faire avaler sa vérité.

– Un bien brave homme, pourtant, avait remarqué le patron du café. Et qu'est pas *rechigneux* au travail.

– Qu'est-ce que tu veux dire ? avait interrogé le beau brun.

– Oui, qu'est-ce que tu veux dire ? avait répété l'ami du beau brun, l'haleine surie par l'alcool. Que le travail nous rebuterait, des fois ? Moi, je vais te dire une chose, je suis pas vraiment pour que les Jaunes ils viennent nous piquer notre travail, et encore moins pour qu'ils nous donnent des leçons… »

Le patron avait fait la moue et préféré gagner l'extrémité opposée du bar.

« Vous avez bien raison, Bousingot, avait repris le beau brun. Faudrait pas non plus se laisser marauder la pitance, au prix déjà qu'elle coûte. Et puis, à ce qu'on m'a dit, il jouerait bien aussi les voyeurs, le François du Marmontel. Il part avec sa chiotte et, sans se faire voir, il vous reluque le monde. Vous le saviez ça, Bousingot ? C'est-y pas une honte ? »

Bousingot commençait à regretter sa fanfaronnade.

« Je lui veux point de mal, moi, au François, avait-il marmotté. Ce que je disais, c'était pour dire, pas plus que ça. D'ailleurs, je le connais pas bien. Pas plus que vous. Je veux dire, comme tout le monde. Le matin, quand il arrive au parc ; et le soir, quand il referme les grilles.

– Et aussi à Clermont, Bousingot !

– Aussi à Clermont, oui. Normal, on habite à deux pas.

– Et qu'est-ce qu'on en dit à Clermont, du François ?

– À *La Jument verte* ? Que du bon, ça oui. Un brave homme pour tout le monde. Et comme fait le patron, c'est vrai qu'il est pas rechigneux sur l'ouvrage. Et toujours le sourire, en plus. Alors, ce que je disais, c'était pas pour être méchant.

– N'empêche », avait encore grommelé le beau brun.

Le patron s'était approché.

« N'empêche que quoi ? Tu n'as pas fini de nous emmerder avec tes histoires ? »

Alors le beau brun avait éclaté :

« J'aime pas les mouchards, tu comprends ça ?

– Je comprends que tu nous les casses, oui. Et que si t'avais élevé ton fils un peu mieux que tu ne l'as fait, le gardien du parc, François Chang ou n'importe qui d'autre, il n'aurait jamais été obligé d'appeler la police pour le faire descendre du haut des arbres ! Enfin, comme si c'étaient des façons ?

– Façon ou pas, moi, je te dis qu'un jour on l'aura, le niakoué !

– Dis pas de bêtises !

– C'est pas des bêtises. Parce que ça t'aurait plu, peut-être, d'aller chercher ton gosse au trou ?

– Une bonne leçon, voilà tout.

– Je te dis qu'on l'aura. »

Le patron avait soupiré ; puis, plus désolé qu'autre chose par l'entêtement de son client :

« D'accord, vous l'aurez, et qu'est-ce que ça vous donnera ? En attendant, tu me paies, et vous partez tous les deux. Et vous aussi, Bousingot, vous feriez mieux de rentrer chez vous. La journée a été dure pour nous tous. Je ferme. »

Trois quarts d'heure plus tard, à Clermont, Bousingot avait passé la porte de *La Jument verte*. Il était frais comme un début de matin, de la rosée sur les paupières. Aussitôt, ses copains s'étaient attroupés autour de lui. D'un rapide coup d'œil, il avait fait le tour de la salle. Ramon n'était pas là, Federico non plus. Et point davantage de François, ni au bar ni assis à une table. Alors, après un moment de silence, il avait commencé, à voix basse et feignant déjà le mystère :

« Je vais vous dire… »

II

Le temps a filé, et on a tout de même réussi à les accabler, ces infortunés Dupeyroux. Comme si le destin, déjà, avec toute la cruauté dont il est capable, et Dieu sait ! ne les avait pas suffisamment marqués.

Tout d'abord, on a admis que Louise Charlannes n'était pour rien dans leur départ précipité, comme on a ensuite remis Bousingot à la place qu'il n'aurait jamais dû quitter, celle d'un bavard impénitent. Ni Louise Charlannes ni la maman d'Émilie n'avaient eu l'intention d'en venir aux mains. Il fallait décidément avoir l'esprit vraiment tourmenté pour imaginer une pareille chose. À moins que la cause en fût l'ennui. Parce que, quand on s'ennuie, sous les cheveux, si on a la chance d'en avoir encore un peu, c'est des fois la tempête qui se déchaîne. Et des gens qui s'ennuient, ici-bas, ce n'est pas ce qui manque.

On a donc abandonné, une bonne fois pour toutes, l'idée du crêpage de chignons, mais, pour ne pas être en reste, on en a vite inventé une nouvelle et qui, ce coup-ci, reposait sur du solide : on a pensé au troisième mort, celui qui avait reçu un coup sur la tête, auquel les autorités n'avaient pu rendre son identité et qu'on avait dégagé non sans mal de sous les poutres encore chaudes de l'atelier central, quand la scierie avait brûlé.

On a pensé à ce bonhomme, pareil à du charbon, comme Émilie dans les bras de Gustave, on s'en souvient tous encore, et on s'est sottement demandé : « Pourquoi pas ? » Mais, au juste, pourquoi pas « quoi » ? Parce qu'il fallait savoir aussi ce qu'on devait aller chercher. Alors l'idée, benoîtement, elle a fait son chemin. Et on en est venu à se demander également si, par malheur pour lui, notre inconnu n'avait pas eu, de son vivant, des chamailleries avec le Dupeyroux. Après tout, est-ce que c'était impossible ? Probable, peut-être pas ; mais impossible, sûrement pas non plus. Alors, tout de bon, comme des chiens de chasse, les mieux flaireurs d'entre nous, les jeunes comme les vieux, mais surtout les vieux, à cause de l'expérience et du temps de reste qu'ils ont pour fouiner partout, s'y sont mis, la truffe au ras du sol. Et chaque soir, dans les bistrots comme dans les cuisines, durant presque six semaines, ils ont tous été au rapport.

Question humanité, on ne peut pas dire qu'on ait été très brillants ; c'est même assez lamentable, quand on y repense. Qu'une petite ville comme la nôtre, mais tout de même de plus de dix mille habitants, et fière comme pas deux de ses parcs et jardins, ait pu atteindre un tel degré d'ignominie, il n'y a pas d'autre terme, dépasse l'entendement. Car, pendant un moment, la rumeur a couru partout que le Dupeyroux, il avait dû se faire notre inconnu par surprise, voire, pour que ça ne se sache pas, qu'il aurait tout autant incendié la scierie.

Chronologiquement, et pour de bons gogos, il est vrai que cela tenait la route. Ne manquait que le mobile. Parce que, en général, quand on bousille quelqu'un, à moins d'un coup de sang, on tient une bonne raison dans sa poche. On n'est certes pas obligé d'en parler à tout le monde, mais tout de même. Or là, de vrai mobile, on n'en voyait aucun. Mais comme la chronologie fonctionnait prétendument à merveille, alors on y a tous cru et on a transformé en connerie l'enquête qu'avaient menée les gendarmes.

C'est un beau soir, quand trois jeunes, attablés à *La Civette,* un autre bistrot à nous, on en compte six en tout, hors restaurants, bien que le *Vercingétorix* fasse également le couvert à midi, nous ont déballé leur scénario idéal. Sans mentir, ils étaient bien une vingtaine à siroter autour d'eux. Alors on imagine à quelle vitesse, ensuite, la rumeur a accompli sa vilaine besogne. Progression géométrique assurée !

« Nous, a dit le premier, on s'est d'abord rappelé que le Dupeyroux, il n'était plus à son travail quand la mère de Verveine, la copine d'Émilie, a voulu lui annoncer qu'un incendie s'était déclaré à la scierie. Intéressant, non ? Surtout que sa gamine, c'était au moins une paire d'heures plus tard qu'il devait venir la récupérer…

– Alors, après ça, a poursuivi le deuxième, il nous est revenu qu'il n'était pas non plus chez lui. C'était donc qu'il était quelque part, mais où ?

– Oui, où ça ? a interrogé l'auditoire.

– Comment ça, où ça ? a répété le troisième. À la scierie, forcément, vu qu'on a questionné tout notre monde, à Vic-le-Comte comme ici, et que personne n'avait eu à discuter avec lui entre-temps. À Vic-le-Comte, je suis allé voir son patron, et il m'a dit que, ce jour-là, c'était sans le prévenir que le Dupeyroux avait quitté son travail. Et même qu'il lui avait couru après un moment, parce qu'on venait de l'appeler pour un dépannage en campagne. Et vous savez quoi ? Le Dupeyroux, le lendemain et plus tard, il a jamais voulu avouer pourquoi, la veille, il s'était sauvé si précipité, et sans prévenir. Pourtant, c'était pas son habitude, ça non. Semblerait même, selon le commis qui travaillait avec lui, qu'il aurait dit encore que, son patron, il pouvait « aller se faire foutre ». C'est donc bien qu'il avait un problème et, surtout, du quelconque à cacher. »

Dans la salle, entre deux goulées, on avait opiné ; pourtant, deux ou trois doutaient tout de même :

« Il avait quelque chose à cacher, c'est possible, avait remarqué Perrot, le facteur du coin, et je voudrais bien le croire, mais ça veut point dire qu'il avait tué l'inconnu de la scierie.

– Et qui d'autre que ce serait, alors ? avait riposté l'un de nos trois jeunes. Toi, le Perrot ? Ou bien toi, le Marsegnat ? Ou encore l'un de vous autres, toi, toi et toi encore ? Qui d'autre ce serait, tu veux bien dire ?

– Je dis que tu donnes point les preuves qu'il faut pour qu'on soit certains. Et que si tous, ici, on est prêts à vous écouter, toi et tes copains, c'est peut-être aussi parce que ça nous arrangerait bellement, non seulement d'avoir un meurtrier, mais aussi de lui donner un nom… »

C'était le bon sens. Car le Dupeyroux, il pouvait bien avoir des choses à ne point dévoiler et qui touchaient seulement son petit jardin secret. Qui n'en a pas un ? De plus, nos rigolos, malgré le sérieux de leur figure, n'étaient pas plus nets que le beau brun qui s'en était pris à François Chang quelques jours plus tôt. Ils jouaient bien les fanfarons avec leurs informations qui n'avaient rien de véritables, comme le fait, par exemple, que le Dupeyroux, lorsque la mère de la copine d'Émilie l'avait appelé, n'aurait pas été chez lui. Car il était bel et bien rentré, et même qu'il avait lui-même décroché, avait précisé la mère au gendarme qui l'avait interrogée, sans quoi, lui et sa femme, comment seraient-ils arrivés ensemble à la scierie ? Alors cette histoire de Dupeyroux qui aurait voulu tendre un piège à notre inconnu, ça ne tenait pas plus debout que deux pommes assises. Sans compter qu'il aurait forcément remarqué la présence de sa fille à proximité des machines. Et de là à imaginer qu'il ait pu également la sacrifier, tout de même, l'affreuse horreur !

Pendant quelque temps, malgré tout, certains ont avalé ce baragouin sans piper. Comme avait dit Perrot, ça leur faisait du bien. Donner un nom et un visage à un supposé meurtrier, sans même être sûr qu'il y ait eu meurtre, oui, cela faisait plus de bien à beaucoup d'entre nous que d'avoir appris, par l'intermédiaire des gendarmes, qu'il ne s'était agi que d'un accident, hélas ! inexplicable. Parce qu'à l'accident, on le voyait maintenant, personne n'y avait jamais cru. Ainsi, on était soulagés, déchargés d'un lourd fardeau. Car si chacun savait n'avoir tué personne jusqu'à présent, pouvait-on en dire autant de son voisin ? Soulagés, parfaitement, et il fallait que ça se sache. Qu'on en finisse, et que ce soit comme une fête. Alors, cette fois, comme des vilains, on a vraiment commencé à marcher sur la tête. Et, comme il convenait, notre certitude a sitôt fait son chemin, de rue en ruelle, de parc en courette, de maisonnée en maisonnée, et de jour comme de nuit. Jusqu'aux oreilles des gendarmes qui en furent bientôt abasourdis. Parce qu'en sus il leur vint que, non satisfaits de répandre un mauvais bruit, on voulait aussi qu'ils aillent cueillir les Dupeyroux là où ils se terraient, à quelque vingt kilomètres de notre petite ville. Comment était-on arrivé à dénicher leur retraite ? Mystère. Mais toujours est-il, on s'en est bien rendu compte, qu'il était grand temps de mettre un terme à tout ce dégât et de rétablir un peu d'ordre dans notre ordinaire quotidien.

C'est ainsi qu'un matin, dans la boîte aux lettres de chacun, le facteur glissa une enveloppe frappée du timbre de la mairie. C'était une communication que le maire adressait à tous ses concitoyens, et que notre capitaine de gendarmerie avait contresignée. Il y était écrit notamment qu'en application de dispositions légales et réglementaires les trois jeunots, à l'origine de la rumeur, avaient été interpellés après avoir été identifiés. On ne citait aucun nom, mais nul n'ignorait de qui il s'agissait. Des poursuites seraient bientôt entreprises à leur encontre, écrivait encore le maire, qui ajoutait que : *M. et Mme Dupeyroux, inquiétés dans leur vie privée par une rumeur infondée et scandaleuse, alors que déjà accablés quelques mois plus tôt par la tragédie, connue de tous, qui leur a enlevé leur unique enfant, se sont résolus à porter plainte contre X pour diffamation publique et calomnie.* Notre maire, qui, par ailleurs, comprenait bien le trouble dans lequel le dramatique incendie de Loupières-le-Bas avait plongé la population, terminait cette communication en nous enjoignant d'en revenir, sans tarder, à plus de sagesse et de sérénité. Ce qui, en apparence, et seulement en apparence, fut immédiatement le cas.

Dès lors, même ceux qui, dans la rue, ne s'étaient jamais salués la vie durant, s'empêchèrent difficilement de s'étreindre, craignant le ridicule, à chaque fois qu'ils se croisaient.

III

Du côté de Loupières, qu'il s'agît du Bas ou du Haut, la rumeur n'avait guère préoccupé le monde, et surtout pas Louise Charlannes. Car Louise Charlannes, dès la disparition de Gustave, n'avait plus eu en tête que de remettre en route la scierie ; élever ses enfants : Lucien, l'aîné, Hélène et Antoine, le dernier-né ; et puis s'occuper à sa façon des Dupeyroux dont elle avait tenu, aimable qu'elle était, à partager l'immense chagrin.

Ces diverses tâches, pendant les deux années qui suivirent l'incendie, elle avait souhaité les conduire de front, sans jamais perdre l'une ou l'autre de vue.

À l'inverse de ce que l'on imaginerait volontiers, c'est avec ses enfants qu'elle eut le moins de souci.

Lucien, qui était en prépa d'école de commerce au moment du drame, voulait entrer à H.E.C., bien qu'il hésitât maintenant entre cette école et l'E.S.S.E.C., un établissement tout aussi coté, situé en région parisienne, puis créer sa propre entreprise. La scierie ne l'intéressait pas, à la déception de son grand-père. Mais celui-ci se rappelait que Gustave, au même âge, avait été tenté par la capitale, ce qui ne l'avait pas empêché, par la suite, de revenir sur ses intentions. Alors il conservait l'espoir que Lucien, comme son paternel, finirait lui aussi par abandonner cette idée. Ce n'était d'ailleurs pas le seul point de ressemblance qu'il y avait eu entre Lucien et Gustave, du vivant de ce dernier. Physiquement, avant l'incendie, quand on les surprenait de dos, la comparaison était ahurissante : même taille, même carrure, même port de tête et même forme, un peu plus haute que large ; on les aurait confondus, s'il n'y avait eu les cheveux, plus longs chez Lucien et plus grisonnants chez Gustave. Quant au caractère, en famille, on en souriait encore : point la peine de demander son opinion à chacun pour régler son compte à un problème, on savait d'avance qu'après un temps très court de réflexion ils formuleraient une réponse identique, sans même qu'ils se fussent concertés auparavant.

La semaine, Lucien la passait à Clermont. Il était rare qu'il donnât signe de vie. En revanche, le vendredi après-midi, il rentrait dès les cours terminés. Le samedi, il s'absentait parfois pour rejoindre des copains. Le dimanche, il restait la journée entière à la maison, près du père Charlannes dont il observait l'énergie avec admiration. Le lendemain matin, il reprenait son scooter, direction Clermont, dûment pourvu d'argent de poche et de bonne humeur, et regagnait ainsi sa studette, boulevard Lavoisier, une chambre aménagée tout exprès pour qu'il pût y vivre à l'aise, que sa mère louait à une personne âgée, assez bigote, qu'elle avait rencontrée lors d'une vente de charité.

Ce doit être à cette époque, comme il était en deuxième année de classe préparatoire, que Lucien fit la connaissance de Pauline. Une jeune fille assez grande, très fine, à l'allure délurée, mais studieuse comme pas une. Avec des yeux bleus superbes, assez clairs, mais pas trop, à l'iris bordé d'un reflet profond de lac. C'est avec ses yeux-là, justement, que Pauline avait accroché Lucien. Et ses poignets si étroits, qu'il enserrait doucement comme un jonc en or un peu lâche, entre le pouce et l'index. Des poignets qu'il aimait tenir, et que Pauline lui laissait prendre lorsque, l'un en face de l'autre, silencieux, ils se regardaient longuement, presque chaque soir, avant de se quitter. Car il était hors de question qu'il l'emmène jusque chez lui, la propriétaire ne l'aurait pas admis ou, peut-être, à l'occasion, pensait-il, en aurait-elle touché deux mots à Louise Charlannes, ce que Lucien ne souhaitait sans doute pas. À cet âge, qui ne protège ses amours des indiscrets ?

Pour Louise Charlannes, ses meilleurs moments de la semaine, c'était lorsque, la fin de la journée venue, elle se retrouvait autour de la table avec Hélène et Antoine ou bien assise entre les deux, devant la télévision.

Antoine allait encore au collège, tandis qu'Hélène était déjà au lycée. Par chance, dans notre petite ville, l'ancien lycée Jules-Romains qui, il y a maintenant plus de quarante ans, rameutait les jeunes des environs, outre les nôtres bien entendu, de la classe de sixième à la terminale, avait été partagé, en 1963, en deux établissements qu'on avait baptisés, l'un, collège Jules-Romains, et l'autre, lycée Georges-Bataille. De la sorte, chaque matin, Louise se sentait rassurée de voir ses enfants partir ensemble à vélo, Loupières n'étant situé qu'à trois kilomètres d'ici ; heureuse également de savoir qu'elle les récupérerait l'un et l'autre le soir même, entre 17 et 18 heures.

D'un caractère plutôt réservé, Hélène rentrait directement à Loupières-le-Haut, tandis qu'Antoine faisait un détour rapide par la scierie pour y retrouver sa mère et savoir si elle avait passé une bonne journée. Comme c'était en général le cas, du moins le prétendait-elle, il lui annonçait ensuite, tout heureux, que, pour lui aussi, tout s'était merveilleusement déroulé en classe, et qu'il avait eu une « super » appréciation par son professeur de maths, voire une note « extra » à sa « compo » de français. Louise, qui était rarement seule, parfois même en réunion, s'excusait alors auprès de ses interlocuteurs, à moins qu'il ne s'agît seulement du père Charlannes ou de Paul

Vassalou, et quittait la pièce un moment pour serrer son fils dans ses bras, discuter un peu et l'embrasser. Une habitude qui provoquait souvent l'agacement du père Charlannes, mais qu'il s'efforçait de dissimuler sous des sourires entendus, parfois crispés. Il tenait Louise en trop grande estime pour la blesser inutilement et formuler la moindre remarque à ce sujet. Il est vrai aussi que, dans son cœur, depuis la disparition de Gustave, son unique rejeton, comme il disait encore la gorge serrée, il la considérait de plus en plus comme sa propre enfant.

« Mon héritière ! » lui était-il même arrivé de plaisanter, un jour, en la présentant à un vieil ami vosgien, de passage dans la région, qui, assurait-il, lui fournissait depuis des lustres les meilleurs résineux de France.

Il n'empêche, le côté enfant gâté d'Antoine, ou plutôt fragile, ce serait plus exact, le mettait mal à l'aise. Oh ! Ce n'était pas qu'il fût dépourvu d'amour pour ce gamin, la question n'était pas là, mais il n'avait rien d'un Charlannes, c'était même tout le contraire : blondinet, le nez fin, des taches de rousseur qui lui apparaissaient sur les joues et le front dès les premiers rayons du soleil. Un corps mince, élancé, la taille bien faite, presque trop, qu'une fille lui aurait enviée, des jambes longues et droites. Et puis, surtout, cette carnation de porcelaine, quasi diaphane, qui donnait l'impression d'un vase que le moindre regard un peu sombre ou trop appuyé aurait fait voler en éclats. Non, Antoine n'avait rien d'un Charlannes ; en revanche, la silhouette de Louise, certainement, qui, elle-même, tenait la sienne de son père. Des silhouettes délicates, d'aspect agréable qui ne laissaient rien supposer, c'est certain, de leurs caractères souvent déterminés, voire inspirés dans les affaires. Ainsi, bien que la députation fût passée sous le nez du père de Louise, et malgré son air gentillet, celui-ci n'en avait pas moins su conduire fermement sa barque et profiter des bonnes occasions pour conforter ses finances lorsqu'elles s'étaient présentées, singulièrement dans les années 50 à 60 du siècle dernier où, du côté de Courpière, on cultivait la bien connue « Madame Moutot », la meilleure des fraises, si grosse et sucrée, qui faisait des ravages dans le monde entier. Lui qui se vantait, alors, d'ignorer à quoi ressemblait un plant de fraisier, cherchez donc à comprendre ! Quant à Louise, depuis la mort de Gustave et qu'elle avait délaissé ses bonnes œuvres, c'est en deux temps trois mouvements qu'elle avait démontré au père Charlannes, à Paul Vassalou et à tous les employés de la scierie à quelle tête bien faite ils s'opposeraient si jamais, pour un oui ou pour un non, d'aucuns voulaient se mettre en travers du plan de route qu'elle s'était fixé. Le fait est que, moins d'un an et demi après l'incendie, aucun des employés de l'époque n'avait été renvoyé à la concurrence. La trésorerie était exsangue et les dettes considérables, mais ils étaient tous là, enthousiastes, comment ne pas l'être ? Et mille fois reconnaissants.

Finalement, à force de méditer tout ça, le père Charlannes s'endormait toujours, la nuit venue, en se disant que, après Louise, l'avenir de la scierie ne manquerait pas d'être assuré. Sans doute, il aurait préféré que Lucien, au charisme évident, vînt la seconder et lui succédât à coup sûr ; mais dans la mesure où Louise s'était révélée véritable chef d'entreprise, alors que rien, ni sa stature ni ses précédentes occupations, ne le laissait prévoir, pourquoi n'en serait-il pas de même pour Antoine ? Ainsi, quelle que fût la décision de Lucien, qu'il revînt ou non sur ses options présentes, nul n'avait d'inquiétude à se faire. Le brave homme avait toutefois omis de considérer que le destin, en ces facéties, n'avait pas décidé de jouer la même partition que lui et que les conclusions les plus certaines, issues des raisonnements les plus poussés, ne sont pas toujours les plus garanties.

Et Hélène ? Eh bien, Hélène, on croirait qu'elle comptait pour peu de chose. Mais c'est une erreur ! Malgré ses quinze ans, elle était la confidente de tout ce petit monde. Comment parler d'elle ? On ne sait pas vraiment, sinon qu'elle était sage, peut-être trop selon certains, et toujours posée, très bonne élève comme ses frères, et, physiquement, plutôt proche d'Antoine. Son visage était cependant resté poupin, peu affirmé, elle avait les joues bien remplies, comme déjà son corsage, et le nez légèrement retroussé. Pour tout dire, adorable à regarder, ça oui, elle l'était, mais elle était aussi la première à s'en moquer.

C'est dans ses bras que Louise était tombée après qu'on lui avait appris ce qui était arrivé à Gustave. La mère de Louise aurait-elle été présente à ce moment, ou bien son père, cela n'aurait rien changé. Entre elles deux, très tôt, une sorte de connivence s'était installée, toute naturelle. Une connivence pareille à celle, probablement, que Gustave et Lucien avaient dû partager ; mais différente, c'est certain, de cet amour quasi fusionnel que Louise entretenait depuis toujours avec Antoine.

Hélène était alors la discrétion même. Effacée, mais pas insignifiante, elle acceptait les remarques dès lors qu'elles étaient fondées, marquait sévèrement sa désapprobation lorsqu'un parfum d'injustice flottait dans l'air. Jamais elle n'élevait le ton, jamais elle ne se mettait en colère. Elle savait rire, elle savait écouter, elle savait comprendre, elle savait également consoler. Lucien lui parlait de temps en temps de Pauline, il lui disait qu'il l'aimait, comment il l'aimait, il lui parlait de ses poignets si légers, si minces à tenir entre deux doigts. Le père Charlannes évoquait avec elle, sans se soucier de sa tendre jeunesse, la tristesse qu'il avait d'être seul, infiniment, d'avoir perdu sa femme, la grand-mère d'Hélène, et Gustave ; et, lui caressant les cheveux, un sourire marquait son visage quand il lui racontait ses journées avec Louise, à la scierie, sa détermination à vouloir faire avancer les choses et la façon qu'elle avait, en tapant du plat de la main sur son bureau, de réduire à néant s'il le fallait les intentions de Vassalou. Vassalou, lui aussi, s'était parfois risqué à lui poser des questions, des questions gênantes, qui concernaient sa mère, la scierie, son avenir à lui, son attachement à la famille Charlannes, à Gustave, plus un ami qu'un patron, et à Louise, à Louise surtout, des questions qui, la plupart du temps, c'était une chance, n'appelaient aucune réponse. Et puis il y avait encore les bonnes histoires d'Antoine, celles qu'il lui racontait quand ils rentraient à la maison, pédalant côte à côte, ou lorsqu'il la retrouvait, assise à sa table de travail, après son passage à la scierie. « Tiens, je vais te distraire un peu », disait-il en s'asseyant non loin d'elle. Hélène s'arrêtait alors de travailler et, l'œil amusé, elle l'écoutait gentiment. Pourtant, parmi ses histoires, il y en avait une qu'elle n'avait pas appréciée du tout. « Une bonne blague ! » avait assuré Antoine, tout enjoué, avant de s'entendre qualifier vertement par sa sœur de petit vaurien. Le ton avait été si dur qu'il en avait rougi de confusion et s'en était allé sur-le-champ, claquant la porte derrière lui. Hélène, un moment, s'en était voulu de sa sévérité, alors elle s'était levée, avait tenté d'entrer dans la chambre d'Antoine avec l'idée de lui expliquer pourquoi elle avait réagi aussi vivement. Mais lui s'était enfermé et il avait refusé de lui ouvrir. Que s'était-il donc passé qui avait ainsi provoqué l'irritation d'Hélène ? De quelle « bonne blague » s'agissait-il dont Louise, par la suite, n'avait jamais eu connaissance ?

C'était ainsi depuis toujours : les camarades d'Antoine étaient plus âgés que lui, d'au moins deux ou trois ans. Louise l'avait souvent remarqué. Hélène aussi. Était-ce parce que, à l'inverse de ce que considérait son grand-père, la personnalité qu'il dégageait, malgré l'étroitesse de ses épaules et la finesse de sa taille, ne manquait pas d'attrait pour les plus grands ? Ou bien était-ce lui qui cherchait en eux, en la trouvant, l'indispensable protection à sa fragilité ? Toujours est-il que parmi les quatre galopins qu'Antoine fréquentait lorsqu'il était en classe de troisième, deux d'entre eux étaient en première, dont Bastien Chantossel, le fils du beau brun, celui qui, au bar du *Vercingétorix*, s'était juré à grands cris d'avoir la peau du niakoué. Car c'était de cette façon que, dès son arrivée dans notre petite ville, le beau brun et quelques autres de ses amis avaient surnommé François Chang, donc bien avant que le couple Dupeyroux ne fît caqueter tout le pays. Un François Chang qui, selon ce que prétendait toujours le beau brun, avait dû pénétrer en France par effraction et ne devait s'appeler ni François ni Chang. Plutôt raciste, le bonhomme, comme on voit, notamment quand le trop-plein d'alcool commençait à déborder.

Antoine aimait bien Bastien, une forte tête, le digne fils de son père. Et puis d'avoir un copain de dix-sept ans, bientôt dix-huit, ne le rendait pas peu fier. Aussi, c'était pour lui une vraie satisfaction que d'adopter les manières de mauvais garçon que Bastien, profitant de sa naïveté, lui inculquait. C'est ainsi qu'il avait à son tour baptisé François Chang : le niakoué. Il en connaissait à peu près la signification : « Paysan, péquenaud, trou sale, si tu préfères », lui avait répondu Bastien quand il l'avait interrogé à ce sujet. Bon, d'accord, ce n'était pas très plaisant, mais ce n'était pas trop méchant non plus. Il aurait également aimé savoir si c'était un terme que le père de Bastien avait inventé ou « un vrai mot dans une vraie langue ». Mais, là, il avait craint d'embarrasser Bastien et, sa question, il l'avait gardée pour lui.

La bonne blague, cela faisait déjà des semaines qu'ils y pensaient tous les quatre, les copains d'Antoine. À ce moment, François n'avait pas encore la charge du parc de l'Âge d'or. Son champ d'action, c'étaient les parcs Marmontel et Pourrat ; tout au long du jour, pour en assurer une surveillance correcte, il devait passer de l'un à l'autre. Mais le parc qui nécessitait de sa part la plus grande attention, c'était le parc Marmontel, à cause des collégiens et des lycéens qui le traversaient le matin de bonne heure pour se rendre aux cours, à midi et puis à 13 heures, et puis encore le soir, quand ils rentraient chez eux. Le parc Pourrat, tout proche et fréquenté par les vieux de l'ancien hospice, transformé en maison de retraite, était plus tranquille.

C'est dans ce parc Marmontel qu'il y avait aussi et qu'il y a toujours nos plus beaux arbres, dont un cèdre d'une beauté redoutable, à rendre jaloux les platanes et les érables voisins. En été comme en hiver, une majesté en tenue d'apparat, d'une couleur gris-bleu à en rêver. Un joyau sur lequel François, on s'en doute, veillait tout particulièrement. Certes, il est moins ancien que le cèdre de Marengo que l'impératrice Joséphine a fait planter à l'annonce de cette victoire dans le parc du château de Malmaison, pas loin de Paris ; mais, selon ce qu'en disent nos archives, notre parc Marmontel, ses allées et ses talus, ses parterres, ses bosquets et ses deux fontaines, ont tout de même été imaginés autour de lui, afin qu'il s'impose naturellement au regard des visiteurs. Ce qui veut dire qu'à l'époque, il y a plus de cent années, il était certainement d'une belle taille, tant en hauteur qu'en envergure, et d'un âge déjà respectable. Or c'est précisément à l'assaut de cet arbre fameux que nos jeunes avaient décidé de partir, espérant que, du même coup, François en tomberait raide.

Dans l'esprit de chacun, parlant de ceux qui étaient là, mères de famille habituées ou promeneurs occasionnels, la scène, assez cocasse il faut le reconnaître, surtout si l'on se souvient de la silhouette de François, arrondi de partout et court sur pattes, est encore bien présente. Il suffit d'imaginer nos jeunes gens lâcher leurs vélos et leurs sacs, puis s'élancer brusquement vers le cèdre et disparaître un moment, perdus dans le touffu gris-bleu du feuillage, pour réapparaître bientôt à mi-parcours, comme des coucous de pendule, avant de poursuivre en grimpette souple et, bientôt, finir au plus haut, chacun assis sur sa branche, les jambes pendantes et tous riants aux éclats à la face médusée de ceux qui n'ont rien vu venir. Parce que c'est ainsi que cela s'est déroulé, presque aussi vite : c'était un vendredi de novembre, aux environs de 17 heures, soit trente minutes avant que François ne sortent les clés de sa sacoche pour fermer les grilles du parc.

François n'était pas tombé raide, mais il s'en était fallu d'un rien. À cause du cèdre, tout d'abord, dont les branches les plus basses, sans toutefois ployer d'un pouce, grinçaient de sinistre façon ; ce qui n'était pas le cas des branches les plus hautes, celles sur lesquelles les camarades d'Antoine s'étaient installés à l'aise comme pour entamer une partie de cartes : elles ne grinçaient pas seulement, mais, pire que ça, elles descendaient puis remontaient dangereusement, dans une détente de ressort de plus en plus vive. D'ailleurs, le géant, sous le poids des gredins, ne basculait-il pas déjà sur sa droite ? ou n'était-ce pas plutôt sur la gauche ? De cocasse ou burlesque, peu importe le qualificatif, tout cela risquait d'un instant à l'autre de virer au drame.

François s'en était rendu compte.

Il s'était mis à crier :

« Descendez, descendez donc ! Vous allez vous rompre le cou ! Descendez ! »

Mais, au lieu de ça, Bastien et ses complices, à l'exception d'Antoine qui n'osait trop bouger, l'avaient ridiculisé davantage. Quoi d'étonnant ? N'était-ce pas le but du jeu ? Ils avaient ri plus fort encore, s'étaient balancés comme des fous.

« Hé, le niakoué, tu viens nous chercher ? avaient-ils braillé du haut de leur perchoir. Gros plein de soupe, vilain boiteux, t'as vu un peu à quoi tu ressembles ? On t'attend ! »

Dans la tête de François, tout s'était alors désorganisé. Violemment ! Comme un Meccano dont tous les joints, toutes les attaches auraient sauté. Une explosion soudaine, inattendue, comme naguère, au milieu de la nuit, quelque part entre Da Nang et Port Princesse[1]. Une explosion totalement irréelle, qui s'était produite sous son front, juste au-dessus des arcades sourcilières, qui l'avait fait hurler de douleur. Ce souvenir, encore lui, ce souvenir qu'il voulait tant oublier, réduire, anéantir, mais qui lui brisait, lui broyait si régulièrement les os du crâne, cet épouvantable cauchemar qu'il ne parviendrait jamais à gommer, que sa mémoire, il le savait, n'effacerait jamais, s'y refusant comme pour le punir, mais de quoi donc, que diable ? de quelle faute inconnue ? de quel péché ? d'être encore vivant ? ou bien d'avoir su trouver refuge en France, à Paris, puis ici, dans notre petite ville ? et d'y être bien, sinon pleinement heureux ?

Le dos courbé vers l'arrière, les yeux fixés à une quinzaine de mètres au-dessus du sol, là où ça gesticulait le plus, déjà il ne voyait plus ni Bastien ni les autres, que deux enfants maigres, cette fillette aux cheveux longs et noirs, et belle comme une orchidée, et ce garçonnet aux formes graciles, tous les deux en larmes, agrippés au sommet d'un mât, cependant que leur bateau, une espèce de jonque impropre à la navigation en haute mer, déjà abandonné par tous, tanguait et roulait malmené par les flots et le vent. Bientôt, le mât céderait, que de courtes flammes commençaient à lécher, et les enfants, les malheureux, aux visages maintenant torturés, s'écraseraient sur le pont, sacrifiés à leur tour. Mais non, François ne pouvait plus se résoudre à cette fin, cette fin qu'il connaissait par cœur, il en avait assez vu, assez entendu : « Sautez ! Sautez vite ! » criait-il aux deux enfants, en battant des bras comme il aurait battu des ailes s'il avait dû s'envoler jusqu'à eux pour les sauver. « Sautez vite ! » criait-il encore. Il leur disait, les suppliait de se jeter à l'eau, que c'était là leur seule chance de

1. *L'une des destinations aux Philippines que les boat people vietnamiens, en traversant la mer de Chine, tentaient d'atteindre dans les années 80 du siècle dernier.*

salut. Et plus il criait, plus ça résonnait dans son crâne, et plus ça devenait difficile à supporter. Et plus Bastien et sa bande, en l'entendant jaspiner dans une langue informe, la sienne, s'amusaient de cette souffrance à laquelle personne ici ne comprenait rien.

Et puis, peu à peu, les images s'étaient dissipées, comme de longs filets de brume ; la réalité avait repris ses droits et François ses esprits. Mais la situation ne lui appartenait plus. Une brave dame affolée qui tenait toujours son portable avec elle, pour le cas où, avait appelé la gendarmerie. Et les gendarmes, à grand renfort de sirène comme ils savent si bien faire, étaient arrivés à trois dans une Mégane flambant neuve.

Ensuite, avait encore raconté Antoine à Hélène, tout s'était promptement déroulé.

« Alors, vous descendez de là, maintenant ? avait fait le brigadier Leroy, une vraie crème d'homme.

– On vous emmerde ! avait répondu Bastien du tac au tac.

– D'accord, on verra ça au poste. En attendant, tu descends ou tu préfères qu'on te déloge ? »

Antoine avait obtempéré le premier. Le brigadier l'avait pris par l'épaule, étonné :

« Qu'est-ce que tu fais ici, petit ?

– On l'embarque, chef ?

– C'est le fils Charlannes, avait soufflé le brigadier à son collègue. Alors il rentre chez lui en grande vitesse, sinon on prévient sa mère aussitôt. C'est clair comme ça, petit ? »

Antoine, penaud, avait fait oui de la tête.

Il s'était ensuite dirigé vers François, comme pour s'excuser, ou lui dire qu'il regrettait, mais à cause des autres et, surtout, de Bastien qui aurait pu remarquer son geste et lui en aurait sûrement voulu après un tel manquement, il s'était arrêté à bonne distance, juste ce qu'il fallait pour que François comprît, puis il avait couru jusqu'à son vélo.

Non, l'histoire d'Antoine n'avait pas plu du tout à Hélène. Elle n'aurait pas plu davantage à leur mère. C'est pourquoi Hélène l'avait gardée pour elle, se contentant, après avoir regagné sa table de travail, de brancher son ordinateur, puis de taper le mot niakoué dans la barre de recherche de l'annuaire internet Yahoo ! Comme souvent, on lui avait proposé un peu tout et n'importe quoi. Mais elle avait tout de même retenu que c'était un mot d'origine vietnamienne, qu'on devait plutôt l'écrire *« nhà quê »* et qu'il avait une connotation péjorative, voire injurieuse, même lorsque les Vietnamiens l'employaient entre eux.

Aussitôt, Hélène s'était posé beaucoup de questions. François Chang était-il donc vietnamien et non originaire de Chine comme elle l'avait cru jusqu'alors ? Et comme Bastien l'avait répété à Antoine, ne s'appelait-il vraiment ni Chang ni François ? Dans ces conditions, qui était-il vraiment ? et d'où venait-il ? et depuis quand était-il en France ?

Titillée par ces interrogations, Hélène aurait bien voulu en savoir un peu plus. Mais à qui aurait-elle pu s'adresser ? Est-ce que quelqu'un, ici, était au courant ? Elle pensa à Antoine. Parce que Bastien Chantossel, de nature prolixe, elle le connaissait bien pour avoir été dans la même classe que lui quand ils étaient encore tous les deux collégiens, n'avait pas dû se borner à des explications linguistiques. Ou bien à Louise, peut-être ? Mais elle était bien trop préoccupée par l'avenir de la scierie pour qu'on la dérangeât encore. Sans oublier ce qu'elle avait encaissé, quelques mois auparavant, de la part de la mère d'Émilie Dupeyroux. Hélène y repensait souvent.

Louise n'avait jamais prêté l'oreille aux rumeurs de la ville. Ou du moins, c'est plus probable, avait-elle feint de ne pas tout entendre. Quelle honte pour elle si elle avait su ce que certains, pendant un moment, ont eu l'audace de prétendre ! Qu'elle s'était accrochée avec la Dupeyroux, en particulier, jusqu'à en venir aux mains. Ou qu'elle avait sciemment provoqué le départ des deux époux. Quand on songe qu'elle avait jugé si bien faire lorsque, deux ou trois fois par semaine, à la consternation de Vassalou qui l'aurait mieux vue à la scierie qu'en vadrouille, elle partait en voiture avec cette personne, l'emmenant à la découverte, tout près d'ici, d'églises et de chapelles, de bois et de cascades, de cloîtres ou de châteaux, au gré de leur mutuelle inspiration, on est bien obligé de se dire qu'il y a des mauvaises gens partout ! Quelle meilleure idée, pourtant, pouvait-on avoir eue ? Quelle meilleure façon, en effet, tant pour l'une que pour l'autre, de reprendre le dessus et d'évacuer leurs récentes épreuves ?

Le père Charlannes, en tous les cas, l'avait compris qui, à chaque fois que Louise s'absentait, intimait à Vassalou de se calmer, lui répétant que ce que Louise avait entrepris, une espèce de thérapie mentale, ce n'était du temps perdu pour personne, ni pour elle ni pour la scierie. Une thérapie dont, sans rien lui devoir, le cœur seulement sur la main, Louise avait décidé d'en faire également profiter la dame Dupeyroux.

Au début, c'est sûr, cela n'avait pas dû être commode pour elles deux de parler d'autres choses que de la mort de Gustave et d'Émilie. Elles couraient même le risque, au fil des jours, de finir par se complaire dans un état chronique de morbidité qui les aurait conduites vers une impasse. Mais Louise avait trop de caractère pour se laisser piéger. Il fallait tendre vers ailleurs, vers le bleu du ciel, n'imaginer que des jours plus sereins ou ne rappeler à soi que les meilleurs souvenirs. Et des souvenirs comme ceux-là, Louise en récupérait à la pelle, quitte à les inventer.

Alors, par bribes, selon le temps et les saisons, elle les évoquait, parfois simplement, parfois avec emphase, mais toujours avec le souci de les partager avec celle qu'elle appelait maintenant Fannette, sa nouvelle amie.

Ainsi se rendaient-elles assez souvent au-delà de Courpière, jusqu'à Vollore-Ville, puis de Vollore-Ville au Besset où Louise, quand elle était enfant, venait jouer les samedis et les dimanches, accompagnée de ses parents. Elle racontait ses parties de fous rires avec Andrée, la fille de la fermière, quand elles se roulaient dans le foin, au-dessus de l'écurie, ou bien encore lorsque, dans la chaleur de l'étable, elles se présentaient derrière les vaches aux flancs bossus, prêtes à vêler, et leur donnaient de grandes claques sur les fesses, en criant fort pour qu'elles se bougent.

« Penses-tu ! disait-elle. Elles tournaient la tête vers nous et se contentaient d'un meuglement rempli de fatigue, tout en continuant de mâchouiller je ne sais quoi. »

Bien sûr, le Besset d'alors n'était plus celui que Louise avait connu quand elle avait dix ans, mais la ferme était toujours présente, même si les propriétaires avaient changé, et le panorama toujours à sa place, comme la Limagne, cette étendue blanche et lointaine que dévorait le soleil, ou les ronflements de la Dore en contrebas de vallée, ou bien encore le grün de Chignore, tout au-dessus, aux alternances de lande rocailleuse et d'éboulis de granit blond que les myrtilles ornaient en festons.

Louise et Fannette, en se rendant ainsi de place en place, avaient apaisé pendant un moment, puis quelques semaines et, bientôt, quelques mois, cette douleur intime qui les avait prises ensemble, le même jour, au même instant, les rendant quasi prisonnières l'une de l'autre. À nouveau, y compris sous l'ondée qui fait rarement défaut dans le Livradois, un peu comme en Bretagne ou comme au Pays basque, elles regardaient la vie comme autrefois, elles formaient des projets et se risquaient à rire s'il n'y avait pas trop de monde autour d'elles.

Mais, probablement parce que tout lasse un jour ou l'autre, y compris le bonheur lorsqu'il s'installe ou fait semblant, la Fannette, que Louise, en pensant se sauver elle-même, espérait également sauver, avait fini par retrouver sa pâleur des mauvais temps ; sans explication, la tristesse avait éteint son regard, les traits de son visage s'étaient lentement marqués de brun. Elle était redevenue la maman de la petite Émilie, la dame Dupeyroux à l'humeur aigre, toute pleine de ce chagrin qui n'avait jamais appartenu qu'à elle, qu'elle revendiquait et ne voulait plus partager.

Alors, un après-midi comme les autres, couvert de nuages et de pluie, elle avait déboulé dans la scierie et, sans demander l'avis de quiconque, était montée dans le bureau de Louise qui, pour une fois, travaillait seule. Et là, au plus profond d'une dépression qu'elle n'imaginait sans doute pas avoir atteint, ce n'était pas uniquement à la vie qu'en avait voulu la Dupeyroux, mais à sa bonne amie d'hier qu'elle avait accablée de tous les maux, lui reprochant notamment, comme si c'était essentiel, de ne l'avoir jamais accompagnée au cimetière.

« Parce que vous les voulez pour vous toute seule, Louise ! Croyez-vous que je n'ai pas compris votre manège ? M'éloigner de ma petite Émilie, mon enfant, c'est tout ce que vous souhaitez ! La garder pour vous ! »

C'était injuste, elle ne pensait même pas ce qu'elle disait, mais la disparition d'Émilie avait été si cruelle. Qui d'autre que Louise pouvait-elle accabler ?

« C'est odieux, ce que vous faites ! avait-elle continué en serrant les poings. Je n'en peux plus ! Que vous ai-je fait ? Qu'est-ce que j'en ai à fiche, moi, de vos histoires de gamine ? Et de votre bien-aimé Gustave ? Et de vos enfants chéris ? Parce que vous les avez, vous, ils respirent, ils vivent avec vous, ils vont au collège et vous les retrouvez chaque soir, ils vous aiment, alors que moi, que me reste-t-il ? Où est-elle, mon Émilie ? Où est-elle ? Je n'ai plus rien, Louise, plus rien… »

Mais Louise, qu'aurait-elle pu dire à ce moment ? Qu'aurait-elle dû répondre ? Elle avait seulement écouté, perdue, déconcertée par le désarroi de la Dupeyroux.

« Je vous en prie, avait-elle commencé la prenant dans ses bras. Je vous en prie, reprenez-vous, calmez-vous, nous étions si heureuses, souvenez-vous, hier encore, à Orcival, je vous ai entendue qui chantiez... »

À quoi bon poursuivre ?

Elle la pressait contre elle, lui donnait son réconfort.

C'est vrai, elles n'étaient jamais allées au cimetière toutes les deux, Louise n'y avait pas vraiment songé. Ou plutôt, si elle y avait songé, elle n'avait pas imaginé que cela pût être si important pour la maman d'Émilie. C'était tout le contraire. Elle en avait même touché quelques mots à Hélène, la seule à qui elle pouvait encore parler de ces choses. « Que dois-je faire à ton sens ? Je crains que ce ne soit maladroit. Que cela ravive encore un peu plus sa peine. » Mais, toujours sage, Hélène avait gentiment haussé les épaules. Louise s'en souvenait très bien. « Tu n'oublieras jamais papa, avait-elle achevé, et tu sais que, nous non plus, nous ne l'oublierons jamais. Mais est-ce une raison pour refuser de vivre ? Paul Vassalou est à la scierie, grand-père aussi. Alors, promenez-vous, profitez-en un peu... » La conversation s'était arrêtée là. Et si Louise, par la suite, avait si souvent fleuri la tombe où reposaient Gustave et Émilie, sans en prévenir la Dupeyroux, ça n'avait pas été pour l'évincer. Quelle idiotie ! Mais comment lui faire entendre raison, aujourd'hui qu'elle était au bord du gouffre ? Et, surtout, comment lui venir en aide ?

Et puis, soudain, la Dupeyroux s'était tue et elle avait éclaté en sanglots ; elle avait quitté le bureau en courant et regagné sa voiture. C'était au moment où François Chang, garé tout près de là, s'imprégnait, l'âme triste, et malgré un regain d'activité certain, de la désolation des lieux. Voyant ainsi la Dupeyroux, échevelée, en plein désordre, il s'était élancé à son devant. Mais elle l'avait repoussé, refermant brutalement sur elle sa portière, et elle avait démarré tout de suite après. Et lui en avait fait autant, se tenant toutefois à distance respectueuse, avant de bifurquer sur la droite et de s'en retourner vers Clermont.

Quelques minutes plus tard, quand Vassalou et le père Charlannes avaient été de retour à la scierie, Louise, encore toute secouée et tremblante, leur avait fait part de l'irruption dans son bureau de la mère d'Émilie.

« Il ne faudrait pas qu'elle commette l'irréparable, s'était alors inquiété le père Charlannes.

– Qu'est-ce que vous voulez dire ?

– Est-ce que je sais, moi ? Elle fait une dépression nerveuse, cette femme ; elle a tenu le coup un bon moment et maintenant elle craque, voilà ce que je pense. Et vous, Vassalou ?

– Voulez-vous qu'on y aille ?

– Chez qui, mon Dieu ? s'était exclamée Louise.

– Chez Dupeyroux, ma bonne Louise ! On ne peut pas les laisser tout seuls dans cette situation ! »

Alors, Paul Vassalou au volant et le père Charlannes à son côté, ils étaient repartis. Sans ajouter un mot, ils avaient rejoint notre petite ville et l'avaient traversée, direction Issoire. Les Dupeyroux habitaient sur cette route, à moins de un kilomètre.

Dupeyroux les avait accueillis.

« Je suis désolé, avait-il bredouillé aussitôt. Je ne pensais pas que Fannette… Elle m'a tout raconté…

– On peut entrer ?

– Oui, bien sûr…

– Désolé de quoi ? avait demandé le père Charlannes. Nous partageons la même épreuve vous et moi. C'est bête ce que je vais dire, mais perdre un époux, un parent, c'est presque dans l'ordre des choses, alors qu'un enfant…

– Elle était notre richesse, monsieur Charlannes, notre seule richesse, alors c'est encore plus dur… »

Dans la cuisine, la Dupeyroux était assise, les coudes sur la table, la tête entre les mains. Elle leur tournait le dos.

« Qu'allez-vous faire ? avait repris le père Charlannes.

– Partir, partir d'ici très vite.

– Mais vous irez où ? Votre travail ? »

Dupeyroux avait soupiré :

« Je sais bien. Mais pour elle, c'est plus possible. Regardez dans quel état elle se met. Faut qu'on s'éloigne. Vous devez comprendre. Moi, j'en veux pas à Mme Louise, elle pensait bien faire, mais ma Fannette, elle est au bout, c'est comme ça, on n'y peut rien… »

Il y avait eu un silence.

Sans se retourner, la Dupeyroux avait marmotté :

« Laissez-nous. S'il vous plaît, laissez-nous… »

Vassalou était gêné.

« Ce serait peut-être mieux », avait-il fait, s'adressant au père Charlannes.

Puis, à l'attention de Dupeyroux :

« On ne voulait pas vous ennuyer… »

Dupeyroux avait esquissé un maigre sourire. Ses yeux brillaient, humides de larmes. Le père Charlannes avait pensé que Vassalou avait sûrement raison. Cette visite n'avait déjà plus aucun sens. Il avait répété machinalement :

« On ne voulait pas vous ennuyer… »

Puis, la main posée sur le bras de Dupeyroux :

« Vous m'appelez si besoin est, surtout pour le boulot, je connais encore du monde dans la région… Et prenez bien soin d'elle, c'est important… »

La porte s'était refermée.

Il s'était mis à pleuvoir. Une eau presque glaciale. Ils avaient couru jusqu'à la voiture. Le père Charlannes s'était mouché un bon coup. Vassalou s'était remis au volant.

Une demi-heure plus tard, ils étaient à Loupières-le-Haut, déjà en train de souper. Louise était assise à l'une des extrémités de la table, en maîtresse de maison qu'elle était, Hélène était à côté de son grand-père et Antoine à côté de Vassalou. La seule place qu'Antoine détestât, à cause de Vassalou qui tournait trop souvent la tête vers lui, mais sans jamais l'apercevoir, parce que, en fait, il dirigeait son regard vers Louise. Louise, toujours Louise, et encore Louise, avec des yeux d'envie dégoûtants. « Concupiscents… » avait un jour rectifié Hélène. « Dégoûtants et concupiscents ! » avait conclu Antoine avec une grimace. Ils étaient à table, tandis que le père Charlannes relatait comment la visite s'était déroulée chez les Dupeyroux. Une visite dont lui et Vassalou auraient pu se passer. « Pas vrai, Vassalou ? » En tout cas, ils avaient fait ce qu'il fallait. C'était comme ça. Maintenant, on n'avait plus qu'à parler d'autre chose. Du temps de la veille ou de celui du lendemain. Paul Vassalou, en s'essuyant les lèvres, avait approuvé le père Charlannes. Mais plutôt que de parler du temps qu'il ferait ces jours prochains, il avait lancé la discussion sur les assurances qui n'avaient toujours rien versé malgré leurs engagements et les travaux de remise en fonctionnement de la première ligne de sciage que Louise avait néanmoins décidé d'entreprendre. La trésorerie de la scierie serait bientôt à sec, et ça, ça le tracassait bien plus que le départ des Dupeyroux.

À quelque temps de là, de bon matin, Bousingot avait vu les Dupeyroux traverser notre petite ville. Ils étaient dans une vieille 403 toute déglinguée, poussive comme pas une, la malle arrière chargée comme un bourricot. Mais tout cela remontait maintenant à plus de un an et, depuis lors, à Loupières-le-Bas comme à Loupières-le-Haut, bien des choses avaient changé.

IV

OUI, BIEN DES CHOSES avaient changé depuis ce soir où Paul Vassalou avait alerté Louise et son beau-père de l'état où se trouvaient les finances de la scierie.

Pour Louise, cela n'avait pas été une surprise ; ce n'était pas pour rien qu'elle avait occupé ses dernières semaines à analyser les comptes des trois années passées, histoire de voir les lignes de dépenses qu'en accord avec le service comptable elle aurait la possibilité de réduire ou de supprimer en totalité. Pour elle, le plus important, c'était de s'arranger pour tenir la promesse qu'elle s'était faite le jour où elle avait vu les employés de la scierie rassemblés sous les fenêtres de la salle de réunion et scander le nom des Charlannes comme s'il leur appartenait. Ce jour-là, sous les yeux ébahis des deux assureurs, elle avait compris qu'ils étaient prêts à tout pour sauver la société. Pas question de plaisanter ! Et puis, dans la tête de chacun, s'était-elle encore dit en les entendant, il y avait sûrement Gustave, ce patron que le mauvais sort leur avait enlevé d'un coup. Remuée jusqu'au tréfonds, mais retenant tout de même ses larmes, Louise s'était alors promis qu'eux tous, quels que fussent leur âge et leur spécialité, elle veillerait à les maintenir près d'elle, comme des compagnons, et près de Gustave, comme par le passé ; une promesse dépourvue de bon sens, elle en avait très vite eu conscience, mais sur laquelle, nonobstant les semaines et les mois écoulés, point avares de tourments, elle n'était pas revenue et, se disait-elle toujours, malgré les remarques inquiètes de Paul Vassalou, n'avait nullement l'intention de revenir, dût-elle entrer en opposition avec lui.

Le père Charlannes, en revanche, en était resté un moment le souffle coupé. La trésorerie presque à sec ? Il ne pouvait le croire. Louise était trop bonne gestionnaire de sa maisonnée pour ne pas avoir déjà anticipé la chose.

« Qu'est-ce que vous voulez dire ? avait-il enfin bredouillé. Qu'on va être obligés de tirer le rideau ? Vous n'y pensez pas, Vassalou ? Et toi, Louise, qu'en penses-tu ? »

Mais Louise avait coupé court.

« Il se fait tard, avait-elle observé. Les enfants sont au lit depuis longtemps et nous sommes encore là à bavasser. On reparlera de tout ça demain, si ça ne vous dérange pas. Paul, vous n'allez pas rentrer chez vous à cette heure ? La chambre de Lucien est libre. Si cela vous tente...

– C'est la chambre à côté de la mienne, avait précisé le père Charlannes que cette initiative avait rasséréné et qui, tous ces derniers temps, s'était installé chez Louise.

– Ben, ma foi, avait fait Paul.

– Alors, c'est décidé. Il n'y a que les draps à changer, on n'en aura que pour deux minutes si vous m'aidez. »

Vassalou avait protesté :

« Pourquoi donc ? Le fiston aurait-il la gale ?

– Pas que je sache, non.

– Dans ce cas, on fait comme ça.

– Et pour votre aise, je vous prêterais bien un pyjama de Gustave, mais...

– Vous inquiétez pas, Louise. Je saurai me contenter de ce que j'ai sur moi : mon slip de ce matin et mon T-shirt à manches courtes. Et puis, demain, j'aurai toujours mes dix doigts et un peu de savon pour me frotter les dents…

– Bien dit, Paul, avait souri le père Charlannes.

– C'est comme vous voudrez », avait conclu Louise.

Sur quoi elle s'était éclipsée vers la salle de bains. Les deux hommes, à sa suite, étaient montés à l'étage.

Paul Vassalou n'avait encore jamais passé la nuit à Loupières-le-Haut bien que, du temps de Gustave, il lui fût arrivé d'en partir très tard le soir ; cette fois-ci avait donc été la première, mais elle ne devait pas non plus être la dernière. S'en doutait-il déjà ? En tous les cas, nul doute qu'il l'espérait. Car, lorsque Louise, à l'occasion d'une soirée aussi longue, lui avait à nouveau proposé de rester à Loupières au lieu de s'en retourner à Riom où il habitait depuis toujours, pas un instant Vassalou n'avait feint l'étonnement. L'air naturel, il était allé chercher sa trousse de toilette et le pyjama qu'il avait glissés dans le coffre de sa voiture depuis déjà une huitaine de jours. Futé, le bonhomme ! Comme un qui aurait eu sa petite idée derrière le crâne.

Le lendemain matin, comme convenu, on avait mis la question des finances au clair, et de la façon dont Louise l'entendait. La seule qui valût selon elle, franche et directe, en présence du chef comptable, un dénommé Lacombe, aspirant retraité, plus ancien à la scierie que Vassalou et beaucoup d'autres. Un brave type, bien qu'un peu rude. Le jour de l'incendie, c'était lui qui s'était chargé d'annoncer aux Dupeyroux la terrible nouvelle. Sa femme disait parfois qu'il ne parviendrait jamais à s'en remettre. Il en rêvait encore et, paraît-il, se réveillait en sursaut.

La réunion avait eu lieu dans le bureau de Gustave, devenu maintenant celui de Louise. Car le père Charlannes s'était rapidement persuadé que, malgré son inexpérience, elle mènerait les affaires plus rondement que lui. Surtout sur le plan humain dont elle avait bientôt entendu faire son domaine. Il escomptait aussi une bonne entente entre Louise et Paul Vassalou. Ces derniers temps, pourtant, quelques éclats avaient bien traversé les murs, surtout de la part de Louise, mais ç'avait été de l'ordre du raisonnable. Des éclats de voix pareils à ceux qu'on avait connus à l'époque de Gustave, donc guère alarmants. Évidemment, les échanges n'étaient plus tout à fait les mêmes : deux hommes ne discourent pas entre eux comme un homme et une femme. Et puis il n'y avait pas que cela. La connaissance du bois, par exemple, hormis le père Charlannes qui ne voulait plus y toucher, c'était maintenant Vassalou et personne d'autre. L'organisation du travail tout autant. On ne dirige pas une cinquantaine de personnes comme un stand de kermesse. Et dès que l'occasion se présentait, Vassalou ne manquait pas d'en profiter. Notamment, lorsque le père Charlannes était dans les parages et qu'une erreur de jugement de la part de Louise, quel que fût le sujet, nécessitait une mise au point. Il ne manquait jamais, à ce moment, de donner à son propos une tournure amusée qui pouvait être offensante. Le plus souvent, Louise se gardait de réagir. Comme on dit, elle écoutait et, une fois le discours terminé, elle mettait son chapeau par-dessus. Le père Charlannes, qui n'appréciait pas toujours, en faisait autant. Pour l'heure, Vassalou était indispensable, l'avenir de la scierie dépendait en grande partie de lui, il fallait bien en tenir compte.

Mais ce que Louise avait également compris, c'était tout ensemble les avances maladroitement dissimulées de l'ancien adjoint de Gustave à son endroit, intérieurement elle en riait souvent, le jugeant plus bête que finassier, et le fait, à son sens, qu'elle disposait tout logiquement d'assez de latitude pour lui envoyer sans détour, si besoin était, ce qu'elle pensait de lui et de sa façon de voir les choses. Indispensable, certes, mais seulement dans le cas où la scierie se relèverait. Et pour l'heure, les cordons de la bourse, Paul Vassalou l'avait-il oublié ? c'était Louise qui les tenait. Nulle autre personne qu'elle ! Grâce à ses biens propres, notamment. Il faut dire que son père ne s'était jusqu'alors guère montré avare en matière de donations. Sans doute, avec toutes leurs taxes, ça lui avait coûté bien des sous, mais sa fille, au moins, déclarait-il satisfait, quoi qu'il leur arrivât, à lui et à sa femme, ne serait pas dans le besoin. Ainsi, la trésorerie de la scierie, c'était Louise. Et encore par la suite, lorsque les compagnies d'assurances auraient « accouché » de ce qu'elles devaient, ce serait elle qui, en premier lieu, commencerait par exiger le remboursement de tout ou partie de ses comptes courants si jamais Vassalou ou tous autres, banquiers ou fournisseurs, tentaient de remettre en cause le plan de redressement dont elle avait été l'initiatrice. En fait, elle le savait très bien, l'avenir de la scierie, c'était-elle, financièrement pour l'instant, mais aussi tant que son beau-père en aurait décidé ainsi. Et, là-dessus, Louise ne redoutait aucun revirement de sa part. Paul Vassalou n'y pourrait rien, sinon reprendre ses grondements de vieux chien réveillé en plein sommeil, comme naguère avec Gustave, lorsque certaines décisions ne lui semblaient pas opportunes. Indispensable, oui, mais aussi trop ancien dans la maison pour être tenté d'aller voir ailleurs. L'avenir de Vassalou était à la scierie, à lui d'en convenir et d'en tirer les conséquences. Un aspect des choses que le père Charlannes n'avait peut-être pas envisagé, mais qui n'avait pas échappé à Louise. En revanche, le père Charlannes n'avait probablement pas été aveugle aux menées de Paul à l'égard de Louise, une affinité qui, pensait-il peut-être, aboutirait tôt ou tard à une quelconque « association ». D'ailleurs, le fait que Louise eût proposé à Paul Vassalou de dormir à Loupières-le-Haut n'était-il pas significatif ? Décidément, l'intérêt bien entendu de chacun des trois pour que la *Scierie Charlannes et Fils* reprît goût à la vie, c'était encore qu'il ménageât les deux autres.

« Voici où nous en sommes, avait commencé Louise, assise en bout de table, entre son beau-père et le chef comptable, et face à Paul Vassalou. Dans ce registre, l'ensemble du personnel : cinquante-trois employés le 5 septembre dernier, plus que cinquante aujourd'hui, soit sept mois plus tard, et quarante-huit dans deux mois, puisque monsieur Lacombe et notre troisième conducteur de séchoir auront fait valoir leurs droits à pension d'ici là. C'est bien ça, monsieur Lacombe ?

– C'est exact, avait confirmé le chef comptable. Je pense me retirer dans deux mois sans que la scierie soit tenue de me remplacer. Comme vous le savez, j'ai mis en place avec mon adjointe, Marie Chappuis, un système informatique que je crois performant et qui devrait parfaitement convenir.

– Paul, une question ?

– Rien à ajouter, Louise, si ce n'est, je vous le répète, que les caisses sont pour ainsi dire vides et qu'il faudra bien trancher à un moment donné.

– Et vous, monsieur Charlannes ?

– Je t'écoute, Louise, je t'écoute... »

Louise avait alors refermé le registre du personnel, puis elle avait disposé sur la table, à la disposition de chacun, un certain nombre de pièces comptables.

Elle avait ensuite repris la parole :

« Ici, les salaires ; là, les commandes ; et là encore, les livraisons en cours... Vous voulez que je récapitule notre action au cours de ces sept derniers mois, Paul ? Ce sera vite fait. Dans les jours qui suivirent l'incendie, souvenez-vous, nous avons évalué le niveau des dégâts : dans l'atelier central plus aucune ligne ne fonctionnait et les ateliers latéraux, le A comme le B, étaient réduits à rien ou presque. Après consultation des représentants du personnel, nous avons malgré tout décidé de poursuivre l'activité de la scierie et, surtout, c'était pour moi primordial, de ne procéder à aucun licenciement...

– Primordial mais inconsidéré, Louise, avait remarqué Vassalou en passant, car maintenant nous allons droit au casse-pipe. Avez-vous vu l'ampleur de votre compte courant ? Chaque mois, vous injectez trente à quarante mille euros.

– Laissez-moi poursuivre, vous permettez ?

– Paul n'a peut-être pas tout à fait tort, s'était tout de même risqué le père Charlannes. Tout cela est assez dangereux.

– Vous oubliez les assurances, monsieur Charlannes ! Elles nous doivent deux millions d'euros, au bas mot, plutôt trois. Je ne sais ce qui les retient de nous les verser. Ou plus exactement, je le sais et vous le savez aussi : que nous déposions le bilan ! Et alors elles s'arrangeraient pour n'avoir à régler que ce que nous devons actuellement aux organismes comme l'U.R.S.S.A.F. ainsi qu'aux fournisseurs qui nous font encore confiance... »

Le père Charlannes avait secoué la tête.

« Mais c'est tout de même ton argent, Louise. Imagine que tu ne puisses plus le récupérer ?

– Et alors, père, serait-ce pire que de laisser tous ces gens qui croient encore en nous et ne touchent plus aujourd'hui que la moitié de leur salaire ? Parce que c'est tout de même bien ça la vérité. La moitié de leur salaire contre la promesse de tout entreprendre pour remonter la société, et vous voudriez qu'on tire le rideau, comme vous le proposiez hier ?

– Je ne sais pas, mais...

– J'agis comme Gustave aurait agi, j'en suis certaine.

– Pas si sûr, avait encore grommelé Vassalou. Je le connaissais, le Gustave, et je me dis parfois qu'il aurait peut-être préféré une autre solution, plus simple et plus efficace : tout foutre en l'air d'un coup et repartir de zéro.

– Ce n'est pas si évident que ça non plus, avait encore observé le père Charlannes d'une voix un peu sèche. Vous n'êtes à la place de mon fils ni l'un ni l'autre. Et moi-même, je ne saurais prétendre quelle option il aurait adoptée... »

Il y avait eu un silence. Louise avait rassemblé un à un les documents qu'elle avait posés sur la table quelques instants plus tôt. Ni le père Charlannes ni Vassalou ne les avaient consultés. Puis elle les avait tendus à Lacombe.

« Direz-vous quelque chose, monsieur Lacombe ? »

Celui-ci avait ouvert de grands yeux, étonné qu'on lui demandât son avis. Durant toute sa carrière, on lui en avait rarement fourni l'occasion. Puis il avait émis un soupir et, désignant la fenêtre d'un signe de tête, il s'était lancé :

« Pour vous parler franchement, à quelques semaines de la retraite, j'ai l'impression que je ne devrais pas vous répondre, madame Charlannes. Débrouillez-vous avec vos histoires, voilà ce que je devrais penser. Seulement, je ne peux pas. Parce que je suis encore avec eux, ceux qui braillaient "Charlannes et Fils", quand les assureurs vous tenaient la dragée haute. Ici, moi je vous dis que tout le monde a besoin de vous. Ne me demandez pas pourquoi, je n'en sais fichtre rien. Tenez, il y a sept mois, j'en suis sûr, pas vingt d'entre eux ne vous auraient reconnue en vous croisant sur la route. Pas vingt. Aujourd'hui, excusez ma maladresse, madame Charlannes, mais vous êtes tout autant que monsieur Gustave, et je vous assure, c'est pas rien… »

Le bonhomme s'était arrêté, assez fier de s'en être si bien tiré, mais la gorge un peu sèche.

« J'ai pas l'habitude, madame Charlannes. Ce n'est peut-être pas bien, ce que je vous ai dit là.

– Continuez plutôt, monsieur Lacombe. »

Alors Lacombe avait repris les documents que Louise lui avait rendus et, en effet, il avait continué, tranquille, séparant les feuilles avec méthode, du bout de l'index qu'il humidifiait au préalable à intervalles réguliers.

« J'ai revu tous les comptes, voyez-vous, et c'est vrai qu'ils ne sont guère brillants. Pourtant, si vous regardez d'assez près, Paul, vous observez que le compte courant de madame

Charlannes n'augmente plus autant que vous le disiez tout à l'heure. Pourquoi ? C'est tout simple. Parce qu'ils se sont tous mis, malgré leur moitié de salaire, à faire ce que vous leur avez demandé : réparer avec les moyens du bord. Pas un de nos gens n'est employé en ce moment dans le cadre de sa fonction. Quand je dis pas un, ce n'est plus tout à fait vrai, car la production a commencé à reprendre grâce à la première ligne de sciage qui fonctionne à nouveau et, depuis une huitaine, nous procédons à quelques livraisons. Maintenant, ce sont les grumes qui vont nous manquer. Qu'en dites-vous, monsieur Charlannes ? Votre ami des Vosges, ne pourrait-il pas vous faire un peu de crédit ? »

Vassalou était intervenu brusquement :

« Cette situation ne peut pas durer, Lacombe. Quelques livraisons ! Quatre euros et quelques malheureux cents ! Même pas de quoi régler deux kilos de pommes !

– N'exagérez-vous pas à votre tour, mon brave Vassalou, avait tempéré le père Charlannes en hochant la tête. Vous prenez soin de l'argent de Louise comme si c'était le vôtre. Pensez-vous donc qu'elle soit si légère ? Elle vous a demandé de répartir les tâches afin qu'une de nos lignes redémarre. C'est maintenant le cas. Alors on va de l'avant…

– Et vous motivez vos commerciaux, Paul ! avait renchéri Louise. M. Lacombe a raison. Il nous faut des grumes pour que ça recommence à tourner. Des bois simples. Du travail facile, mais de qualité. On ne peut plus que fabriquer des palettes ? Eh bien, fabriquons des palettes ! Je ne vois pas de déshonneur à ça. Les parquets en chêne ou en je ne sais quoi, ce sera pour plus tard. Et allons au-devant des commandes, sans pleurnicher, ni se figurer, surtout, que Louise Charlannes elle fout son argent en l'air ! Parce que ce n'est pas le cas.

– Ce n'est pas vraiment ce que je voulais dire, s'était gauchement défendu Vassalou.

– Je me moque bien de ce que vous vouliez dire, Paul ! Le peu que je tiens, je le tiens de mon père et de son travail. Et ce que j'ai maintenant, entre les mains, c'est ce que mon beau-père, puis mon Gustave ont construit. Alors ne comptez pas sur moi pour baisser les bras. Même si je dois me ruiner. Ce que je ne suppose pas, d'ailleurs. Dans un an d'ici, vous verrez, ce sont trois lignes de sciage qu'on aura, et pas seulement les deux qu'on avait en septembre dernier. Parce que celle qui fonctionne à nouveau, on la doit à nos gens, pas aux assurances. Et si l'argent avait été là, tout ce qui restait, on aurait fini de le démolir pour y mettre du neuf à la place. Vous comprenez ça, Paul ? »

Mais Vassalou, en haussant les épaules :

« Parce que vous vous imaginez qu'elle fonctionnera encore longtemps votre machine à faire des planches ? Le moindre pépin, Louise, le moindre accident, une main qui fout le camp dans la sciure ou rien qu'un doigt, et cette fois, ce ne sont pas les assurances qui vous couvriront. C'est vous qui paierez, à fonds perdus, et pendant un bout de temps ! »

La discussion prenait mauvaise tournure.

Louise était demeurée silencieuse. Où donc Paul voulait-il en venir ? Elle avait peine à le comprendre.

Le père Charlannes s'était levé.

« J'ai l'impression de rêver, avait-il mâchouillé mécontent. Vous vous emportez l'un et l'autre comme des gamins. À quel jeu jouez-vous ? Je pense qu'on va s'en tenir là pour ce matin. Vous en êtes d'accord ?

– Oui, je pense aussi, avait répondu Louise qui s'était levée à la suite de son beau-père.

– Et vous, Paul ?

– Certainement, monsieur Charlannes. »

Le père Charlannes s'était alors adressé à Lacombe :

« Mon bon ami, à vous le mot de la fin », avait-il proposé en tentant un sourire.

Lacombe ne s'était pas fait prier.

Tout en ramassant ses papiers, un peu voûté et le front plissé, il s'était tourné vers Vassalou, dans cette attitude à la fois débonnaire et sévère que prenaient autrefois les instituteurs face à l'élève coupable.

« Je comprends Paul, on est tous un peu déboussolés. Mais un berger qui disparaît, c'est un berger qu'on remplace. Le destin le veut ainsi. Pardonnez-moi, madame Charlannes. C'est ainsi et nous le savons tous… Faut faire confiance. Encore une semaine, un mois, peut-être deux. Bientôt, on aura l'argent et tout rentrera dans l'ordre, même si c'est dur à vivre. »

Vassalou avait alors détourné la tête.

« C'est dur, en effet, avait-il soupiré à part lui, la voix humide, et se dirigeant déjà vers la porte. Bigrement dur… »

Puis il était sorti, et Lacombe derrière lui ; seul le père Charlannes était resté avec Louise qui l'avait retenu par le bras. Parce qu'elle voulait lui parler de retraits d'espèces non négligeables et remontant à plusieurs mois que le chef comptable avait découverts sans parvenir à les expliquer.

Déboussolé, Vassalou l'était comme eux tous ; mais il était aussi célibataire. Ce qui n'arrangeait rien et expliquait peut-être beaucoup de choses. Son réel attachement à Gustave Charlannes, entre autres. Et le fait aussi qu'il habitât à Riom, à une bonne trentaine de kilomètres de notre petite ville, plutôt qu'à proximité de Loupières-le-Bas. Gustave et lui ? Les frères jumeaux de la scierie. Certains en avaient souri, parfois avec un brin de moquerie, mais jamais avec méchanceté. Parce qu'on les respectait autant l'un que l'autre. « Ils en ont tellement dans la tête ces deux-là ! » assurait-on, y compris leurs plus acharnés détracteurs, il en faut toujours quelques-uns. Toutes les décisions importantes, du vivant de Gustave, ils les avaient prises ensemble et nul ne les avait discutées : fournisseurs, clients ou banquiers, pas même le père Charlannes. La meilleure recrue possible. « Une vraie perle ! » s'était-il exclamé, le jour où Paul s'était présenté pour la première fois, armé de ses diplômes et de ses récentes expériences dans deux sociétés de la région parisienne. Deux années dans l'une, trois dans l'autre, mais sans aucun plaisir. Comment était-il arrivé jusqu'à Loupières ? Un pur hasard ! Parce que des Charlannes, dans les années 1850, il y en avait eu dans la famille Vassalou. Tous de La Bourboule et des environs. Mais sans le « s » final. Et puis, de fille en fille, le nom s'était éteint de lui-même.

À ce moment-là, quand il avait pointé le bout du nez, Gustave et son père menaient déjà la barque en double commande depuis une bonne année. Eh bien, six mois plus tard, aux côtés de Gustave, on ne voyait plus que Vassalou ! Parce que le père Charlannes et sa femme s'étaient retirés ici, dans leur belle maison située à quelque cent mètres de la rue des Boucheries, en remontant la rue du Val, avec la promesse d'une retraite paisible au cœur d'une région qu'ils n'avaient jamais quittée, la leur. Quelle félicité pour ces gens ! Pourtant, un sale matin, un an ne s'était pas écoulé, le père Charlannes s'était retrouvé tout seul. Sa « petite femme », comme il disait, était encore tout endormie devant sa télévision, assise depuis la veille au soir sur le canapé du salon, un peu penchée en avant. Elle était encore là, mais sans plus y être vraiment. Toute froide. Et raidie par la faucheuse.

Ce qu'ils ont pu pleurer, bon sang ! la Louise et les enfants, le père Charlannes, le Gustave, et même notre Vassalou, surtout à cause du Gustave dont il avait endossé le chagrin. Un remuement intérieur à peine moins violent que celui que leur préparait déjà, à leur insu, la mort de Gustave et de la petiote.

Alors, inévitablement, avec une amitié autant partagée dans le bonheur que dans le malheur, on se dit que le Vassalou, il ne pouvait qu'avoir du mal à digérer la disparition de son autre lui-même. Et que la tentation de voir disparaître avec lui ce qu'il considérait sans doute comme leur œuvre à tous les deux, elle devait alors être bien forte. Entraîner la scierie dans le trou. Et puis ensuite prendre le large. Quelle superbe idée ! Mais une idée dont Louise Charlannes avait dû se douter et qui l'avait apeurée, c'est sûr, et contre laquelle, pour une même raison, un amour aussi fidèle qu'avait pu l'être l'amitié de Paul Vassalou pour Gustave, elle s'était armée jusqu'aux dents, comme un homme, mais avec la malice, la finesse dont une femme sait user.

Ainsi, elle avait fait entrer Vassalou chez elle, elle l'avait invité à dîner, lui avait proposé de dormir dans le lit de son fils aîné, une fois, puis deux, puis trois. Et comme il partageait les reliefs de cette existence que Gustave avait connue, s'en imprégnait, les digérait, elle s'était persuadée qu'il y prendrait goût et reviendrait enfin à plus de sagesse.

Et puis, un jour, les assurances, elles ont fini par verser leur dû. C'était juste trois mois après cette réunion qui avait eu lieu en présence de Lacombe, le chef comptable, parti en retraite depuis lors. Louise avait reçu un coup de téléphone de Paris. Au fil, une personne lui avait expliqué qu'elle partait bientôt en vacances, on était au mois de juin, et que certains dossiers, dont celui de la scierie, traînaient trop à son goût. Elle en ignorait la raison. De toute façon, là n'était pas la question. Elle ne tenait pas davantage à savoir par quel miracle la scierie tenait encore debout. Ce n'était pas non plus son problème. Ce qu'elle désirait pour l'instant, c'était un relevé d'identité bancaire et rien d'autre, afin de faire procéder au virement des indemnisations auxquelles la société avait droit et partir ensuite au soleil l'esprit tranquille. Naturellement, bégayant presque, Louise s'était exécutée de bonne grâce.

Au bout d'une semaine, quand le compte de la scierie avait reçu son crédit, il s'était avéré que les dommages matériels constatés, outre la perte d'activité en résultant, avaient été évalués pour un montant sensiblement supérieur à ce que les experts avaient proposé des mois plus tôt. Sur le visage de chacun, pas la peine de dire, l'espoir était revenu.

À la demande de Louise Charlannes, Vassalou avait bientôt réuni les employés de la scierie pour leur annoncer le lancement des travaux de réhabilitation des ateliers latéraux A et B et la mise en chantier d'une deuxième ligne de sciage dotée des technologies les plus avancées. Inutile de préciser l'accueil qu'avait reçu cette nouvelle. Dans *La Montagne,* on avait parlé du renouveau de la *Scierie Charlannes et Fils,* l'un des principaux poumons ouvriers de la région. À la une du quotidien, en photo, on les voyait tous, debout derrière Vassalou et le père Charlannes ; Louise y était également, mais elle était restée à l'écart.

Bientôt, les commandes avaient afflué, comme au mois de septembre précédent. Parce que cela faisait maintenant un an que le drame avait eu lieu. Une éternité pour certains. Ils en avaient tant bavé depuis ce moment.

L'automne était ensuite arrivé. La deuxième ligne de sciage était en place et fonctionnait à plein. Vassalou était sur le point d'admettre qu'il en faudrait bientôt une troisième. La plus ancienne avait fait l'objet d'une révision complète, mais on ne pouvait comparer son travail à la neuve. Du *made in Germany,* comme disaient quelques-uns avec une pointe d'admiration. Du bon, du costaud ! Voilà ce que cela signifiait.

Tous les deux ou trois soirs, à Loupières-le-Haut, on faisait réunion après le souper. Vassalou ne rentrait plus à Riom que pour les week-ends, quand il devait rendre son lit à Lucien.

L'hiver survenu, trois mois encore s'étaient écoulés, le père Charlannes avait décidé de réintégrer son chez-lui. Louise et Vassalou s'entendaient très bien. Toujours les coups de gueule réguliers, réguliers et indispensables, sans lesquels on ne progresse jamais. Il avait décidé ça un matin, entre deux biscottes, et l'avait annoncé le soir même, quand ses petits-enfants, Hélène et Antoine, étaient montés se coucher.

Le lendemain, il avait plié bagage et retrouvé celle qui l'avait patiemment attendu : Léontine, plus crachoteuse que jamais, qui lui avait arraché sa valise des mains.

« Vous en avez bien assez fait depuis tous ces temps ! avait-elle grondé. Maintenant, vous allez me rester tranquille et vous reposer un bon brin. »

On aurait dit le retour de l'enfant prodigue !

Bien que cela se passât un dimanche en fin d'après-midi, le jour où nos rues sont plutôt désertes, un attroupement s'était tout de même formé aux abords de la rue du Val, au milieu duquel on reconnaissait François Chang, son sac à dos accroché à l'épaule et sa casquette de gardien à la main. S'il s'était arrêté là, c'était pour Louise, bien entendu, qu'il avait vue sortir de sa voiture. Depuis qu'il n'était plus passé par Loupières-le-Bas avant de rentrer à Clermont, cela remontait au départ des Dupeyroux, il avait bien tenté de les oublier, elle et l'incendie, mais il n'y était jamais parvenu. Alors, d'apercevoir Louise après tant de mois, ça lui avait donné des frissons qui l'avaient parcouru du haut du dos jusqu'en bas des jambes : toujours pareille, toujours aussi fine et bien droite, élégante mais sans trop, le regard plein de nuances, naturellement ouvert aux autres. Quand Louise était entrée dans la maison du père Charlannes après avoir refermé la grille, il avait repris son chemin jusqu'au parking de la mairie : il souriait aux anges, malgré le froid qui lui trouait la peau ; il souriait et les anges, en le voyant ainsi, transi et béat, en avaient fait autant.

Et puis la vie, elle aussi, avait repris son cours.

À Loupières-le-Haut, Vassalou avait adopté la chambre du père Charlannes, si bien qu'il restait aussi certains week-ends. Ce qui ne déplaisait pas à Lucien. Parce que Lucien, comme son père, mais pas pour le même motif, commençait à s'interroger sur son avenir proche : partir pour Paris ou intégrer une grande école parisienne ne l'enchantait plus guère. Ne serait-ce pas courir le risque de perdre Pauline ? Après tout, l'école de commerce de Clermont n'était pas si mal. En tout cas, pas plus mal cotée que certaines autres. Sans compter que la scierie était en plein développement. Merci maman ! Merci Paul !

Et puis, et puis, car des « et puis » il en faut toujours pour annoncer une suite, il y avait eu ce matin où Louise avait ouvert les yeux avec cette curieuse impression de n'être plus tout à fait la même. Rien, pourtant, n'avait changé autour d'elle pendant la nuit ; rien n'avait changé de place, ni les fenêtres et leurs rideaux bien lourds, ni la porte de sa chambre, ni son armoire à linge, ni la suspension au-dessus du lit. Rien n'avait changé, si ce n'était-elle, sans doute, et sa vision des choses. En fait, ce qu'elle avait éprouvé à son réveil, elle ne l'avait compris que longtemps après, c'était comme une impression de nouveauté ou, plutôt, une sensation de travail accompli, quelque chose comme ça.

Alors elle avait eu dans l'idée que si cela devait avoir une signification, ce ne pouvait être que le droit de vivre qu'elle avait enfin gagné. Parce que ces deux années écoulées, c'est vrai, elle ne les avait passées qu'en pensant à Gustave. Elle ne regrettait rien, c'était même tout le contraire. Mais, maintenant que tout était en ordre, que tout roulait, comme on dit, est-ce que cela avait encore un sens ? Paul Vassalou était là, bien ancré dans la maison, et plus Gustave que Gustave ne l'aurait jamais été lui-même. Bientôt, elle en était certaine, Lucien, son aîné, le seconderait et prendrait la suite. Et si ce n'était lui, ce serait Antoine. Ou pourquoi pas Hélène ? De toute façon, à Loupières-le-Haut, Louise étouffait de plus en plus, elle manquait d'air, ça sentait le renfermé, le moisi, le rance. Si au moins Vassalou avait su de temps à autre penser à autre chose qu'à la scierie ? S'il avait su lui faire penser à quelqu'un d'autre qu'à Gustave ? Mais il était Gustave jusque dans ses expressions, jusque dans ses chaussettes.

Donc, ce matin-là, comme Louise s'était réveillée, elle avait pris conscience qu'un autre monde, certainement, l'attendait ailleurs, pas très loin de Loupières-le-Haut, mais ailleurs. Alors elle avait téléphoné au père Charlannes et elle lui avait demandé aussitôt, un peu comme s'ils reprenaient une conversation :

« Vous êtes vraiment sûr ? Léontine est-elle au moins au courant ? Supporterez-vous les enfants ? »

Ensuite, elle avait couru jusque dans la salle de bains où Antoine prenait sa douche et elle lui avait annoncé la nouvelle :

« On déménage, Titou ! On déménage. Tu vois, tout finit par arriver… »

Louise s'en souvient encore : Antoine avait sauté hors du bac à douche, oubliant qu'il était tout nu, puis il l'avait prise dans ses bras, tout mouillé qu'il était.

« Alors, c'est vrai, tu veux bien ? » avait-il fait comme ça, en la soulevant de terre.

Plus tard, elle en avait aussi parlé à Vassalou :

« Vous habiterez ici, ce sera sûrement mieux pour vous », avait-elle conclu, tournant déjà les talons.

Il avait encaissé sans broncher, avait tout juste tendu la main comme pour retenir Louise encore un instant. Bientôt, la tristesse qui avait marqué son visage avait cédé la place au désarroi. Qu'allait-il devenir tout seul à Loupières ? Il refusait d'y songer. Mais la décision avait été prise sans lui, elle était définitive. De fait, dès la semaine suivante, Louise Charlannes et ses trois enfants emménageaient chez le père Charlannes. À quelque deux cents mètres du parc de l'Âge d'or à vol d'oiseau. À trois cents mètres seulement si l'on passe par la rue du Val. Un emménagement qui, sous peu, bouleverserait l'existence de certains.

V

François Chang n'en avait pas cru ses yeux quand il avait vu Antoine tenir le bras de Louise Charlannes, un samedi matin, qu'ils étaient de retour du marché. Jamais, jusqu'à ce moment précis, il ne les avait vus ensemble. Sauf à l'enterrement de Gustave, peut-être, mais il ne s'en souvenait plus. Elle, toujours aussi fraîche, un carré de fine laine noué autour du cou. Et lui, déjà plus grand que sa mère, en jeans effrangés et T-shirt bariolé à la mode, la tignasse presque rase sur les tempes et une espèce de toupet hirsute, savamment gominé, sur le dessus du crâne.

Ainsi, ce gamin qui, il y avait encore peu de temps, faisait à François d'inexcusables misères, immanquablement escorté par ses trois copains, les moins-que-rien, était l'un des fils de Louise Charlannes. François en était resté pantois, assis dans sa guérite et son casse-croûte à la main. Un instant, il avait cru revoir cet après-midi où ils étaient montés tous les quatre au sommet du cèdre du parc Marmontel. L'un des gendarmes maintenait Antoine par les poignets, les bras serrés dans le dos. Un autre s'était approché et lui avait soufflé quelques mots à l'oreille, sans doute pour le sermonner, avant de le laisser repartir. François s'était souvenu du regard qu'Antoine lui avait alors adressé tout en se sauvant. Un regard, lui avait-il semblé, qui réclamait l'indulgence. Chose qu'il lui avait accordée, mais sans le lui dire, parce que l'occasion ne s'était jamais présentée.

Depuis lors, François l'avait remarqué, Antoine était le plus souvent seul ou bien accompagné de camarades de son âge. Il avait quinze ans ; tandis que les moins-que-rien avaient déjà atteint ou dépassé les dix-huit. Pour eux, c'était l'époque du bachot. Un diplôme, on le saurait sous peu, qu'aucun des trois n'obtiendrait du premier coup, si médiocres qu'ils étaient. Même que le plus voyou des trois, Bastien Chantossel, le raterait à nouveau après un redoublement difficile. À présent, il travaille dans une boulangerie, à côté d'Issoire. Mais c'est sans importance ! L'essentiel, pour François, c'était qu'aujourd'hui, alors qu'il achevait son premier mois comme gardien du parc de l'Âge d'or, débarrassé de ces monstres qui, du moins l'espérait-il, ne fréquentaient que le parc Marmontel, il eût aperçu Louise et son fils.

Le parc de l'Âge d'or, François se l'était souhaité mille fois, mais sans y croire. Certaines nuits, des nuits privilégiées comme il en avait rarement eues depuis sa venue en France, l'une de ces nuits de lune bien ronde, joufflue et rieuse, où le repos plus que mérité après tant de cauchemars prenait place enfin au milieu du sommeil, un peu comme on fait son trou, parfois avec obstination, il lui était même arrivé d'en rêver. Les lendemains avaient alors été d'autant plus difficiles que, souvent, les moins-que-rien s'étaient chargés de le rappeler à la dure réalité : il n'était qu'un niakoué, l'un de ces Vietnamiens que le destin, pas assez cruel sans nul doute, avait épargnés. De quel droit l'oubliait-il ? Ou du moins tentait-il de l'oublier ? S'imaginait-il protégé par quelque Bouddha pansu ? Les moins-que-rien, en tout cas, depuis qu'ils étaient restés des heures à la gendarmerie, attendant qu'on vînt les y chercher, père, mère ou frère aîné s'il y en avait un, ne lui avaient pas pardonné le déshonneur qu'ils prétendaient avoir subi par sa faute. Prétendaient, en effet, car tous savaient que François, trop anxieux cette fois-là du sort que l'on réservait à son cèdre, n'aurait appelé personne en renfort, et surtout pas les gendarmes dont il ne reniait pas l'amitié, mais souvent bien rigoureux, assurait-il, pour ce qui n'était généralement que des peccadilles.

Son casse-croûte toujours à la main, François les avait suivis du regard, la Louise et son Antoine, jusqu'à ce qu'ils disparaissent, passée la grille principale. Il avait alors recommencé à mâchouiller son pain et il s'était pris à sourire pour lui-même, parce que cette vision, il n'aurait su dire pourquoi, l'avait ramené des années en arrière, quand, à l'âge que devait avoir Antoine, il marchait aux côtés de sa mère, en lui tenant la main, sur les quais de Lang Co, à la rencontre des pêcheurs qui revenaient au port après une longue journée de fatigue. Son père était au milieu d'eux, transparent, efflanqué, maigre comme un chagrin d'hiver. Il avait les joues creusées, l'os des pommettes saillait sous chaque paupière comme la tête d'un clou ; il avait les traits défaits par le sommeil qu'il ne parvenait plus à trouver, à cause de ses idées, des idées folles qui, un jour, les conduiraient tous, lui, sa femme et ses enfants, François et Irène, la sœur de François, et bien d'autres encore, à embarquer de nuit sur cette mer de Chine qui manquerait les engloutir d'un coup. Sous un ciel couleur gris fer, la seule couleur dont François se souvînt vraiment, malgré le soleil qui lui avait si souvent grillé la peau, tout enfant, quand il courait demi-nu sur cette plage infinie et blanche, battue par les vagues, lui et sa mère prendraient bientôt livraison de ces poissons multicolores dont le lagon était si riche et qui, accompagnés de riz laiteux, les nourriraient pendant une semaine. À cette époque éloignée, François ne s'appelait pas François Chang et sa sœur Irène ne s'appelait pas Irène Chang. Il n'y avait pas encore de Chang[1] dans la famille ; il n'y en avait jamais eu. Chang, c'est d'ailleurs un nom d'origine chinoise, au même titre que Zheng, Cheng, Huang ou Shang. Un patronyme que ne portent pas les Vietnamiens de souche. Comme quoi le père de Bastien Chantossel n'était pas aussi inculte que le laissaient présumer sa grande gueule et ses mauvaises intentions.

François était maintenant revenu sur terre. Presque au moment où il avait avalé sa dernière bouchée. Un peu de travers, certainement. Pourtant, au coin de son œil gauche, une larme timide était encore en suspens, comme si l'hier et l'aujourd'hui avaient du mal à se quitter. D'un doigt furtif, après une courte hésitation, François l'avait tout de même fait disparaître. Puis, avec la bouilloire qu'il rangeait habituellement dans le casier inséré sous son siège, il avait entrepris de préparer son thé noir. Ce thé d'Annam qu'il se procurait toujours à Paris, chez *Sou Quan,* une épicerie vietnamienne située place Maubert. Il en connaissait le gérant, Quang Hai, depuis de si longues années que l'envoi trimestriel, à destination de Clermont, d'un carton rempli de thé et de quelques autres spécialités du pays était devenu pour celui-ci un rituel auquel il n'aurait pu manquer. Il est vrai aussi qu'ils étaient devenus avec le temps de grands amis. Quang Hai n'avait-il pas été le premier à accueillir François et sa famille lorsqu'ils étaient arrivés dans le quartier ? N'avait-il pas été le premier, peut-être même le seul, à lui proposer un emploi ? Vendeur chez *Sou Quan* ! Pour François et Irène, soudain, le paradis sur terre ! Et la découverte d'un thé meilleur encore, au goût plus subtil, que celui que leur mère leur préparait à Lang Co. Un comble ! Souvent, ils en avaient ri. Mais toujours entre deux

1. *Nombre de boat people se sont pourvus dans les années 80 d'une identité chinoise avant leur départ du Vietnam ; ils avaient ainsi plus de chance d'être accueillis à destination, du moins s'ils arrivaient quelque part, que munis de leur véritable identité vietnamienne.*

pleurs. Parce que leur mère, la tant aimée, n'était pas arrivée au bout du chemin.

Ainsi, comme il cherchait la boîte où il tenait à l'abri les précieuses feuilles séchées, François continuait de revisiter le temps d'avant, sans confusion ni réelle nostalgie, simplement comme on parcourt un superbe livre d'images. De toute façon, la vie lui avait appris qu'il ne servait jamais à rien de la maudire. La sérénité de Bouddha l'aidait en cela. Il revisitait ces temps retirés, sans penser qu'aucune des guérites du parc de l'Âge d'or, contrairement à celle du parc Marmontel, n'étaient pourvues de prises de courant, ce qui, pourtant, l'avait un peu fâché la veille et l'avant-veille, et que cette boîte métallique, il l'avait confiée à la dame blonde, aussi mince que Louise, mais plus âgée qu'elle, qui, la voix dansante, tentait de lui demander depuis un long moment déjà s'il désirait qu'elle lui préparât son thé noir, comme elle avait fait hier et avant-hier, et déjà les jours précédents. Une habituée du parc Marmontel qui comme nombre d'autres avaient décidé de suivre François, impuissantes qu'elles avaient été de le retenir. « Alors François, je vous l'apporte ou non votre thé ? » s'était-elle mise à crier. Cette dame habitait tout près, dans une maison entourée de catalpas ; elle souriait, son offre était présentée de grand cœur. Un peu confus tout de même, François avait bientôt accepté.

Depuis quelques semaines, presque tous les soirs, François rentrait en vitesse à Clermont. Sa Dacia une fois garée et la porte du parking fermée, il galopait jusqu'à *La Jument verte* pour voir si Ramon et Federico, ses vieux complices, étaient déjà dans les parages. S'il n'en trouvait aucun, il rentrait chez lui aussi vite qu'il était venu, sans même s'installer pour boire un verre. Sinon il s'asseyait dix minutes, le temps d'avaler une bière et de raconter sa journée. Federico lui disait bien de rester un peu plus longtemps avec eux : « Qu'est-ce que tu vas t'emmerder devant cette foutue télé, lui disait-il. Tu ne comprends rien à ce qu'ils te racontent. Même la politique, elle t'intéresse pas, mon pauvre François. » Mais rien n'y faisait ; les dix minutes écoulées, François était déjà reparti. En revanche, ce qu'il lui aurait bien plu, c'est que Federico et même Ramon qui, pourtant, ne l'écoutait guère le suivent jusque chez lui. Ensemble, pour le souper, ils se seraient nourris de pas grand-chose ; pour la nuit, il n'en aurait pas fallu davantage. Mais plutôt que de se planter devant la télé, comme se moquait gentiment Federico en se tapant du poing sur les cuisses, c'est sur l'internet que François les aurait branchés pour leur montrer le Vietnam, son beau pays. Un Vietnam tout nouveau, en fait, qu'il ne reconnaissait pour ainsi dire pas, avec plein d'azur dans le ciel, au-dessus des mers et des îlots rocheux, mais qu'il revisitait malgré tout pendant des heures et des heures, patiemment, jusque très tôt le matin suivant, avec des pincements au cœur quand il avait l'impression de se retrouver au milieu des quartiers reconstruits de Lang Co. Oui, ce qui lui aurait fait plaisir, à François, c'est que Ramon et Federico vinssent avec lui, mais il n'osait pas le leur demander.

François s'était donc acheté un ordinateur. Bien sûr, il l'avait souhaité pas cher. Pour ça, un mardi après-midi, son jour de repos, il s'était d'abord rendu place de Jaude, dans le centre commercial ; mais très vite étourdi par la foule qui l'environnait, les jeunes gens qui lui braillaient dessus et les vendeurs qui voulaient à toute fin l'informer pour lui vendre n'importe quoi, il avait quitté l'endroit, plutôt désappointé. De toute façon, il n'entendait rien à ces engins bien trop compliqués pour lui. Puis il avait songé à Quang Hai à qui il n'avait pas encore réglé le colis de thé que celui-ci lui avait récemment expédié. Il avait alors appelé sa sœur, toujours vendeuse chez *Sou Quan*.

« Bonjour, Petite Fleur, avait-il dit. Tu vas bien ? »

Fleur, c'est ainsi qu'il l'appelait le plus souvent. Thi Hoa[1], en vietnamien, son véritable prénom. Parce qu'Irène, c'était le prénom que ses parents, de fervents catholiques, lui avaient donné le jour de son baptême. La même chose pour François dont le prénom vietnamien était Dai Son, qui signifie Grande Montagne.

« Oui, je vais bien, et toi ? avait-elle répondu.

– Ici, il pleut. À Paris, c'est pareil ?

– Du vent, surtout.

– Et le père ?

– Sa vilaine toux, comme toujours. Des fois, je m'inquiète un peu. Tu devrais venir nous voir plus souvent, François. Les enfants t'aiment bien, tu sais.

– Je sais, je sais, Petite Fleur. Moi aussi, je vous aime bien. Mais c'est pas suffisant. Vous pourriez faire un saut vous aussi. Ici, c'est le rêve. Même en hiver. »

Au bout du fil, il y avait eu comme un soupir.

« Tu me dis ça depuis des années, François. Pourtant, tu ne viens jamais. Nous, on est déjà passés… »

Irène, Irène ou Fleur, comme on préfère, était mariée depuis longtemps et elle avait deux garçons, Jean et Paul, l'un de dix ans, le deuxième en aurait bientôt huit. Quant à son mari, Jean-Paul, c'est dire en passant s'ils étaient allés chercher loin les prénoms de leurs enfants, il était contrôleur aux impôts.

« Oui, cette année, je vous rendrai visite, avait bientôt promis François. Mais il faudrait que vous fassiez un effort vous aussi, toi et Jean-Paul. Que vous ameniez les enfants… »

Et après un silence :

« Je pourrais parler à Quang Hai ? Il est là ? »

Quang Hai avait certainement traversé l'épicerie dans le sens de la longueur. Il était tout essoufflé.

---

1. Il n'est pas rare que les Vietnamiens soient à la fois bouddhistes et catholiques ; aussi, les enfants portent souvent, en plus de leur prénom vietnamien, leur prénom de baptême.

« Comment tu vas, François ? Ici, il fait un de ces vents, tu ne peux pas t'imaginer.

– Et toi, Quang Hai ? Les affaires ? »

François avait alors expliqué à Quang Hai ce qui l'amenait. Il cherchait un ordinateur. Surtout pas cher. Et pas compliqué à pratiquer. C'était seulement pour se promener sur l'internet, et puis écrire à sa sœur et à ses neveux pour avoir des nouvelles. Quang Hai lui avait tout de suite répondu : « Pas de problème ! » Quang Hai avait toujours été ainsi. Avec lui, il n'y avait jamais de difficultés, rien que ses lèvres qui s'étiraient en un trait fin et rieur comme ses yeux dont on devinait à peine la prunelle. Il savait où aller pour avoir du bon matériel, près de la gare de Lyon, rue Montgallet ; le meilleur prix, la meilleure qualité, c'était là qu'il les aurait. Ensuite, il préparerait lui-même les logiciels pour que François pût s'en servir sans être obligé de se casser la tête.

« Je peux pas faire mieux, avait-il ajouté. Tu verras, tu seras content. Je m'en occupe dès demain et je te tiens au courant. Tu veux que je te repasse ta sœur ? Mais tu ne lui parles pas longtemps, il y a des clients ici, qu'est-ce que tu crois ! »

C'était une boutade, évidemment. Et ils avaient bien ri en attendant qu'Irène reprenne possession de son téléphone. Après ça, François avait encore échangé quelques banalités avec Irène, puis il lui avait demandé d'embrasser ses garçons et de saluer Jean-Paul de sa part, sans oublier le père.

« Il tousse vraiment, tu sais », avait alors murmuré Irène.

Sa voix était soudain inhabituelle, plutôt éteinte.

« C'est plus sérieux que tu ne me dis ? s'était inquiété François, comprenant qu'elle lui cachait quelque chose.

– Il a le cancer... »

François s'était étranglé :

« Tu le sais depuis quand, Petite Fleur ?

– Une quinzaine de jours. Mais ils vont le soigner, François, ils vont le soigner, te fais pas de soucis. Et puis on s'en occupe bien, Jean-Paul surtout, les enfants aussi.

– Et lui ?

– Lui quoi ?

– Il est au courant ?

– On ne lui a pas dit. C'est mieux comme ça. »

Ensuite, François avait assuré qu'il monterait à Paris, mais il n'avait pas pu préciser quand. Peut-être dans deux mois, ou dans trois. Il lui faudrait trouver un remplaçant. Ce ne serait pas si facile. Puis il s'était rendu compte que ce qu'il disait n'avait pas grand sens. Car il pensait à son père. Il le voyait mort, déjà, et cette idée lui serrait la gorge, le cœur, lui vrillait l'estomac, les intestins. Il viendrait, oui, mais quand ? Bientôt, sûrement. Mais il faudrait qu'il en parle d'abord à son chef. Quelle nouvelle terrible ! Lui, si heureux, tout à l'heure, quand il s'imaginait en train de taper sur les touches du clavier de son ordinateur. À la fin, Irène avait éclaté en sanglots. Et elle avait articulé :

« Il faut que je termine, François. Je te rappellerai, je te rappellerai… »

À cause des clients de l'épicerie, ce n'était plus une plaisanterie, qui la regardaient avec insistance, se demandaient ce qu'il lui arrivait et pourquoi elle pleurait comme ça en reniflant si fort. François s'était alors retrouvé tout seul dans la rue du Port, à l'opposé du chemin qui l'aurait reconduit chez lui. Il avait glissé son téléphone dans la poche de son blouson, serré son écharpe. Il aurait voulu rentrer, surtout qu'il pleuvait de plus en plus, et remettre les choses en place dans sa tête, tranquillement, mais, tout au contraire, ses pas l'avaient détourné de la rue des Vieillards. Il avait marché longtemps, jusqu'à ce que la nuit fût presque tombée, tout étonné à un moment de se retrouver au pied du viaduc Saint-Jacques et, encore après, avenue de Montjoly. François avait alors repris la direction de la place de Jaude, le pantalon et les souliers trempés, le blouson traversé ; il n'avait même pas regardé Vercingétorix, pourtant si crâne sur son cheval. Son héros, depuis qu'il vivait à Clermont. Parce qu'il avait les yeux humides et les paupières gonflées, il évitait la lumière crue des lampadaires et regardait le trottoir. Arrivé au niveau de l'église des Minimes dont la façade en pierre de Volvic, toute de rigueur et de sobriété, et le dôme, semblable à celui des Invalides mais en moins doré, attirent le regard, François avait hésité un instant, puis il était entré, histoire de bavarder un peu avec Dieu. La messe du soir venait alors de se terminer, ça sentait bon l'encens, la bougie éteinte, la mèche tout juste mouchée. L'heure semblait propice à la discussion ainsi qu'à l'entente. Pourtant, comme il s'était avancé jusque sous la coupole, à l'aplomb du chœur, l'humidité de ses vêtements lui avait soudain engourdi les bras et les jambes. Sans doute était-ce là un signe de Dieu. Signe qu'il n'avait ni l'envie ni le temps de bavarder avec lui. François n'avait pas insisté, il était ressorti aussitôt et avait tourné à gauche, tout de suite au coin de l'église ; empruntant la rue Lamartine, puis la rue Sainte-Madeleine, il avait traversé la place du Champgil pour, finalement, déboucher sur la rue des Vieillards où l'attendait Federico, rempli d'inquiétude.

« Qu'est-ce que tu traînais donc, François, à ne pas revenir ? s'était-il exclamé les mains posées sur les hanches. Tu as vu un peu le temps qu'il fait ? T'es tout trempé…

– C'est le père ! avait soupiré François.

– Quoi le père ? avait demandé Federico.

– Il a le cancer.

– Il a le quoi ? Ah, mon pauv'François. Qui donc t'a appris ça ? Ta sœur de Paris ? Le cancer… »

Une sale affaire, oui, avait continué Federico en entourant de son bras droit, le plus valide, les épaules de François.

« Je t'accompagne jusque chez toi, tu te mets du linge sec, et puis tu viens à la maison me raconter tout ça, avait-il enfin décidé pour eux deux. Allez, en route ! »

François n'avait pas refusé. À défaut de parler à Dieu ou à Bouddha, il s'entretiendrait avec Federico.

François avait bientôt reçu son ordinateur et, sans perdre de temps, il s'était abonné à l'internet. C'est à partir de ce moment qu'il avait pris l'habitude, tous les deux ou trois soirs, de rejoindre son domicile à grande vitesse ; ensuite, un verre de chanturgue ou de boudes posé sur la table, il s'en allait pour une heure ou deux, au gré des images qui s'offraient à lui, au pays du fleuve Rouge. À propos de chanturgue et de boudes, c'est Ramon qui en avait donné le goût à François, dès le jour de son emménagement, une fois la camionnette vidée et rendue à l'organisme de location. Mais sa préférence était néanmoins restée au thé d'Annam. Sur son clavier, il tapait un mot, celui qui lui venait à l'esprit, et c'était alors l'envol assuré pour des cieux lointains, toujours blancs et tachés de sombre dans ses souvenirs, mais qu'il retrouvait immanquablement ensoleillés et sereins sur l'internet.

Un soir, comme il se faisait tard et qu'il venait d'éteindre sa machine, il remarqua, intrigué, que ce qu'il cherchait ce n'était jamais dans sa langue originelle, mais toujours en français. N'était-il donc plus capable de penser en vietnamien ? Pourtant si, puisque c'était justement dans cette langue qu'il venait à l'instant de se poser cette question. Alors, bien qu'il fût tout seul, il avait éclaté d'un grand rire, comme cela ne lui était plus arrivé depuis longtemps, et s'était campé bien droit devant la glace que Ramon, il y avait des siècles de ça, avait fixée sur la porte de sa chambre. Une glace qu'il avait rapportée d'une brocante et dont il avait brisé l'un des coins au cours de son transport. « Pas d'erreur ! » avait-il constaté. C'était bien lui qui riait. Ce petit bonhomme enrobé de partout et aux yeux bridés qui pensait aussi bien en français qu'en vietnamien. Bien sûr, ce n'était certainement pas une nouveauté. Avec les années, son cerveau avait eu le temps d'enregistrer des centaines et des centaines de mots, des plus employés aux plus rares, et ce avec d'autant plus de facilité que le français, enseigné au Vietnam quand François y vivait encore, et toujours bien ancré là-bas, n'avait jamais été pour lui une langue inconnue. Il n'était donc pas arrivé jusqu'ici sans bagages. Mais ce qui restait bel et bien une nouveauté, c'est la conscience qu'il en avait soudain, comme un gamin qui se serait aperçu qu'il avait deux jambes et que, grâce à elles, il pouvait échapper au serpent venimeux, tenté de lui planter ses crochets dans les mollets. En quelque sorte, c'était la révélation ! Une révélation aussi inespérée qu'inattendue, qu'il devait peut-être à une absorption excessive de vin de Chanturgue, mais qui lui présentait néanmoins un avenir plus ensoleillé que toutes ces années passées. Car, à présent, se disait-il toujours aussi réjoui, il serait plus à l'aise face à ces inconnus, des touristes le plus souvent, qui lui demandaient quel chemin suivre pour monter jusqu'à l'église Saint-Gerbert ou la route à prendre pour gagner le château de Busséol. On ne s'amuserait plus de lui quand il hésiterait avant de formuler une réponse ou s'imposerait de chercher ses mots, comme pour être sûr de ne pas se tromper, puisque, justement, il ne les chercherait plus. À la mairie, les secrétaires le prendraient au sérieux, surtout Yolande et Germaine, toujours à l'asticoter. Oh, il savait bien qu'elles n'étaient pas animées de vilaines intentions, au contraire, mais, à force, ces sourires en coin, ces remarques relatives aux nombreuses aventures qu'elles lui prêtaient volontiers, tout en gloussant sottement, le visage à demi dissimulé, et sous-entendant par là, comme en litote, qu'il n'avait certainement jamais rencontré qui que ce fût, ni femme ni homme, tout cela le fatiguait un peu. Il parlerait aussi aux moins-que-rien, ces brigands, maintenant devenus adultes mais toujours aussi idiots, qui le poursuivaient encore, armés de leur méchanceté. Il n'avait pas idée de ce qu'il leur dirait, mais il trouverait bien. S'il n'y avait eu ce satané accent, plutôt un défaut d'élocution, en fait, parce qu'au Vietnam, déjà, comme il grandissait, cette espèce de bouillie qu'il avait dans la bouche l'empêchait parfois de se faire comprendre aussi bien que tout le monde, il aurait été au comble de l'euphorie. Zézaiement léger. Cheveu sur la langue ou chuintement vaporeux. Sifflement. Au juste, on n'avait jamais su ni vraiment cherché d'où cela provenait. De ses incisives supérieures un peu trop écartées ? Ici, on aurait évoqué les dents du bonheur. C'était bien possible. Pourquoi pas ? « Cela s'arrangera », lui disait alors sa mère pour le consoler. Mais non, cela ne s'était jamais arrangé. Et c'est la raison pour laquelle on le faisait si souvent répéter. « Arrête donc de manger tes mots comme ça ! » s'était même un jour exclamé Ramon, excédé. Mais il y avait déjà bien longtemps. Et puis, petit à petit, le temps aidant, on s'y était accoutumé. Maintenant, plus personne ou presque n'y prêtait attention. Si on le comprenait, on le comprenait, sinon tant pis, on faisait semblant. Il était si brave, notre François Chang, alors pourquoi le chagriner ?

Ce soir-là, il s'est endormi sans même y penser ; le sommeil l'a emporté d'un coup, à peine couché. Il avait tant de beaux rêves à faire. Des rêves qui ne l'emmèneraient plus à la dérive sur cette mer de Chine enflammée. Ni sur ce bateau, *L'Île-de-Lumière*[1], qui les avait cependant sauvés, son père, sa sœur Thi Hoa et lui, mais dans la désolation mortelle d'une maman prise au piège, enlevée, avalée par les flots déchaînés. Il s'est endormi et dans le tunnel sacré où l'attendait Bouddha, tout calme et quiétude, il a rêvé de Louise Charlannes et de ses souffrances à elle, et il a tenté, malhabile, d'en charger ses

1. En 1979, dans le cadre de l'opération « Un bateau pour le Vietnam », ce caboteur fut transformé en navire-hôpital. Il permit jusque dans les années 85-86 de sauver des milliers de boat people.

épaules. Parce que ses épaules à lui, elles étaient devenues soudain trop légères. Il a rêvé de Louise qui traversait le parc de l'Âge d'or deux ou trois fois par semaine et qui, chaque samedi, très souvent avec Antoine, revenait du marché, les sacs remplis de victuailles. Antoine avait grandi, maintenant c'était un homme, un vrai, et déjà prêt à séduire les filles. Quel âge pouvait-il donc avoir ? Entre dix-huit et dix-neuf ans. Il avait eu son bac du premier coup, c'était probable. Lui au moins devait savoir lire. En plus, ce qui ne gâchait rien, il était bien élevé. Pas comme ses anciens copains, les monstres ! Hélène aussi, François la voyait de temps en temps. Tout de suite, il n'avait pas compris qu'elle était la fille de Louise Charlannes. De Lucien, en revanche, il ignorait tout, si ce n'est qu'à la mairie, à l'accueil, il y avait quelques mois, deux ou trois pas davantage, on avait parlé de lui comme d'un beau parti, surtout depuis qu'il avait pris la direction de la scierie. De toute façon, à quoi bon, puisqu'une certaine Pauline, de Clermont, sortie la même année que lui de l'école de commerce, lui avait déjà mis le grappin dessus. Un joli brin de fille, soit dit en passant. François n'avait pas cherché à en apprendre davantage. Parce que Lucien ne l'intéressait pas, non plus qu'Hélène. Dans ses rêves, il n'y avait que Louise : il aurait voulu qu'elle fût heureuse, aussi heureuse que lui lorsqu'il la regardait traverser le parc, avec Antoine ou sans lui, les bras chargés de fruits rouges ou de fleurs aux couleurs vives, cueillies du matin même. Bien sûr, ce n'était pas la première fois qu'elle allait et venait dans le demi-sommeil de François, un peu comme chez elle. Mais là, c'était différent. Parce qu'il avait le sentiment, comme elle passait devant sa guérite, de voir doucement rosir son teint, frémir ses lèvres ou battre son cœur à l'endroit du décolleté. Combien de fois, à présent, s'étaient-ils croisés sur le chemin qui conduisait du parc de l'Âge d'or à la mairie ? À combien de reprises encore dans les escaliers de la mairie, comme François montait aux archives pour s'adonner à ses recherches ou comme Louise les descendait, suite à un entretien qu'elle avait eu avec le maire, Noël Chamouzat, ou l'un de ses adjoints. On n'est pas sans se rappeler qu'aux dernières élections Louise figurait sur la liste socialiste en lieu et place de Toubonet qui ne se représentait pas. On n'a pas oublié non plus que, faute d'être élue, on l'a nommée conseillère exceptionnelle, chargée des affaires sociales et culturelles. Naturellement, certains ont bien un peu confabulé, mais cela n'a pas duré. On connaît notre maire. Les rumeurs, il n'aime pas trop ça, et il a tôt fait de les étouffer quand c'est nécessaire. Pour simple exemple, cet avis que chacun a découvert dans sa boîte aux lettres lors de l'affaire Dupeyroux.

Le lendemain matin, au petit réveil, François était en pleine forme. Il s'est levé sans tarder, les yeux encore tout éblouis par les images que les rêves de la nuit, méthodiques, avaient imprimées sur ses rétines. Le ciel, en revanche, ne s'était pas levé du même pied, qui roulait ses tonneaux à grand fracas. Quelques éclairs, par instants, rayaient les fenêtres de larges zébrures métalliques. Et il pleuvait encore de grosses gouttes mêlées de grêle, comme toutes ces dernières semaines. À quelle époque de l'année étions-nous ? Déjà en avril. En comptant bien, l'incendie de la scierie remontait maintenant à six ans et six mois. Une constatation qui n'arrangeait personne, si ce n'étaient les enfants toujours satisfaits de vieillir. Comme tous les matins, avant de préparer son thé, François avait pissé dans son bac à douche. Ni vu ni connu, un coup d'eau par là-dessus ; c'était tout de même plus pratique que de descendre un demi-étage en petite tenue et chaussettes. Bientôt, sa toilette terminée et son sac à dos rempli, il partirait au travail : une dizaine de kilomètres de Clermont jusqu'ici. Il garerait sa Dacia sur le parking de la mairie, puis il se rendrait au parc de l'Âge d'or dont il ouvrirait les grilles. Ensuite, il ferait son grand tour, il examinerait les arbres, les noisetiers séculaires, hauts de quinze mètres, les charmes et les sapins blancs, il se pencherait sur les myrtilles et les fougères, et sous les pins sylvestres, nombreux dans le parc comme dans le bas Livradois, il caresserait la buxbaumie verte du dos de la main. Sans doute, penserait-il encore, comme souvent le matin, à cet après-midi maintenant lointain où Federico l'avait attendu devant chez lui, tout rempli d'inquiétude et de froid. Penserait-il, ce faisant, à cette nouvelle que Thi Hoa lui avait annoncée ce même jour ? C'était probable. Mais, depuis lors, quel bonheur ! le père n'avait pas trépassé ; et bien que sa santé restât toujours aussi précaire, il était soigné avec tout l'amour souhaitable. C'était là l'important. Au moins, cela avait donné une bonne raison à François de faire plaisir à ses neveux en montant plus souvent à Paris. Il ne s'en était du reste pas privé. Presque deux fois l'an. En tout cas, ce n'étaient pas ces pensées qui assombriraient son humeur. Parce que, toujours dans l'ivresse de ses rêves, il aurait l'idée de voir Louise traverser le parc. Et, peut-être, comme l'autre jour, dans le hall de la mairie, lui adresserait-elle alors un doux sourire ? Ou un signe de la main ? Peut-être même lui dirait-elle un mot ? Rien qu'un seul, insignifiant, il n'en demandait pas davantage. Et si ce n'était pas aujourd'hui, alors ce serait pour plus tard. C'était encore du rêve, mais quel mal y avait-il à cela ?

C'était ainsi : rien ce jour ne devait en effet attrister François. La preuve en est qu'il fut à peine désolé quand il vit, derrière la grille principale du parc de l'Âge d'or, sa guérite badigeonnée de couleurs, du haut jusqu'en bas, les vitres et les cloisons. Rien n'avait été cassé, mais tout avait été recouvert, à grands traits maladroits et grossiers, de peinture jaune et bleue. Cinq ou six ans plus tôt, il en aurait pleuré. Mais là, non. Il se contenta d'un soupir empreint de lassitude, sans même s'inquiéter de savoir comment les moins-que-rien, parce que les auteurs d'un tel méfait ne pouvaient être qu'eux, étaient parvenus, au risque de se rompre un bras ou une jambe, à grimper le mur d'enceinte puis à sauter par-dessus. À coup sûr, puisque cela s'était déjà produit, ça se reproduirait tôt ou tard. Certainement, François n'aurait pas réagi de la même façon si les moins-que-rien s'en étaient pris à cet autel consacré à Bouddha qu'il avait secrètement installé à l'abri, au creux d'un bel arbre. Un espace de la taille d'un mouchoir, qui suffisait à supporter un Bouddha de dix centimètres de hauteur, deux bougies, un *tan-gha*[1] en perles d'améthyste et un autre en perles de bois de rose, deux ou trois fruits de saison renouvelés chaque lundi soir. Cet autel, François l'avait toujours eu à son côté, quand il était à Lang Co, et puis encore à Paris. Et depuis qu'il était gardien dans notre petite ville, il avait eu à cœur de l'installer là où il travaillait, d'abord dans le parc Marmontel, niché entre les racines du grand cèdre, ensuite dans le parc de l'Âge d'or, en un lieu où personne ne le verrait, du moins l'avait-il espéré.

François avait ouvert la porte de la guérite, il avait posé son sac sur le banc, puis, malgré sa déconvenue, il était parti faire son tour habituel. En revenant, il avait traversé les pelouses au milieu desquelles, dans ce qui s'apparente à un étang naturel, une pièce d'eau très ancienne, bordée face au levant d'une terrasse ornée de balustres, croissent en profusion des massettes et des nymphéas. Un moment, il était resté immobile, comme en méditation, le regard perdu dans les profondeurs d'un abîme peuplé de carpes et de cyprins noirs. À quoi avait-il pensé ? Ou bien à qui ? Quelle générosité, quelle patience, quelle vigueur était-il allé quérir sous les reflets changeants du miroir où ses yeux s'étaient perdus ?

Quand François est revenu à la guérite, il s'est mis à chantonner. C'était un air de sa façon, sans couplet ni refrain. Puis il a sorti d'un carton posé à même le sol, sous le banc où il a pour habitude de s'asseoir, des chiffons multicolores et une raclette, une bouteille d'essence de térébenthine, et il a

1. Mala *tibétain, ou rosaire, accompagnant le pratiquant bouddhiste lors de ses prières.*

commencé à nettoyer les vitres, tout d'abord, et après les cloisons latérales et la porte. Vers 10 heures et demie, la dame blonde, plus aussi mince qu'il y a quelques années, mais toujours plus âgée que Louise, et fidèle, s'est glissée derrière lui et, de sa voix dansante, elle lui a demandé si elle pouvait apporter son thé. François a répondu que oui. Et la dame blonde lui a dit : « Mon pauvre François… » Il était en sueur et des gouttes coulaient sur son front ; elle avait encore son manteau et une écharpe frileusement nouée autour du cou. Elle répéta, machinale : « Mon pauvre François… » Mais François ne l'entendit pas, il avait l'esprit ailleurs. Parce que Louise Charlannes, emmitouflée elle aussi, comme la dame blonde, venait d'entrer dans le parc de l'Âge d'or. Elle était accompagnée de deux hommes, tous les deux sur sa droite et les mains dans les poches. François laissa tomber sa raclette, il se tourna vers la dame blonde, la retint :

« Regardez, fit-il. N'est-ce pas Louise Charlannes ? Mais qui sont ces deux hommes, avec elle ?

– C'est bien elle, acquiesça la dame blonde. Le plus grand, c'est M. Vassalou, vous savez bien, l'adjoint de Lucien, le fils aîné des Charlannes.

– Et l'autre ?

– Vous n'êtes donc pas au courant, François ? Paraîtrait que c'est un monsieur de la police, un commissaire, et qui viendrait de Paris. Un certain Martin Gagne…

– Un commissaire ?

– Eh bien oui, François. Mais il ne dort pas ici, à ce qu'on dit. Il aurait son hôtel à Clermont. Bon, je vais tout de même vous faire le thé. Vous voulez bien ? »

VI

À VUE DE NEZ, le commissaire ne devait pas avoir plus de la trentaine. Nul besoin de le lui demander. Et la dame blonde avait raison, il s'appelait Martin Gagne. Un nom de par ici. D'ailleurs, on apprit bientôt qu'il était des environs d'Ambert et que sa famille, à la fin du XIXe siècle, n'avait pas été pour rien dans la construction du train qui relie Courpière à Sembadel.

En attendant, sa venue n'avait pas manqué d'intriguer tout le monde, et même d'en inquiéter quelques-uns. C'est que dans notre ville comme dans n'importe quelle autre, il y en a toujours qui perdent leurs aises lorsque les godillots de la maréchaussée tapent le pavé non loin de chez eux. Alors, là, un commissaire ! Et qui nous venait de Paris ! De quoi trembler des genoux !

Le commissaire Gagne était arrivé l'avant-veille à Clermont, assez tard dans l'après-midi. Après avoir pris possession de sa chambre à l'*Hôtel Beaulieu,* un établissement sans prétention, tout de même doté d'un « pavillon » sur le guide Michelin, et dont on lui avait vanté l'accueil aimable, il s'était rendu à Loupières-le-Bas où l'attendait Vassalou chargé de le recevoir par Lucien Charlannes. Sous le prétexte d'un rendez-vous important, auquel son adjoint n'avait pas cru, Lucien s'était en effet absenté dans l'intention de ne pas revenir de la journée si ce n'était fort tard.

Les présentations avaient été concises, dépouillées de salamalecs inutiles. Manifestement, aucun des deux hommes n'était disposé à se livrer facilement à l'autre. Le subterfuge de Lucien, jusqu'alors incompréhensible pour Vassalou, avait engagé celui-ci à rester sur ses gardes. Le commissaire, quant à lui, conscient que sa venue, encore assez obscure au demeurant, dans notre petite ville risquait de provoquer de nouvelles rumeurs, tenait à conserver la maîtrise de ce qu'il avait à annoncer à Vassalou et à Lucien, ainsi qu'à Louise Charlannes. Il ne s'exprimerait donc que devant ces trois personnes réunies dans un même lieu. Du même coup, le dialogue était devenu improbable.

« Quel joli coin ! avait tout de même observé le commissaire après un silence. Vu de la route, on n'imaginerait pas, avait-il poursuivi maladroitement. Tout a été refait à neuf, je suppose ? D'après les photos que j'ai pu voir de la scierie après l'incendie et les articles que j'ai relus dans les journaux locaux, notamment dans *La Montagne,* il ne restait pour ainsi dire rien de toutes ces superbes installations. Est-ce que je me trompe ?

– Non, c'est exact, rien ou presque, avait confirmé Vassalou, évasif. Sans Louise Charlannes, il est probable que... »

Mais le commissaire l'avait déjà interrompu :

« Et si nous faisions un tour ?

– À cette heure-ci ?

– Pourquoi non, cher monsieur Vassalou ? Après la voiture, il est toujours bon de se dégourdir les jambes. Je vous suis. Et peut-être, sait-on jamais ? aurons-nous également le plaisir de rencontrer M. Charlannes avant la nuit tombée... »

Perturbé, Vassalou n'avait pas répondu, se contentant d'un haussement d'épaules dubitatif.

« Je comprends, avait repris le commissaire, un brin amusé, son rendez-vous, n'est-ce pas ?

– C'était important, oui…

– Ah, pendant que j'y pense, pourriez-vous faire savoir à Mme Charlannes que je souhaiterais la rencontrer demain matin ? C'est très important aussi, voyez-vous ? Vous pourrez faire le nécessaire ? Par exemple, cela se passerait ici, dans votre bureau, disons à 11 heures. Évidemment, M. Charlannes et vous-même serez présents… Alors, on y va ? Sinon, effectivement, nous n'y verrons plus grand-chose… »

À cette heure, les ateliers A et B étaient déserts. Le commissaire Gagne en avait été étonné. « C'est qu'en province, le matin, on commence à travailler plus tôt qu'à Paris, lui avait rappelé Vassalou en souriant. Et, juste retour des choses, le soir, on finit également plus tôt… » Le commissaire avait approuvé du chef : « C'est vrai, je n'y pensais plus… » Par la suite, au grand plaisir de Vassalou, il avait fait mine de s'intéresser à la scierie, n'hésitant pas à poser des questions. Mais cela n'avait duré qu'un court moment, à cause des pensées qu'il avait en tête, elles seules, en l'absence de Louise Charlannes et de son fils aîné, justifiant qu'il fût encore là, à la nuit bientôt tombée.

À quelques virgules près, Vassalou avait commencé de cette façon, le bras tendu vers l'atelier A :

« Les scieries de taille moyenne comme celle-ci se composent essentiellement des installations que vous avez devant vous : à gauche, le parc à grumes où l'on stocke les bois bruts ; sur la droite, le parc à sciage où l'on entrepose les planches ainsi que les produits finis ou semi-finis, tels que des palettes, des carrelets ou des bois de charpente ; et, enfin, entre ces deux parcs, les lignes de sciage qui effectuent la découpe des bois en fonction des commandes. Nous avons actuellement trois lignes de sciage : l'une est ancienne, elle est juste en face de nous, derrière ce vitrage, nous ne l'utilisons que pour les coupes grossières ; il faudra d'ailleurs que nous la remplacions un jour, mais Mme Charlannes y est attachée, car elle fait partie de notre histoire. Sans cet outil, c'est vrai, retapé tant bien que mal après l'incendie, l'entreprise n'aurait pas pu redémarrer. Mais de là à le considérer comme une pièce de musée, enfin… Les deux autres lignes de sciage sont des investissements plus récents : des équipements de qualité, choisis parmi les plus performants en matière de scierie et de tronçonnage de grumes, qui nous permettent une valorisation des bois, quelles que soient les espèces et les calibres… »

Ce faisant, ils s'étaient dirigés vers l'atelier A, le commissaire précédant son guide de deux pas, ce qui lui avait permis de regarder partout ailleurs sans que cela fût trop perceptible. Malgré la pénombre déjà bien avancée, il avait ainsi observé qu'aucune clôture ne délimitait l'emprise de la scierie.

« En effet, avait reconnu Vassalou, tout de même déconcerté par cette remarque. Puis, reprenant le cours de son exposé : Ces deux lignes de sciage, voyez-vous, sont entièrement robotisées, de telle sorte qu'elles ne nécessitent qu'un personnel limité, réduit à trois, voire à cinq individus, selon la cadence exigée…

– Si je comprends bien, avait alors fait le commissaire qui poursuivait son idée, cela signifie que, durant la nuit, tout le monde peut pénétrer à l'intérieur de la scierie. Vous ne craignez donc pas les vols ? Ou, je ne sais pas, que certains profitent de l'obscurité pour endommager l'une ou l'autre de vos installations ? »

Vassalou avait paru ennuyé.

« Non, non, avait-il bredouillé après une hésitation, la question ne s'est d'ailleurs jamais posée. Qui donc pourrait s'en prendre à ces machines ? Un salarié ? Un client mécontent ? Ou encore un concurrent ? La foudre, peut-être ?

– Vous plaisantez, monsieur Vassalou ?

– C'est nullement mon intention, commissaire. D'autant que je ne suis toujours pas au courant des raisons de votre venue. Même si j'en ai le pressentiment. En fait, tous les jours de l'année, à partir d'une certaine heure, deux gardiens assurent la sécurité des lieux. C'est pourquoi je me suis permis…

– Des gardiens extérieurs à l'entreprise ?

– Parfaitement. La société dans laquelle ils travaillent a son siège à Saint-Étienne. Les samedis et les dimanches, ils se tiennent également ici en permanence. »

Le commissaire avait à nouveau fait quelques pas, mais, délaissant l'atelier, il avait obliqué vers les lignes de sciage, l'endroit précis où, plus de six ans auparavant, on avait retrouvé les corps de Gustave et de la petite Émilie.

« Je suppose, avait-il demandé, qu'il n'existe plus rien des installations de l'époque ? Je veux dire, bien entendu, en dehors de l'ancienne ligne dont vous m'avez parlé.

– Non, plus rien, en effet, avait répondu Vassalou.

– Il est vrai que tout cela est maintenant ancien, avait alors soupiré le commissaire. Bon, cette fois, la nuit est là. Et je vous fais perdre votre temps. Nous reprendrons cette visite demain. Je vous laisse ? Des paperasses certainement à classer, des dossiers à remplir, des factures à régler, des paiements à comptabiliser ? Je suppose que, pour vous, la journée n'est pas encore terminée. J'ai connu ça avec mon père… »

Le commissaire avait tendu la main à Vassalou, il était redevenu souriant, plus détendu ; sans doute revoyait-il cette promenade dans Clermont qu'il avait faite, un lointain soir d'été, avec sa compagne Isabelle. Ils s'étaient rencontrés peu de jours plus tôt, à l'occasion d'un mariage, lui était témoin du marié, elle, témoin de la mariée. Depuis lors, ils ne s'étaient plus quittés. Ils étaient même allés jusqu'à fabriquer, rien que pour eux deux, un petit Léo maintenant âgé de cinq ans. Cette promenade dont il s'était promis, en venant de Paris, de recomposer le parcours. De retour à son hôtel, il appellerait Isabelle et dirait un coucou à son « poussin » avant qu'elle ne le mette au lit. Ensuite, il irait dîner.

Resté seul, Vassalou avait regardé s'éloigner le commissaire. À l'oreille, son pas lui avait paru lourd, ce qui lui avait fait penser à celui d'un homme soucieux. Puis une portière avait claqué dans l'air, et on avait entendu le ronflement d'un moteur.

« À demain, commissaire », avait alors murmuré Vassalou.

Finalement, il avait décidé de rentrer chez lui, à Loupières-le-Haut. Un chez-lui relatif où il ne se sentait plus à l'aise depuis qu'il le partageait avec Lucien Charlannes et Pauline, sa jeune amie, en attendant de découvrir le lieu calme et abrité, à Clermont ou bien ailleurs, hormis toutefois dans notre petite ville qu'il avait exclue de ses choix, auquel il aspirait de plus en plus, assuré à juste titre de l'embarras mutuel qu'entretenait cette cohabitation.

Souvent, il s'était dit qu'il n'aurait jamais dû accepter la proposition que lui avait faite Louise, quand elle-même et ses enfants avaient déménagé de Loupières pour rejoindre le père Charlannes. Stupidement, il avait considéré ce geste comme un témoignage d'affection, sinon d'attirance. Simple divagation de ses sens. Arrogance. Ou folie prétentieuse. Mais il l'avait compris trop tard. Parce que Louise ne s'intéressait pas à lui. Cela n'avait jamais été le cas et ne le serait jamais, évidemment. Comment avait-il pu croire un instant que ses yeux, à elle, lorsqu'ils avaient croisé les siens, fussent marqués d'une quelconque intention, voire d'un peu d'amour ? D'ailleurs, aujourd'hui encore, alors que c'était une affaire classée, rangée au fond d'un tiroir et déjà recouverte de poussière, il osait à peine le mot amour, jugeait presque inconvenant de le prononcer à voix basse, pour lui seul. Amour. Amour. Mais lui-même, au vrai, qu'avait-il jamais aimé en dehors de son travail ? et de Gustave Charlannes ? Alors, franchement, pouvait-il en vouloir à Louise et à son indifférence ? Et de quel droit ?

Quand il était entré, Pauline avait accueilli Vassalou comme elle en avait l'habitude, avec gentillesse. Ne faisait-il pas un peu partie de la famille ? Lucien n'avait-il pas souvent raconté à Pauline les parties de jeux qu'ils avaient partagées, lui et Vassalou, lorsque, tout enfant, il descendait à Loupières-le-Bas, accompagné de Louise ? « Tonton, tonton, viens jouer avec moi ! » s'écriait-il alors. Mais les choses avaient bien changé depuis. Car on avait troqué le « tonton » familier contre un Paul des plus banals. Et Lucien, maintenant patron à la place de sa mère, lui tendait, le matin comme le soir, une main sèche, à peine complaisante, comme il faisait, machinal, lorsqu'il saluait une personne sans réelle importance. Pauline avait bien remarqué ce changement d'attitude, mais elle n'en avait rien dit de peur de fragiliser un peu plus la situation déjà inconfortable de Vassalou. « Vous dînerez avec nous ? » avait-elle demandé. Vassalou avait hésité. « Non, peut-être pas. Pas ce soir, avait-il répondu. J'irai dîner à Clermont, je pense. Avec un ami. Je vais d'ailleurs l'appeler pour savoir s'il est disponible. » Puis il avait aussitôt ajouté, pour que Pauline n'eût aucun doute sur son intention : « De toute façon, libre ou non pour dîner, j'ai besoin de sortir un peu… » Alors Pauline avait eu un sourire. « C'est comme vous voulez », avait-elle achevé sans insister.

Vassalou avait pris une douche, à cette heure ce n'était pas courant. Sauf en été, quand la journée avait été chaude. En fait, ce qu'il avait eu à laver, à savonner, sans qu'il en prît conscience, ce n'était pas son corps, mais ce qu'il avait dans le crâne : des pensées plus ou moins confuses qui le turlupinaient ; son existence ratée, cette vie de toutou obéissant, de subordonné soumis : après avoir suivi Gustave, il avait suivi Louise, et, maintenant, après Louise, il obéissait au gamin, assurant à sa place les rendez-vous délicats. Comme aujourd'hui, avec ce commissaire Gagne. Ce flic qu'il avait reçu, et à qui il avait proposé une visite de la scierie, la même visite que celle qu'il proposait de temps en temps à des collégiens accompagnés de leur professeur, sur ce même ton didactique, un peu savant mais tout de même pas trop, veillant toujours à être compris par ces auditeurs, tandis que ceux-ci n'en avaient rien à fiche. Somme toute, le jour où le père Charlannes l'avait embauché, l'Auvergne l'avait piégé. Mais le regrettait-il vraiment ? Il n'aurait su l'affirmer.

Il était prêt à sortir, avait déjà son écharpe autour du cou, quand il s'était souvenu de ce que le commissaire lui avait demandé. Alors il avait téléphoné à Louise et il lui avait dit de ne pas être en retard le lendemain. Louise s'était montrée affolée. « Un commissaire ? s'était-elle écriée soudain. Et qui nous viendrait de Paris ? Mais pourquoi donc ? » Perturbé, Vassalou lui avait répondu qu'il n'en savait trop rien. « Comment ça, Paul ? Vous ne savez pas ce que nous veut ce commissaire ? Il ne vous en a rien dit ? Et vous ne l'avez pas questionné à ce sujet ? » Vassalou avait avoué son manque de réaction, mais c'était ainsi. De toute façon, Louise en saurait bientôt davantage. « En fait, je suppose que sa venue a un rapport avec l'incendie de la scierie, avait-il ajouté un peu vexé. Cet après-midi, c'est ce qui l'intéressait, préoccupé par le fait qu'aucune clôture n'en protège l'accès. Mais nous verrons tout cela demain, n'est-ce pas ? » Louise en était restée muette un moment. Puis elle avait confirmé que oui, le lendemain matin, vers les 11 heures, elle serait à Loupières-le Bas.

Louise n'arrivait jamais à l'heure et ce jour-là pas plus que les autres jours n'échappa à la règle. Quand elle entra dans le bureau de Lucien, le commissaire Gagne et Vassalou étaient en pleine discussion, tandis que Lucien les écoutait de façon distraite.

Le commissaire se présenta.

« Martin Gagne », fit-il.

Louise ne s'était pas attendue à rencontrer un homme aussi jeune, presque beau, aux yeux d'un bleu si métallique. Pendant la nuit, tout de même tourmentée, elle se l'était imaginé en fonction de ce que Vassalou lui en avait dit, pas grand-chose en réalité, ce qui expliquait sa méprise. Style Bruno Crémer dans le rôle de Maigret. D'une carrure imposante, bien qu'un peu voûtée. Le poil grisonnant. La pipe plantée au coin d'une bouche aux lèvres minces. Le nez cassé et le regard incisif. Une *boutiole*[1] sur la joue gauche, à l'ombre de la narine. Pour finir, un double menton déjà prononcé. C'est donc après un temps d'hésitation et, sans doute, une pensée amusée qu'elle tendit la main à un tout autre homme, sans ventre ni menton excessif, ni rides profondes sur le front, et se présenta à son tour, ajoutant l'air navré :

« Vous n'avez pas de chance, commissaire, la pluie est encore là aujourd'hui, pourtant notre région est bien agréable. Vous connaissez le Livradois ? »

On s'était maintenant installés autour de la table de réunion. Lucien avait demandé à sa secrétaire de préparer des cafés. Sans les attendre, le commissaire commença :

« Je suis désolé, fit-il, de vous avoir pressés de venir, surtout vous, madame Charlannes, parce que je présume que vous aviez prévu d'autres occupations, mais je dois vous dire que mes supérieurs ont décidé de rouvrir l'enquête concernant le cadavre découvert près des corps de Gustave Charlannes et de la fillette, Émilie Dupeyroux, dans les décombres de l'atelier central de la scierie, le jour de l'incendie. Je sais, cela remonte à plus de six ans, mais des éléments nouveaux… »

Comme le commissaire parlait, la mine de ses interlocuteurs avait changé, de plus en plus intrigués.

Louise Charlannes l'interrompit.

1. *Petite tumeur, gonflement de la peau.*

« Que voulez-vous dire, commissaire ? De quelles nouvelles informations s'agit-il donc ?

– J'y viens, madame...

– Je vous en prie, oui, insista-t-elle. Rouvrir l'enquête ? C'est tout de même ahurissant ! Réveiller en nous toutes ces choses ? Réanimer toutes nos souffrances ?

– Sans doute, mais les nouveaux éléments dont nous disposons aujourd'hui sont essentiels, et ce n'est pas de gaieté de cœur, vous pouvez en être certaine, que la décision a été prise.

– Pourtant l'affaire n'était-elle pas classée définitivement ?

– Elle l'avait été en effet, monsieur Vassalou, mais c'est aussi qu'à ce moment, il y a six ans, nous n'étions pas parvenus à donner un nom à ce cadavre. »

Vassalou sursauta :

« Vous voulez dire ? »

Lucien interrogea à son tour, tandis que Louise blêmissait :

« Vous lui avez donné une identité ?

– C'est exact, monsieur Charlannes », confirma le commissaire.

De l'intérieur de sa veste, il avait sorti un document. Il le déplia et poursuivit :

« Il s'appelait Pierre Besson, et il était âgé de 42 ans. Au moment où l'incendie eut lieu, ses parents l'imaginaient en Amérique du Sud. Sans nouvelles de sa part, c'est là-bas qu'ils ont entrepris de le rechercher. Tout d'abord, en Argentine – je vous lis cette note –, où il avait effectivement vécu pendant un peu moins de deux ans à Buenos Aires, puis six mois à Córdoba. Ensuite, au Chili, à Talcahuano. Selon ce que l'on sait, il aurait quitté cette ville un an après, apparemment pour les États-Unis, puisque ses parents y ont retrouvé des traces de son passage. Dans le Mississippi, en premier lieu, après quoi en Géorgie. Là, il aurait encore séjourné quelques mois, peut-être même plus de un an, à Atlanta. Ne me demandez pas ce qu'il a fait pendant toutes ces pérégrinations, ni comment ni de quoi il a vécu, ce document ne l'indiquant pas, il me serait donc impossible de vous répondre.

– Et pour finir, commissaire ?

– Vous avez deviné, monsieur Vassalou. C'est ici, en effet, à Loupières-le-Bas, que Pierre Besson a terminé ses longs voyages. Ici, tandis que brûlait la scierie…

– C'est épouvantable », murmura Louise.

Elle s'était levée, s'était placée face à la fenêtre dont elle tenait écarté le rideau, tournant le dos aux trois hommes. Un moment, elle se rappela les ouvriers de la scierie, assemblés juste en bas, dans la cour qu'on avait transformée depuis en parking, certains étaient accompagnés de leur femme, il y avait aussi des enfants. Et puis elle crut les entendre crier, comme ils avaient crié autrefois, lorsque les agents de la compagnie d'assurances étaient venus discuter du montant des indemnités qu'ils devraient verser à la suite de l'incendie :

« Charlannes et Fils,
Charlannes et Fils… »

Ce slogan, scandé d'une seule voix, il lui était toujours resté dans la tête, comme un ronflement de tempête. Grâce à lui, tout au long de ces dernières années, estimée par beaucoup, elle avait tenu la barre sans trembler.

Ce jour-là, Louise s'en souvenait, elle n'avait pas dit un mot. Seul Vassalou avait pris la parole. Et tous avaient été fiers de lui. Quelle leçon il leur avait donnée à ces pisse-brouillons !

Elle se retourna brusquement.

« Et en quoi tout cela nous regarde-t-il ? fit-elle. Pouvez-vous nous l'expliquer, commissaire ? »

Embarrassé, il eut un geste d'impuissance.

« Je voulais y venir, répondit-il. Le juge, à Clermont, qui avait décidé le classement a été informé des recherches entreprises par les parents de Pierre Besson. En France, cette fois-ci. Car ayant perdu toute trace de leur fils aux États-Unis, ils ont supposé qu'il était revenu ici... Le juge Alain Fortoux, peut-être le connaissez-vous ?... Alors il a imaginé que son inconnu et le fils des parents Besson pouvait être une seule et même personne. Il n'a pas été facile, vous pensez, de faire admettre à ces gens que ce fils qu'ils avaient tant cherché était peut-être mort dans l'incendie de la scierie. Finalement, avec leur accord, une comparaison croisée des A.D.N. de chacun a été effectuée. Les résultats n'ont malheureusement fait aucun doute...

– Admettons, fit Vassalou, mais cela ne répond pas à la question que vous a posée Mme Charlannes. En quoi est-ce que tout cela nous concerne ?

– Je vous explique le déroulement de l'affaire...

– Excusez-moi... »

Vassalou laissa continuer le commissaire.

« Nous sommes persuadés, reprit celui-ci, que Pierre Besson n'était sans doute pas dans la région par hasard. Si je vous montre ce portrait, madame Charlannes, vous dit-il quelque chose ? Vous pouvez également le regarder, monsieur Vassalou, et vous aussi, monsieur Charlannes... »

Chacun son tour, ils jetèrent un œil sur une photo que le commissaire leur avait tendue. Aucun ne sourcilla vraiment. Sauf Vassalou, peut-être, qui insista plus que Louise et Lucien, mais ce fut de manière à peine perceptible, que le commissaire lui-même ne remarqua apparemment pas.

« Cette personne ne me dit rien, assura Louise.

– À moi non plus, fit Lucien.

– Non, vraiment, je ne vois pas davantage », enchaîna bientôt Vassalou en rendant la photo au commissaire.

Alors, avant de la reprendre pour la remettre dans son portefeuille, le commissaire en sortit une seconde qu'il tendit également à ses interlocuteurs, leur posant à chacun la même question. Mais, cette fois, les réactions furent différentes.

« Gustave ! s'écria aussitôt Louise en le reconnaissant.

– Mais c'est papa ! » s'exclama Lucien.

Gustave Charlannes et Pierre Besson, tous les deux en maillot de bain, photographiés debout, l'un à côté de l'autre, se tenaient par les épaules. Au dos de la photo, on avait précisé au crayon de papier : *Gustave et Pierre, sur la plage de Pornichet, près de La Baule, été 1976.* Le commissaire indiqua encore que la photo avait été prise par le père de Pierre Besson.

Louise parut bientôt consternée.

« Je ne comprends plus, je ne comprends plus », fit-elle.

Ses yeux s'étaient embués ; voyant comme elle était bouleversée, Vassalou s'était penché vers elle. Mais elle, gentiment, elle éloigna sa main.

« Ce n'est rien, Paul... »

Puis, s'adressant au commissaire :

« Ils se connaissaient donc ? Mais d'où ? Pourquoi Gustave ne m'en a-t-il jamais parlé ?

– Même parcours, mêmes écoles, répondit le commissaire. Et puis, un jour, plus rien. Pierre Besson est parti, il a quitté sa famille, il a tout plaqué. Ses parents se rappellent d'une période un peu dépressive, il revenait alors d'avoir séjourné ici quelque temps, une semaine ou deux, selon son père, sa mère en revanche n'en a pas vraiment conservé le souvenir.

– Vous voulez dire qu'étant étudiant Pierre Besson aurait séjourné ici, chez les parents de Gustave ? Gustave et lui étaient-ils donc si proches ?

– Certainement très proches, oui. Nous pensons qu'une dispute aurait pu être à l'origine du brusque départ de Pierre Besson en Argentine. Et ce que nous recherchons à l'heure actuelle, ce sont les raisons de cette dispute éventuelle entre lui et Gustave Charlannes, car il n'y a là qu'une hypothèse, et celles qui auraient justifié son retour sur le territoire à l'insu des siens. Un retour qui l'aurait conduit jusqu'ici et, pardonnez-moi, à la mort que vous savez... Une mort troublante, inexpliquée, et qui ne rend pas moins troublante celle de Gustave Charlannes… »

Louise était effondrée.

Parce qu'elle avait l'impression, songeant aux années passées, années de bonheur et de tristesse confondues, d'avoir vécu dans le mensonge, et que Gustave, comme une ombre pâle, l'avait trompée sa vie durant, et qu'il n'avait peut-être jamais été l'homme qu'elle avait aimé, épaulé, et dont elle avait élevé les enfants. Elle pensait aux Charlannes, à la complicité qui avait dû être la leur, dissimulée, maquillée, cajoleuse et si rarement sincère. Au père Charlannes qu'elle rejoindrait tout à l'heure, et à qui, sans rien lui dire, tout au fond d'elle-même, elle demanderait des comptes. Déjà, elle lui en voulait de son silence, comme elle s'en voudrait sans doute de cette charité trop chrétienne qui lui interdirait, malgré tous ses efforts, de le blesser, et comme elle en aurait voulu à la mère de Gustave si elle avait encore été de ce monde. Mais que faire à présent ? Gustave était mort. Ce Pierre Besson aussi. Ensemble. Dans cet incendie dont elle imaginait confusément qu'ils avaient pu en être les auteurs. D'ailleurs, c'était peut-être là ce qu'il y avait de plus insupportable pour elle, cette espèce de trahison à deux, sans retour ni remords.

Elle se leva brusquement, manquant renverser son siège, et, misérable, elle s'adressa à Vassalou :

« Vous le saviez, n'est-ce pas ? fit-elle.

– Louise, je vous assure… »

Mais elle préféra l'interrompre :

« Pourquoi voudriez-vous que je vous croie ? Ne m'en dites surtout pas davantage. Votre hésitation. Le timbre de votre voix. Le tremblement de vos lèvres. Je le sais, Paul ; je sais que, vous aussi, vous étiez informé de l'existence de Pierre Besson… Vous avez remarqué ? Je n'ai même pas dit : de cet homme, ni de cet individu… J'ai dit : Pierre Besson… Comme s'il existait déjà pour moi, comme il a dû exister pour vous… »

Au terme de cette entrevue, le commissaire Gagne avait exprimé le désir de rencontrer le père Charlannes. Ce dernier ne sortant plus guère, il avait été convenu que Vassalou et le commissaire se présenteraient le lendemain matin, vers 11 heures, au bureau d'accueil de la mairie. Ils devaient y retrouver Louise ; elle les accompagnerait ensuite jusque chez elle. C'est ainsi que François Chang et la dame blonde, qui, chaque jour, lui préparait son thé, les virent tous les trois, Vassalou et Martin Gagne marchant à la droite de Louise, cependant qu'ils traversaient le parc de l'Âge d'or. Quand François avait appris qui était Martin Gagne, le ciel s'était alors assombri dans son cœur plus qu'il ne l'avait été depuis le lever du soleil, avec un effet d'éclipse totale.

Troisième partie

ANTOINE

I

Le père Charlannes n'a rien appris au commissaire Gagne que celui-ci ne savait déjà. C'est que tout remontait, il est vrai, à un grand nombre d'années et que, le temps passant, l'âge et les engourdissements du corps se faisaient sentir comme les pertes, volontaires ou non, de mémoire. Le commissaire Gagne n'a donc pas insisté, poursuivant néanmoins son enquête tant dans notre petite ville qu'au sein même de la scierie qu'il traversa encore une bonne quinzaine de jours, sinon davantage, de long en large, s'adressant parfois aux employés, l'air de rien ou comme s'intéressant soudain à leur ouvrage, ou bien restant des heures entières à l'accueil des bureaux, assis dans un fauteuil, le regard seulement distrait par les gens qui passaient devant lui, ouvraient et refermaient les portes, du moins quand ils ne négligeaient pas de le faire, clients, fournisseurs ou membres du personnel ; il lui arrivait aussi de monter jusqu'à Loupières-le-Haut, puis d'en descendre aussi vite qu'il y était monté, y retournant presque aussitôt, pour en revenir encore plus rapidement. Manifestement, ce que le commissaire Gagne avait en tête ne concernait personne d'autre que lui. Il ne parlait jamais à quiconque que pour satisfaire sa curiosité, ou ce que nous, ici, qualifiions ainsi et plaisantions lorsqu'il repartait, déjà tout absorbé par ses réflexions. De plus, ce qui en étonnait plus d'un, il ne répondait pour ainsi dire à aucune des questions que nous lui posions, les ignorant notamment lorsqu'il avait obtenu de la part de celui qu'il interrogeait la réponse qu'il attendait de lui. L'air presque narquois, il passait alors à un autre sujet, en général sans intérêt, que ce fût pour lui ou pour son interlocuteur.

Un jour, il décida enfin de rentrer à Paris.

« Ma petite famille m'attend, observa-t-il. Mais je ne vous dis pas adieu pour autant. Quand reviendrai-je ? Je ne le sais pas encore. Mais je reviendrai, n'ayez crainte. Maintenant, parmi vous, j'ai de véritables amis. À Clermont également. Et les amis, vous le savez tout comme moi, c'est une denrée si rare aujourd'hui qu'il faut en prendre bien soin… »

C'est ainsi à peu près qu'il fit à chacun de nous son au revoir, avec cette langue qui lui est bien personnelle, faite de rondeurs et d'affabilité, et même de gêne quand il a le sentiment que son questionnement va un peu trop loin. C'est ainsi qu'il nous fit son au revoir, sauf, tout de même, à Louise Charlannes à qui il a consacré sa dernière visite, à Lucien et à Vassalou avec qui il avait déjeuné la veille, et à Antoine avec qui il discuta très longuement, tout un matin pour ainsi dire, tout d'abord dans le parc de l'Âge d'or, à la grande interrogation de notre François, puis au *Vercingétorix* où, une fois n'est pas coutume, ni Bousingot ni le beau brun, le père de Bastien, n'étaient accoudés au bar.

Le déjeuner du commissaire Gagne avec Lucien et Vassalou n'avait pas été convenu ; mais, pour une raison qui leur était singulière, chacun des trois y avait réfléchi, l'espérant secrètement, et avait décidé, le moment venu, si l'heure était propice, et malgré la pluie qui s'était installée sur le Livradois pour ne plus le quitter, semblait-il, à le proposer aux deux autres.

Ils allèrent à Issoire. En terrain neutre ou prétendument tel, selon ce que déclara Vassalou. Lucien Charlannes était au volant de sa nouvelle B.M.W., une série 3, bleu impérial, qu'il avait touchée l'avant-veille. Pas peu fier de son bijou, il n'arrêta pas, tout au long du chemin, d'en vanter les innombrables qualités au commissaire Gagne. Pendant ce temps, installé sur la banquette arrière et feignant l'indifférence, Vassalou soliloquait, laissait parfois s'échapper un mot plus audible que les autres, une impression évasive, un sentiment incertain, mais jamais un véritable reproche, bien qu'il fût en fait fort mécontent de cette acquisition, plus dispendieuse que raisonnable, et néfaste, psychologiquement, pour le moral des employés de la scierie qui, avec leur seul salaire, n'auraient pu acquérir de cet engin que deux ou trois pièces détachées, le volant sans son gainage en cuir ou bien encore une jante et son pneu, mais dépourvue d'enjoliveur. Oui, Vassalou était vraiment consterné par cette conduite de gamin, de jeune fou qui risquait de mener l'entreprise au désastre si personne ne le retenait. Car Lucien, depuis qu'il était en place, n'en était pas à son unique folie : réfection intégrale des bureaux, et pas seulement des peintures, mais aussi du mobilier et de l'ensemble des équipements informatiques ; amélioration de l'environnement et des abords immédiats de la scierie ; dans les prochains mois, mise en place d'une barrière à l'entrée et embauche de deux gardiens, voire trois, en poste de jour comme de nuit, dans un bâtiment qui serait à construire et pourvu de systèmes d'alarme de dernière génération. Un trait de génie qui avait germé dans la tête de Lucien quand le commissaire Gagne, à nouveau, s'était étonné du manque de clôture sécurisant les installations de la scierie. D'autres projets étaient encore en vue, comme le réaménagement de l'atelier B, celui où les produits finis ou semi-finis, qu'on y stocke parfois longtemps avant d'être expédiés, sont protégés des variations de température excessives, de la sécheresse et de l'humidité. Vassalou, constamment tourmenté par la trésorerie et, par conséquent, les dépenses, sur lesquelles, malgré la disparition de Gustave, il avait toujours conservé un droit de regard – droit légitime ou admis comme tel, mais à l'origine des nombreuses disputes qui avaient eu lieu entre lui et Louise Charlannes à l'époque où celle-ci conseillait, à juste raison d'ailleurs, la remise en état de la première ligne de sciage –, rongeait son frein de plus en plus difficilement. Un jour ou l'autre, il le pressentait, ça finirait par exploser. « Pourquoi ne pas profiter du moment ? » se demandait-il, en regardant rêveusement la nuque de Lucien, une nuque parfaite, rasée de près, nette, sans un poil de trop, et sur laquelle un coiffeur, hier ou avant-hier, avait dû s'attarder longuement, une nuque qu'il aurait bien touchée, aux muscles trapèzes saillants, énergiques et tendus, mais qu'il imaginait être, malgré cette énergie, cette tension évidente, d'une élasticité extrême. Merveille de la jeunesse ! De cette jeunesse que Vassalou avait perdue. Et puis, soudain, ce fut plus fort que lui, parce qu'il ne pouvait plus quitter du regard cette nuque qui fleurait l'insouciance comme on empeste le matin au sortir de son lit, ce crâne si bien, trop bien coiffé, mais à quel prix ? il lança, le ton ironique :

« Tu lasses le commissaire, mon pauvre Lucien, avec tes histoires de bagnoles. Est-ce que tu t'en rends compte ? Tu fais flambeur avec ça. N'est-ce pas commissaire ? Comme si tu avais besoin de faire connaître à tout le monde ta position sociale. C'est enfantin. Je suis persuadé, quant à moi, que le commissaire aurait préféré, pour cet au revoir, nous entretenir de ce qui l'a amené jusqu'ici et des résultats de son enquête… »

Le commissaire opina, sans trop insister cependant.

Mais Lucien, piqué au vif, répliqua :

« Nous sommes au XXIe siècle, Paul ! La scierie, c'est bien beau, mais elle n'est pas mon unique pensée. Parce que j'ai envie de vivre, vois-tu ? »

Puis, changeant de sujet :

« Au fait, je ne t'ai pas dit, Pauline est enceinte. On le lui a confirmé hier après-midi. Maintenant, c'est officiel. On s'en doutait un peu, mais tant qu'on n'est pas certain… Ah, nous voici arrivés !

– Mes félicitations, fit aussitôt le commissaire.

– Bravo ! Bravo ! s'exclama Vassalou que cette nouvelle avait radouci d'un coup. Je suis bien content pour toi, mon petit Lucien, et pour Pauline aussi… »

Lucien gara la voiture, puis ils entrèrent dans le restaurant, un ancien relais de poste situé à deux pas de Saint-Austremoine, et ils s'installèrent un peu à l'écart, à l'abri des oreilles inoccupées, dans une salle à manger au décor traditionnel de papier peint vieillot, à larges bandes verticales.

Pour ouvrir l'appétit de chacun, Vassalou proposa de commencer par une bouteille de côtes-d'auvergne.

« Du madargue[1], un de nos petits vins fruités qui glissent tout seuls, ça vous irait ? demanda-t-il. Ce sera pour vous, commissaire, mais aussi pour notre Lucien ! Et c'est moi qui l'offre ! »

Sensible, notre Vassalou ! Ce n'était pas la première fois qu'il se laissait piéger. Et qu'un tout petit, fille ou garçon, lui soit annoncé comme ça, tandis qu'il fulminait, ça n'avait pas manqué d'avoir sur lui son effet. Alors, les dépenses étourdies de Lucien et même sa paie un peu lourde, on en parlerait une autre fois, lorsque le commissaire serait parti. De toute façon, c'était écrit, l'opportunité se représenterait d'elle-même.

Pendant presque tout le repas, la conversation fut donc des plus banales, on parla météo, incivisme, la plaie du moment, architecture, volcans et coutellerie, et c'est seulement au moment du dessert, peu avant le café, que le commissaire, aux joues un soupçon rosies par le vin, posa la main sur le bras de Lucien, le lui serrant presque rudement.

---

1. L'un des cinq crus des côtes d'Auvergne.

« Pendant tous ces jours, fit-il, vous m'avez finalement bien peu parlé de votre père. »

Interpellé, Lucien le regarda un moment, hésita :

« C'est peut-être aussi que vous ne m'avez pas questionné à son sujet, répondit-il. Qu'auriez-vous désiré savoir ? Qu'il était un bon père ? et qu'il s'occupait de ses enfants comme aucun autre ? Vous le savez déjà, non ?

– Oui, accorda le commissaire avec un sourire entendu, mais est-ce vraiment vous qui me l'avez appris ? Ne serait-ce pas plutôt M. Vassalou ou votre mère ?

– Je ne sais plus, c'est possible, mais si vous voulez, je vous le confirme. Paul en a d'ailleurs été témoin.

– Témoin de quoi ?

– De l'intérêt, de l'amour de mon père pour ses enfants. Hélène et moi, en particulier. Avec Antoine, notre jeune frère, c'était différent. Il a toujours été plus proche de maman. Plus fragile, aussi. Alors je pense que papa, je veux dire mon père, le lui a laissé, un peu comme un jouet...

– Que veux-tu dire ? » l'interrompit Vassalou.

Lucien hésita, l'esprit un peu brouillé.

« Oui, Paul, c'est l'impression que nous avions, surtout moi, reprit-il en soupirant. On croirait que je viens de dire une énormité. Je ne vois pas ce que cela a de confondant. D'ailleurs, avec grand-père Charlannes, c'était pareil. J'ai passé beaucoup plus de temps avec lui qu'Antoine, c'est certain...

– Mais pourquoi avez-vous dit : un jouet ? s'enquit le commissaire. C'était la question de M. Vassalou.

– J'ai dit : un jouet ?

– Oui.

– C'est le mot qui m'est venu comme ça. Il n'a peut-être pas grand sens ici. Pourtant, c'est un peu ça. Par exemple, il y a des choses, je crois, que mon père nous disait certainement, mais qu'il n'aurait pas dites à Antoine.

– Quel genre de choses, Lucien ?

– Mais peut-être aussi me fais-je des idées…

– Des choses qui lui étaient personnelles ? insista le commissaire. Ou propres à la scierie ? à son fonctionnement ? Qu'en pensez-vous, monsieur Vassalou ? »

Pris de cours, Vassalou redressa soudain la tête, comme s'il sortait d'une rêverie éveillée. Puis son regard alla du commissaire à Lucien et de Lucien au commissaire.

« Ne serait-il pas temps de retourner à Loupières ? » fit-il.

Lucien appela un serveur.

Vassalou se souvint de sa promesse et régla les boissons.

Comme ils étaient sortis, le commissaire reprit la conversation là où Vassalou l'avait abandonnée ou, pour être plus juste, il se lança dans une sorte de monologue qu'il avait dû préparer longuement à l'avance, issu des cogitations auxquelles il n'avait pas manqué de se livrer, entre deux coups de fil à sa petite famille qu'il avait tant hâte de rejoindre, pendant ses soirées à Clermont. Toujours installé à l'avant, il s'adressait à la fois à Lucien et à Vassalou, aussi se tenait-il un peu de côté, afin de ne pas avoir à tourner trop souvent la tête. Il savait bien, commença-t-il, que ce dernier déjeuner en leur compagnie – en fait, ce n'avait jamais été que le second – ne donnerait lieu à aucune révélation, ni de la part de Vassalou ni de celle de Lucien. Pourtant, il n'aurait pas le sentiment de repartir bredouille.

« Ce Pierre Besson, continua-t-il, plusieurs de vos employés ou ouvriers, je ne sais pas, l'avaient aperçu avant l'incendie, sans en rien dire. J'ai pu m'entretenir avec eux tous. Et beaucoup de témoignages se recoupent. C'était bien lui, qui errait aux alentours des ateliers pendant la journée. Alors pourquoi personne ne vous en a parlé, monsieur Vassalou ? Pourquoi personne, pas même les gardes de nuit, ne vous a alerté de sa présence ? À votre avis ? La réponse vous la connaissez, naturellement : à de nombreuses reprises, Pierre Besson et Gustave Charlannes ont été surpris ensemble. Que faisaient-ils alors ?

Deux étrangers à la scierie, à la rigueur, on aurait bien tenté de savoir. On les aurait même, gentiment ou non, priés d'aller discuter ailleurs. Mais là ! Et vous-même, monsieur Vassalou, vous les avez aperçus. Ne prétendez pas le contraire, cela m'a été rapporté… »

Le commissaire s'était arrêté, le regard tendu, posé sur Vassalou, espérant une réponse.

« C'est un fait, reconnut enfin celui-ci, à contrecœur.

– Alors pourquoi, lorsque je vous ai montré la photo de Pierre Besson, le lendemain de mon arrivée, m'avez-vous assuré, après une hésitation, je l'ai remarquée, ne pas savoir de qui il s'agissait ? Mais, peu importe, cela n'a plus d'importance. Je ne vous torturerai pas davantage pour vous extorquer un aveu. Car s'il s'est produit quelque chose, pendant les presque six mois que Pierre Besson a passés dans le secteur, j'ai la conviction que ça n'a pu être qu'entre lui et Gustave Charlannes. Pas avec vous. Ni personne d'autre. Seulement, voilà, ils ne sont plus là ni l'un ni l'autre pour nous raconter leur histoire. Leur petit secret, comme eux, s'est transformé en millions, en milliards de particules. Des particules que le vent et la pluie se sont chargés d'éparpiller, que le sol a absorbé, transformé en mauvaises herbes. Et que, pour la tranquillité de chacun, de vous, monsieur Vassalou, de vous aussi, Lucien, si vous me permettez de vous appeler ainsi, et, surtout, pour la tranquillité de Mme Charlannes, je n'ai aucune envie de rechercher. D'abord, parce que ce serait entreprendre un travail irréalisable, totalement fou. On ne reconstitue pas un puzzle si l'on ne dispose pas de ses pièces. Ensuite, parce qu'il y a des jardins intimes, je le pense sincèrement, dont les portes s'ouvrent d'elles-mêmes, un jour ou l'autre, même quand la mort a fait son œuvre, sans qu'il soit nécessaire pour cela que la justice des hommes s'en mêle… »

C'est pour ainsi dire sur ces paroles qu'ils arrivèrent à Loupières-le-Bas, puis se séparèrent.

Lucien n'avait rien prononcé de tout le retour.

Vassalou guère davantage.

Le commissaire Gagne s'installa bientôt dans sa voiture, qu'il avait laissée sur le parking, pendant le repas. D'un ample mouvement de la tête, il embrassa la scierie des yeux, comme pour n'en rien oublier : les ateliers A et B, l'atelier central que Lucien rénoverait sous peu, mais que ne voulait-il pas rénover ? l'animation qui régnait à cette heure où se succédaient, dans un brouhaha ordonné, les semi-remorques chargées de grumes et les camions qu'on avait remplis de palettes ou de parquets massifs, en chêne ou en châtaignier. Puis il s'attarda un moment sur ces lieux obscurs et déjà lointains, sous les charpentes des ateliers ou à l'orée de la frondaison et du jour déclinant, où tout semblait empreint d'un calme ténu, propre au glissement des ombres ou aux retrouvailles improbables, après de longues années, de deux hommes dont il imaginait que l'un, à une époque de sa vie, avait été amoureux de l'autre. Mais, bien sûr, c'était pure fabulation.

Le lendemain matin, vers 9 heures, le commissaire Gagne avait passé la grille de la maison des Charlannes. Louise l'avait ensuite raccompagné jusqu'à sa voiture, à quelques vingt mètres de là. De quoi avaient-ils pu discuter pendant cette demi-heure où, assis dans la cuisine, ils avaient pris un café ? On présume d'un peu tout, mais surtout de rien, parce que le non-dit, à ce moment, était certainement plus adapté à la situation que le parler franc. À cause de ce Pierre Besson dont la survenue, restée mystérieuse, à la table des Charlannes avait été si brutale que Louise ne s'en était pas remise. D'ailleurs, comment s'en serait-elle remise aussi vite ? Le commissaire n'avait rien fait pour cela. Et, bien souvent, ces derniers jours, quand elle l'avait vu, dans les rues de notre petite ville, traîner son ennui, ou faire les cent pas, comme dans l'attente d'un rendez-vous, d'un atelier de la scierie vers un autre, elle avait même eu le sentiment du contraire. Comme s'il avait espéré qu'un employé craquerait, finirait par déballer tout un savoir sagement rangé dans un coin de son cerveau depuis des mois et des mois ; comme s'il avait prévu aussi que, dans notre petite ville, les bonnes langues, tôt ou tard, se délieraient de ce qu'elles avaient pu apprendre, de bon ou de mauvais, sur tel ou tel de la famille Charlannes ou, pourquoi pas ? au sujet des Enrieux, les père et mère de Louise, qu'on n'avait jamais vraiment aperçus ici, ou bien deux fois en tout et pour tout, si réservés et discrets qu'ils avaient toujours été et que Mme Enrieux continue d'être, c'est souhaitable, si elle est encore en pleine santé. Ce que nous ignorons, pour tout dire, et qui confirme une réserve quasi atavique. Mais notre Louise, qui pensait à tout cela pendant que son café refroidissait doucement, aurait-elle pu en parler aussi ouvertement au commissaire ? Il est probable que non, car c'eût été lui faire les reproches qu'elle n'avait pas été capable de tenir au père Charlannes. Louise a trop d'amour pour ce monde, d'une façon générale, et, si elle connaît le mal, comme chacun, si elle sait à peu près de quoi il est fait, à peu près seulement, en revanche elle ne sait pas ou ne veut pas le commettre ; elle a toujours été ainsi. Il n'en est pas moins que dans le silence qui l'habitait, comme elle était face au commissaire Gagne, l'idée la taraudait toujours, assommante, de lui demander pourquoi il s'était déplacé jusqu'ici, et pourquoi, deux, trois semaines plus tard, il s'en repartait comme ça, selon elle, selon ce qu'elle en savait ou croyait savoir, avec les mains vides, aussi sottement, inutilement ouvertes sur la table que lorsque, en arrivant, il les avait tendues, maladroit, pour les saluer, à Lucien, à Vassalou et à tous les autres. Était-ce seulement à cause de cette histoire d'A.D.N. croisés à laquelle elle n'avait rien compris ? Ou parce qu'il s'imaginait, fouineur, démasquer des monstres, ou une affaire aussi laide que ténébreuse, que nous tous, ici, dans notre petite ville, nous aurions tenté de dissimuler à la justice ? En tout cas, le commissaire Gagne avait semé le trouble dans les esprits, du moins chez les Charlannes, et aussi chez les Besson, c'était probable ; de ce point de vue, pour de bon, c'était assez réussi, et ce n'était pas encore demain que la tempête se calmerait. De son côté, ces jours passés, Louise avait pourtant tout tenté pour évacuer le doute, elle avait fouillé toute la maison Charlannes, sans trop en parler à son beau-père, le pauvre vieux, pour déceler des marques, aussi incertaines qu'elles fussent, du passage de Pierre Besson dans la vie de Gustave. Mais non, rien, elle n'avait rien découvert qui allât dans ce sens et pût expliquer pourquoi les deux hommes, lorsqu'ils s'étaient retrouvés, avaient préféré n'en rien dire à personne, pas même à elle, ni aux enfants. Pierre Besson aurait-il alors couru un si grand risque ? Ou bien en aurait-il fait courir un à Gustave, s'il était apparu dans la contrée, disons, officiellement ? Et pourquoi ne s'était-il pas plutôt rapproché de ses parents, ces infortunés, eux qui le recherchaient depuis tant d'années ? Seule une chose était à présent plausible, sinon certaine, mais Louise n'en avait rien révélé au commissaire Gagne : les sommes d'argent qui avaient été retirées de la banque pour des motifs encore inexpliqués – retirées par Gustave, car Lacombe, l'ancien chef comptable, après s'être rapproché du guichetier de l'agence où les retraits avaient été effectués, n'avait pas eu de mal à l'apprendre, du moins selon ce qu'il prétendait – avaient été destinées à Pierre Besson. Qui se serait encore interrogé là-dessus ? Mais, du même coup, cela soulevait d'autres questions, des questions que Louise n'avait jamais pu se poser, et pour cause, puisque, jusqu'à la venue du commissaire, elle avait ignoré l'existence de Pierre Besson. Était-ce de l'argent que Gustave devait à son camarade ? Ou bien s'agissait-il d'un chantage ? Pierre Besson avait-il été l'auteur de quelques malversations, quelques rapines, quelques crimes ? Avait-il été l'objet de poursuites ? Lui-même avait-il été victime d'un chantage ? Mais pourquoi

Gustave ? C'était toujours pareil. Pourquoi, après les Amériques, Pierre Besson avait-il atterri ici, à Loupières, plutôt que n'importe où ailleurs ? Pourquoi était-il ensuite resté caché ? Et pourquoi si longtemps ? Pourquoi Gustave n'en avait-il rien confié à personne ? À moins que Paul Vassalou ?... Mais, non, c'était stupide, Vassalou ne pouvait pas avoir été informé des sommes détournées par Gustave ; lui, si soucieux des comptes, il aurait fini par en toucher deux mots à Lacombe... Et puis Louise s'était rendu compte qu'avec toutes ces idées elle en était revenue au point de départ, et que son café avait refroidi, et qu'elle n'avait rien écouté, elle en était évidemment désolée, de ce que le commissaire Gagne lui avait raconté pendant cette demi-heure où il était resté assis devant elle, de l'autre côté de la table, lui, sur un tabouret de cuisine, et elle, sur la seule chaise libre à ce moment, les trois autres étant occupées par le linge que Léontine s'était mise en tête de repasser ce jour-là. Alors elle avait levé la tête et, les yeux tout brouillés, embués, le front plissé, elle avait longuement regardé le commissaire, comme dans l'espérance d'une réponse aux questions qu'elle ne lui avait pas posées. Et le commissaire l'avait regardée également, pensif, ne sachant trop quelle attitude il devait prendre, désarmé par le visage presque fiévreux de cette femme qu'il était venu saluer, et rien de plus.

« Je n'ai fait que ce que je devais faire, s'était-il excusé, le ton navré. Rien d'autre. Et je n'ai nulle intention, aujourd'hui, d'en savoir plus encore que je n'en ai appris. J'ai déjà fait part de mon sentiment à votre fils Lucien, ainsi qu'à M. Vassalou. Je considère tout cela comme de l'histoire ancienne, trop ancienne pour moi, pour notre justice. Nous savons, vous et moi, qu'un certain Pierre Besson a débarqué un beau soir ou un beau matin à Loupières et qu'il y a retrouvé une vieille connaissance, Gustave Charlannes, votre époux. Pour le reste, j'ai ma petite idée, mais je crois qu'elle n'intéresse personne d'autre que moi. Cette affaire sera à nouveau classée, je vous le promets… »

Louise avait alors poussé un soupir, mais si léger qu'elle seule avait pu l'entendre.

« Je vous remercie », avait-elle dit.

Puis ils étaient sortis, l'un à côté de l'autre, et marchant à pas lents, comme pour étirer le temps ; ils avaient bientôt franchi la grille.

« Je n'ai pas vu votre beau-père, avait remarqué le commissaire. Pourrez-vous, s'il vous plaît, lui signaler mon passage ? »

Louise, dont la mine, maintenant, avait pris de fines couleurs, l'avait aussitôt rassuré. Puis elle avait continué, presque enjouée :

« Quand je pense que je vous avais imaginé comme le commissaire Maigret. La silhouette de Bruno Crémer et le même âge, le même chapeau aussi… »

Tous les deux avaient bien ri. Et bientôt ils s'étaient séparés. Le commissaire s'était-il aperçu alors que, juste avant qu'elle ne lui tournât le dos, le visage de Louise s'était à nouveau assombri ?

On était au milieu de cette même matinée, quand le commissaire Gagne, après avoir contourné le parc de l'Âge d'or, stationna deux cents mètres plus loin, là où Louise n'avait aucune raison de passer, du moins selon ce qu'Antoine lui avait précisé, puis dirigea ses pas vers le parc, qu'elle n'avait pas plus de raison de traverser, parce que situé à l'écart des commerçants qu'elle fréquentait en semaine, hormis le jour où se tenait le marché.

Cette rencontre, c'est Antoine qui l'avait souhaitée. À proximité de chez lui, il y avait tenu ; on sait que la maison Charlannes est à quelques battements d'ailes du parc de l'Âge d'or. Qu'espérait-il ainsi ? Que sa mère, Louise, vînt à le surprendre, malgré tout, en train de parler au commissaire ?

Inconsciemment, ce n'est pas impossible. Ce qu'il avait à annoncer au commissaire ne lui semblait pas simple, mais il était l'unique personne, lui avait-il semblé, qui fût capable de l'écouter : Antoine avait décidé de tout abandonner ; de plaquer ses études, l'environnement dans lequel il vivait et où il n'était plus à l'aise, parce que délaissé et parfois moqué, depuis la mort de son père, et même si ce n'était qu'une illusion, c'était ainsi ; d'éloigner de lui Lucien, son frère aîné, et Pauline, et Paul Vassalou qui, d'après lui, il n'avait pas tout à fait tort, avait un moment convoité la place de Gustave, une attitude qu'aujourd'hui comme hier, lorsque Antoine, au grand amusement de sa sœur, qualifiait de « dégoûtants » les yeux que Vassalou, à table, posaient sur Louise, il jugeait inconvenante et grossière.

« Je voulais que vous sachiez tout cela, continua Antoine. Je vous connais peu, c'est sûr, et j'ai peut-être tort de vous faire confiance, mais je me dis qu'entre vous et maman quelque chose de bien a dû se créer. Vous pensez que je me trompe ? »

Ils étaient assis sur un banc, à une trentaine de mètres du plan d'eau, face à la guérite où François, compte tenu de l'heure, devait attendre que la dame d'à côté lui apporte son thé.

« Lui aussi, il est d'une gentillesse extrême, observa Antoine. Il y a quelques années, je faisais partie d'une bande d'idiots qui n'avait de cesse de le pousser à bout... Un jour, je me souviens, c'était dans le parc Marmontel, un peu plus loin, on était montés dans un arbre, un cèdre vieux comme la terre, il faisait bientôt nuit, et les flics sont arrivés... Mais ce n'était pas lui qui les avait appelés... Je suis redescendu le premier, on m'a laissé partir comme ça, parce que j'étais un Charlannes, et lui, François, quand il m'a vu déguerpir, il m'a fait un petit signe de la main, et puis un sourire... Il m'avait déjà pardonné. Je n'ai pas oublié. Je n'aime pas tout le monde, mais lui si... Depuis, les autres continuent à lui en vouloir, comme si c'était sa faute ce qui leur est arrivé : le poste de police et tout... Ils l'appellent le niakoué... C'est pas sympa... Et ils lui font encore les pires crasses... »

Antoine soupira ; soudain intimidé, il pinça les lèvres et fronça les sourcils ; il lâcha :

« Vous et moi, ici, c'est con, non ?

– Pas plus con que d'emmerder le gardien de ce parc, répondit le commissaire.

– Moi, je l'emmerde plus.

– Oui, j'ai compris. Je comparais notre situation, assis peinardement l'un à côté de l'autre, à celle de tes copains. Au moins, on ne fait de mal à personne.

– On ne fait même rien du tout, plaisanta Antoine.

– C'est sûr. L'autre jour, à la scierie, quand tu m'as averti que tu voulais me parler, je suppose que tu avais tout de même quelque chose de précis en tête ?

– Ben oui, pardi !

– Alors, qu'est-ce que tu attends ? »

Il y eut un silence.

Antoine se rappela que, ce matin, en se levant, à la pensée de voir le commissaire et de pouvoir se confier à lui, il était tout content. Enfin un type qui le comprendrait ! C'est ainsi qu'il avait envisagé les choses. Alors, maintenant, le commissaire avait raison : pourquoi traînait-il ? Était-il donc si ardu de lui annoncer qu'il avait décidé de s'engager dans l'armée ?

« Mon prénom, c'est Martin », fit soudain le commissaire.

Antoine le regarda, interloqué. Puis :

« Vous, alors ! » s'exclama-t-il.

Il se tapa sur la cuisse et continua en riant :

« Vous êtes fort, tout de même. Et moi, vous savez quoi ? Je m'appelle Antoine ! Martin et Antoine, de bons amis, étaient assis sur un banc du parc de l'Âge d'or... Martin était commissaire et Antoine avait des taches de son partout sur le visage, les joues, le front. Martin était un mec vachement costaud, tandis qu'Antoine faisait plutôt maigrichon... Je peux vous appeler Martin ? Eh bien, voilà, Martin : dans douze jours aujourd'hui, je quitte mon Auvergne, les études, la famille, tout ; je prends le train pour Annecy, et j'entre dans l'armée – un beau, un grand métier, l'armée ! –, au 27e bataillon de chasseurs alpins...

– Et tu fais pleurer ta mère, un peu comme si tu avais décidé de devenir moine, c'est ça ?

– Oui, c'est ça. Et cette idée me dérange.

– Dans ce cas, s'il en est encore temps, tu passes gentiment à autre chose. Les grandes écoles, la fac, tu sais, ce n'est pas seulement pour les Parisiens. Au moins, ça te laisserait le temps de réfléchir. J'ai entendu dire que t'étais pas si bête. »

Antoine se redressa aussitôt, fit le fier.

« Mention très bien au bac, parfaitement ! Mais faut pas rigoler, Martin, les coups de bol, ça existe aussi.

– Si tu veux, oui.

– Je ne reviendrai pas sur ma décision. De toutes les façons, j'ai déjà reçu la convocation : là-bas, ils m'attendent à 9 heures précises, sinon au trou.

– T'as de bonnes raisons, au moins ?

– Chez les Charlannes, on n'a jamais aimé les fillettes. Paraît que j'en ai toujours été une. À cause des genoux de maman. C'est tout de même pas de ma faute si, tout petit, j'ai préféré les siens à ceux de papa ! Moins cagneux, je pense. Et puis, c'est vrai, je ressemble plus aux Enrieux qu'aux Charlannes. Maman, c'est une Enrieux, on vous l'a dit ? Des gens de taille moyenne, mais qui ont de vrais coffres tout de même. Pas besoin de peser cent kilos et d'en soulever autant pour arriver premier au marathon. Ce n'est pas de moi, c'est un gradé du C.I.R.F.A[1]. de Clermont qui m'a obligeamment glissé ça dans l'oreille... »

---

1. Centre d'information et de recrutement des forces armées.

Antoine s'arrêta en riant.

« Et comme je suis intelligent, reprit-il, et ça, c'est vous qui me l'avez dit, alors, le gradé, je l'ai cru. »

Le commissaire s'était levé, invitant Antoine à en faire autant, et ils se dirigeaient lentement vers la grille du parc où, à ce moment, François conversait avec deux de ses habituées.

Avant de repartir pour Paris, le commissaire ne tenait pas à conduire le ventre vide. Il voulait d'abord avaler quelque chose, un sandwich ou une salade, et il pensait que ce serait une bonne occasion de poursuivre l'entretien en étant au chaud.

Antoine accepta.

Ils optèrent pour le *Vercingétorix*, le café le plus proche.

Là, on leur apporta à chacun une assiette garnie de charcuterie et de fromages : d'un côté, en belles portions, saucisse sèche, jambon de pays, pâté d'oreilles et friton ; de l'autre, saint-nectaire, fourme d'Ambert, cantal vieux et gaperon. Du beurre et quelques cornichons avec tout ça. Et puis une carafe de chanturgue pour le commissaire, un verre de Coca pour Antoine.

« Dans l'armée, faudra bien que tu te mettes au vin, plaisanta le commissaire. Si t'en abuses pas, comme on dit, ça ne fait de mal à personne… »

Mais, comme on dit tout autant, il s'arrêta tout net quand il remarqua la part de gaperon délicatement glissée entre la fourme et trois feuilles de salade.

« C'est lui qui sent si fort ? » interrogea-t-il.

Antoine pouffa de rire. Il s'exclama :

« C'est pas pour les jeunes mariés, ce truc ! »

Puis, continuant de s'esclaffer :

« C'est le gaperon, Martin. Un sacré fromage pour ceux qui aiment, mais qui pue l'ail comme y en a pas ! Une vraie bombe. Mon père, il en était barjot. Moelleux et parfumé, qu'il disait, tandis que maman faisait la grimace. Mais goûtez tout de même… »

Le commissaire savoura, d'abord du bout des dents, puis son visage s'illumina :

« Bon sang, ton père avait du goût !

– Mais bonjour l'haleine, hein ? »

Et puis, bientôt, comme ils mangeaient, ils en revinrent aux choses sérieuses, sans prendre garde cependant à leurs voix qui portaient jusqu'au bar où le patron du *Vercingétorix,* pour une fois désœuvré, harponnait jusqu'à lui le moindre mot qui passait un peu près. C'est comme ça que, le soir même, tout le monde sut, dans notre petite ville, que l'affaire du cadavre serait bientôt à nouveau classée et que le plus jeune des fils Charlannes, plus hardi qu'on ne l'imaginait, avait décidé de quitter le pays pour l'armée, comme si l'armée était en soi un village, un lieu-dit, une destination géographique comme une autre.

Le commissaire, en effet, avait remarqué qu'on ne parlait pas souvent des Enrieux chez les Charlannes.

« C'est un peu la faute de maman, fit Antoine. Maman, elle a un caractère extra. Une poigne de fer quand il le faut, une volonté du tonnerre. Elle l'a démontré après l'incendie et la mort de papa, parce que Vassalou, sans elle, il n'aurait rien pu remettre en route. C'est grand-père qui dit ça. Mais cette volonté folle, s'il n'y avait pas eu papa, ce qu'elle pensait lui devoir, et nous, ses gamins, ce que son Gustave lui a donné de plus beau, ne riez pas, elle en est persuadée, elle aurait tout laissé choir. Parce que, chez maman, ce qui compte, c'est d'abord et toujours les autres. Alors, les Enrieux, elle les a mis de côté, avec un peu de souffrance, je suppose. Tout gosse, je m'en rendais pas compte, on ne les réclamait jamais, on avait grand-père et grand-mère Charlannes, et c'était assez. Alors, comme maintenant encore, elle allait les voir, un jour par semaine, en même temps qu'elle se rendait à ses bonnes œuvres…

– Et toi, Antoine, tu lui ressembles. Tu ne veux rien imposer, même pas ta présence, une ombre que ta mère aimerait bien voir se profiler derrière elle, portée très longue par le soleil. Tu as pensé à ça ? C'est important.

– J'y ai pensé, oui.

– Et alors ?

– Alors quoi ? C'est vrai, je suis peut-être pareil qu'elle. Mais, maman, elle ne me demande jamais rien, jamais, je ne l'entends pas, je sais qu'elle m'aime, mais elle ne l'exprime pas. »

Antoine s'arrêta.

Avait-il l'impression d'aller trop loin ?

Ses mains tremblaient, il posa sa fourchette, son couteau, et, pensif, il s'essuya les lèvres.

Puis il éclata :

« Merde, merde, Martin ! Quand je lui ai annoncé que je partais à l'armée et que j'en avais rien à cirer des études de droit, pourquoi elle m'a pas hurlé de rester ici, avec elle ?

– Parce qu'elle s'imagine que c'est vraiment ce que tu veux. Si c'est là ta voie, pourquoi voudrais-tu qu'elle te retienne ? Toi-même, tu ne cesses de le répéter : elle est comme ça.

– Parfois, j'aurais envie de la secouer !

– Réfléchis plutôt.

– Je ne fais que ça… Je vous jure, Martin, je ne fais que ça, seulement ça déconne là-dedans ; c'est comme dans les jeux vidéo, ça pète de partout, et je sais plus de quel côté me tourner… »

Il se tut à nouveau, hésitant.

– J'y pense, peut-être que vous voudriez partir ? Vous avez vos quatre cents bornes devant vous, il faut faire ça avant la nuit, et votre femme qui vous attend, sans oublier Léo…

Le commissaire régla l'addition.

Une fois dehors, Antoine s'inquiéta :

« Je vous ai enquiquiné, pas vrai ?

– Ne crois pas ça. Tu as le sentiment d'être un emmerdeur, tu te trompes, et tu le sais bien. Tu as quel âge, déjà ?

– Pas loin des vingt. J'ai terminé ma deuxième année, ce serait bientôt la troisième... Là, avec un peu de chance, au 27e B.C.A., je serai bientôt sous-off.

– Je te voyais plus jeune, dans les dix-huit... Tu me fais penser à ces légionnaires, tu sais, ces mecs costauds qui s'enrôlent un jour pour disparaître, tout en se disant qu'ils serviront à quelque chose. Souvent, avant ça, ils ont commis des actes pas très nets ; parmi eux, il doit bien y avoir des assassins ; mais la République ferme les yeux, elle les prend pour ce qu'ils sont : des durs, des grandes gueules, mais, au fond, des braves bougres. Ils ont trouvé la solution. Et leur solution, c'est aussi celle que tu choisis : disparaître, pas pour les mêmes motivations, certes, mais disparaître, et croire que là-bas, au bout du monde, chez les chasseurs alpins, tu participeras de notre existence...

– Peut-être, Martin, c'est une façon de voir, fit Antoine. Mais, disparaître, je ne suis pas si sûr... »

Ainsi, tout en allant, ils continuèrent à se raconter l'un l'autre ; de loin, on les aurait bientôt imaginés bras dessus, bras dessous ; Antoine fit un salut de la main à François, lorsqu'ils traversèrent à nouveau le parc de l'Âge d'or, et le commissaire lui fit un signe aimable ; François répondit à chacun.

Pendant les minutes qui s'écoulèrent, entre le moment où ils étaient sortis du *Vercingétorix* et celui où ils se sont quittés, c'est surtout le commissaire qui parla. Il se rappela son père qu'il avait affectionné, vénéré aussi, un bonhomme brillant, travailleur acharné, opiniâtre à l'ouvrage, mais qu'il avait peu vu, trop rarement disponible au goût de l'enfant qu'il était.

« J'en ai souffert, c'est absolument certain, je ne t'en dirais pas autant, sinon. Enfin, je crois… »

Antoine comprit que le père du commissaire devait être décédé, mais celui-ci n'apporta aucune véritable précision. Il en parlait cependant au passé, comme, d'ailleurs, de sa jeunesse, avec une nuance de nostalgie dans la voix, une douceur un peu acide qui faisait du bien.

« Quand j'ai appris à mon père que j'entrais dans la police, fit-il comme il ouvrait la portière de sa voiture, déjà prêt à s'y engouffrer, il m'a demandé comment je m'étais débrouillé, avec tout mon bagage, pour ne pas trouver mieux que ça à faire. Il aurait peut-être préféré que je sois comme lui, dans les pâtes alimentaires, ou bien pêcheur à Terre-Neuve. En fait, je n'ai jamais bien su dans quoi il travaillait ; ma mère non plus, je suppose. En tout cas, je l'avais déçu. Enfin, c'est ce que je me figure. Maintenant, je suis commissaire, j'ai des échelons à grimper, un peu d'avenir ; je m'occupe des affaires comme celles-ci : les disparus ne manquent pas, il y en a toujours eus, il y en aura toujours ; et puis j'ai une femme et un petit Léo… »

Il chercha alors dans ses affaires un stylo et une feuille de papier. Il maugréa à part lui : « Quel bordel, là-dedans ! » À la suite de son nom, il écrivit son adresse personnelle. Il habitait à Paris, dans le 11e, à deux pas du cimetière du Père-Lachaise.

« J'aime ce quartier, observa-t-il. Un de ces jours, faudra que tu viennes. Quand tu auras une perm, ce sera l'occasion ! »

Antoine plia la feuille en quatre et la fourra dans sa poche.

« C'est sympa, murmura-t-il. Je ne regrette pas… »

Le commissaire éclata de rire.

« Encore heureux, Antoine ! »

Il était maintenant dans sa voiture ; le moteur ronronnait, tranquille. Antoine voulut encore dire quelque chose, il ouvrit la bouche, mais il s'étrangla à moitié, et s'entendit prononcer :

« Martin… »

Puis, plus rien. Le commissaire, toujours souriant, mais passablement ému, lui aussi, baissa à demi la vitre de sa portière. Il prononça :

« Antoine, on se reverra bientôt... »

Mais c'était sans savoir, comment l'aurait-il pu ? dans quelles circonstances douloureuses. Puis il démarra brusquement, donnant un coup d'accélérateur. Alors, comme le véhicule s'éloignait, Antoine pensa que cet homme encore jeune, ce commissaire, ce Martin Gagne, qu'il avait si peu rencontré, si peu vu au cours de ces derniers jours, et qui, maintenant, s'en retournait à Paris où il retrouverait sa famille, allait terriblement lui manquer. Et il en éprouva une obscure et indéfinissable tristesse.

II

LE TEMPS AVAIT PASSÉ. Antoine était maintenant à Annecy. Et il était sergent, et fier aussi que le maigrichon aux yeux plutôt verts, un peu rouquin sur les bords, et chouchou de sa maman, quel vilain défaut ! ne fût plus considéré, ni par son grand-père ni par son frère aîné, comme la mauviette de la famille.

En fait, le 27e B.C.A. n'est pas situé à Annecy même, mais à Cran-Gevrier, dans la banlieue proche, et il n'était pas rare que, dans l'après-midi, surtout quand le temps était au beau, Antoine et sa section, une dizaine d'hommes en tout, crapahutent sur le mont Veyrier, au-dessus du lac, et découvrent ainsi la ville. D'après ce que nous expliquait Antoine, plus causant qu'auparavant, et avec plein d'étoiles dans les yeux, le Veyrier, c'était le balcon fleuri des Alpes. Nous, on n'avait rien contre ça, même si on n'était pas allés vérifier. Car il faut admettre, bien que nous fussions au XXIe siècle depuis six années déjà, que, dans notre petite ville, peu de gens avaient souvent fréquenté les Alpes. Ici, c'est vrai, on a tout : les montagnes et les lacs, le ski en hiver et la randonnée en été, les couleurs du ciel qui changent à chaque instant comme partout ailleurs, et même des aiguilles de roches grises, bien pointues, bien aiguisées aussi, qui gratouillent les nuages quand leur gros pansu de ventre les frôle d'un peu trop près, ce sont les aiguilles du Sancy qu'à Chamonix, s'ils en avaient le savoir, ils pourraient bien nous enlever pour les adjoindre aux leurs. Mais pour Antoine, les Alpes, c'était un peu l'Amérique, l'éblouissement de Christophe Colomb ; alors, son admiration, même si on ne l'appréhendait pas tout à fait, du moins on faisait semblant.

À présent, notre Antoine, il était comme on dit : « baraqué ». Les muscles ne lui explosaient pas encore la chemise, mais tout de même, ça faisait son petit effet. La première fois que Louise l'avait revu, cela fait combien de temps ? un an et demi maintenant, après trois mois d'absence, elle avait cru que c'était un autre qui lui revenait tant elle l'avait trouvé changé. Pas du visage, c'est sûr, mais d'une façon générale. En revanche, elle n'avait pas remarqué tout de suite qu'il n'avait presque plus de cheveux. Et sans Hélène qui était restée là pour accueillir son frère, si ça se trouve, elle n'en aurait rien soufflé avant le coucher. Alors, pour se rattraper, Louise lui avait passé la main sur le dessus du crâne, qu'elle avait comparé à du velours, et, après avoir pris un peu de recul pour mieux le considérer, elle avait dit à Antoine qu'il était devenu le plus beau gars de toute la région, Limagne, Livradois et Forez confondus. Et, tous les trois, ils s'en étaient bien amusés.

Il faut dire aussi qu'en dehors de la tarte[1] qui leur sert de couvre-chef les chasseurs alpins ne sont pas des garçons comme les autres et que, pour faire partie de la famille, sûrement une élite, il faut sans doute en baver plus qu'ailleurs dans l'armée de terre. C'est en tout cas ce que nous autres, attentifs, on avait ressenti, non sans arrogance, lorsque Antoine nous avait raconté sa rencontre avec Marc, son compagnon de chambre, chef de groupe lui aussi, mais après avoir moins

1. *Béret à large diamètre que portent les chasseurs alpins.*

transpiré, vu le robuste qu'il était déjà, de taille comme d'envergure.

« J'en croyais pas mes yeux, avait débuté Antoine à deux ou trois mots près. Jusque-là, on n'avait aucune idée de l'allure que l'autre pouvait avoir quand il était à poil, et puis on s'en foutait pas mal. Alors, pour moi, le premier soir, lorsqu'il a été question de se mettre au lit, ce fut la découverte, mais aussi la honte des hontes, avec le peu de peau que je m'imaginais avoir sur les os, tandis que lui, vous auriez vu les épaules et cette paire de cuisses, des gigots qui lui mangeaient les couilles, ridicules, et coincées dans la fourrure. Sans compter que de dos c'était encore plus impressionnant. Pas un pet de margarine, que des muscles et des bons. La honte des hontes, quoi ! Si bien que je m'étais couché en hâte, de peur qu'il me voie, sans même aller pisser. »

Au *Vercingétorix* comme dans les autres bistrots où il tenait réunion à chaque fois qu'il nous revenait pour quelques moments de vie ensemble, ses copains l'écoutaient, surtout les filles, avec des yeux comme les siens, ronds comme des soleils, quand il avait découvert Marc, le bon géant du quartier.

Marc avait bien remarqué le manège d'Antoine quand, le matin, il exhibait son fessier charnu avant de partir prendre sa douche. À ce moment, Antoine, qui ne dormait plus depuis longtemps, se retournait aussitôt, le nez contre le mur, comme pour s'empêcher de le regarder, et il attendait que la porte s'ouvrît, puis se refermât pour se lever à son tour.

« Un jour, avant de sortir, il m'a tapé sur l'épaule. On est des potes, a-t-il fait, et une chose que tu ignores peut-être encore, on est aussi du même patelin ou peu s'en faut. Parce que j'arrive de Courpière, à même pas deux dizaines de bornes de chez toi. Vrai ou faux ? Alors, maintenant, tu me dis ce qui ne va pas dans ta tête de moineau, quand je me dessape le soir et que je me lève chaque matin ? Je m'en doute déjà un peu, remarque bien, mais je veux aussi l'entendre de ta bouche. Un mec hyper sympa, ce Marc, je n'en doutais pas, et ce qu'il faisait là, ça ne pouvait être que pour m'aider. Mais, tout de même, sur le moment, quand je l'ai entendu me poser ces questions, j'ai eu l'impression de sortir d'un rêve plutôt agréable pour entrer dans le pire du pire des cauchemars. J'ai même craint la torgnole, des fois qu'il se soit mépris sur mes idées. Alors, naturellement, j'ai tout d'abord hésité à lui répondre, blanc comme un linge que j'étais, et j'ai cherché les mots les plus justes, ceux qui m'expliqueraient le mieux. Qu'est-ce que je devais lui répondre ? Que je n'étais pas de taille à me mesurer avec lui ? Que je m'étais trompé de bataillon ? »

Antoine continuait sur ce même ton, mi-sérieux, mi-ficelle, qui faisait doucement glousser les filles au milieu des garçons. Mais, bientôt, ce qu'il nous contait, ce n'était plus son histoire authentique, il inventait un peu, édulcorait beaucoup, et retenait par-devers lui ce qu'il avait réservé à Lucie, une jeune Savoyarde, vendeuse dans une boulangerie située dans le centre du vieil Annecy, sur les berges du Thiou, qu'il appelait aussi « ma promise », estimant qu'ici, dans notre petite ville, c'était bien assez qu'on eût hérité de notre chasseur alpin à nous, le premier du genre, et qu'on en tirât notre arrogance. Alors, tandis qu'Antoine nous disait ses fables, cette histoire, la vraie, la seule qui valût et lui tînt à cœur, mais dont il nous privait, il la racontait à Lucie quand il se promenait avec elle, au bord du lac, et lui donnait la main. Lucie, toute mince et délicate, qui l'écoutait pour l'ixième fois, avec un sourire qu'on voyait plein d'indulgence, et dont la silhouette, sans doute, lui rappelait celle de Louise, quand il était enfant :

« Je n'avais pas encore dit un mot, reprenait-il, quand Marc m'a demandé, sans brusquerie, tranquille comme pas un, presque seigneur, de sortir du lit et de le suivre jusque sous la douche, avec ma serviette et mon savon. J'ai pris cela pour un ordre. Je me suis levé aussitôt, sans piper, prêt à lui répondre : Oui, chef ! si jamais il me prenait en défaut. Et puis, bientôt, nous voici en savates, l'un à côté de l'autre. On traversa un couloir et puis encore un ; c'était l'heure où tout le monde allait se laver, se disait bonjour, l'haleine un peu forte ; certains étaient plutôt grognons, d'autres déjà égrillards. Moi, serré dans ma serviette, j'avais l'impression de croiser des colosses, des foutus comme il faut, de vrais mastards, et, le regard au ras du sol, j'attendais le persiflage, le trait ironique, blessant, qui me serait destiné, du genre : qu'est-ce que tu fiches là ? T'as pas ta place ici, tu résisteras jamais, t'as vu comme t'es fait... Le truc immanquable qui me ferait mal... On s'est lavés, chacun dans sa cabine ; Marc, je l'entendais qui chantait à tue-tête, tandis que moi je me frictionnais comme j'en avais l'habitude, en grand silence. Et puis on est retournés dans la chambre, et, de nouveau, ces longs couloirs qui n'en finissaient plus, le premier, le second ensuite, et tous ces gus, toujours, qui allaient et venaient, sentaient tantôt la nuit, tantôt la savonnette, selon qu'ils marchaient dans une direction ou dans l'autre... »

Une fois dans la chambre, la porte fermée, Marc avait posé les mains sur les épaules d'Antoine.

« Alors, dis-moi, qu'est-ce que t'en penses ? avait-il demandé. Tu t'imaginais qu'ils allaient rigoler en nous voyant côte à côte, toi, le freluquet et, moi, le "yéti" des neiges ? On est pareils, mon vieux. T'as pas de complexe à avoir, mais seulement une chose à comprendre : que les muscles, faut aussi les porter quand on crapahute dans les montagnes ou qu'on descend une pente, et que c'est pas toujours évident. Nos gros bras et nos culs qu'en valent parfois dix, t'as pas à les convoiter, parce que c'est du lourd, du très lourd. D'ailleurs, pour attraper ton galon et je ne sais plus quels brevets, tu pardonnes, ton année à Chamonix, tu l'as faite comme je l'ai faite avant toi, et t'en es revenu entier. Sans casse, sans bobo.

Et tes trente kilos, tu les as eus dans ton sac à dos comme les autres. Est-ce que je me trompe ? »

Antoine avait fait non de la tête.

« Qu'est-ce que tu veux, je suis comme ça, avait-il répondu, la mine contrite. Jamais trop sûr de moi. Des fois, je me dis même que c'est à cause de mon père, un gaillard puissant, si tu l'avais vu, pas comme toi, Marc, pas aussi large, je veux dire, mais qui en imposait à tous. Lucien, mon frère aîné, il est tout pareil aussi. Si mon père le préférait à moi, c'est pour rien d'autre, comme mon grand-père, le père de mon père...

– Des conneries tout ça ! avait éclaté Marc. T'es aussi costaud que n'importe qui. Mais t'es pas le seul à te regarder de traviole. Moi aussi, j'ai un frère, il est plus jeune, six ans de moins que moi, et avant, je t'assure, il complexait dur en me suivant dans la rue. Même qu'à la mer, quand on y allait avec nos parents et qu'on était encore gamins, il ne voulait jamais se montrer en maillot de bain. T'imagines un peu ?

– Si, si, j'imagine ! avait fait Antoine. »

Il avait eu une hésitation, puis il avait bientôt repris :

« Tu sais que je ne savais pas du tout nager avant l'armée ? Et que c'était à cause de ça ? Parce que j'avais peur qu'on me regarde ?

– C'est comme ça aussi qu'on se rend malheureux.

– Jusqu'au jour où on en a marre...

– Et on décide alors de s'engager dans les chasseurs ?

– Oui, peut-être bien.

– Ou peut-être pas, avait achevé Marc, parce que moi aussi, un jour, j'en ai eu assez, mais pas pour la même raison. Si tu veux, je te raconterai ça plus tard... »

Depuis lors, Antoine et Marc étaient devenus les meilleurs amis du monde. En entraînement, notamment en situation en milieu alpin, lorsqu'ils patrouillaient dans les massifs et sur les glaciers, ils s'arrangeaient pour que leurs sections fussent ensemble ou à proximité l'une de l'autre. Et le soir venu, au campement, ils se retrouvaient inévitablement, parfois avec quelques autres, pour échanger leurs impressions. Leur camaraderie était bien connue de tous et préservée. On savait qu'il ne fallait pas toucher à Antoine et que l'inverse était aussi vrai. Car Antoine, même s'il pesait moins lourd que d'autres sous-offs, avait pour lui les années de fac que ceux-ci regrettaient généralement de n'avoir pas faites, et qui lui permettraient, pensaient-ils, de monter en grade sans trop de peine. Certains, par exemple, au bout de trois mois de présence au 27e B.C.A., l'avaient baptisé « le lieutenant », sans qu'il y eût de leur part de connotation dérisoire. De même, lorsqu'ils n'étaient de garde ni l'un ni l'autre, c'était avec sympathie qu'on voyait Marc et Antoine se baguenauder dans le vieil Annecy ou partir en randonnée, pour leur seul plaisir, souvent dans les Aravis, au-dessus de Sallanches, ou bien dans les aiguilles Rouges, au-dessus de la vallée de Chamonix, face au mont Blanc.

Un samedi, comme ils étaient quai Bayreuth et embarquaient sur *La Belle-Étoile* pour faire le tour du lac, certains qui passaient par là remarquèrent une jeune fille, blottie entre eux deux, mais qui tenait Antoine par le bras. On s'arrêta un moment, et bientôt on les aperçut qui s'asseyaient à l'avant du bateau, la jeune fille toujours entre eux. Manifestement, elle était heureuse, elle semblait même rire sans retenue, se cachant le visage dans ses mains. Lequel des deux, d'Antoine ou de Marc, l'avait amusée de la sorte pour qu'elle se laissât aller ainsi ? Sans doute, on aurait pu le leur demander, mais à quoi bon troubler leur plaisir ?

La jeune fille n'était autre que Lucie qui, ce jour-là, sur un fin jersey de cotonnade blanche comme Louise en revêtait parfois en été, avait libéré ses cheveux à la prière d'Antoine.

Depuis combien de temps, à présent, se fréquentaient-ils ?

Trois ou quatre mois, peut-être ?

Ils n'avaient compté ni l'un ni l'autre.

Un autre samedi encore, passablement plus tard, on avait alors changé de saison et il commençait à faire frais, à nouveau on revit la jeune fille sur le quai Bayreuth ; mais si Antoine était encore là, dont elle tenait toujours le bras, en revanche Marc était absent.

On s'interrogea ; on ne comprit pas pourquoi.

C'est que Marc, pour que Lucie et Antoine fussent tranquilles, libres de leurs mouvements et de ce que l'amour entendait qu'ils fissent, avait suscité, pour demeurer au quartier ce jour-là, un tour de garde inopiné.

Heureuse, Lucie avait fait mine de s'étonner.

Antoine, qui se doutait de la manœuvre, n'avait pas voulu lui répondre aussitôt ; et ce n'est qu'à la hauteur du château de Menthon-Saint-Bernard, comme *La Belle-Étoile* accostait au ponton de la commune, en contrebas, et qu'une dizaine de touristes abandonnaient déjà leur siège, prêts à sauter sur la passerelle qui les mènerait au rivage, qu'il se pencha vers Lucie et reprit le cours de son histoire, cette histoire qu'il voulait pour elle seule, non comme une gourmandise, mais comme une confidence :

« Peut-être que sans Marc nous ne nous serions jamais connus, tu imagines ? »

Lucie s'était serrée contre lui davantage.

« Le prétexte du pain de mie aux raisins, ce n'était donc pas toi ? minauda-t-elle.

– Si, c'était moi, mais celui de la boulangère, c'était Marc.

– Tu ne me l'avais pas dit.

– Eh bien, voilà, maintenant tu le sais. J'avais une petite faim, et il y avait, pas loin de là, une boulangère aussi petite que ma faim et qui faisait de l'œil à mon copain. Alors on est allés lui rendre une visite et, le coup de foudre, c'est sur moi qu'il est tombé. »

Le bateau était reparti ; il filait maintenant vers Talloires et Duingt ; à côté d'Antoine, il n'y avait personne, à côté de Lucie, non plus ; les autres voyageurs étaient à l'avant, il n'y avait plus qu'eux deux, assis à l'abri du vent dans la cabine centrale ; Lucie, les yeux fermés, reposait la tête sur la poitrine d'Antoine.

« Dans la vie, tu vois, j'ai toujours eu de la chance. Enfin, je crois. Je sais, ce n'est pas toujours ce que je prétends, mais, là, maintenant, j'en suis sûr. Au collège, mes copains, c'étaient tous des plus grands que moi. Pas d'un an ou deux, non, mais bien de quatre ou cinq. Ils étaient déjà au lycée. Qu'est-ce qu'on a pu faire comme conneries ! Une fois, je me souviens, ça a failli mal tourner : on s'en était pris à un gardien de parc public, un Vietnamien, brave type, tout. Les flics sont arrivés, ils ont emmené tout le monde au poste, sauf moi, parce qu'ils savaient qui j'étais. Alors, après ça, forcément, on n'a plus été vraiment des copains. Mais j'ai regretté, j'en ai même chialé. Parce que avec eux, auparavant, c'était comme si j'existais ; je les prenais au sérieux, ils me rendaient la pareille ; ils me protégeaient, sans rien me demander. C'était pas comme à la maison, parce que j'étais avec Hélène ou bien dans les jupes de ma mère, ce qui agaçait mon grand-père, et mon père aussi, avant l'incendie de la scierie… »

Lucie s'était alors redressée.

« L'armée, c'est tout de même pas pour ça ? demanda-t-elle. Parce que t'étais toujours fourré dans les jupes de ta mère, comme souvent les garçons ? »

Antoine haussa les épaules.

« En fait, je n'en sais plus rien. Mais bon, c'est comme ça. Et puis il y a Marc. Lui aussi, c'est une chance…

– Tes copains sont toujours ou plus vieux ou plus costauds que toi, remarqua Lucie.

– Oui, mais c'est pas forcément voulu ; du moins pas consciemment. Marc, c'est plutôt le destin qui me l'a adressé. Un Auvergnat proche de chez moi, dont je fais connaissance ici, avec qui je partage la même chambre. Et qui décide, un beau jour, de nous laisser, toi et moi, suivre notre bonhomme de chemin. Parce qu'il a tout compris. Parce qu'il a supposé, avant moi, que nos regards ne se croiseraient pas seulement… »

Il y eut alors un silence.

Les yeux d'Antoine étaient soudain devenus brillants.

Lucie sortit un paquet de mouchoirs, elle en déplia un.

« Qu'est-ce qui ne va pas ? fit-elle doucement.

– Rien, rien…

– Si, insista Lucie, je vois bien qu'il y a quelque chose.

– Je pense à Marc, voilà tout.

– Et pourquoi penses-tu tant à lui ?

– Parce que lui aussi, il me protège. Il me protège contre moi-même, comme mes copains d'autrefois. Comme le sourire caché de François, le gardien du parc de l'Âge d'or. Comme maman à qui j'écris chaque fois que je le peux. Tu comprends ça ?

– Bien sûr, Antoine, je comprends.

– Et pourtant, aujourd'hui, c'est comme si je lui avais interdit de partager ce bonheur qu'à sa façon il a pourtant créé… »

À son tour, Lucie haussa les épaules.

« C'est stupide, ce que tu me dis, protesta-t-elle. Je t'aime et tu m'aimes, cela ne se partage pas. »

Puis, changeant de ton, elle ajouta attendrie :

« Stupide, et bien peu digne d'un vrai chasseur alpin, déjà sous-off… »

Leurs sourires s'échangèrent alors, juste ébauchés, comme quelques mois plus tôt leurs regards. Ensuite, ils ne se dirent plus rien jusqu'à Annecy, s'étant promis, en silence, une fin d'après-midi tranquille, non loin du quai de l'Évêché, en un lieu secret qu'ils n'auraient l'intention de partager avec personne, pas même avec Marc. Une fin d'après-midi, se disait Antoine, qui prendrait aussi une allure de gourmandise et dont nous, ici, dans notre petite ville, nous ne saurions rien de plus.

III

PLUS PERSONNE NE PENSAIT à l'année précédente ; et février de l'année suivante, bien ensoleillé, touchait à sa fin. À l'horizon de quelques mois, Antoine et Lucie n'avaient vu que cette période qui pût leur permettre de séjourner une semaine en Auvergne. L'époque n'était pas la meilleure, Louise le leur avait répété, et Antoine le savait bien, mais sinon, à l'exception d'un ou deux week-ends, cela risquait de ne plus être possible avant l'été ou le début de l'automne suivant.

Quand ils débarquèrent, chargés comme de véritables mulets, Hélène venait tout juste de rentrer de son cabinet d'infirmières qu'elle avait ouvert avec une camarade de promotion, depuis un an maintenant ou peut-être un peu plus, après avoir exercé quelque temps à Clermont. Louise, en revanche, qui s'intéressait plus que jamais aux affaires sociales et culturelles de la ville et avait à présent repris ses anciennes occupations au sein d'associations tant laïques que religieuses, tenait encore ses quartiers à la mairie. Aussi, dans l'attente de son retour, Léontine, toujours alerte malgré son grand âge, informa le père Charlannes de l'arrivée d'Antoine et de Lucie, et leur proposa de se mettre à l'aise. La voix de stentor du père Charlannes, qui ne sortait plus guère de sa chambre, située à l'étage, ne tarda pas à tonner dans toute la maison, afin que les intéressés n'en perdent rien : « Les amoureux vont bien ? » Signal pour eux deux que le bonhomme avait hâte de les voir auprès de lui qui, pour les accueillir, se tenait déjà assis dans un large fauteuil, un sourire aussi large lui fendant le visage jusqu'aux oreilles, les bras grands ouverts, et ne laissant, tandis qu'Antoine et Lucie passaient sa porte, de les toiser l'un et l'autre, le front plissé et l'œil curieux, comme pour deviner ce qui les distinguait de la dernière fois qu'ils étaient venus le voir.

« Toujours pareils, mes enfants ! Antoine, je suis fier de toi, si tu savais ! Et ta Lucie est si mignonne.

– Et toi, grand-père, comment te portes-tu ?

– Oh ça… »

Ainsi en était-il depuis qu'Antoine était entré dans l'armée. Le père Charlannes était maintenant plus fier d'Antoine qu'il ne l'avait jamais été de Lucien. D'abord, bien qu'il n'en dît rien à quiconque, sauf peut-être à Léontine, parce qu'il n'avait jamais trop apprécié Pauline dont les façons, comme celles de Lucien d'ailleurs, de ne jamais compter l'agaçaient au plus haut point. Or, d'évidence, Lucie n'était pas du genre à ignorer ce que c'était qu'un euro. « Question d'élevage ! » ruminait-il à part soi, lorsque Pauline montait le voir, toujours parfumée comme une fille, c'est-à-dire bien trop, en souliers qui craquaient le neuf ou pantalons de toile qui sentaient encore l'apprêt. Heureusement, la petite Mia, son arrière-petite-fille, l'unique jusqu'alors, mais pas pour bien longtemps, il l'espérait, lui faisait vite oublier sa rancœur. Mia, curieux prénom, tirerait bientôt sur ses trois ans. Déjà trois ans, ce que ça passe vite ! Aussi haute que le tabouret sur lequel on tentait avec peine, tant elle était vive, de la tenir assise trente secondes durant, c'était une blondinette bouclée aux yeux tirant sur le vert, comme les yeux de son oncle Antoine.

« Alors, toi aussi tu seras bientôt papa ! » s'exclama brusquement le père Charlannes, comme pour mieux s'extirper d'une méchante rêverie.

Puis il continua, mais regardant ailleurs, par la fenêtre entrouverte :

« Avec cette mignonne, tu penses, vous nous aurez les plus beaux enfants du pays, c'est sûr... »

Antoine, amusé, fit oui de la tête, tandis que Lucie, lui prenant la main, le tirait vers la porte.

« Il ne faut pas le fatiguer », murmura-t-elle.

En fait, le père Charlannes était déjà reparti dans sa méditation ; déjà loin d'eux, il faisait marche arrière et tentait de remonter le temps, il se disait qu'Antoine, s'il avait été Lucien, et que Lucien, s'il avait été Antoine. Au moins, est-ce qu'on avait informé Antoine que la maison d'Issoire avait été mise en vente ? Il était certain que non. Parce que, maintenant qu'il était parti, à Antoine, on ne disait plus rien. Pourquoi l'ennuyer avec la scierie ? Pourquoi le rebuter avec les sottises de son frère aîné ? Et si, encore, il n'y avait eu que cela ! Parce qu'il y avait aussi la vieillerie, cette cochonnerie, contre laquelle on ne peut rien ! Absolument rien ! Et toutes ces choses, les pires, dont on lui parlait à peine, à cause de la bile que ça lui aurait fait monter jusqu'à la glotte, mais dont les bruits, bien qu'assourdis par l'épaisseur des murs, parvenaient tout de même jusqu'à lui, sans doute par Léontine interposée, sa gente commère, comme ces chamailleries permanentes entre Vassalou et Lucien, qui rappelaient, mais en plus rudes, celles que Louise et le même Vassalou avaient entretenues un long moment, et ces histoires de syndicats, et de riches trop riches, que son Gustave de fils aurait eu vite fait de remettre en ordre s'il avait été là, ou bien Louise si elle se décidait enfin à reprendre les rênes comme elle avait déjà si bien fait, ou bien Antoine si on lui faisait comprendre à quel point son absence pesait sur l'avenir de tous. Mais qui oserait à présent ?

Certainement pas le père Charlannes. Il regrettait trop d'avoir été injuste avec ce gamin. De l'avoir si souvent traité de fillette, même si parfois c'était en souriant, car dans son sourire, il s'en rappelait, il y avait toujours eu de l'agacement. Non, c'était sans appel, il ne dirait jamais à Antoine de revenir ici, dans notre petite ville, ou plutôt à Loupières-le-Bas, où l'appelait la scierie… Il se retourna, fit lentement pivoter sa tête de la fenêtre vers la porte de la chambre, joua les étonnés quand il aperçut Antoine que Lucie tenait par la main.

« Je vous ai oubliés un moment, s'excusa-t-il. Je ne sais pas ce qui m'a pris. Ce doit être de vous voir si unis, si beaux, remplis d'espoir. Parce que vous êtes heureux, n'est-ce pas ? »

Il haussa les épaules. C'était tellement évident, tellement manifeste. Pourtant, ce fut plus fort que lui :

« L'armée, mon petit, ça te plaît toujours autant ?

– Pourquoi donc, grand-père ? Plus que jamais. J'ai le sentiment de servir à quelque chose.

– Mais tu n'es que sergent ! Tu vaux mieux que ça. Si tu avais continué tes études…

– Avec des si, on recommencerait toujours tout. Aujourd'hui, grand-père, je suis content comme ça. Dans quelques mois, je serai lieutenant, j'ai le bagage qu'il faut. Juste un concours à passer. Et puis sans l'armée, je ne l'oublie pas, je l'aurais connue comment ma Lucie ? Tu peux me dire ? »

Antoine s'arrêta, comme pour laisser le temps au père Charlannes d'apprécier justement sa question. Le bon sens ne parlait-il pas avec elle ? Puis il ajouta, mais cette fois-ci pour éviter que la discussion ne se poursuive :

« De toute façon, tu le sais bien, grand-père, il n'y aurait pas eu de place pour moi ici, du moins à la scierie.

– Qu'est-ce que tu en sais, Antoine ?

– Il y a déjà Lucien, Vassalou, d'autres encore.

– Mon petit, cela fait combien de mois qu'on ne t'a vu ? Trois ou quatre, c'est ça ? Les choses ont bien changé depuis.

Demande donc à ta sœur, je parie même qu'elle en sait encore plus que je ne pourrais t'en dire. »

Après un bref silence, une respiration bruyante, le père Charlannes acheva, décisif :

« Oui, descends voir Hélène, et parle-lui de tout cela. Je vous rejoindrai plus tard, pour le souper. »

Pour plaisanter, Antoine se redressa, claqua les talons d'un coup sec, comme obtempérant à l'ordre d'un supérieur.

Le père Charlannes esquissa un sourire.

« L'armée, c'est bien, fit-il en haussant les épaules, tu peux faire le malin, mais à la condition qu'il n'y ait pas de guerre. Je me dis que Lucie ne doit pas être loin de mon avis. »

Antoine et Lucie retrouvèrent Hélène au salon, une vaste pièce dont l'un des murs les plus larges, en son centre, était occupé par une cheminée colossale en granit blond, typique de nos vieilles maisons de maître, dont les linteaux latéraux, qu'on aurait dit bruts de découpe, s'enrichissaient pourtant, sur toute leur hauteur, de cannelures et de coquilles que les fumées et les cendres avaient patinés au fil des années. De chaque côté, sur le crépi des pierres, des portraits d'ancêtres étaient accrochés, dont certains, comme la demeure elle-même, remontaient au début du XVIIIe siècle. Parmi eux, quelques-uns, sans aucun lien avec la famille, avaient été chinés du vivant de la grand-mère Charlannes à Issoire et à Clermont, afin de meubler les murs de manière aussi harmonieuse qu'ordonnée. Mais ce que cette pièce devait surtout à la grand-mère Charlannes, en dehors de sa galerie de portraits, c'était le choix du mobilier et son ordonnancement, sa vraie passion en dehors de Gustave, son fils trop aimé. Ainsi, contre le mur opposé à celui de la cheminée, face à celle-ci par conséquent, trônait un superbe buffet vaisselier de style Louis XIII, à trois étagères et petite armoire, pour la partie haute, deux grandes portes sculptées de personnages au champ ouvrant la partie basse. Non loin s'étirait un non moins splendide banc-coffre en bois fruitier, également sculpté sur le devant, et aux dimensions rares. La première fois qu'elle était venue, Lucie était tombée en admiration devant le vaisselier. Parce que, depuis qu'elle était née, elle aussi, comme les Charlannes, vivait avec l'odeur, le toucher du bois. Surtout le sapin que son père transformait en souvenirs savoyards. Animaux de toutes sortes et de tailles variables : marmottes, chamois, bouquetins, aigles royaux, qu'on retrouvait ensuite dans les échoppes à touristes, à Chamonix, à Megève et à Combloux, ses principaux points de distribution. Pour en revenir à l'agencement du salon, bien que son goût la portât davantage vers l'ancien, la grand-mère Charlannes, habituée depuis toujours à son aise, avait tenu à ce que les canapés, fauteuils et autres sièges fussent confortables, tout le contraire de ce que lui auraient proposé les siècles passés. Au centre de la pièce, sur un tapis d'Orient de belle taille, elle avait donc mis en place ce que les Charlannes avaient très vite baptisé « le salon dans le salon », comme un lieu à part autour duquel on pouvait circuler, perdu dans ses réflexions profondes ou tout en discutant à plusieurs, mais dans lequel, à tout instant, il était possible de pénétrer et, selon les heures, installés comme il faut, y prendre l'apéritif ou une agréable tasse de thé. On était alors devant la cheminée, et ces flammes qui, quelle que fût la saison, brûlaient l'illusion de bûches aussi imposantes qu'éternelles, recomposées par on ne sait quel magicien moderne, des flammes dont la grand-mère Charlannes s'était entichée une semaine avant sa mort et qui ne lui avaient été livrées que huit jours après son enterrement. Un moment désorienté, le père Charlannes avait songé en faire don à une œuvre caritative. Il avait aussi demandé à l'un de ses amis, membre du Lions Club, ce qu'il en pensait. Finalement, il avait conservé le tout, les bûches en céramique ainsi que le brûleur à l'éthanol, et il les avait fait installer à leur place, dans l'âtre de la cheminée, supposant que, de là où elle était, sa défunte épouse en profiterait tout de même un peu. Depuis lors, dans le salon, comme dans la salle à manger et partout ailleurs au rez-de-chaussée de la demeure, rien d'autre n'avait été modifié.

En attendant le retour de Louise, Hélène proposa à Antoine et à Lucie d'ouvrir une bouteille de saint-alyre qu'elle avait rapportée de la cave de Veyre-Monton, un pétillant bien agréable, parfumé à la liqueur de myrtille.

« Au moins, le voyage a-t-il été bon ? » commença-t-elle, tout en donnant la bouteille à Antoine.

Ils s'étaient assis, et la nuit tombait déjà ; Léontine s'affairait, allait et venait de la cuisine au premier étage, du premier étage au second où elle avait tenu à préparer le lit des enfants, il s'agissait du lit d'Antoine et de Lucie, de la salle à manger au salon, en passant mille fois par l'entrée ; à présent, elle avait entrepris de fermer les volets, à commencer par ceux du bas.

Hélène tenta de l'arrêter :

« Viens donc un peu nous tenir compagnie », fit-elle.

Mais l'autre ne l'entendit même pas.

Alors, Hélène poursuivit aussitôt, trinquant à la santé de Lucie et d'Antoine, et se servant de gâteaux salés :

« Grand-père a raison, les choses ont vraiment changé depuis que vous êtes venus tous les deux. Disons que ça a commencé à mal tourner vers septembre ou octobre dernier, je ne sais plus exactement. Mais c'est de la faute de Lucien, évidemment, pas de Paul Vassalou. Il est de fait aussi que maman n'est plus la même à présent que tu es parti, Antoine. Tu sais à quel point tu comptais pour elle, surtout depuis la mort de papa. Et puis, souvent, je me dis que la réouverture de l'enquête et les révélations que nous a faites le commissaire Gagne à propos de ce Pierre Besson ont tout déclenché : la mésentente entre Lucien et Paul, le fait que maman ait décidé de ne plus s'impliquer dans le devenir de la scierie, et même ton départ à l'armée, Antoine. Cette idée soudaine que tu as eue de nous quitter, comme si quelqu'un t'y avait incité. Ce commissaire, par exemple. Est-ce que je me trompe ? »

Disant cela, Hélène s'était penchée vers Lucie, comme indifférente à la réponse que lui ferait Antoine.

« Tu as de la veine, lui souffla-t-elle. Avec Antoine, tu as gagné la crème de la famille. Dis-moi, c'est la deuxième ou troisième fois que tu viens jusqu'ici ?

– La troisième, oui.

– Et tu as déjà séduit tous les cœurs, y compris celui de notre irascible Léontine. Sans oublier grand-père qui voulait, l'autre jour, que nous invitions tes parents. Tu ne devineras jamais pourquoi. Tout bonnement à cause du métier de ton père : sculpteur sur bois. Le bois, le bois, grand-père n'a jamais eu que le bois en tête : couper des arbres, puis les transformer en planches : des palettes ou du parquet, rien de bien noble.

– Il a tout de même pas mal réussi, non ? observa Antoine.

– Je ne prétends pas le contraire, poursuivit Hélène. La question n'est pas là. Mais figure-toi qu'il vient de découvrir que le bois, il n'a jamais fait que le débiter, alors que le père de Lucie, à l'aide de ses outils, chaque jour que Dieu fait, il lui redonne une existence. Du coup, il se passionne pour les beaux meubles, ce coffre, l'armoire de la salle à manger, la panière, et le lit clos de l'entrée, tout ce que grand-mère affectionnait et qu'il qualifiait de brocante juste bonne à brûler. Tu te souviens ? »

Antoine sourit mais ne répondit rien.

Lucie, ne sachant au juste quelle attitude elle devait prendre, était un peu inquiète.

Hélène s'était rembrunie.

Enfin, elle soupira :

« En fait, Paul Vassalou va quitter la scierie.

– Et Lucien ?

– Seul pour la diriger. Du moins, ce qu'il en reste. Ils sont déjà sept sur le point de partir, et parmi eux les plus anciens, les meilleurs, ceux qui avaient la scierie dans le sang.

– Pourquoi ?

– Le départ de Vassalou, tu imagines. Ils n'ont pas assez confiance en Lucien. Et puis la paie qui ne suit plus.

– Je ne comprends pas.

– Tu ne comprends pas quoi, Antoine ? Avant-hier, la scierie, c'était grand-père et Lacombe ; quand grand-père a pris sa retraite, il y a eu papa et Vassalou, les frères siamois ; ensuite, maman et Vassalou ; et aujourd'hui : Lucien. Parce que Lucien, il veut régner tout seul ; il sort d'une école de commerce, il n'a rien à apprendre de quiconque, etc.

– Et maman, elle en pense quoi ? »

Il y eut un silence.

Hélène se leva, elle se dirigea vers la fenêtre qui donnait sur le devant de la maison, puis elle se retourna, ne sachant comment manifester son humeur, et lâcha, avec un geste d'impuissance, et sans regarder Antoine :

« Justement, la voici qui revient de la mairie. Tu n'auras qu'à le lui demander. »

Au même instant, la porte d'entrée claqua.

On entendit alors le trottinement de Léontine, et sa voix flûtée qui annonçait à Louise qu'Antoine et Lucie étaient arrivés depuis un bon moment, qu'ils avaient déjà visité le grand-père dans sa chambre, et qu'ils l'attendaient dans le salon avec Hélène.

Le visage d'Antoine s'était illuminé.

Dès que Louise apparut, il s'élança vers elle.

IV

LOUISE AVAIT CHANGÉ. Un matin, Antoine lui en fit la remarque. Elle s'en étonna et lui demanda en quoi. Il lui répondit qu'il ne savait pas, que c'était difficile à expliquer, dans son allure, peut-être sa démarche. En tout cas, le fait était là, lumineux, éclatant, même si nul ne le lui avait dit jusqu'ici. Alors elle insista, intriguée, amusée ou bien, malgré l'air réjoui d'Antoine, craignant presque le pire, et elle l'engagea à s'expliquer. Enfin, il s'aventura :

« Tu fais plus jeune qu'avant, ce doit être ça… »

À cette annonce, Louise haussa les épaules.

« Tu te moques, Antoine, tu sais que ce n'est pas bien ; mais j'accepte. »

Puis elle ajouta, rassurée et moqueuse :

« Ce doit être de vivre dans l'entourage de ton grand-père et de Léontine, nos dernières jeunesses ! Dieu merci, j'ai ma petite Hélène avec moi. Elle au moins ne m'a pas abandonnée. Parce que Lucien… Et puis j'ai aussi mes occupations, nombreuses…

– Parce que Lucien ? répéta Antoine, les sourcils froncés.

– Tu dois le savoir. Hélène a dû te tenir au courant.

– Que Vassalou se tire, oui, je le sais, et je n'en suis pas mécontent du tout.

– Tu ne l'as jamais aimé. Mais tu as eu tort. Ton père et lui, c'était pourtant magnifique. Une entente comme il y en a peu, qui a fait de la scierie ce qu'elle était.

– Jusqu'à l'incendie.

– Que veux-tu dire ?

– Pardonne-moi, poursuivit Antoine, je pense toujours à ce Pierre Besson, pour moi, un grand mystère. Une apparition soudaine que je ne parviens pas à comprendre. Un incendie sans raison, une catastrophe inexpliquée, un cadavre qu'on a retrouvé cramé, ce type qui n'aurait même pas songé à se tirer, qui serait mort sans crier gare, tu veux rire ?

– Antoine, enfin, qu'est-ce qui te prend ?

– Maman, quand tout ça s'est passé, j'avais treize ans. Treize ans tout ronds. Et malgré ça, malgré les années, c'est toujours là, au niveau de ma gorge. Comme un crapaud. Je peux pas avaler ça, maman. Je peux pas m'en défaire. Je n'ai jamais pu. »

Il y eut un silence.

Louise s'approcha d'Antoine, lui prit la main.

« Je suis toujours si contente de revoir mon gamin, si tu imaginais ; pourtant, à chaque fois que tu nous reviens, à un moment ou à un autre, j'ai le sentiment de te surprendre en chagrin. Tu n'es donc pas heureux avec Lucie, que tu ressasses encore cette histoire d'il y a dix ans ?

– Lucie n'a rien à voir là-dedans.

– L'armée, alors ?

– Elle m'aurait plutôt sauvé. Pas seulement elle, le commissaire Gagne aussi. Je me souviens encore, avant qu'il ne s'en aille, nous nous sommes parlés longuement ; nous étions assis dans le parc de l'Âge d'or ; là-bas, de l'autre côté du plan d'eau, il y avait François Chang qui bavardait avec ses petites habituées. Je ne sais plus exactement de quoi on a discuté, de choses diverses, de moi, surtout, de lui également. Il m'avait proposé de lui rendre visite à Paris si l'occasion se présentait.

– Et tu y es allé ?

– Non, mais je suis sûr que ça lui aurait fait plaisir. À moi aussi, d'ailleurs. À la place, on s'est écrit. On s'écrit toujours. Je me dis qu'un jour, dans une de ses lettres, il me parlera de son enquête, de ce qu'il a découvert, mais nous a caché. Besson, papa, Vassalou. Des fois, à l'occasion d'une phrase j'ai l'impression qu'il va se lâcher, mais non, il passe à un autre sujet. Tu sais qu'on se tutoie maintenant ? Je veux dire : que je le tutoie ? Parce que lui, il a fait ça tout de suite, naturellement. J'ai aussi une photo d'eux trois, lui, sa femme et Léo, à la plage, en Normandie. C'était l'année dernière, au mois de juillet. Tu veux la regarder ? »

Louise avait pâli. Elle fit non de la tête.

« Une fois, le commissaire Gagne est revenu, dit-elle. Mais je n'ai pas voulu le recevoir. C'était stupide. Il voulait nous annoncer qu'il était parvenu à ce que l'affaire soit classée, que cela avait été plus compliqué qu'il ne l'avait supposé au départ, mais qu'il y était arrivé malgré tout. Finalement, c'est ton grand-père qui l'a reçu. Il lui avait également parlé de toi. Des lettres que tu lui écrivais souvent, comme à moi, j'imagine, et qu'il t'écrivait. Ton grand-père me l'a tout de suite répété.

– Tu le savais donc et tu ne m'en as rien dit ?

– Tu aurais préféré que j'ignore ton amitié avec cet homme ?

– Tu sais bien que non.

– Alors, tu vois que j'ai bien fait de ne rien t'avouer. Parce que j'aurais pu mal faire sans le vouloir… »

Antoine n'ajouta rien. Car il venait soudain de penser à Lucie, seule dans le jardin, et qui devait l'attendre. Il lui avait promis une longue promenade dans la ville, avant le repas ; il s'en rappela et défit sa main de celle de Louise.

« Ne revenez pas trop tard », le prévint-elle comme il s'éloignait déjà, presque en courant.

Louise avait changé, c'était vrai. Antoine ne s'était pas trompé. Mais, pour de bon, personne, jusqu'à présent, n'avait osé le lui faire remarquer. Bien entendu, cela ne s'était pas produit d'un coup. Il avait fallu du temps, des mois et des mois, des années. Parce qu'au début, lorsqu'elle et ses enfants avaient débarqué dans notre petite ville, chez le père Charlannes, il avait fallu qu'ils s'accoutument à ses habitudes à lui, à celles de Léontine, et veillent à ne les troubler ni l'un ni l'autre ou le moins possible, et ça n'avait pas toujours été une sinécure. Certes, Antoine en avait été content, il avait alors presque seize ans, car il serait près de ses copains, mais il avait dû prendre ses marques, comme ces jeunes chiots qui pissent trois gouttes dans les recoins d'un jardin pour marquer leur territoire, et, avec son grand-père qui le regardait comme une fille manquée, la besogne n'avait pas été des plus commodes. Sans oublier le bagage qu'il traînait derrière lui, ses blessures d'adolescence, des taches indélébiles, ancrées à jamais dans le buvard de son existence : l'incendie, la mort de son père, et tout ce qui s'ensuit dont il parlait encore, à Louise et à Lucie, à Marc, son compère du 27e, au commissaire Gagne aussi, dans toutes les lettres qu'il lui adressait. Hélène y avait trouvé son compte, elle aussi. Mais pour elle, malgré tout, cela avait été moins sorcier. D'abord, elle était plus âgée qu'Antoine ; ensuite, avec le grand-père Charlannes et Léontine, il n'y avait jamais eu la moindre éraillure. À l'époque, déjà, elle savait ce qu'elle serait : infirmière, et rien d'autre. Quant à Lucien, il ne pensait plus qu'à Pauline, à son bonheur futur, à son installation. La scierie, certainement, il l'avait déjà en tête également. D'autant que Louise, fatiguée d'avoir tant œuvré pour sa survie, commençait maintenant à tirer la patte. « Je suis lasse, Paul… » disait-elle à Vassalou quand, après une réunion un peu longue, elle grimpait dans sa voiture pour rentrer ici, où Léontine lui avait préparé, selon la saison, un thé bien chaud ou un jus de pamplemousse. Petit à petit, la trésorerie s'était reconstituée ; la *Scierie Charlannes et Fils* était redevenue ce qu'elle avait été, puis elle avait fait mieux encore ; et Louise, sur la recommandation de chacun, avait récupéré son argent. Alors, un jour, elle avait pris la décision de tout arrêter. Lucien venait de toucher son diplôme de l'école de commerce. Bien qu'il ne fût pas encore question de mariage, lui et Pauline ne se quittaient déjà plus. L'idée d'un enfant était aussi dans l'air. À Loupières-le-Haut, dans la maison où Vassalou vivait seul, on ne manquait pas de place. Alors Lucien et Pauline s'y installèrent et ils proposèrent à Vassalou de lui allouer une partie du premier étage, moyennant quelques réaménagements, afin qu'il y fût toujours à l'aise. Parce qu'il n'était pas question qu'il s'en allât, surtout que la scierie, maintenant que Louise mettait une croix dessus, aurait plus que jamais besoin de lui et de son expérience. On avait donc entrepris les travaux : le premier étage de la maison avait été coupé en deux, d'un côté les chambres, celle de Lucien et Pauline, une deuxième pour l'enfant à venir, une salle de bains et des toilettes toutes neuves ; de l'autre côté, pour Paul, l'espace qu'il occupait déjà (sa chambre, ses toilettes, la salle de douche) avait été rénové, papier et peinture ; ensuite, dans deux réduits qu'on avait transformés en une pièce de dimension correcte, on lui avait installé un bureau où il pouvait travailler le soir et recevoir des amis. Enfin, il avait été décidé qu'il prendrait son dîner avec Lucien et Pauline, au rez-de-chaussée, là où était située la salle à manger. On était tombé d'accord sur ce principe, mais ç'avait été sans se dire ni oui ni non, ni se regarder en face, on avait seulement échangé quelques sourires de circonstance. Des haussements d'épaules désabusés. Surtout du côté de Vassalou qui devait toujours avoir en tête d'unir sa destinée à celle de Louise. Lui seul savait alors pourquoi. En tout cas, c'était pour lui l'unique manière de ne pas trop s'éloigner d'elle. Cela durerait donc le temps que cela durerait, ce n'était pas plus compliqué ! Sans doute était-ce d'ailleurs ce que chacun avait pensé tout bas. Et, finalement, malgré une discorde quasi permanente entre les deux hommes – Lucien qui voyait grand à en perdre le sens commun et Vassalou qui, à tort ou à raison, lui seul aurait pu le dire, ne se préoccupait que d'une chose : préserver cet héritage mêlé de mystère que Gustave, en se sacrifiant, lui avait confié –, on avait marché ainsi, à l'aveuglette, pendant plus d'une paire d'années, jusqu'à ce que, un lundi matin, trois ouvriers parmi les plus anciens, les plus sérieux, vinssent frapper à la porte de Lucien pour lui annoncer qu'ils iraient bientôt travailler autre part, plus haut vers le Forez. Ils étaient désolés, mais c'était ainsi, parce qu'ils avaient le sentiment que plus rien ne fonctionnait vraiment, ils n'auraient pas su dire quoi, une impression de malaise qui les avait lentement gagnés, cependant que les bureaux s'enrichissaient de meubles neufs, que la maison de Loupières-le-Haut faisait l'objet de transformations dispendieuses – ils n'avaient pas employé ce terme, mais le sens y était –, qu'on embellissait à grands frais les environs de la scierie, etc., ils n'étaient pas allés plus avant dans leur discours, par politesse ou déférence, à quoi est-ce que cela aurait pu servir ? mais pour eux, comme pour d'autres ensuite, la *Scierie Charlannes et Fils* dont ils avaient si souvent apprécié les patrons, leur volonté face aux obstacles, leur écoute toujours attentive, cette façon qu'ils avaient toujours eue de combattre, de résister, et de vouloir les sauver tous, comment ne pas s'en rappeler ? Gustave tout d'abord, Louise ensuite, et Paul Vassalou, perdait doucement son âme, sinon son savoir, et peut-être aussi ses clients. Mais ça, ça ne les regardait pas, il fallait aussi les comprendre, n'est-ce pas ? Alors voilà, c'était tout simple, après leur préavis, ils partiraient… Le soir même, Lucien, fortement troublé, et Vassalou, plus encore, s'étaient invités à la table du père Charlannes où, maintenant, à la demande de celui-ci, Louise trônait en face de lui, à la place de sa défunte belle-mère. Étrangement, alors que Lucien faisait part à chacun de la difficulté qu'il avait à tenir les rênes de la scierie, malgré l'aide énergique de Vassalou, Louise s'était montrée lointaine, comme pensant à des choses plus essentielles pour elle, et plus agréables. De temps à autre, d'un mouvement de la tête, elle marquait son impuissance.

« Tu fais ton apprentissage », avait-elle observé, s'adressant à Lucien.

Sans affection, l'air docte, elle avait encore ajouté :

« Demande à ton grand-père, et à Paul également, comment nous nous y sommes pris pour remettre la scierie sur ses rails, il y a maintenant dix ans. Par quels sacrifices nous avons dû passer. Et comment nous sommes parvenus à garder près de nous toutes nos équipes. Tu disposes d'un bon outil, mon garçon, à toi de le développer, ou de le conserver en l'état, si tu ne peux mieux faire. Si tu ne t'y prends pas comme il faut, si tu n'écoutes jamais personne, nous n'y pouvons rien… »

À un moment du repas, l'état de la trésorerie avait été évoqué, lui aussi. Ce devait être peu avant le dessert, ou pendant le fromage. La petite Mia commençait à piailler, les yeux remplis de sommeil. Pauline s'était penchée vers Lucien, mais lui l'avait repoussée du bras, refusant de l'entendre.

« Tu vois comme tu es », avait alors remarqué Louise.

Ce qui avait fait rire Hélène, se rappelant les rebuffades de son frère quand, plus jeune, elle tentait de lui glisser un mot ou deux, en cachette. Puis Louise avait continué :

« Dommage qu'Antoine ne soit pas parmi nous ; plus sage que toi, lui au moins n'a pas les poches trouées. »

Alors Lucien s'était regimbé, plein d'arrogance :

« Avec la solde qu'il a, c'est sûr, il aurait pas intérêt ! »

Ce qui lui avait valu d'être sévèrement remis à sa place par le père Charlannes.

« Parce que, maintenant, tu prends le parti d'Antoine ? » avait-il alors raillé, furieux, se levant de table et jetant d'un geste vif sa serviette sur sa chaise.

Heureusement, les choses en étaient restées là, qui, malgré la tournure qu'elles avaient adoptée, n'avaient pas plus que ça inquiété Louise. Avec Léontine qui vivait auprès d'eux, elle s'était rendue à la cuisine, songeant bien plus à la kermesse de Saint-Austremoine, qui se déroulerait dans les jours à venir, et dont elle s'occupait à nouveau, à la grande joie des dames d'Issoire. Elle pensait aussi à cette promenade qu'elle ferait le lendemain, si le temps le permettait, avec François Chang qu'elle avait pris en amitié depuis ce jour où elle lui était venue en aide, tandis qu'il manquait s'écrouler sur le trottoir, et dont la compagnie, malgré son accent qui rendait la conversation laborieuse, lui était agréable. Peu à peu, c'était ainsi, de traits de plume en traits de plume, obstinée, elle était arrivée à rayer une partie de sa vie jusqu'à ne plus pouvoir la lire ; l'essentiel de ces dernières années, et nombre des meilleurs moments passés avec Gustave et ses enfants, tout ça, comme la bruine, s'était lentement dilué dans le sol, avait disparu sous le labour du soc, si bien qu'à présent, depuis des mois déjà, elle ne pensait plus qu'à elle seule, égoïste, à son bonheur, à cet avenir que chaque minute, elle en était bien consciente, abrégeait davantage, et qui méritait d'autant plus d'être goûté. Bien sûr, il y avait Mia, sa petite-fille – quel âge avait-elle ? deux ans ? trois ans, peut-être ? –, qu'elle était contente d'accueillir quand Pauline, en courses à Clermont, la lui confiait un après-midi. Mais, surtout, à l'exception d'Antoine et, maintenant, de Lucie, il n'y avait plus qu'elle, vraiment, et ce François, si aimable, si tranquille, qui avait tant souffert quand il était jeune et qu'il lui arrivait de croiser, en dehors des mardis, son jour de congé, dans les escaliers de la mairie. Alors, que lui importait la scierie ? Que lui importait, aujourd'hui, que Paul Vassalou quittât Loupières-le-Haut pour s'installer à Clermont ou ailleurs, et qu'il se fît embaucher par d'autres ? Tout bien considéré, elle ne pouvait que le comprendre. Que lui importait encore la mise en vente de la maison d'Issoire ? Elle se sentait légère, et plus jeune, oui, comme Antoine le lui avait dit, timidement, sans trop oser ; et, pour rien au monde, ces heures nouvelles que le destin lui offrait, loin de Gustave qu'elle avait chéri, mais dont la mort, devenue énigmatique depuis ce moment où le commissaire Gagne s'était présenté à elle, lui avait fait tant de mal, ces heures nouvelles, en cette fin de février, pour rien au monde, elle ne permettrait qu'on les lui réduisît à rien, elle avait déjà trop sacrifié d'elle-même.

C'était déjà vendredi soir. La semaine s'était écoulée, aussi tranquille que possible. À cela, une bonne raison : appréhendant quelque éclat, et malgré le plaisir qu'elle aurait eu d'avoir ses deux fils à sa table, Louise avait renoncé à les réunir à nouveau. Le père Charlannes, à qui elle avait demandé conseil, avait d'ailleurs jugé sa décision des plus sages :

« Ils finiraient bien par en arriver aux poings, ces deux affreux galapiats ! » avait-il déclaré.

Antoine et Lucie repartiraient donc le dimanche soir, c'est ce qui était prévu, mais ils n'auraient rencontré ni Lucien, ni Pauline, ni leur petite nièce. Ce serait pour une prochaine fois. Vers la fin de l'année, c'était probable.

Pour autant, ils n'avaient pas manqué d'occupations, surtout de randonnées qu'ils avaient été si heureux de raconter à leur retour, pendant les repas. Alors, Lucie était aux anges, qui assurait, lumineuse, qu'elle aurait voulu naître ici, dans notre petite ville. Assurément, il était trop tard pour y penser. Pourtant, cette idée, lâchée comme un ballon dans les airs, les avait immanquablement fait sourire. Tandis qu'elle parlait, Antoine, lui, se contentait de la regarder s'exprimer, un peu à la manière d'une belle enfant, pleine d'exubérance, émerveillée par cette vallée profonde d'où dégringolait, tout au bout, dans une anfractuosité de roches qu'on aurait dit sculptées par l'homme, une cascade aux reflets moirés, comment s'appelait-elle déjà ? Ah oui, c'était la vallée de Chaudefour !

Mais la cascade, en revanche, n'avait pas de nom, ou bien Antoine ne le lui avait pas dit, ou peut-être ne le connaissait-il pas, ou bien encore il l'avait oublié. Antoine écoutait Lucie, il la regardait en silence, sans oser respirer, comme incertain ; cela se voyait dans ses yeux qu'il peinait à maintenir grands ouverts, parce que trop brillants, comme s'il avait du mal à admettre que ce petit bout de femme, à la gaieté si vive et fraîche, qui ressemblait tant à sa mère lorsqu'elle était plus jeune, fût vraiment à lui, pour lui seul, et, peut-être, pour toujours.

Ce même vendredi soir, après le repas, comme Lucie avait accompagné le père Charlannes à sa chambre et lui souhaitait encore une bonne nuit, Louise prit Antoine à part et lui parla de François Chang qui, depuis de nombreuses années, il ne l'ignorait pas, et pour cause, subissait les grossièretés d'une bande de nigauds, pas vraiment racistes, non, le terme aurait été trop fort, mais pas loin tout de même. Sans ressentiment, malgré tout ce qu'il supportait, François Chang les appelait les moins-que-rien. De la part de gamins, cela aurait pu passer ; mais, à présent, alors qu'ils étaient devenus des hommes et qu'ils avaient tous un métier, à quoi est-ce que ça ressemblait ?

« D'anciens camarades à toi…

– Oui, je sais », répondit Antoine.

Tout cela remontait à cette fameuse grimpette dans l'arbre du parc Marmontel.

« Demain, je te promets, j'irai dire deux mots à Bastien Chantossel. À l'époque, je l'aimais bien, c'était un fortiche, des camarades comme lui, ça me plaisait assez. Mais il est devenu un peu abruti sur les bords. Il travaille dans une boulangerie, pas à Issoire, mais dans un patelin tout proche. Je me débrouillerai… »

Lucie les avait alors rejoints.

Elle avait l'air interrogateur.

Antoine reprit :

« Maman me parlait de François, tu sais, le gardien du parc de l'Âge d'or. Moi aussi, je t'ai déjà parlé de lui. Un brave homme, c'est sûr, un brave bonhomme… »

Antoine avait entouré les épaules de Louise de ses bras.

Penché vers elle, il murmura :

« Et je crois aussi que tu l'aimes bien, pas vrai ? »

Louise haussa les épaules.

« Que tu es bête, fit-elle.

– Si bête que ça ? » demanda-t-il.

Mais Louise ne répondit pas, si ce n'est en rosissant.

Antoine n'ignorait plus l'importance que François avait acquise dans le cœur de sa mère. Il en était tout à la fois admiratif et attendri. Étonné aussi de ne plus éprouver cette jalousie diffuse qui l'avait rongé durant des années, lorsqu'il surprenait les regards que lui adressait Vassalou. Des regards que Louise feignait d'ignorer mais qu'Antoine qualifiait alors de dégoûtants, tandis qu'Hélène, en se moquant de lui, les disait concupiscents.

Louise en avait terminé. Elle embrassa Antoine et Lucie, puis elle se retira dans sa chambre, au deuxième étage. Comme Hélène les attendait dans le salon, ils la rejoignirent bientôt et prolongèrent la soirée jusque bien avant dans la nuit.

Le silence s'était installé.

« Dimanche, quand vous serez partis, je me sentirai à nouveau bien seule, dit enfin Hélène. Je tendrai l'oreille, et peut-être j'entendrai le trom-trom, trom-trom des roues sur les rails. Ce sera votre train. Clermont, Annecy, *via* Lyon… »

Puis elle se lança en parlotte avec Lucie, comme deux amies de toujours. L'infusion à l'ortie sèche, le secret bien gardé de Léontine, était prête depuis longtemps ; elles s'en versèrent chacune une tasse tout juste tiède. Antoine, lui, préféra plutôt une verveine cinq ans d'âge « aux notes boisées et balsamiques » de chez Pagès, la préférée de son grand-père. Et il s'écarta des deux jeunes femmes pour s'installer, tranquille et les jambes allongées, face à la cheminée, là où les bûches tant désirées par sa grand-mère Charlannes continuaient, inlassables, de brûler. Bientôt, ce fut comme s'il était seul ; les voix de Lucie et de sa sœur se dérobèrent d'elles-mêmes à son écoute ; et il se perdit dans ses pensées comme au cœur d'une forêt inexplorée.

Jusqu'où s'avança-t-il alors ? Quelles contrées mystérieuses fréquenta-t-il sans que nul n'en sût rien par la suite ? Quels paysages extraordinaires, terrifiants ou merveilleux, traversa-t-il sans qu'il n'en racontât rien à quiconque une fois de retour ? Certainement, Louise l'accompagna un moment, elle qui lui faisait tant souci bien qu'il n'en parlât pas. Il dut songer à cette visite qu'il rendrait le lendemain à Bastien. Mais Bastien, comment le recevrait-il ? Derrière son comptoir, debout, les épaules larges, il lui tendrait une boule de pain gris coupée en tranches. « Alors, comme ça, t'es par chez nous », lui dirait-il. Ensuite, il se moquerait : « L'armée, c'est pas un peu con, non ? Encore un truc pour se faire descendre. Enfin, c'est ton problème, pas vrai ? » Antoine ne répondrait pas, se contenterait de payer, puis de fourrer son pain dans un sac. Pourtant, avant de sortir, il se retournerait, hésiterait un instant. « C'était au sujet de ma mère... », commencerait-il. « Oui, je me doute bien, l'interromprait Bastien. T'es pas venu jusqu'ici seulement pour me voir ou acheter du pain. Mais ta mère, si elle s'est amourachée du niakoué, est-ce que c'est de ma faute à moi ? Parce que le niak, figure-toi, tout le monde l'aime pas, malgré les apparences. Tu le sais comme moi. Y a pas que les mauvaises graines, comme on dit, qui le regardent de travers. Y a aussi des bourges, et des gens de gauche comme de droite, alors c'est te dire. Et puis, ta Louise de mère, pourquoi elle est pas venue me voir directo au lieu de t'expédier au feu ? Mais, c'est bon, je t'en veux pas, mon Antoine, tous les deux on a été copains trop longtemps pour que je te tire la tronche ; je vais en parler aux autres ; je vais voir, je te dis, mais je te promets rien... » Oui, Antoine envisagea peut-être, entre deux gorgées de verveine du Velay, que son entrevue avec Bastien se déroulerait ainsi, finalement pas trop mal. C'est sans doute ce qui expliqua son soupir. Et quel soupir ! Un de ceux qui font se retourner les gens tellement ils sont profonds et lourds de sens. Mais peut-être aussi n'était-ce pas à cela qu'il pensait alors ? Et si, tout au fond de la forêt, ce soupir avait été de joie ? La joie d'avoir découvert le premier cette pyramide maya à dix degrés, l'unique, dont on cherchait depuis si longtemps l'existence, ou bien ce trésor enfoui au cœur de la forêt gabonaise dont seul Tarzan connaissait la cachette ? Lucie et Hélène se turent ; elles se regardèrent, puis sourirent. Antoine n'avait pas bougé. Elles reprirent alors leur bavardage. Et lui son cheminement à l'intérieur du temps qui passe et interroge. Et vous empêche de voir clair. Mais il fallait que tout cela s'arrête, ces questions, notamment, à propos de son père, qui lui torturaient le cerveau. Pourquoi était-il mort si sottement ? Était-ce vraiment pour cette fillette ? Ou bien pour ce Pierre Besson qu'il avait peut-être tué ? Et s'ils s'étaient battus tous les deux, le jour de l'incendie ? Une bagarre qui se serait alors terminée de façon dramatique. Pourquoi pas ? De retour à Annecy, Antoine écrirait au commissaire Gagne. Et, cette fois, la lettre étant tournée comme il faut, celui-ci se sentirait obligé de répondre en révélant tout ce qu'il savait. Ensuite, on verrait bien. Antoine soupira alors une seconde fois. Et si profondément que Lucie et Hélène s'interrompirent et se retournèrent à nouveau vers lui.

« Eh bien, quoi ? fit-il en forçant le sourire. Ai-je la mine de ce monstre griffu qui hantait autrefois nos contrées ?

– Tu as l'air en tout cas de nous revenir de bien loin, remarqua Lucie en lui adressant un regard interrogatif.

– De bien loin, oui, renforça Hélène.

– D'Amazonie, pour tout vous dire.

– Rien que ça !

– Que voulez-vous, c'est ainsi. De toute façon, si je ne m'étais pas éloigné un peu, mon verre à la main, je vous aurais ennuyées. N'est-ce pas que j'ai raison ? »

Lucie haussa les épaules.

Hélène observa alors, le timbre désolé, qu'il était déjà tard et que le lendemain serait leur dernier jour ici, dans notre petite ville ; et qu'elle-même aurait une journée bien chargée : une trentaine de fesses à piquer au bas mot et peut-être autant d'épaules.

« Si nous allions nous coucher ? proposa-t-elle.

– Oui, c'est ça, c'est ça, répondit Lucie qui, la tête posée sur la poitrine d'Antoine, l'enserrait fort dans ses petits bras, comme pour l'empêcher de rejoindre cette forêt dont il venait de sortir. Allons nous coucher, il en est grand temps… »

Une larme coulait alors sur sa joue.

Une larme qu'Antoine essuya d'un geste furtif.

« Ne t'inquiète pas, je te reviendrai », murmura-t-il à l'oreille de Lucie d'un mouvement de lèvres si faible qu'Hélène n'en distingua pas le chuchotement.

V

Au 27e B.C.A., la nouvelle attendait Antoine : le départ pour l'Afghanistan avait été programmé pour la fin de l'année. En fait de nouvelle, il s'agissait plutôt d'une confirmation, celle que Lucie redoutait tant. Marc s'était chargé de l'annoncer à son camarade, comme il s'était chargé de l'informer que le décollage aurait lieu début décembre, neuf mois plus tard, et que l'entraînement débuterait dès le surlendemain.

Antoine opina sans réaction véritable. Au 27e B.C.A., il se sentait tout autre que chez lui. Surtout moins fragile. Marc n'y était pas pour rien. Le commissaire Gagne non plus qu'il considérait, sans s'en expliquer la raison, comme un exemple. Il avait l'impression d'être un homme, un vrai, avec des couilles dans le treillis ; et lorsque Marc lui donnait une tape sur l'épaule, il savait qu'elle était de considération, ou d'égal à égal.

« Va falloir que j'en parle à Lucie », fit-il après un moment.

Marc s'étonna :

« Tu ne lui as pas dit qu'il en était question ?

– Si, en passant, mais elle n'y a pas vraiment cru.

– C'est ça l'amour, mon bonhomme, fit Marc, goguenard. Elle tient à toi, la belle Lucie. Comment tu vas faire ?

– Est-ce que je sais !

– En attendant, tous les deux, faut que vous en profitiez. Tant qu'on restera dans le secteur. Parce que après t'auras plus que ton stylo et ton papier à lettres pour lui dire que tu vas bien. Quand tu voudras, je prendrai tes gardes. Je n'ai que moi à m'occuper, alors t'auras qu'à me faire signe… »

C'était tout Marc, serviable à l'extrême.

« J'aimerais pas te perdre, tu sais », fit Antoine.

Marc haussa les épaules.

« On dit ça. »

Dans le même temps, Antoine songea à Louise, à Hélène et au père Charlannes qui n'étaient pas au courant, pas plus que Lucien, d'ailleurs. Leur apprendre tout de suite, c'était aussi les préparer. Il appela aussitôt Hélène sur son portable. Elle était certainement chez l'un de ses patients. Gare à la fesse qui recevrait la prochaine aiguille !

« Hello, entendit-il. Tu vas bien ? »

Il lui raconta sa petite histoire. Qu'il n'avait rien annoncé à personne de crainte de les effrayer un peu tous. Louise, surtout.

« Tu sais comment elle est, ça l'aurait peut-être affolée. »

Il y eut un silence.

« Oui, je comprends, dit Hélène. Tu veux que je l'en informe moi-même ? »

Antoine hésita. Il savait que ça lui ferait un coup, à sa mère, de le savoir dans cet Orient hostile. Parce que, pour elle, bien qu'à l'armée, il était resté son garçon, son gamin, son petit, celui sur qui elle avait toujours compté, et dont le bruit des pas, même lointain, suffisait à remplir sa poitrine de bonheur. Bien sûr, c'était bête, elle en était consciente, surtout vu son âge à lui, pourtant elle n'avait jamais rien fait pour s'en défendre, même à l'époque où, assis sur ses genoux, il *se cacounait*[1] contre elle, quand il faisait déjà dans les huit ou

1. *Se blottissait.*

neuf ans, au grand dam de Gustave qui le traitait de dadais et du père Charlannes qui grondait comme pas un.

« Ce serait gentil, oui, répondit-il enfin à Hélène. Et puis, moi, demain soir, je l'appellerai pour lui en raconter un peu plus. C'est ça, tu l'avertis que je l'appellerai. Et que maintenant, à cette heure, ce serait trop difficile pour moi de lui parler comme j'en aurais envie. T'es d'accord ? »

Ils se quittèrent.

Marc attendait Antoine pour aller au mess des sous-offs où, pour fêter le début des choses sérieuses, le chef cuisinier leur avait concocté un dîner qui sortait de l'ordinaire.

Les mois filèrent comme une comète, aussi vite ou presque, mais dans l'espérance, pour nous tous, des plus jeunots aux plus anciens, qu'elle ne profilât plus jamais son infinie queue de lumière au-dessus de nos clochers.

Au début, selon ce qu'il en disait dans ses lettres ou au téléphone, Antoine était en forme et le moral au beau fixe. C'était du moins ce qu'il écrivait ou assurait lors de chacun de ses appels, que ce fût à sa mère, à sa sœur Hélène ou encore à Martin Gagne, « le remueur de gadoue », comme d'aucuns l'avaient dénommé, sans toutefois le clamer trop fort, lorsque, à cause du Pierre Besson et de sa fâcheuse destinée, l'enquête avait été rouverte. À dire vrai, la seule à être éclairée sur la forme d'Antoine, c'était Lucie qui le voyait tous les trois jours, grâce à la complicité de Marc. Et pour être encore plus vrai, c'était plutôt tous les trois ou quatre soirs qu'ils avaient l'occasion de se respirer. Des soirs et des nuits qui n'étaient pas toujours de pirouettes sous les draps, mais plus souvent de roucoulades affectueuses au-dessus, et rien d'autre. Parce qu'avec tout ce qu'on lui faisait faire dans la journée, à l'Antoine, dès la tombée du soleil il était ratatiné, tout baveux d'épuisement, les genoux tremblants, sans libido, sans désir, avec la soif de rien. Ce qui ne signifie pas, attention ! qu'il avait le moral au plus bas, au contraire, et moins encore qu'il dédaignait de faire du bien à sa promise ; seulement, pour le lendemain matin, un matin qui sonnerait forcément de bonne heure, ce qu'il lui fallait récupérer, c'étaient des forces neuves, des forces qui démontrassent sa vigueur, sa volonté, son entêtement à vaincre les obstacles, son courage, tant aux hommes du rang qu'il avait à ses côtés qu'à ses supérieurs. Parce que pour lui, toute journée envolée, passée sans encombre, c'était une victoire, un doux coussin de velours, ce creux de ventre délicieusement tiède et moelleux que lui proposerait Lucie, le lendemain ou le surlendemain, afin qu'il y reposât la tête juste avant que l'endormissement, plus fort que la veille, ne survînt.

Alors, dans son rêve, il marchait, le pas maladroit, au-devant de sa propre rencontre. Des heures entières en salle de musculation, à tirer sur les bras puis sur les jambes, quand ça n'était pas sur les quatre membres ensemble ; c'était ce qu'ils appelaient, là-bas, la M.C.P. : la mise en condition indispensable aux soldats avant d'être projetés en Afghanistan. Cette rencontre avec lui-même, Antoine la rêvait comme le roulis après une longue traversée en mer, un balancement de droite et de gauche impossible à maîtriser, qui lui donnait parfois envie de vomir, ou qui lui remontait jusqu'à la bouche, comme un renvoi de bile amère. Il lui arrivait aussi de se regarder dans un miroir placé tout exprès sur son passage, regard aux paupières qu'alourdissait la fatigue ressentie du fait de cette marche intrépide qui les avait conduits, d'abord en camion, ensuite à pied, lui et cinquante ou cent ou deux cents autres soldats, de la vallée de l'Arve aux lapiaz du désert de Platé, tout là-haut, hier avec, arrimé sur leur dos, ce sac de vingt kilos, et aujourd'hui cet autre, qui en pesait une trentaine. Ce miroir, qui lui barrait le chemin, comme il l'aurait brisé s'il avait obtenu d'en recevoir l'ordre ! Mais, alors, il ne le savait que trop, c'était Louise, toujours debout, en reflet derrière lui, c'était Lucie, toujours debout à côté de Louise, et son grand-père

Charlannes, et le commissaire Gagne, et Lucien, et la petite Mia, et même Paul Vassalou, qu'il aurait brisés comme de riches faïences dans un coup de tonnerre, ou tordus comme se tordent les martyrs lorsque, à certains moments de faiblesse, ils implorent le ciel de leur épargner le supplice. Alors, cet ordre, c'est évident, malgré ses suppliques, il ne le recevait jamais. Pas même au petit matin quand, éveillée depuis un bon quart d'heure, Lucie le tirait enfin de cet âpre sommeil et lui disait : « Il est temps, Antoine, il faut que tu te lèves. »

Dans les minutes qui suivaient, à demi nu et le corps ardent, l'enserrait-il dans ses bras, respirait-il sa peau, et, la cervelle encore brouillée par le rêve, mais les muscles assouplis par la nuit, lui faisait-il bientôt l'amour ? Lucie, bien sûr, n'en a jamais rien conté, mais l'on y songe grandement à la savoir, par la suite, si joyeuse derrière sa caisse à vendre ses baguettes et ses croissants tout chauds. On l'imagine, et ce n'est déjà pas si mal, car de la propre voix d'Antoine, de ce début mars à ce début décembre, juste avant l'hiver, on n'écouta ses histoires qu'à deux reprises seulement, lors de ses deux visites, chacune de quarante-huit heures, et tout seul, sans sa Lucie, qu'il nous rendit, l'une en mai, l'autre début juillet. À ces deux occasions, on s'en souvient, il posa lourdement son sac dans sa chambre, dit aussitôt quelques mots à son grand-père, toujours heureux de le retrouver, plein de cette sève qui nourrit les arbres les plus hauts, les plus majestueux de nos forêts, ne quitta Louise et Léontine que de rares heures durant et, la dernière fois, se risqua tout de même jusqu'à Loupières-le-Bas pour y embrasser Lucien, son aîné de frère, et l'encourager, pour eux tous, à bien œuvrer. En fait, que se dirent-ils alors ? On n'en sait pas davantage que des amours matinales d'Antoine et Lucie. On suppute et, à nouveau, cela nous contente. Il rameuta aussi ses anciens copains, quatre ou cinq, pas plus, mais ce fut suffisant pour qu'il en arrivât une quinzaine au *Vercingétorix* où il les avait convoqués. Et là, comme ils voulaient tous, autour d'une chopine de vin d'ici, le *Vercingétorix* n'en a jamais manqué, de la pierre à feu bien chauffée qui vous tape la langue et le gosier, qu'on avale sans y penser, il leur a dit ce qu'il vivait, entre rires et tremblements, appréhension de la peur et peur elle-même qui les gagnait, lui et les autres du 27e B.C.A., mais sans vraiment les effrayer. « C'est la vie, s'amusait-il à répéter en les regardant tous, mais sans fanfaronnade, comme évoquant nos destins, c'est la vie… » Et, malgré tout, intimidés par cet Antoine qu'ils ne reconnaissaient plus, ils restaient le bec ouvert, tandis que, dans leurs oreilles, une mitraille chimérique pétaradait comme dix mille.

Le mois d'août 2008 n'avait plus rien à griller, tant juillet avait été brûlant, quand Antoine apprit la mort de son grand-père et dut revenir ici en toute hâte. Ce qui signifie, en passant, que ce n'est pas à deux reprises qu'il retrouva notre petite ville, entre les mois de mars et décembre, mais plutôt à trois ou quatre. La nouvelle lui parvint en fin d'après-midi, par S.M.S., alors qu'il manœuvrait avec ses compagnons du 27e B.C.A., dans les Aravis, quelque part entre le pierrier du col de la Colombière, « tord-cheville » s'il en est, et la Pointe percée. Des montagnes qui n'ont rien de semblable au vallonnement des nôtres, mais qui les préparaient, selon ce qu'on leur avait annoncé, au relief qu'ils auraient à affronter en Kapisa, cette province afghane située à cinquante kilomètres de Kaboul, où les forces françaises, déjà en place depuis maintenant des années, étaient basées. Le cantonnement était monté, et la fraîcheur commençait à s'installer malgré la saison, la raison en étant l'altitude, proche de 2 000 mètres ; au plus loin, sur la droite en regardant la chaîne du Mont-Blanc, on distinguait précisément la Pointe percée, qui serait à grimper le lendemain, et le mont Charvet qu'un voile de brumaille, surligné d'orange et de bleu, enveloppait, comme un col de renard, jadis, le cou des stars. Antoine, l'œil devenu brillant, s'était tout d'abord contenté de ranger son téléphone dans l'une de ses poches, puis il s'était rendu auprès de son chef de section, un lieutenant du même âge que lui.

Ainsi, selon le message qu'Hélène avait envoyé à Antoine, leur grand-père Charlannes avait passé l'avant-veille. À la surprise de tous. Sans prévenir. À la façon de la grand-mère. Pas devant sa télévision ni sur son canapé, mais c'était tout comme : dans son lit, par une nuit calme, le grand sommeil s'était installé en lui et l'avait refroidi jusqu'au matin où Léontine, vers 9 heures, inquiète de ne pas entendre son éternel bougonnement, l'avait retrouvé déjà raide, les mâchoires écartées et, paraît-il, la paupière droite imperceptiblement soulevée, comme s'il avait eu l'intention, l'air de rien, de surveiller les préparatifs de ses funérailles et leur conformité à des souhaits qu'il n'avait pas émis.

Léontine le pleura, mais pas autant qu'on aurait pu le supposer. Et il n'était pas encore dans sa tombe qu'elle se vit regagner, sans amertume, cette maison tout humide aux confins de la rue des Boucheries qu'elle n'avait plus habitée depuis quatre ans.

Louise aussi en avait vu bien d'autres ; quelques frissons lui traversèrent le corps, comme le froid en plein hiver, et des larmes coulèrent, parce qu'elle avait bientôt connu le père Charlannes plus que son propre père et parce que, depuis la disparition de Gustave, il l'avait aimée comme il aurait aimé sa fille. Pourtant, sans rien jamais lui en dire, et maintenant il était trop tard, elle lui en avait toujours voulu de ce silence dont il avait entouré l'existence de Pierre Besson. Car, pas une fois, pas une seule depuis la survenue du commissaire Gagne, il n'avait manifesté la moindre intention de s'expliquer. Pas même celle de lui dire, ne fût-ce que laconiquement, que oui, Pierre Besson avait été un ami de Gustave, l'unique ami peut-être, qu'il était venu à Loupières et y avait séjourné, et que Gustave, de son côté, était allé chez Pierre Besson, à Paris ou dans la région, et qu'ils étaient partis ensemble en vacances, à Pornichet et ailleurs. Le père Charlannes n'avait pas pu l'ignorer. Pas plus qu'il n'avait dû ignorer la raison pour laquelle Pierre Besson avait si soudain disparu, et pourquoi il était réapparu tout aussi soudainement. En le regardant sur son lit de mort, puis allongé dans son cercueil, en veste noire et cravate, un chapelet posé sur la poitrine, Louise ne put s'empêcher de penser que le père Charlannes s'était moqué d'elle, comme Paul Vassalou, mais pour une autre raison moins lointaine, sans doute, une raison qui lui importait peu aujourd'hui. Et comme certainement Léontine, pourquoi n'y avait-elle pas songé ? Léontine qui avait élevé Gustave, qui l'avait éduqué en homme, qui l'avait fabriqué, en avait fait ce chef d'entreprise modèle. Donc, des larmes coulèrent sur les joues de Louise, mais qu'elle s'empressa d'essuyer, en proie à toutes ces choses qui venaient de se réveiller en elle et qui, à présent, faisaient à nouveau grand bruit.

Hélène pleura elle aussi, comme Louise et comme Léontine, mais ainsi qu'on pleure un grand-père, de façon, disons, plus naturelle. Finalement, les plus affectés par cette disparition, ce furent sans doute Lucien et Antoine. L'un parce qu'il n'avait pas compris que son grand-père pût le désaimer comme il avait fait ; l'autre parce que son grand-père, un jour, il y avait bien longtemps de ça, lui avait dit tout bas : « La route est longue, mon petit, où nous serons ensemble… » Ce jour-là, Antoine avait considéré son grand-père avec une attention soutenue, mais sans saisir la signification de ses paroles, si ce n'est que ça ressemblait fort à une promesse. Aussi, quand, au cimetière, le moment fut arrivé pour chacun de prendre une poignée de terre et de la jeter sur le cercueil du père Charlannes, les larmes d'Antoine redoublèrent. Il fut probablement le seul à savoir pourquoi.

Le lendemain, comme il était dans le train pour Annecy où il rejoignait ses compagnons du 27e B.C.A., Antoine écrivit ces lignes à l'attention du commissaire Gagne :

Cher Martin, j'ignore toujours qui est Pierre Besson, et, sans toi, je n'en saurai peut-être jamais davantage à son sujet ; je suis dans l'état où se trouve ma mère depuis plus de dix ans maintenant, dans l'attente de quelque chose, une révélation, un mot de toi ou de quelqu'un d'autre que tu m'indiquerais. Est-ce te demander trop ? Je ne peux me résoudre à voir ma mère souffrir encore, parce qu'avec la mort de grand-père ses plaies se sont rouvertes, sans oser, une dernière fois, cette nouvelle requête : Si tu sais quelque chose, pourquoi ne nous le confies-tu pas ? Aurais-tu peur, par hasard, que cela nous fasse si mal ? Depuis que je suis entré dans l'armée, tu remarques à juste raison que je me suis endurci. C'est que l'ignorance, au bout du compte, où nous sommes tous, dans la famille, de la personnalité véritable de mon père, ne me tenaille plus comme auparavant, bien que l'enfant que j'étais à l'instant du drame ait été marqué à jamais par les heures, les jours et les mois qui suivirent. Mais il y a ma mère, que j'aime, et puis Lucien, ma petite nièce aussi, et puis sa maman, Pauline. Nos vies, chacune à sa façon, ont toutes été chamboulées, même si, au premier regard, cela ne se remarque pas toujours. Le destin de Lucien n'était pas d'être là où il est, à la tête de la scierie ; il s'y perd et, s'y perdant, il tend à la réduire à néant. Parce qu'elle lui a volé notre père, cet homme merveilleux, qu'il admirait tant. C'est irrationnel de sa part, mais contesteras-tu que ce soit ainsi ? Celui de ma mère n'était pas davantage d'être ce qu'il est à présent. Seulement, elle a du ressort, une ardeur peu commune, une vitalité folle, et ce compagnon d'infortune, François Chang, que les cieux lui ont envoyé quand il le fallait, à dessein. Il n'empêche, Martin, il suffit de peu de chose, pour que, soudainement, tous les rouages de l'horloge se grippent. Et la mort de grand-père, qui n'a pas été rien, en est un bon exemple. Sans oublier Léontine qu'elle aura, je crois, du mal à garder auprès d'elle. On ne s'étourdit pas indéfiniment. Ce qu'on efface de sa vie, ce ne sont jamais que les pellicules, ces écailles dont la peau se débarrasse naturellement. Ma mère n'est pas candide, n'est pas dupe d'elle-même et connaît sa vulnérabilité. Demain, en compagnie de François Chang qu'elle écoutera sans le comprendre vraiment, je me dis qu'ils iront jusqu'à l'étang de Marchaud, ce n'est pas très loin, ma mère nous y emmenait quand nous étions gosses ; c'est un vaste étang, à la naissance de la Dore. Je ne veux pas te rebuter davantage avec mes souvenirs, mais je pense à ces randonnées que nous aurions pu faire, là et ailleurs, si nous nous étions rencontrés dans d'autres circonstances. Ces forêts que nous aurions traversées dans leur odeur de résine. Ces prairies humides au milieu desquelles nous aurions pataugé, nous frayant un étroit sentier parmi des herbes folles, comme la reine-des-prés, le drosera ou encore cette angélique. T'ai-je dit que l'étang de Marchaud nous l'avons fait cet hiver, Lucie et moi ? Il ne me semble pas. Ma mère et François Chang feront leur promenade, et ils s'évaderont, l'un comme l'autre, chacun de sa cellule, les barreaux descellés. Et puis la nuit, bientôt, les surprendra dans leur lit ; et dans leur sommeil, elle tentera de les étouffer avec son foulard de soie, c'est sa pratique, et elle serrera de plus en plus fort, lentement, jusqu'au petit matin qui les sauvera. Mais est-ce là ce que l'on peut souhaiter de mieux à sa mère ? Des nuits si terribles ? Et d'imaginaires journées ? Je ne le pense pas, Martin. Et je crois bien que toi non plus. Alors, je t'en prie encore une fois, une dernière fois, si tu sais quelque chose ; mais peut-être, après tout, ne sais-tu rien…

Arrivé à Annecy, Antoine s'arrêta d'écrire. Il rangea son stylo, son carnet, fourra le tout dans l'une de ses poches, et il n'y pensa plus. À quelques dizaines de mètres de lui, sur le quai de la gare, Lucie lui souriait, gracile, et toujours pareille à Louise, à défaut de l'âge. Elle voulut le débarrasser de son sac, mais lui l'en empêcha. Alors, ils se dépêchèrent d'aller jusqu'à la boulangerie où ils se ravitaillèrent en croissants et en pains au lait. Ensuite, ils montèrent chez elle : Lucie n'avait pas pris le temps de tirer ses draps, elle en eut un peu honte, mais elle avoua qu'elle s'était levée précipitamment ; Antoine lui pardonna son désordre en y ajoutant le sien. Et parce qu'il devait rentrer à Cran-Gevrier où sa section, de retour des Aravis, l'attendait, il repartit bientôt, le cœur en fête.

Ce même mois d'août, le 18 exactement, cela ne faisait pas encore huit jours que le père Charlannes avait été enterré, on apprit par les journaux, dans notre petite ville comme à Annecy et partout en France, que dix de nos jeunes soldats étaient morts, en Afghanistan, victimes d'une embuscade tendue par les talibans, dans la vallée de l'Uzbin, et que vingt et un autres avaient été blessés. Sans doute, Antoine n'était pas encore parti dans ce pays, et pour cause, puisqu'il venait juste de nous quitter pour Annecy. Pourtant, tous, ici, à l'idée qu'il pût être du nombre, on en est devenus blêmes et on a voulu savoir à tout prix si les soldats en question appartenaient ou non au 27e B.C.A. C'était imbécile, irréfléchi, mais bon… En fait, on sut très vite qu'il s'agissait de soldats issus du régiment de parachutistes d'infanterie de marine du 8e R.P.I.Ma. de Castres. Aussi, sans penser un instant aux jeunes disparus ni à leurs familles, non plus qu'à la cruauté que nous exprimions alors, nous en ressentîmes un profond soulagement.

VI

On s'en souvient, c'était ici, Antoine avait murmuré à l'oreille de Lucie : « Ne t'inquiète pas, je te reviendrai… » Le 29 décembre 2008, Lucie a reçu une lettre, la première qu'Antoine lui avait adressée depuis son départ pour la Kapisa, et elle s'en est soudain rappelé, elle aussi : « Ne t'inquiète pas… » Pour lui parvenir, la lettre avait mis deux semaines. Deux semaines d'attente qui lui avaient paru bien longues. Les mains tremblantes, et froides, elle a ouvert l'enveloppe avec précipitation, plutôt déchiré, tant elle était pressée d'en découvrir le contenu. Puis elle en a sorti trois feuillets, tous les trois couverts de cette écriture qu'elle connaissait bien ; et, sans les quitter des yeux, elle a traîné une chaise jusqu'à la table de la cuisine. En les lisant, elle en est encore toute remuée aujourd'hui, elle a eu sans cesse le sentiment qu'Antoine se tenait assis près d'elle.

Avant le jour J, celui du départ, au début du mois, il y avait eu cette parade dans les rues d'Annecy, organisée par le 27e B.C.A. Antoine avait défilé avec ses compagnons, en tenue de campagne tout comme lui, la tarte bien en place sur le haut de la tête. Quai Eustache-Chappuis, à proximité de l'hôtel de ville, Lucie devait lui faire de grands signes. Alors, pour être bien visible, elle avait mis tout exprès son manteau rouge vif. Mais elle avait pensé, après réflexion, que son Antoine, pendant le défilé, elle ne le reconnaîtrait peut-être pas. Aussi, des signes, pour être certaine de ne pas le dépiter malgré tout, elle en avait fait tant et plus, sans s'arrêter jamais, tantôt avec un bras, tantôt avec l'autre, jusqu'à ce que la *Sidi Brahim* que jouait la fanfare ne fût plus perceptible par quiconque. De fait, bien qu'il eût sûrement belle allure, elle n'avait pas réussi à le distinguer parmi les autres chasseurs. Le déconcertant de l'affaire, c'est que, de son côté, Antoine n'avait vu ni le rouge vif que Lucie portait sur elle ni aucun de ses gestes. Un moment, il avait même cru, contrarié, qu'elle ne s'était pas déplacée pour le voir. « Donnez-vous du mal, avait-elle alors répliqué en pouffant. Tout l'après-midi, j'ai eu les épaules et les bras endoloris, c'était affreux... » C'était une de ces fois où Marc avait gentiment assuré un tour de garde à la place d'Antoine. Alors, à nouveau, on se plaît à imaginer comment leur nuit s'était déroulée, sans tenue de campagne pour Antoine ni rouge vif pour Lucie ; ils s'affectionnaient tant, ces deux-là, qu'on aurait tous voulu en jouir un peu, comme ça, sans faire trop de bruit, ni les déranger vraiment.

Et puis, bien avant la parade, il y avait eu les trois semaines dans le Var, sur la base militaire de Canjuers, et les deux semaines en Briançonnais où le 27e avait achevé son entraînement. Dans sa lettre, en page deux, Antoine évoquait surtout la période de Canjuers, un moment passé loin de Lucie, particulièrement difficile à supporter. À la fin de chaque jour, à la tombée de la nuit, elle lui avait trop manqué. Il disait qu'alors il ne pensait plus qu'à elle et à ce qu'elle deviendrait si jamais, là-bas, en Afghanistan, quelque chose devait lui arriver. Comme ses compagnons, l'appréhension lui serrait parfois la gorge, mais il ne le montrait pas, se contentait de toussoter ou bien de respirer profondément pour se détendre le plexus. Car c'était souvent à cet endroit, juste sous les côtes, que ça se comprimait dangereusement et s'enfonçait dans les chairs comme une pointe d'acier rougie au feu, notamment lorsque l'esprit se donnait l'occasion de vagabonder. Il suffisait pour ça d'un peu de relâchement dans l'effort, d'un muscle détendu, d'un poids soulevé, moins lourd en vrai qu'il ne l'était à l'œil, et c'était alors un apaisement qui les emmenait à la dérive, lui et ses camarades de section, hors de la base, dans le bleu, très bleu du ciel, ou bien dans cette immensité gris-vert, buissonneuse, quasi inexplorée, tout autour d'eux, qui suscitait l'évasion. Une immensité, pourtant, où nul n'aurait désiré se perdre. Surtout, rappelait encore Antoine, dans sa lettre, que les loups n'y étaient pas rares. Rappel qu'il avait accompagné, en fin de ligne, d'un dessin qui représentait un visage : une bouille ronde avec un large sourire et trois cheveux qui formaient un plumet. Il avait encore ajouté :

Sais-tu que l'écrivain Jean Giono appréciait particulièrement le plan de Canjuers ? Je me demande la tête qu'il ferait, aujourd'hui, s'il découvrait ces chars par centaines, et ces hangars à n'en plus finir, blocs de béton peints en blanc de plus de cent mètres de long, et tous ces dépôts d'armes, ces munitions, ces rockets par milliers qui vous dévasteraient des villes entières ? En quelle année est-il mort ? En 1970, m'a-t-on dit. Quelques mois avant l'installation du camp. Quand je rentrerai, je vérifierai tout ça. Tu m'y feras penser, dis ? Quand j'étais gosse, je lisais bien Giono. Je lisais ses romans dans des bouquins qui dataient de ma grand-mère Enrieux, et que maman, elle aussi, avait lus quand elle était petite, et qu'elle avait rapportés de chez elle. Alors tu vois comme ils étaient anciens. Leur couverture était bordeaux, je m'en rappelle encore, et le papier tout jauni et cassant, qui sentait fort, comme une odeur de charbon…

À propos de Louise, Antoine ajoutait, toujours pour le cas où la fatalité l'emporterait sur le bon sens, ce qui lui arrive plus souvent qu'on ne croit, tout le monde sait ça, qu'un jour, inévitablement, elle serait vieille, et qu'alors ils auraient à veiller sur elle comme elle avait fait en veillant sur le grand-père Charlannes. Puis il avait dit quelques mots au sujet de la scierie. Il craignait sa disparition, pourtant il comprenait les ressentiments de Lucien. Parce qu'il était question pour lui de faire table rase d'un passé étouffant. Il le comprenait, mais dans le même temps il pensait que c'était mal et qu'au contraire, pour la mémoire de tous, du grand-père comme de son père, la scierie méritait de survivre.

Ils ont versé tant de sueur. Tu imagines ce que maman lui a donné aussi ? Tout ce qu'elle a dû sacrifier pour redresser la barre ? Pourtant, elle n'était pas faite pour ça…

Là-dessus, parce que Marc venait de l'appeler, Antoine s'était arrêté d'écrire un moment. Lucie avait alors posé la lettre sur la table, puis elle s'était étirée. Debout, devant sa fenêtre qui donnait sur le Thiou, cette rivière un peu folle, assourdissante, qui s'abandonne au lac, soudain soumise, trois cents mètres plus loin, Lucie se revit quatre semaines plus tôt, à ce même endroit. Malgré le froid, elle avait alors ouvert la fenêtre et, l'œil rivé sur sa montre, avait suivi la grande aiguille jusqu'à cette heure qu'ils avaient fixée tous les deux, elle et Antoine, un peu arbitrairement, l'heure de leur séparation, celle où Antoine monterait dans le car qui le conduirait à l'aéroport. À ce moment, ils s'étaient promis d'émettre un vœu, chacun de son côté, et de l'adresser à l'autre, accompagné d'un baiser, d'un léger souffle sur le creux de la main. « Reviens-moi vite », avait été le vœu de Lucie. « Je te reviendrai », avait été celui d'Antoine. Quatre semaines, déjà. Une éternité, au juste. Ou plus encore tant les jours, certains soirs, n'en finissaient plus de mourir.

Quand Antoine avait repris son stylo, il devait être tard ; en tout cas, dans sa lettre, il se plaignait de la lumière laiteuse qui pendait du plafond. Il était fatigué, disait-il, et avait déjà perdu du poids, sinon de la vigueur dans les bras. Lucie, à nouveau, s'était assise à sa table. Elle avait encore deux feuilles à lire, recto verso. Ce qu'elle voulait surtout, c'était prendre son temps. Ne pas sauter une ligne, ni un seul mot. Les caresser avec les yeux, et du bout des doigts, tout en lenteur. Parce qu'elle avait alors l'impression de revoir son Antoine à elle, toujours appliqué, se mordant quelquefois la lèvre inférieure, ou bien s'emportant après lui à cause d'une idée que son esprit avait effacée avant qu'il n'ait eu le temps de la consigner. Antoine ne parlait ni de son départ d'Annecy, ni de l'arrivée du 27e B.C.A. à l'aéroport militaire de Kaboul. De toute façon, il avait déjà téléphoné à deux reprises à Lucie, et elle lui avait dit que oui, elle l'avait regardé à la télé, sur la 3, parce qu'il avait été interviewé avant qu'il ne montât dans le car. Elle en avait même fait un enregistrement. Deux minutes bien trop courtes, avait-elle pensé, mais précieuses pour son moral, où il avait parlé de fierté, d'impatience qu'ils avaient tous à se retrouver en Afghanistan, de la tension ambiante, souvent mêlée de crainte, heureusement que les copains étaient là ! du sens aigu qu'ils avaient de leur mission : gagner les cœurs de la population, une mission qu'ils savaient difficile, ils en étaient conscients, mais qu'ils jugeaient nécessaire pour l'avenir de l'humanité, la sécurité des générations futures. Message convenu qu'Antoine s'était ensuite reproché d'avoir si spontanément prononcé. Parce que ça ressemblait plus à ce qu'on lui avait inculqué depuis des mois qu'à ce qu'il ressentait profondément. Lucie n'y avait pas prêté attention, elle était trop contente de le savoir ainsi près d'elle, quand elle le désirait, en ayant juste à appuyer sur un bouton. Une chance inouïe qu'aucune autre jeune femme dans sa situation ne pouvait naturellement partager. Dans sa lettre, Antoine écrivait aussi qu'à Nijrab, le camp militaire où lui et ses compagnons étaient cantonnés pour un bon semestre, le climat était le même qu'à Annecy ou chez nous, dans notre petite ville ; au reste, les jours précédents, il était tombé cinq centimètres de neige. Cependant, il n'en restait déjà plus que de vilaines flaques de boue. Il évoquait aussi la légende de l'imam Hannifa Ghazni qui vivait, selon ce qu'on lui avait raconté, depuis mille ans sur l'une des collines, près du camp, qui dominent la vallée de la Kapisa.

On dit ici qu'il descendra un jour de cette colline pour enfin ramener la paix. Mais, depuis le temps que les habitants du coin attendent sa venue, ils y croient de moins en moins, et sa réputation en a pris un sacré coup.

Ensuite, il parlait de sa première mission à Tagab, le village voisin.

Je t'avoue, j'ai eu la trouille de ma vie, surtout quand des gamins, vêtus de cotonnades épaisses, la tête nue pour certains, avec les cheveux en bataille, ou couverte d'un turban, pour les autres, planqués derrière de vieux bidons crevés, se sont mis soudain à nous envoyer des caillasses. J'ai eu la pétoche, parce que c'est dans ces moments-là qu'on risque le plus de recevoir une giclée : tirs de mortier ou rafales depuis une fenêtre. Les gosses, tu comprends, sont manipulés par les rebelles et pas que ; ils attirent notre attention et nous détournent ainsi d'un danger bien plus réel que les soldats afghans, avec lesquels on patrouille dans les rues, ne décèlent pas toujours mieux que nous. Difficile de leur en vouloir. Parce que la Kapisa, à ce qu'on nous raconte, c'est pas seulement une affaire de talibans, eux ils veulent notre peau, on le sait, mais il y a aussi les autres, les vrais brigands, les trafiquants de toutes sortes, et ceux qui profitent d'une attaque surprise, les gens du village, je veux dire, pour régler leurs querelles de proximité…

Ensuite, encore, Antoine assurait à Lucie que le moral était au beau fixe. À présent, il ne voyait plus Marc que de temps en temps, mais, bien qu'il lui manquât, il n'en souffrait pas trop. Son nouveau compagnon de chambrée, un certain Yvan, maréchal des logis également, dès qu'ils étaient ensemble, lui racontait ses dernières bonnes blagues. Bien sûr, ce n'était pas toujours du meilleur goût, loin de là, mais ça les distrayait l'un et l'autre.

Il rit plus fort que moi, et moi, je ris aussi de le voir s'éclater avec tant de bonheur, écrivait Antoine.

Marc, quand il le rencontrait, c'était surtout le matin, lorsqu'ils allaient prendre leur petit déjeuner. Pour ça, ils traversaient presque tout le camp :

À 7 heures et demie, tu verrais, le camp ressemble déjà à une fourmilière. On y croise des chars et des camions afghans ; des hélicoptères s'envolent ou atterrissent, ils passent au-dessus de nos têtes ; on s'accroche alors à tout ce qui fait racine, de crainte qu'ils nous emportent. Tu veux une idée du camp ? De la poussière, des tentes à n'en plus finir, des bâtiments en béton, certains déjà construits, d'autres sont toujours en construction, des containers énormes, équipés sur le dessus comme le seraient des miradors, avec des mitraillettes pointées sur la vallée. Un véritable chantier, tu vois ce que je veux dire ? Un chantier immense, d'une vingtaine d'hectares, j'imagine, entouré de barbelés. Un chantier bruyant, étouffant, de jour comme de nuit. Parce que la nuit aussi, ça tire tout le temps. En fait, quand on tente de s'endormir, toujours assez tôt, on sursaute sans arrêt, à cause des explosions, mais on ne sait jamais d'où ça vient, ni où ça va. C'est en général au milieu de ce capharnaüm qu'on se rencontre, Marc et moi ; on est alors un peu ridicules, lui en vieux survêt, moi le plus souvent en treillis. On porte chacun notre Famas en bandoulière. Comme tout le monde, d'ailleurs. Tu sais ce que c'est au moins ? C'est notre fusil d'assaut. Je crois bien qu'il est fabriqué à Saint-Étienne. Il ne ressemble pas du tout à un fusil, mais du fait qu'il provienne un peu de chez moi, pas vraiment, mais tout de même un peu, alors j'y tiens, je le serre contre moi, je lui tiens chaud ; il me rassure...

Antoine, en terminant sa lettre, disait à Lucie combien il l'aimait ; des mots d'amour où l'inspiration faisait soudain gravement défaut, mais pour eux deux, ces deux cœurs qui, bien qu'éloignés, battaient à l'unisson, l'essentiel n'était plus là. Il était maintenant dans l'écriture d'Antoine devenue plus posée, plus affectueuse, où les lettres étaient mieux formées, comme appliquées, la ponctuation plus respectée, comme s'il s'était agi pour lui de montrer à Lucie les endroits, dans sa lecture, où elle devrait marquer une pause, infléchir la voix, respirer plus ou moins vite, ou profondément, se reposer une seconde, comme après une longue marche, au milieu d'une clairière, l'unique façon s'était-il dit, du moins peut-on le supposer, de donner plus qu'une âme à ses sentiments, un corps véritable, fait de chair et d'odeurs, qui pût être prisonnier de ses bras. Mais des mots, certainement, qui n'étaient que pour eux, dont on ne pourrait comprendre le sens exact malgré nos efforts, qu'il convient donc de taire ici, sagement, avec pudeur. Des mots qui ne concernaient personne d'autre qu'eux, et que Lucie dut relire plusieurs fois avant de se lever et marcher, puis se tenir à nouveau devant sa fenêtre, les rideaux écartés, et se les réciter tout bas, pour elle seule, le regard un peu vague, tourné vers le lointain, l'esprit à mille lieues d'où elle était vraiment, pas même là-bas, en Afghanistan d'où Antoine lui écrivait, l'esprit tout simplement ailleurs, ou dans l'attente de quelque chose.

Puis le téléphone a sonné. C'étaient les premières notes d'une symphonie légère, mais Lucie avait oublié laquelle. Des notes qui, sur l'instant, lui firent mal, dont la ritournelle, pourtant si douce à l'oreille, qu'Antoine avait choisie, un jour, parmi la vingtaine que proposait l'appareil, assuré qu'ainsi elle penserait à lui, avait-il plaisanté, lui blessa les tympans comme jamais. Elle était alors si bien ailleurs, dans cet ailleurs ouaté d'où l'on venait de la tirer brusquement, comme d'un sommeil.

Sûrement impatiente, la boulangère devait l'appeler. Il est vrai qu'avec tout ça, cette longue lettre qu'elle avait déchiffrée avec tant d'attention, maintenant, Lucie était en retard. Elle se ferait donc enguirlander, mais, une fois qu'elle en aurait fourni la raison, songea-t-elle apaisée, elle serait déjà pardonnée. Parce que, depuis le départ d'Antoine en Afghanistan, lorsqu'elle arrivait à la boulangerie, ce qu'on voulait savoir tout de suite, avant même de l'accueillir, c'était s'il lui avait téléphoné ou si elle avait reçu des nouvelles. Alors, aujourd'hui, elle leur montrerait l'objet du délit : l'enveloppe et la lettre qu'elle contenait, leur ménageant un suspense à sa façon : tout d'abord, elle ouvrirait lentement son sac, l'air malicieux, et elle en extrairait l'enveloppe encore plus lentement. Puis viendrait le tour de la lettre dont elle exhiberait bientôt les trois feuilles, comme de doux cadeaux. Et alors, elle choisirait les paragraphes les plus anodins, où Antoine n'évoquait que son ordinaire, tandis que ceux qui l'entendraient, les deux vendeuses, les clients, la boulangère, et le mitron, encore tout plein de farine sur le bout du nez, et toujours fourré dans leurs pattes, dodelineraient de la tête, affriolés, mais bien incapables de comprendre à quoi elle rimait, cette fichue guerre.

Le téléphone a donc sonné. Presque trop longtemps. Lucie le sortit enfin de son anorak où elle l'avait déjà rangé, prête à s'en aller. Mais le numéro qui était apparent, inscrit sur l'écran, n'était pas celui de la boulangère ; c'était celui d'Hélène.

« Allô ? demanda Lucie.

– Lucie ? » entendit-elle.

Elle avait reconnu la voix d'Hélène, c'était bien elle.

« Oui, c'est moi, qu'y a-t-il ?

– Tu es chez toi ?

– Je suis en retard, Hélène. J'ai reçu une lettre d'Antoine. J'ai voulu la lire avant d'aller au travail. Maintenant, il faut que j'y aille. Je t'en parlerai tout à l'heure, si tu veux... »

Mais Hélène ne répondit pas tout de suite ; et son silence inquiéta soudain Lucie.

Et, bientôt, elle s'affola :

« Dis-moi, il s'est passé quelque chose ? demanda-t-elle. Hélène, tu es là ? Il s'est passé quelque chose ? Il est blessé ? Antoine est blessé ? C'est grave ? Hélène, je t'en prie. »

Puis elle se laissa tomber sur une chaise, les mains tremblantes, le cœur battant.

« Pourquoi ne me parles-tu pas ? » articula-t-elle encore.

Un grand froid lui parcourut alors tout le corps, lui saisit les genoux entre ses tenailles, comme pour les lui broyer. Un froid terrible, qui lui venait d'ici, de notre petite ville, qui avait traversé le Livradois, les monts du Forez, et plus encore, pour arriver jusqu'à elle, et qui la terrassait maintenant, ainsi qu'il avait dû terrasser Antoine. Comme elle aurait souhaité, à cette seconde, que le temps s'immobilisât, et que l'abîme noir qui s'était installé entre Hélène et elle ne se résorbât jamais ! Pour ne jamais apprendre, ne jamais être certaine ! Cela n'aurait même pas été un manque. Ni un oubli. Ni une erreur. Un regard brûlant, fixé sur cet abîme sans nom, pour toujours, et rien d'autre.

Pourtant, non, Lucie voulut savoir :

« Il est mort, dis ? » insista-t-elle.

Alors la voix d'Hélène se fit à nouveau entendre :

« Je n'en peux plus, Lucie, pardonne-moi. Tu l'aimais tant, je sais. Maman est effondrée. Ils sont arrivés, tout à l'heure, pour le lui annoncer. C'est affreux. Pour elle. Pour lui. Pour nous. »

Ce fut au tour de Lucie de ne pas répondre.

Elle n'avait même pas eu le temps de rêver, d'assimiler, de digérer ce qu'Antoine lui avait écrit d'amour présent, d'amour à venir, voici que tout se brisait déjà, claquait dans sa tête comme ces brindilles sèches qu'on jette dans les flammes pour en attiser les morsures, et s'enlevait dans les airs, se dissipait en fumée. Alors, aussi doucement, aussi intensément qu'elle s'était prise, deux minutes plus tôt, carrée devant sa fenêtre, écartant ses rideaux, à revoir Antoine, la perfection de son corps fluide et robuste, à réinventer son haleine, ses halètements lorsque après avoir crié en même temps qu'elle il relâchait peu à peu son étreinte et se retirait d'entre ses cuisses, à le respirer, à le goûter comme il y avait si peu encore en lui frôlant les lèvres, des lèvres fines, parfaites, des lèvres de femme, d'un bout de langue gourmand ; aussi doucement, aussi intensément, Lucie s'enfonça dans la douleur, se glissa, se plongea en elle, les pieds et les jambes, puis son corps tout entier, les paupières closes, ses narines s'obturant elles aussi, elle s'enfonça dans la souffrance, absorbée par ce hurlement intérieur qui lui arrachait la gorge, elle-même devenue membre viril, gonflé, tendu à l'extrême, elle s'enfonça jusqu'à ce que le miroir de l'abîme se refermât sur elle, sur sa poitrine, ses seins écrasés, enserrât son cou de tout son poids, de toutes ses forces, puis son crâne, et sa peau, ses cheveux, en mèches grasses, tirées sur le dessus par elle ne savait quelle poigne, jusqu'à ce que, enfin, martyrisée et vaincue, elle versât dans le vide. Poupée disloquée. Enterrée. Desséchée. Sans larmes. Morte, elle aussi. Et alors, de cet abîme sans fond, et noir, où elle s'était dissoute, ne resta bientôt plus, visible à l'œil nu, qu'une cicatrice légère à la surface de la terre, une empreinte que de méchants flocons de neige – n'était-ce pas l'hiver depuis tout juste une semaine ? – s'efforçaient tant bien que mal, comme ils l'auraient fait pour un crime, de camoufler.

Lucie s'était-elle évanouie ? Quand elle rouvrit les yeux, elle sut que la matinée s'était écoulée sans elle. Le soleil était alors au plus haut. Et, elle, plus forte qu'elle ne l'avait jamais été.

Elle téléphona à la boulangère, lui expliqua. Quand l'autre commença à la plaindre, elle raccrocha. Ensuite, elle appela ses parents : sa mère, en premier lieu, qui ne répondit pas ; son père aussitôt après, qui, en plein désarroi, ne sut quoi lui dire pour la consoler. Enfin, elle rappela Hélène. Mais c'est Louise qui décrocha. Leur conversation se termina par ces mots simples : « Je t'attends... »

Quatrième partie

LA NEF DES ARBRES

I

ICI, DANS NOTRE PETITE VILLE, située au centre de la France, à mi-chemin entre Clermont-Ferrand et Thiers, on est bien tous, ou peu s'en faut, à avoir regretté le départ de François Chang. Et si beaucoup se demandent encore quelle mouche a bien pu le piquer pour qu'il s'en retourne si soudain d'où il était venu, en revanche, Louise Charlannes, qui en a eu un moment le cœur fendu, n'en ignore pas la raison. La vraie, s'entend.

Pour le commun, ce départ, cet envol pourrait-on dire, car il a semblé à tous que rien, une semaine plus tôt, ne le laissait prévoir, est resté d'autant plus obscur que la discussion que Bastien Chantossel avait eue avec Antoine, la dernière fois qu'ils avaient séjourné ici, lui et Lucie, c'était en février de l'an passé, avait pourtant porté ses fruits. François Chang, notre François, n'en avait certes pas dit grand-chose, de crainte probablement que ce fût considéré par les moins-que-rien comme une crânerie de sa part, ce qui n'aurait pas été le cas, c'est certain ; il n'en est pas moins qu'on le sentait plus à l'aise, le matin, quand il arrivait au parc de l'Âge d'or et en ouvrait les grilles, et plus enjoué le soir, quand, après les avoir refermées, il s'en allait retrouver sa vieille Dacia, assuré que, pendant la nuit, rien de blâmable ne pourrait plus arriver à ses guérites, ni vitres brisées ni badigeonnages fâcheux, non plus qu'aux plates-bandes et pièces d'eau dont il avait la garde. Ainsi, lui disait-on toujours, le soir ou le matin, passant à son côté : « Alors, François, c'est beau temps, ces jours-ci ? » Et lui, comme, en des lustres, il en avait acquis l'habitude, il répondait d'un salut courtois ; mais, plus souvent qu'autrefois, il accompagnait ce salut d'un de ces rires dont il avait le secret, gras et jovial à souhait, de nature à trahir un bonheur de vie évident. Et si c'était un mardi, certains, d'âge plus avancé, se hasardaient ainsi, une pointe de malice dans les yeux : « Des fois, ce ne serait pas aussi le jour de Mme Louise ? » Car le mardi, on le sait, était son jour de repos. Le jour où, en compagnie de Louise Charlannes, et depuis de bons mois maintenant, François partait en balade là où son idée à elle, parce que lui ne se serait pas permis, les conduisait gentiment.

De ces mardis, il faut en parler un peu : en général, François arrivait plutôt vers les 2 heures, après avoir déjeuné, et il sonnait à la grille de la maison. Deux coups qui tintaient à peine, mais que Léontine, à l'oreille fine, et qui, après la mort du père Charlannes, avait fini par rester près de Louise, reconnaissait aussitôt. Elle accourait alors pour lui ouvrir, ce qui mettait un temps fou vu l'état de ses articulations, les hanches surtout, le priant d'entrer un moment. Mais elle avait beau insister :

« Non, non », répondait-il de sa voix grasseyante.

Assez fier déjà d'avoir Louise pour amie et, peut-être, pour confidente, ce que François n'aurait jamais osé espérer, il n'aurait plus manqué qu'il se permît d'entrer chez elle et que son regard, d'un coup, en désacralisât l'espace. Aussi, quel que fût l'état du ciel, parfois bien désagréable, notamment quand il pleuvait ou ventait, il demeurait sur le pas de la porte jusqu'à ce que Louise, toujours plus gracieuse, et fragile, lui apparût enfin, vêtue de beau, selon ce qu'il en disait, tout en s'inclinant légèrement.

« Alors, on y va ? » faisait-elle.

C'était plus fort qu'elle, elle ignorait les compliments de François comme elle avait ignoré ceux de Paul Vassalou, à ceci près que les sentiments qu'elle avait éprouvés pour ce dernier avaient été de crainte inexpliquée tandis que ceux qu'elle ressentait pour François étaient de simple tendresse.

Bientôt, ils montaient dans la voiture de Louise et là, comme le moteur commençait à ronfler, Louise expliquait à François ce qu'elle avait mijoté, une escapade ici, à moins que cet autre endroit, en fonction du temps, lui fût préférable... Comme Antoine l'avait écrit au commissaire Gagne dans une de ses lettres, l'étang de Marchaud était de ces lieux privilégiés où Louise aimait se retrouver. C'était ainsi depuis qu'elle y était venue avec ses parents, toute petite : un jour de printemps, probablement, c'est du moins le souvenir qu'elle en avait conservé, au ciel d'une pureté si fraîche, si bleue, que son éclat dans l'imaginaire de l'enfant ne s'était jamais terni ; un jour où les herbes étaient si hautes, et les fleurs plus hautes encore dont le vent balançait les ombelles jusque sur son visage et son cou, qu'elle en avait finalement si peu perçu l'étang, au sortir de la forêt, qu'elle s'en était plainte, remplie de colère, auprès de sa mère, la tenant bientôt responsable de l'air et du temps. Aujourd'hui, reparlant à François de ce souvenir où joie et colère s'étaient étroitement mêlées, Louise en riait de bon cœur, ajoutant qu'à son sens les gamines de maintenant ne se plaindraient plus ainsi auprès de leurs parents. Elle ne devait pas avoir tout à fait tort. D'autant plus que de Saint-Bonnet-le-Bourg où elle parquait sa voiture jusqu'à l'étang, la forêt qu'on traverse effectivement est à présent sillonnée de sentiers bien entretenus, de telle sorte que chacun, quel que soit son âge, puisse y trouver son plaisir. En fait, par cette observation, Louise faisait davantage allusion à ses caprices de fille unique, un peu trop gâtée, ce qui provoquait chez François un énorme fou rire, se rappelant soudain ceux de sa sœur Thi Hoa, si peu gâtée au contraire, à cette époque déjà lointaine, mais pourtant si proche à son cœur, où lui et les siens vivaient encore à Lang Co, le village de ses ancêtres. Alors, à son tour, il se mettait à raconter son enfance, ce ciel toujours si gris dans sa tête, et la mer de Chine, et toutes ces choses qui avaient amené sa famille jusqu'ici, en France, et lui, en Auvergne, dans ce pays devenu le sien, où il se promenait, quand le temps le permettait, en si estimable compagnie : il n'en remercierait jamais assez le Seigneur et la sagesse du Bouddha. Et, alors, c'était à Louise d'éclater d'un grand rire à la pensée que l'estimable compagnie ce fût-elle et nulle autre personne, puisqu'ils n'étaient qu'eux deux.

Cela fait maintenant dix mois, guère davantage, que les gendarmes, accompagnés de Noël Chamouzat, notre maire, et de militaires en gants blancs, ont sonné chez Louise Charlannes pour lui apprendre la nouvelle. Le hasard, heureux si l'on peut s'exprimer ainsi, avait voulu que, ce jour-là, Hélène ne fût pas encore partie faire sa tournée. De son côté, François Chang nous a quittés il n'y a pas encore quatre mois, c'était vers la mi-juin. Il est à Paris, où il s'occupe de son père. Il a également remplacé un vendeur de chez *Sou Quan* qui a pris sa retraite. Il est ainsi près de sa famille : son père, évidemment, sa sœur et son beau-frère, Jean-Paul, sans oublier ses chers neveux, Jean et Paul. Quant à Lucie, aussi forte de tempérament que Louise a pu l'être, elle a fait sienne la chambre d'Antoine, mais sans rien vouloir y toucher. Ce n'est peut-être pas là la meilleure idée qu'elle ait eue, mais la plaie est encore trop fraîchement refermée, si tant est qu'elle le soit, pour envisager une solution plus saine. Car il n'est pas rare du tout qu'Hélène, dont la chambre est voisine de celle de Lucie, l'entende, le soir, à l'heure où elles se couchent, pleurer longtemps l'absence d'Antoine. Ce qui l'accable elle aussi, et réveille sa souffrance. Mais que dire ou quoi faire pour l'instant ? Hélène n'en sait rien.

François Chang a quitté notre petite ville ; néanmoins, pour Louise Charlannes, il fut d'un secours sans pareil tout au long de ces derniers mois. Parce que c'est véritablement sur ses épaules, bien plus que sur celles de ses propres enfants, Lucien et Hélène, sans qu'elle les néglige pour autant, qu'elle s'est appuyée pour résister, puis rebondir comme elle avait su le faire après la disparition de Gustave Charlannes.

Quand le cortège de voitures est entré dans la ville, en direction de la mairie, dans un premier temps, tous ceux qui se trouvaient alors dans la rue Grande, déjà informés, bien souvent, par les radios du matin, que le 27e B.C.A. avait un mort de plus à regretter en Afghanistan, avaient ressenti comme un tremblement de misère, quasi glacial, leur parcourir le dos. « C'est-y pensable que ce soit le nôtre de soldat ? » avaient-ils fait en se regardant, comme pétrifiés. Eh bien, le premier à se présenter devant la grille, là où il y avait déjà toute cette ribambelle de gens sérieux, désolés surtout d'avoir apporté la nouvelle, parce que maintenant c'était fait, ils se sentaient déjà mieux, et ça se comprenait, on devrait d'ailleurs plutôt dire, de l'avoir confirmée, ce fut François Chang ! Et c'est aussi vers lui que s'encourut Louise Charlannes, lorsqu'elle l'aperçut, cinq à dix minutes plus tard, au milieu des voisins qui s'attroupaient et des journalistes locaux, jamais en retard, ceux-là, quand il s'agit de grappiller un cliché qui fera date. On pouvait aussi reconnaître Bousingot, armé de son grand balai, à l'écoute de ce qu'il pourrait colporter un peu plus tard, comme au temps des Dupeyroux, avec sa langue à deux pointes.

« Mon François ! » avait crié Louise en larmes.

On s'était écarté pour la laisser passer.

Elle, toute menue, entre les bras de notre brave bonhomme aux yeux bridés, ça aussi, ça en a marqué des mémoires, et pas seulement celles qui étaient présentes ; une photo qu'ils n'ont pas ratée, pardi ! et qui nous touche toujours autant, quand on regarde la une de *La Montagne* parue le lendemain.

Après, il est vrai qu'on a vu toutes ces choses de loin. Enfin, du plus loin que la raison nous le dictait. La raison, pas la curiosité. C'est humain, ou bien animal, comme on veut, parce que même la peine la plus terrible, le chagrin le plus fou, ça nous attire, on a besoin de savoir, et d'entendre, et de clabauder comme le Bousingot. Et comme l'hyène, s'il n'y avait pas les odeurs pour l'attirer et les mouches, comment saurait-elle où niche sa provende ? Et sans provende, comment vivrait-elle ? On a donc vu toutes ces choses, dans les journaux, à la télévision, et ici aussi, dans notre cimetière, dans notre église, au monument aux morts, et même dans nos rues que des soldats du 27e bataillon de chasseurs alpins ont foulé, l'âme en berne, le regard au ras du sol. Qu'on a tous eu encore plus mal au ventre, tandis qu'ils présentaient les honneurs, à l'idée que ces beaux et grands gars, à des milliers de kilomètres de chez eux, mais pour nous autres, et notre chère liberté, demain peut-être, il leur arriverait ce qui était arrivé à Antoine : un coup d'enfer qui les déchiquetterait, mettrait leur corps en morceaux, leur arracherait un bras, comme à Antoine, ou encore une jambe, comme à Antoine. À ce qu'on dit, en effet, de propre, d'impeccable, pauvre petit, il n'y avait plus que la tête. À ce point qu'ici, pour la mise en bière, cinq jours étaient déjà passés, ils n'ont pas souhaité que la Louise, elle voie son gamin, ni la petite Lucie, son bien-aimé. Il n'y aurait que Lucien, toujours à ce qu'on nous raconte, qui aurait vu l'ampleur du mal. En ressortant du salon, parce qu'Antoine, pour le veiller la nuit, c'était là qu'on avait monté des tréteaux, pour éviter le souci de l'escalier à grimper, puis à redescendre, Lucien était blême, et il tremblait, grelottait de partout, se lâchait dans la culotte. Lui non plus, on n'aurait pas dû, c'est ce que Louise a pensé bien fort. Parce que son Lucien, avec tous les ennuis qu'il avait sur le dos, la scierie et tout le reste, il ne méritait pas ça. Mais il était trop tard ; cependant, quand Hélène est arrivée, d'un geste vif, elle lui a attrapé le bras et l'a retenue à temps.

D'après ce qu'on nous a encore raconté, et que nous avons surtout lu dans nos journaux, à Paris, aux Invalides, les honneurs rendus à Antoine, notre maréchal des logis, car on préfère l'appeler comme ça, c'est mieux que sergent, ont tout juste duré un quart d'heure. On suppose que le ministre de la Défense a fait ça entre deux rendez-vous. En tous les cas, sur la photo qu'il y avait dans le journal, juste derrière Louise, il y avait François, à peine plus grand qu'elle. François à côté d'Hélène, tandis que Lucien était au côté de Louise et qu'il lui tenait la main, comme pour la réchauffer, lui insuffler de sa vigueur, l'encourager à survivre. Car elle n'était pas trop brillante, notre Louise, le visage délavé, sans fard, ni artifice d'aucune sorte. Sur cette photo, on ne voit ni Lucie ni Pauline, ni la petite Mia, mais ils l'avaient vraisemblablement confiée à Léontine ou à une de leurs connaissances.

Malgré ce qu'en pensent certains, le discours du ministre a été d'une solennité, d'une dignité exemplaires. Mais, en cette circonstance dramatique, pouvait-il en être autrement ? En quelques mots simples, il a fait part de la bravoure d'Antoine, de son abnégation : « principe essentiel qu'il tenait de son père », mort également pour avoir voulu sauver une fillette, prisonnière des flammes. Ici, on n'a pas bien compris ce qu'il voulait dire par principe essentiel, mais on a vite laissé tomber. Ce qu'on a appris ensuite nous a vraiment tous bouleversés : Antoine était en patrouille avec son groupe et deux autres derrière lui, qui suivaient en éventail, en tout une trentaine d'hommes ; ils étaient descendus des V.A.B. à l'entrée d'un village, au fond de la vallée de la Kapisa, à même pas quinze kilomètres du camp de Nijrab. V.A.B., c'est l'abréviation de véhicule de l'avant blindé. Il y en avait donc quatre, garés en épi, qui bloquaient la rue principale et les ruelles adjacentes, parce que le quatrième groupe était resté sur place, des fois que. Soudain, comme il est à côté de son chef de section, ce jeune lieutenant avec lequel il traversait les Aravis quand il a reçu le S.M.S. lui annonçant le décès de son grand-père, Antoine aperçoit un gosse surgir d'une maison. Une de ces maisons en terre, sans fenêtres, aux murs épais, de la couleur ocrée des montagnes qui crèvent le bleu du ciel. À ce moment, tout est silencieux. Pas un filet de vent. Le froid est de rigueur. C'est qu'on est en décembre, en Afghanistan comme ici, et qu'il y a quelques jours trois bons centimètres de neige se sont installés en l'espace d'une matinée pour se changer aussi vite en boue grasse et collante. Antoine en a un peu parlé dans sa lettre à Lucie. Mais, là, maintenant, à quinze pas de lui, il voit ce gosse, douze ans tout au plus, disons dix, qui lui apparaît, un turban rouge vif posé sur la tête, une veste en coton sur le dos, comme en mettent les gens de la région, par-dessus une ample chemise blanc cassé qu'on dirait trop longue, trop large pour lui. Il court, il s'amuse, mais, regardant la troupe qui s'avance vers lui, dans son regard, aucun sourire ne transparaît, aucun entrain. Un visage plutôt grave, étrangement sérieux, marqué de crainte aussi, de détresse ou de panique retenue. Alors, Antoine se demande avec quoi il joue ? Ce qu'il tient dans ses mains ? Un ballon, évidemment, mais pas tout à fait rond. Qu'il envoie en l'air et rattrape habilement, tout en souplesse. Un de ces gosses, il y en a quelques-uns tout de même, pense-t-il, qui ne leur lancera pas de pierres quand ils passeront à côté de lui. Mais passeront-ils jamais à côté de lui ? Car plus ils avancent, le jeune lieutenant, Antoine et son groupe, et les deux autres groupes, légèrement en retrait, plus ils s'enfoncent dans ce village où nul vivant, hormis le gosse, ne s'est manifesté jusqu'à présent, plus le gosse progresse lui aussi, veillant à toujours maintenir une distance égale entre lui et les hommes de tête. Un ballon, mais pas comme les autres. Un ballon qu'il lance en l'air, mais pas trop haut, une masse légère, aux reflets métalliques, qu'il rattrape avec aisance, le geste sûr. Et tout en conservant, entre lui et Antoine, cette distance de quinze à vingt pas. Le jeune lieutenant se penche alors vers Antoine. « Il n'est pas net, ce gamin », fait-il. Antoine opine du chef. Il pense la même chose du silence des murs, des planches qui servent de portes, des vieux pneus qui traînent. Comme le jeune lieutenant, il pressent le traquenard. L'embuscade. Le guet-apens. Le piège. Tout ce qui lui traverse le crâne, et lui dit qu'ils n'en sortiront pas vivants. Du moins pas tous. C'est toujours ainsi, quand on patrouille : on ne revient jamais vraiment sur terre qu'une fois de retour au camp. Antoine le sait, c'est une des premières leçons qu'on lui a enseignée, déjà en France, quand il était en M.C.P., ensuite ici. La maîtrise de soi, toujours elle. Indispensable à tout instant, plus encore dans les moments critiques. Fondamentale quand on est en patrouille, comme lancés dans le vide, c'est-à-dire sur une espèce de nuage, en dehors du temps, d'après certains, d'autres évoquent une bulle. Et puis, brusquement, comme une fulgurance d'orage, tout paraît plus clair à Antoine : le gosse s'amuse avec une mine, une de ces mines italiennes dont il a été question, une fois, en instruction, il ne sait plus quand au juste, du type SB-33, un engin à effet de souffle, léger comme tout, aérien, mais qui peut provoquer l'amputation d'un bras. Bien sûr, Antoine en est persuadé, le gosse ignore ce qu'il risque en faisant cela. Il joue, voilà tout, avec ce qu'il a découvert dans un recoin de mur, il ne saurait même plus dire où. À l'insu de ses parents, de ses frères et sœurs, partis ramasser du bois, des brindilles, des bouses qu'ils feront sécher pour entretenir le feu la nuit durant ou faire la cuisine. Mais voici qu'un nouvel éclair le frappe de plein fouet.

Antoine en perd un moment la vue, la juste réalité des choses. Éclair de flammes, de fumée noire et âcre, saturée de cendres acides qui vous arrachent les poumons. Il se souvient, c'était là-bas, mais il n'en peut plus, il tousse, ses yeux se brouillent de larmes, il y aura bientôt douze ans ; c'était là-bas, chez lui, à Loupières-le-Bas, dans ce coin de France qu'il n'aurait pas dû quitter, en ce mois de septembre où sont survenus tous les malheurs. Alors, comme en appelant à son père et à la petite Émilie, et tandis que le gosse relance l'objet très loin au-dessus de sa tête, se préparant déjà à le rattraper, Antoine se précipite sur lui, manquant perdre l'équilibre à cause de son Famas qui pendouille autour de son cou. Arrivera-t-il à temps ? Parviendra-t-il à repousser l'objet, balle ou mine, avant que le gosse ne le reçoive dans ses mains ou le rate ? Aussitôt, le jeune lieutenant a fait un geste. Les hommes se sont tous arrêtés, ils ont marqué un pas en arrière, puis deux, puis trois, et ils se sont arrêtés à nouveau. L'objet avait été expédié si haut, et il était si léger, à peine deux cents grammes, qu'Antoine est parvenu à son niveau avant qu'il ne soit trop tard. Comme il se projette en avant, les bras tendus, un large sourire s'esquisse alors sur ses lèvres : il a sauvé le gosse, il a sauvé le gosse ; dans le même temps, il se plaque sur lui pour le protéger du souffle de la mine quand, s'écrasant par terre, elle ne manquera pas d'éclater. L'élan est tel que le gosse reçoit le Famas en pleine poitrine, mais qu'importe une côte fêlée ou cassée, se dit Antoine, s'il doit avoir la vie sauve ! Et puis, lorsqu'ils touchent enfin le sol, une ou deux secondes après, mais toute une éternité pour le jeune lieutenant qui n'a rien pu faire, lorsqu'ils touchent enfin le sol, Antoine et le gosse, enserrés, prisonniers l'un de l'autre, comme deux frères qui s'enlaceraient, heureux de se retrouver, la détonation se produit, abominable : le corps d'Antoine vole en éclats, le corps du gosse est en charpie ; ce sont les explosifs qu'il portait sous ses vêtements qui éclatent, et les déchiquettent, et balancent violemment un bras ici, et une jambe là, jusqu'aux pieds de l'un des soldats qui la ramasse, machinal, et la regarde, hébété, tandis qu'elle s'agite encore, dégoulinante de sang, et meurt. Oui, le gosse a explosé, pas la balle avec laquelle il s'amusait. C'était là le traquenard. Antoine s'en est-il rendu compte ? en a-t-il eu le temps ? Une bombe destinée à lui fendre le ventre, à lui éclater les poumons. L'horreur, tout bonnement. Le terrorisme dans son indicible réalité. Mais voici que déjà de grands cris se font entendre : on parle de secours, de brancards, de morphine ; puis le silence revient d'un coup, plus pesant, plus sinistre qu'il ne l'était auparavant. Car il n'y a plus rien à faire, tous l'ont vite compris : le gosse est mort, Antoine est mort ; l'âme de l'un mêlée à celle de l'autre, et ce pour l'éternité. Un peu plus loin, la balle continue de rouler, indifférente à toutes ces choses, à la mort d'Antoine qui rappellerait celle de son père si, en Afghanistan, on savait comment il a disparu. À présent, on n'a plus qu'une idée en tête : rentrer au camp. Plus tard, seulement plus tard, dans la soirée ou au milieu de la nuit, à l'occasion d'un mauvais rêve, on réalisera ce qu'on vient de vivre, et on s'en voudra. Mais, que diable ! de quoi s'en voudront-ils ? Antoine les a sauvés, c'était là son destin.

À titre posthume, Antoine a été élevé au grade de maréchal des logis-chef. Il a également été décoré chevalier de l'ordre national du Mérite. Une autre décoration, encore, est venue grandir sa mémoire. Il repose maintenant à côté de son père et de son grand-père. En compagnie aussi d'une gamine qu'il ne connaissait pas bien, la petite Émilie. Jusqu'à ces deux derniers mois, Louise et François se rendaient ensemble au cimetière. Aujourd'hui, elle y va seule, parfois avec Lucie ou avec Léontine. Mais elle n'ignore pas que l'avenir de Lucie n'est pas ici, dans notre petite ville. Qu'un jour ou l'autre, elle retournera définitivement chez elle et y dénichera un mari.

Elle n'ignore rien de tout cela, mais, sans rien vouloir en dire, elle souhaiterait néanmoins se tromper. Elle l'espère même encore plus fortement depuis que Marc, l'ami d'Antoine lorsqu'ils étaient à Annecy, lui a rendu visite un samedi matin. Lucie était là, assise à côté d'elle. Et, pendant qu'il parlait, elle avait du rouge, couleur de feu, sur le visage, et de l'eau salée qui lui traçait des sillons blancs jusque sous le menton. De l'eau salée, sûrement, à ne pas confondre avec des larmes. Parce qu'à ce moment, bien droite du dos, les épaules relevées et le menton ressorti, comme une qui aurait refusé sa faiblesse, en digne bru de Louise qu'elle aurait été, il n'était pas question qu'on la vît en train de pleurer. « Enfin, on verra bien ! » marmonne assez souvent Louise, quand elle remâche ses idées à elle. En attendant, elle a recouvré de nouvelles forces. Et beaucoup pensent que sans François, notre cher gardien, elle n'en aurait peut-être jamais eu le courage. Sans François et les balades du mardi qui les ont si souvent conduits à la découverte de nos forêts et de nos villages, pas seulement à Issoire ou à l'étang de Marchaud. C'est en se promenant, comme ça, notamment dans les plantations de douglas dont Louise apprécie aussi les senteurs, qu'il lui a appris à n'en vouloir à personne, ni à l'état-major des armées, ni au ministre de la Défense et des Anciens Combattants, ni au président de la République qu'elle a pourtant bien critiqué. « Ce monsieur qui ne se déplace que si le nombre de morts en vaut la peine ! » a-t-elle balancé un jour. Oui, n'en vouloir à quiconque. Prendre la vie comme elle est, jusqu'à se défaire et du bien et du mal. Et n'envisager le présent, en s'y accommodant, qu'en fonction de ce qu'il nous apporte au fil des heures, des jours, des semaines qu'il égrène pour nous autres, les humains. Finalement, la posture la plus sage, à laquelle elle était déjà convertie, lorsque Lucien, un mois et demi après la mort d'Antoine, vint la trouver, un soir, alors qu'elle allait se coucher, pour lui apprendre qu'il abandonnait la scierie, sa décision était prise ; qu'il ne pouvait plus en assumer la charge ; qu'il n'avait fait que détruire, depuis qu'il en assurait la direction, l'édifice qu'elle et Paul Vassalou avaient si durement remis sur pied après l'incendie. Il était vraiment attristé, mais il n'en pouvait plus. Surtout depuis la mort d'Antoine. Alors Louise lui prit les mains, et elle lui répondit simplement :

« Tu es comme ton frère, mon Lucien. Je savais que cela arriverait tôt ou tard. Car la scierie vous a enlevé votre père et vous deux, depuis lors, n'avez plus voulu d'elle. Pourtant, vois-tu, c'est elle qui vous a nourris, elle qui vous a élevés. Et puis, as-tu pensé à ces gens qui vivent aussi grâce à elle ? grâce à ton travail ? Pas plus que ton père, j'imagine, quand il s'est lancé dans les flammes… »

Elle haussa les épaules. Et doucement :

« Ne crois-tu pas que ça pouvait attendre demain ? Ce n'est pas si grave. On va se débrouiller… »

Et encore, après un silence :

« Rentre chez toi, mon garçon. Tu sais aussi que je ne suis pas tranquille lorsque tu laisses Pauline et Mia, toutes les deux seules, dans cette grande maison de Loupières. »

À ce moment, Louise aurait voulu le réprimander, comme elle faisait lorsqu'il était enfant, à sa façon, en le serrant étroitement dans ses bras.

Elle le regarda s'éloigner, fermer la grille derrière lui.

Hélène était descendue de sa chambre.

« Qu'y a-t-il, maman ? s'enquit-elle.

– Rien d'important, lui répondit Louise en s'efforçant de sourire. Allons-nous coucher, veux-tu ? »

II

LOUISE NE REDOUTAIT PAS LA FATALITÉ, loin de là. Elle s'y est donc conformée comme le lui avait appris François Chang, c'est du moins ce qu'elle lui laissait parfois entendre, l'œil malin, et ce qu'il aurait cru, sans doute, s'il n'avait ressenti pour elle une authentique admiration. Elle fit face aux événements : à la disparition d'Antoine et à l'échec de son aîné, car c'en était un – et de belle ampleur ! –, avec réalisme et gravité. Ce qu'elle avait entrepris jadis, et réussi, avec l'appui de Paul Vassalou et celui de son beau-père, elle s'était bientôt sentie prête à le recommencer. Ce ne serait pas avec le même allant, avec la même ferveur, qu'il y avait onze ans passés, mais il y aurait toujours derrière elle ceux qui croyaient en l'avenir, qui considéraient que la *Scierie Charlannes et Fils* ne pouvait disparaître aussi aisément, et ceux-là, qu'ils fussent ouvriers, employés de la scierie ou simplement citoyens de notre petite ville, elle savait qu'ils soutiendraient son effort.

Un certain matin, presque incidemment, elle en avait dit deux mots à notre maire, Noël Chamouzat. C'était à la sortie d'une réunion où il avait justement été question des desseins d'ordre culturel qu'elle avait imaginés afin de développer, plus qu'il ne l'était déjà, le côté touristique de notre secteur.

D'aucuns, du conseil municipal, l'avaient alors jugée peu ardente, manquant de pugnacité face à ses détracteurs habituels qui estimaient souvent ses intentions comme dépourvues de sens pour finalement les reprendre, à l'hilarité des autres, à leur propre compte. On avait mis cela sur le dos de la disparition d'Antoine, blessure encore récente, ainsi que de la décision que Lucien avait prise à peine trois jours plus tôt mais dont nos édiles étaient déjà informés.

« Êtes-vous bien certaine de faire le bon choix ? » avait interrogé le maire, tout de même stupéfait.

Louise, ses dossiers sous le bras, s'était arrêtée.

« Pensez-vous qu'il soit encore temps de se poser des questions ? » avait-elle répondu.

Le maire n'avait su que dire.

« Moi, je suis sûre que non, avait repris Louise. Le seul point qui me fasse souci, c'est la vigueur. »

En souriant, le maire avait fait mine de lui tâter les biceps.

« C'est encore du costaud !

– L'âge est là, qui n'arrange rien, Noël. Et puis il y a Léontine sur qui je ne peux plus guère compter, vous vous imaginez. Et ma mère également, que je vais sans doute récupérer ici : je ne peux plus la laisser dans notre maison de Bésagnac. Alors, pour ce qu'il en est du bon choix…

– Et vos projets pour la commune ? Je m'y faisais bien à votre idée de festival. Un de plus en France, je me disais, mais puisque ça marche. Quant à vos détracteurs, comme toujours, vous auriez su les apprivoiser. Des grandes gueules, certes, mais pas de méchants bougres. Parce que je suppose maintenant que vous allez nous lâcher ? Vu le programme… »

Louise était désolée, mais comment faire autrement ?

« Je comprends, je comprends, avait opiné le maire. Alors il va falloir que je me résigne à leur annoncer tout ça lors du prochain conseil. J'en connais déjà qui vont faire une drôle de trombine, à commencer par moi… »

Ils s'étaient séparés, l'un allant à pas lents dans un sens, et l'autre un peu plus vite dans le sien. À quoi pensait Louise ? Autant le lui demander. Et Noël Chamouzat ? À Louise, bien entendu, qui l'avait bien aidé ces dernières années. « Une femme de tête, qui se dévoue à tout ce qu'elle entreprend sans jamais déposer ! » Pour sûr, bien que Vassalou ne fût plus là, ni le père Charlannes, elle arriverait à la remettre dans le droit chemin, cette fichue scierie. Et le Lucien, cet incapable diplômé, il lui faudrait filer droit. Oui, notre petite ville devrait apprendre à se passer des services de Louise Charlannes, et peut-être même que François Chang en souffrirait lui aussi. Oh, ce n'était pas que la vie de François Chang intéressât vraiment Noël Chamouzat, mais, tout de même, il y a des meubles dont il faut parfois savoir prendre soin. François Chang ne faisait-il pas partie de ceux-là ?

Comme pour informer Louise Charlannes de cette observation, Noël Chamouzat se retourna à cet instant. Mais elle avait déjà disparu, aspirée par un coin de rue ou bien le seuil d'une boutique où elle avait des achats à effectuer.

« Êtes-vous certaine de faire le bon choix ? »

Notre maire reprit sa route, plus pensif qu'il ne l'avait été en laissant Louise : elle allait bientôt se retrouver à Loupières, tandis qu'elle avait tout entrepris pour en débarrasser son esprit. Elle allait s'y retrouver du matin jusqu'au soir, alors qu'elle s'en était éloignée tout exprès pour sauter le pas du malheur. S'imaginait-elle noyer son nouveau deuil ainsi, en s'absorbant à des besognes aussi ingrates ? Se replonger d'un coup dans les affaires, presque en fermant les yeux ? Affronter le monde du bois, le caractère raboteux des forestiers ? Cette concurrence infernale à laquelle se livrent les scieries depuis déjà des années, les unes disparaissant ou se faisant racheter pour rien ou presque par les autres ? Et puis il y avait aussi Gustave Charlannes, le trop-aimé décidément, son ombre qui planait toujours au-dessus de la scierie malgré toutes ces années ; et puis l'ombre de Pierre Besson, cette ombre, comme un voile de grisaille, qu'on abhorrait encore, qu'aucun des ouvriers n'avait pu effacer de sa mémoire, et dont certains, lorsqu'ils avaient annoncé leur départ à Lucien, avaient admis qu'elle devait être pour quelque chose dans leur décision. Louise, malgré sa volonté, parviendrait-elle à échapper à toutes ces menaces ?

« Pensez-vous vraiment, Noël, qu'il soit encore temps de se poser des questions ? » avait-elle demandé.

Noël Chamouzat n'avait su que répondre.

Ce mardi-là, Louise Charlannes avait tenu à emmener François Chang jusqu'à Vollore-Montagne, voire au-delà si le temps le permettait. Elle avait également insisté pour que Lucie, trop repliée sur elle-même à son goût, acceptât de les accompagner.

En cours de route, elle fit part de ses réflexions à Lucie, prenant exprès François à témoin. Ainsi, de manière presque abrupte, elle lui demanda ce qu'elle comptait entreprendre. Car elle ne pouvait pas rester indéfiniment à s'apitoyer sur son sort. « La douleur est mauvaise conseillère et ne remplace jamais personne. » Le ton était ferme, celui d'une personne qui ne comptait plus ses adversités, ses déceptions, ses deuils, des épreuves souvent inéluctables, comme la mort, qu'elle avait toujours surmontées malgré les chagrins, mais auxquelles on ne se prépare finalement jamais, tant nous habite le besoin d'en éloigner la venue. Lucie n'avait rien répondu, le visage tourné vers le paysage qui défilait autour d'elle. Seule la brillance de ses yeux l'aurait trahie si Louise l'avait regardée à ce moment. Mais Louise conduisait, et Lucie était assise derrière elle. De son côté, François s'était contenté d'opiner. Mais il est probable que, s'il n'avait pas été d'accord, il l'aurait fait savoir à sa façon, en toussaillant, par exemple, ou en souriant sans rien ajouter de plus, comme il avait usage avec ses amis du parc de l'Âge d'or, lorsqu'ils lui racontaient une bonne histoire, l'une de ces histoires qu'il dirait à son tour au café de *La Jument verte,* le soir, assis à la table de Federico et de Ramon. Mais là, il ne s'agissait pas d'une de ces histoires et François, ce soir, serait muet comme une tombe, aussi secret que le sourire énigmatique de Bouddha assis au pied de son arbre. Son silence favorable avait donc conforté Louise. Aussi, elle poursuivit :

« Tu ne dis rien, ma Lucie ?

– Que pourrais-je vous dire, Louise ? Je ne pense qu'à Antoine, vous le savez bien, ce n'est pas de ma faute. Cette envie de pleurer tout le temps...

– Moi aussi, j'ai pleuré mon Gustave, mais j'avais les enfants, les treize années d'Antoine, les quinze d'Hélène, je ne parle pas de Lucien, il était déjà plus grand, quatre ans de plus qu'Hélène, mais ses études à Clermont, fallait pas non plus les gâcher. Alors il m'a fallu réagir, et vite... »

Lucie soupira, à nouveau au bord des larmes.

« Que voulez-vous que je fasse ? demanda-t-elle.

– Il faut réagir, mon petit, la vie est ainsi faite. »

De temps en temps, Louise jetait un œil dans le rétroviseur. Elle y apercevait Lucie, sa mine défaite, la pâleur de son teint, sa chevelure à l'abandon, ce qui lui donnait envie de la secouer : six semaines, déjà, qu'elle était là, à dépérir !

« Et notre François, qu'est-ce qu'il en pense lui ?

– Comme vous, fit-il après s'être raclé la gorge pour être sûr de bien articuler les mots qui lui viendraient à l'esprit. Il ne faut pas rester comme ça, Lucie, à vous traîner, vous comprenez ce que je veux dire ? à vous gêner la tête, ça finirait par vous tourner le sang en morceaux. Et vos chers parents ? Chez nous, au Vietnam, les parents, c'est important. Vous leur avez parlé ? Il faudrait les revoir bien vite, ils doivent s'inquiéter, se demander ce que devient leur enfant ? N'ai-je pas raison ? »

François s'était tourné vers Louise.

Louise avait approuvé d'un geste, en tapotant mollement des doigts sur son volant.

En fait, ce qui l'occupait, c'était sa petite idée, cette idée qui s'était imposée à elle d'emmener François et Lucie dans un endroit, passé Vollore-Montagne, dont elle était la seule Charlannes à connaître l'existence, du moins le croyait-elle, en dehors de sa mère et, bien avant elle, de son père. « Ce sacré bonhomme Enrieux », comme on disait encore à Bésagnac, deux jours avant sa mort. Avait-elle eu raison ? N'aurait-elle pas dû en informer Hélène auparavant ? et peut-être Lucien ? François et Lucie, qu'étaient-ils pour eux tous ? Des étrangers à la famille, rien de plus, en qui elle faisait confiance. Mais selon quel jugement ? Parce que François lui parlait tantôt de Dieu, tantôt de Bouddha ? ou parce que Lucie aurait pu être sa belle-fille ? Ainsi, plongée dans ses réflexions, elle en avait oublié ce qu'elle voulait dire à Lucie, quand, en arrivant à Vollore-Ville, plutôt que de poursuivre tout droit, elle vint se garer devant ce qui restait de l'hôtel-restaurant *Chez Robert* où, certains dimanches, quand elle était jeune encore, elle et ses parents venaient déjeuner. Une bouffée de chaleur lui monta au visage. En ce milieu de février, il ne faisait pourtant pas si chaud. Alors Louise regarda sa montre. Il était un peu plus de midi.

« Cela vous dirait de manger un petit quelque chose ? »

Elle n'attendit pas la réponse. Elle poursuivit :

« Dans le temps, ici, il y avait un restaurant. Sur la gauche, le bar. Sur la droite, de grandes tables en bois et une cheminée où le patron, certains midis, cuisait la viande. La graisse fondait, crépitait dans les flammes. Je me souviens, la salle était très sombre, surtout le plafond que barraient des poutres énormes, enfumées de noir, et poisseuses. Au-dessus, il y avait aussi des chambres. Des gens de Paris venaient tous les étés, au mois de juillet. Ils avaient des enfants de mon âge. Trois années de suite, j'ai joué avec eux. Mon père était alors un ami de Robert, ma mère discutait bien avec sa femme, une institutrice. Une femme d'importance. Qui nous faisait rire quand on la voyait de dos, à cause de son postérieur imposant et de sa petite tête. Ce qui ne nous empêchait pas de bien l'aimer. Surtout qu'elle sentait toujours si bon… »

Louise s'était tue, songeuse.

Lucie et François n'osaient rien dire.

Puis on entendit à nouveau le moteur : Louise fit marche arrière, elle prit la direction de l'église Saint-Maurice, elle traversa la place et ralentit devant la rue des Tanneurs, désignant une maison dont la porte, les volets étaient fermés.

« Là aussi, enfant, je venais souvent », observa-t-elle.

Elle rangea la voiture quinze mètres plus loin, devant *Le Bistrot de la fontaine.*

« Tu es chez toi, ici », disait Louise. Mais Lucie devait retourner à Annecy. Une idée qui la terrassait dès qu'elle y songeait. Ce qu'elle appréhendait surtout ? La séparation. L'au revoir à Louise, à Hélène, à Léontine. Le dernier baiser qui la verrait tremblante et les paupières humides. Le trajet. Son infinie durée. L'instant où elle tournerait la clé de la serrure, celui où elle ouvrirait la porte de son studio, où elle appuierait sur le bouton vert du disjoncteur pour rétablir l'électricité. Elle était partie si vite. Peut-être avait-elle oublié de plier ses draps, de ranger son bol dans le placard, ou ce pot de miel dans lequel, lorsqu'il avait passé la nuit avec elle, Antoine, au petit matin, plongeait sa cuillère, étalant bientôt son contenu avec gourmandise sur une large tranche de pain grillé. Louise avait raison, il fallait mettre fin à toutes ces choses. Reprendre la route un moment délaissée, à nouveau passer les gués des torrents, si risqués qu'ils pussent être, sauter les yeux fermés par-dessus les flaques d'eau, quel qu'en fût le miroitement, de tristesse ou de joie. Parce que la vie, imperturbable, aveugle à la souffrance, avait continué son chemin sans attendre ; pas un instant, malgré l'horreur, elle n'avait ralenti sa marche. « Tu es ici chez toi », répétait Louise, la voix remplie de chaleur. « Tu es ici chez toi… » Elle avait posé la main sur le bras de Lucie, et elle le lui serrait comme pour lui insuffler le courage de partir enfin, de retourner à Annecy, d'affronter la solitude. De retrouver Antoine à chaque coin de rue, sur les quais Perrière ou de la Tournette, dans les jardins de l'Europe où, à la belle saison, comme ici dans nos parcs, rivalisent de couleurs les massifs fleuris, de le retrouver caché derrière un buisson, comme une ombre pâle, et légère, et insensible au vent, ou bien marchant sur l'eau du lac, au pas court et rapide des chasseurs alpins. « Tu es ici chez toi », faisait Louise, la voix maintenant plus affermie et soutenue. Sans rien en dire, par la seule pression de ses doigts sur le bras de Lucie, elle tentait de la convaincre, de la convaincre de partir, ce qui était juste, et signifiait qu'ensuite elle serait toujours accueillie à bras ouverts et pourrait revenir quand il lui semblerait bon, sans même prévenir, comme l'enfant de la maison, cet enfant qu'on ne reverrait plus ici, mais que chacun, pourtant, ne cesserait jamais d'attendre. Lucie, en revenant chez les Charlannes, dans notre petite ville, nous rappellerait son visage, ses taches de son qui faisaient à son front des couronnes de lune quand il n'avait encore que cinq ou six ans, l'innocence de ses yeux. « Ici, tu es chez toi », disait Louise, tandis que François, tout en mangeant, les regardait l'une et l'autre, se revoyant à Lang Co, lorsque sa sœur, la gentille Thi Hoa, remplie de la tristesse du temps, se laissait bercer par la douceur de leur mère. « Ne résiste pas au courant de la vie, sinon tu souffriras en pure perte », lui avait appris son père. Lui ne souffrait plus, ou si peu que la peine ne valait plus d'en parler. Mais sans Louise, sa présence obstinée au fond de ses nuits, et son écoute surtout, y serait-il jamais parvenu ? François en doutait bien souvent. Tant d'années s'étaient écoulées avant qu'il ne rejoigne le sommeil, le soir, malgré la fatigue, celle de ses yeux surtout qu'il abîmait tout exprès quand, après le travail, il s'enfermait dans les archives de la mairie. Trop d'années s'étaient écoulées avant qu'il pût se livrer au sommeil sans plus craindre l'effroi qui le réveillerait au milieu de la nuit, une fois, deux fois, trois fois de suite, puis le livrerait au petit matin plus fourbu que la veille. Tant d'années, qui, souvent, l'avaient plongé dans le désespoir, assuré parfois que le Bouddha, détourné de son âme, ne lui serait jamais d'aucun secours, ni lui ni ses préceptes sacrés, tandis que, respectueux des usages recueillis de ses aïeuls, il croyait pourtant affronter la vie telle qu'elle était, ne s'instruisant jamais, comme on le lui avait dicté tout enfant, que de sa propre expérience. Tant d'années, jusqu'à ce jour sinistre où une fumée épaisse et sombre comme un nimbus s'était inscrite dans le ciel surchauffé : la *Scierie Charlannes et Fils* brûlait alors et, ce jour-là, le temps d'y penser avait suffi, il y avait eu nos trois morts, dont cet inconnu à la curieuse histoire. Et puis Louise Charlannes, plus tard devenue Louise, était apparue à son tour : François, tout tremblant, subjugué par sa misère à elle qu'elle portait sur ses épaules, bien droite, mais sans superbe, lui avait même serré la main. Elle allait le sauver, s'était-il dit ce jour de funérailles, parce que c'était vers elle, sûrement, qu'il avait été guidé, venant vivre à Clermont, puis travailler ici. Dès ce moment, il s'en souvenait, la certitude s'était forgée en lui que le temps viendrait où il dirait à Louise son lointain Vietnam, ce qu'il avait supporté étant jeune, et le bruit que font les canons dans le sommeil des enfants. Il lui dirait Da Nang, et Lang Co, son village natal, et alors il se sentirait moins seul. Et ce temps, des mois et des années plus tard, était enfin arrivé, que des flâneries complices, dans ce pays aux volcans tranquilles et débonnaires, avaient ensuite protégé. Un temps de communion partagée que François, comme il buvait lentement son café, aurait aimé raconter à Lucie. Mais Lucie était assez forte pour comprendre le message d'amour que Louise, de la main et du toucher des doigts, lui avait communiqué, l'air de rien, depuis le début du repas. Alors François se ravisa, et il sortit de table, les laissant seules un instant. Une fois encore, cependant, il entendit Louise dire à Lucie que, dans notre petite ville, elle serait toujours chez elle, et Lucie lui répondre, la voix légèrement tremblée : « Je reviendrai vers vous, Louise, je reviendrai, vous le savez... » Les mots qu'Antoine lui avait dits avant de partir en Afghanistan. À leur tour, elles quittèrent la table. Quand elles sortirent du restaurant, le soleil brillait fort sur la place, et François les attendait près de la voiture. Louise prit bientôt la route de Chossière, puis de là, sur la droite, celle de Vollore-Montagne. À Vollore-Montagne, à cause du froid, il fallut mettre le chauffage, et, au lieu de s'arrêter comme François et Lucie le supposaient, Louise continua en direction de Fafournoux. Ensuite, elle s'engagea sur une voie secondaire. Sur les bas-côtés, une fine couche de neige blanchissait l'herbe rase. Puis ce fut brusquement la forêt. Une forêt de résineux qui s'étiraient à leur façon jusqu'au ciel. Louise chercha un terre-plein, elle y rangea la voiture.

« Couvrez-vous, recommanda-t-elle. Nous sommes à près de neuf cents mètres d'altitude. »

Ils firent quelques pas. Lucie et François suivaient Louise, stupéfaits par la splendeur des lieux : à droite comme à gauche, en un large éventail, les arbres s'alignaient en colonnes parfaites dont l'œil ne voyait pas la fin ; un chant d'orgue, coloré d'aigus à peine audibles, filait au-dessus de leur tête, orchestré par le vent. Et puis Louise s'arrêta, soudain radieuse, mais l'allure presque d'un homme, les souliers bien plantés dans le sol.

« Mon père appelait cette sapinière “la nef des arbres”, dit-elle. Un jour, comme nous nous tenions ici, à cette même place, j'étais alors toute jeune, il me révéla qu'il l'avait achetée pour rendre grâce à une certaine « Madame Moutot », rouge et rebondie… »

III

Le Pas de Mousset, c'était le nom du lieu-dit où Louise s'était arrêtée. Pendant quelque temps, ils continuèrent sur un sentier qui, de là, menait à la Vierge de l'Hermitage.

« C'est vrai qu'il fait froid », remarqua Lucie.

Louise lui prit le bras.

« Continuons, veux-tu ? »

Puis, se tournant vers François :

« Je ne vous avais jamais emmené jusqu'ici. J'ignore pourquoi. Nous savons tout l'un de l'autre, n'est-ce pas ? Pourtant, le moment ne devait pas être venu… »

François ne répondit rien ; il se rapprocha de ses deux compagnes et, bientôt, les devança légèrement, toujours à l'écoute de ce que Louise leur raconterait.

Tous les trois s'enfonçaient à présent sous le couvert épais, gris foncé des résineux : des douglas d'une cinquantaine d'années, sélectionnés avec attention dès leur plus jeune âge, et entretenus jusqu'à la mort du père Enrieux par une entreprise spécialisée, installée à Vollore-Ville. Depuis lors, par mesure d'économie, Louise avait confié leur entretien à Bertrand Pouzadoux, un ami d'enfance, natif de Bésagnac lui aussi, et sylviculteur averti, aussi habile sans doute que l'avait été Paul Vassalou.

À ce moment, Louise pensait à cet ami, l'imaginant déjà à la scierie et travaillant avec elle à sa restructuration, tandis que Lucie, frileuse, se tenait chaudement contre elle.

François allait toujours en tête.

Sous leurs pas, comme au cœur d'une flambée, les branches mortes grésillaient ; l'envol des oiseaux, dont le silence était un instant dérangé, s'accompagnait du battement effrayé de leurs ailes ; le chant de l'orgue, à présent teinté de sombre, sans doute parce que la nuit, en cette saison d'hiver, ne tarderait plus à marquer le ciel de son empreinte, baignait les arbres d'une délectable ivresse, comme des anges en paradis, inconscients de cette heure immanquable et si proche qui les effondrerait l'un après l'autre.

Puis ce fut le vrai silence, non celui des oiseaux, mais celui du vent qui s'arrêta brusquement. Paralysé, l'orgue cessa dans le même temps, à la même seconde.

« Retournons, fit alors Louise. Nous risquerions d'être surpris sinon ; et ce serait dangereux s'il venait à neiger. »

Ils rejoignirent la voiture.

Avant de s'y installer, Lucie se tourna vers la forêt, le sentier qui conduisait à la Vierge de l'Hermitage et, de chaque côté, ces enfilades de colonnes qui l'avaient tant impressionnée tout à l'heure et s'étiraient en travées lentement gagnées par l'obscurité. Un décor que la nuit, dans une heure tout au plus, transirait avec cette indifférence qui gouverne le monde.

« N'est-ce pas qu'ils ont de la majesté ? » demanda Louise.

Lucie monta dans la voiture.

« Antoine savait ? fit-elle.

– Quoi donc ?

– Tous ces arbres ?

– Non, répondit Louise. Il ne savait pas, personne ne savait jusqu'à aujourd'hui. Sauf ma mère. Mais avec l'âge, s'en souvient-elle encore ? C'est peu probable... »

Puis elle ajouta, après un silence :

« C'était la volonté de mon père. Je l'ai respectée. Je n'aurais peut-être pas dû... »

Et encore :

« Je voulais en parler à Antoine... »

Elle haussa les épaules : le destin n'avait pas voulu qu'il en fût ainsi ; elle s'y était résignée.

Bientôt, dans le véhicule, le silence s'établit comme il s'était établi quelques instants plus tôt dans la forêt.

François ne disait toujours rien.

Passé Courpière, il se risqua pourtant et demanda :

« Pourquoi nous deux ?

– Parce que la vie ne s'arrête jamais, lui répondit Louise sans hésiter. Vous me l'avez appris, François.

– Vous savez bien que je ne vous ai rien appris, répondit-il à son tour, en souriant.

– Alors admettons que c'était une façon de parler. Cela vous convient mieux ? »

Mais François insista :

« Pourquoi ne nous dites-vous pas la vérité ?

– Parce que je n'en ai pas envie, peut-être.

– À moins que vous n'y parveniez pas ?

– Ce n'est pas impossible... »

Le ton était devenu badin, et le jeu des questions auquel se livraient Louise et François mystérieux pour Lucie.

« Vous pourriez m'expliquer ? » demanda-t-elle.

Alors, en guise de réponse, et tout en conduisant, Louise raconta l'histoire de « Madame Moutot », cette inconnue aux joues rouges et rebondies qui avait contribué à l'enrichissement, relatif malgré tout, de son père.

« Ce devait être au début des années 60, commença-t-elle, je n'avais pas plus de six ans, je pense ; dans la région, notamment à Courpière et dans ses environs, on cultivait déjà les fraises. C'est qu'ici la terre est assez légère et riche en humus, justement ce qui convient aux fraisiers. »

Louise ne savait pas qui avait inventé cette dénommée « Madame Moutot », ni qui l'avait introduite dans la région.

« Mais à l'époque, on ne jurait plus que par elle, paraît-il. Un peu comme maintenant, je suppose, quand il s'agit des “Mount Everest” ou des “Maras des bois”. Ce n'était pas une fraise remontante, mais sa production était abondante et sa taille parfois spectaculaire. Je crois que mon père en récolta qui pesaient jusqu'à 60, voire 70 grammes.

– Comme des pommes ? ne put retenir Lucie.

– Oui, certainement.

– Et elles étaient bonnes ?

– Je suppose, oui, parce que les connaisseurs citent encore comme exemple leur chair tendre et leur saveur douce, légèrement acidulée. Le monde entier, j'exagère à peine, en raffolait ; on exportait les “Madame Moutot” par avion, jusqu'aux États-Unis. Tu te rends compte ?

– Et ensuite ?

– Ensuite ?

– Oui, oui, insista Lucie.

– Mon père avait des terres inexploitées, mais bien situées, qu'il tenait de son père. Alors il s'est dit pourquoi pas. À Clermont, il connaissait aussi un grossiste en fruits et légumes, capable de lui écouler ses récoltes, sans limitation de quantité. C'est ainsi que ça a démarré. Je ne peux pas vous en dire beaucoup plus, j'étais trop petite, et j'allais à l'école, pourtant je me souviens très bien du sourire éclatant de mon père quand il rentrait à la maison, chaque soir, entre mi-avril et mi-juillet, au moment de la cueillette. Il y avait bien vingt personnes à son service, surtout des jeunes filles. Elles arrivaient de bon matin et, hop ! tout le monde en route ; vers les 11 heures, on procédait au nettoyage des fruits et à la mise en barquettes. Au milieu de l'après-midi, on chargeait tout ça dans deux semi-remorques, selon les jours... »

Louise s'était tu ; un véhicule la doubla à vive allure. Elle émit un juron réprobateur.

Elle reprit bientôt :

« Mon père, toute son existence, n'a vécu que des opportunités qui s'offraient à lui, sans jamais vraiment les chercher. La fraise "Madame Moutot" a fait partie de celles-ci. Il a eu une chance inouïe... À cette époque, le bois sur pied ne coûtait pas cher. Peu de gens étaient attirés par la sylviculture. On voulait bien placer son argent, quand on en avait, mais à la condition que le rendement fût immédiat ou presque.

– C'est bien encore comme ça, non ? » remarqua Lucie.

François opina d'un signe de tête.

« C'est vrai, vous avez raison, admit Louise. Rien n'a changé... Toujours est-il que les hectares de forêt étaient encore à des prix raisonnables, notamment les plantations de résineux, et que certains versants de par ici, que ce fût en Forez ou en Livradois, souvent étagés en vastes prairies, ne demandaient qu'à être peuplés. Alors, mon père, dès qu'il avait quelque argent, il le plaçait en forêts exploitables. C'était ce qu'il appelait son bas de laine, en ajoutant toujours, quand il nous en disait quelques mots à table, de n'en rien souffler à quiconque. Ce que ma mère et moi lui promettions sans tiquer... »

À présent, il faisait presque nuit.

Louise continua sans plus rien dire jusqu'à l'entrée de notre petite ville où on la sentit plus à l'aise. François et Lucie avait respecté son silence.

Devant la mairie, François proposa à Louise de s'arrêter.

« Ma voiture est juste là », fit-il.

Louise fit celle qui n'avait pas entendu.

Arrivée devant chez elle, elle vit le portail grand ouvert. Léontine était passée par là, au risque de se déplacer une vertèbre ou n'importe quoi d'autre. Louise marqua à nouveau sa désapprobation :

« Je le lui ai pourtant interdit… »

Elle rentra la voiture et coupa le moteur. François ouvrit aussitôt sa portière et voulut sortir. Mais Louise, le geste prompt, lui attrapa le poignet.

« Ce soir, vous soupez avec nous… » lui dit-elle.

François refusa, se forçant à sourire ; mais comme elle le retenait, il voulut se libérer, et il bredouilla comme parfois, l'air chagriné, prétextant que ce ne serait pas convenable, qu'il n'en avait pas le droit, que ça allait tout gâcher, sa vie à lui, celles de Louise et de ses enfants, qu'il ne fallait pas intervenir ainsi dans le cours des choses, que le Bouddha en serait sûrement fâché.

« Fâché ou non, quelle importance ? » insista Louise.

Lucie avait déjà gagné le perron.

« Que se passe-t-il ? lui demanda Léontine.

– C'est François, répondit Lucie. Il refuse de souper avec nous. Je ne comprends pas pourquoi. »

Léontine haussa les épaules.

« Il est têtu comme une mule. »

À son tour, Hélène apparut.

« Qu'y a-t-il donc ? » fit-elle.

Louise avait lâché François. Et maintenant, tous les deux se parlaient posément, mais sans se regarder. Bien que contrariés, ils avaient dû parvenir à un accord.

François entra, il salua Léontine, la tête basse, comme s'il ne voulait rien voir de ce qui l'entourait, puis Hélène ; il suivit Louise et Lucie qui le conduisirent jusqu'au salon.

L'après-midi se finit ainsi, sans que l'on revînt sur l'incident. Puis ce fut l'heure du repas. Comme la table était circulaire,

Louise avait placé François entre elle et Lucie, tandis qu'Hélène et Léontine achevaient de former le cercle.

François parla très peu.

C'était comme si quelque chose s'était brisé en lui. Il est probable qu'il n'aurait su exprimer ce que cela pouvait être. Mais, en insistant comme elle avait fait pour qu'il partageât un peu de son domaine à elle, Louise l'avait sans doute obligé à rompre un pacte avec lui-même. Peut-être celui de ne jamais céder à un désir ? ou de ne jamais s'incliner ? ou de toujours disposer de cette tranquillité indispensable à son activité intérieure et au bon équilibre de sa vie ? Une tranquillité qu'il craignait à présent de ne plus jamais recouvrer. Déjà, cette sortie au niveau des montagnes, en compagnie de Lucie, il l'avait perçue comme une première fêlure à cette connivence qui, pendant des années, lui avait été si agréable à l'oreille, comme la respiration lente et apaisante, au milieu de la nuit, d'une personne affectionnée. Et puis voici que Louise lui avait encore imposé de franchir le seuil de sa maison. Cette maison qu'il regardait comme un temple, dont il avait sacralisé l'espace, les murs comme les objets dont ils étaient parés, les meubles, et les êtres qui y vivaient. Comme il regrettait à présent d'avoir échangé si légèrement avec Louise, ce qu'il ne s'était jamais permis jusqu'ici, tandis qu'ils revenaient de Vollore-Montagne ! Que lui avait-il pris ? D'où lui était venue son audace ? Sans doute Louise s'était-elle méprise alors et avait-elle supposé quelque sollicitation de sa part, qu'il entrât, par exemple, comme ce soir-là, dans le cercle de famille, et, elle, toujours si généreuse, y avait répondu spontanément. Tout ça était sa faute. Il s'en rongeait les sangs. Sans compter, certainement, la blessure faite à Lucie.

« Vous pourriez m'expliquer ? » avait-elle gentiment demandé, assise derrière eux.

Oui, François, chagriné, parla très peu pendant tout le repas. Seule Hélène parvint à lui arracher un sourire, quand elle apprit à Louise, au grand ébahissement de celle-ci, que le secret qu'elle croyait avoir si bien gardé pendant des années, le grand-père Enrieux l'avait partagé avec ses petits-enfants un jour lointain qu'ils étaient réunis à Bésagnac.

« C'était pour un anniversaire, je ne sais plus lequel, après la mort de papa, je devais avoir une quinzaine d'années. Grand-père nous avait fait venir tous les trois et là, dans le jardin de Bésagnac, près du puits où nous étions assis, il nous avait raconté l'histoire de sa "Madame Moutot", la belle rougeaude, et de ces arbres, sa véritable fierté, qu'elle lui avait permis d'acheter…

– Que vous avait-il encore dit ? fit Louise, intriguée.

– Ils appartiennent à votre maman, nous avait-il prévenus. Et ils seront peut-être à vous plus tard. Tu sais, à l'en croire, on avait imaginé une immense forêt, des hectares et des hectares de sapins, de pins et de mélèzes, des arbres nombreux, énormes, droits comme des colonnes…

– Des hectares, ce n'était pas faux, mais des arbres énormes, pas vraiment, observa Louise.

– Alors, nous, poursuivit Hélène, on était déjà prêts à t'en parler, on aurait voulu les voir tout de suite, ces arbres si beaux. Mais grand-père, ce jour-là, s'était bientôt rapproché d'Antoine, je m'en souviens, et, l'air plein de malice – grand-père Enrieux n'en manquait pas –, il lui avait mis deux doigts sur les lèvres. *Motus !* avait-il chuchoté. *Motus !* Parce que c'était un secret entre lui et nous. Et puisque c'était un secret, il nous l'avait dit, nous avons cru que tu n'étais pas au courant. Alors, nous l'avons tenu, ce secret. Nous l'avons tenu longtemps. Et puis, petit à petit, tu vois, on a fini par le mettre dans un coin de nos têtes, bien loin, bien profond. Ce rêve magnifique, on l'a pour ainsi dire oublié… »

Hélène s'arrêta ; elle regardait tour à tour Louise et Lucie, et puis François. Et dans les yeux de chacun, bien que l'étonnement fût toujours aussi grand, il y avait un sourire.

« C'est cocasse, non ? demanda encore Hélène.

– Inattendu, surtout, fit Louise, toute songeuse. Puis elle soupira : Papa m'en fit donation pour mes vingt ans ; moi qui n'en voulais pas. D'un coup, j'avais comme dix années de plus.

– Mais… Ils existent vraiment, ces arbres ? » tenta Léontine visiblement perdue.

C'est à ce moment que François refit surface.

« Évidemment, Léontine, dit-il presque taquin. Je les ai vus cet après-midi. Des sapins à n'en plus finir, jusqu'au sommet des montagnes. Nous avons même marché au milieu d'eux. N'est-ce pas Louise, que vous nous y avez emmenés ? Quelle journée, Seigneur ! Quelle journée ! Puis, s'adressant bientôt à Louise : Mais, à présent, il faut que je rentre. Que je me remette l'esprit en place. Je vous le demande, Louise, me laisserez-vous partir ? »

Il s'était levé ; Léontine en avait fait autant, qui commençait à desservir la table. Elle se refusait à poursuivre : le bois, les arbres, pour elle, c'étaient les Charlannes depuis toujours, pas les Enrieux. Et cette « Madame Moutot » ? Une engeance guère bonne à fréquenter, c'était l'évidence ! Les bras chargés, et ronchonnant, elle disparut bientôt dans la cuisine.

Les épaules couvertes d'un châle, Louise reconduisit ensuite François jusqu'au perron, puis de là jusqu'à la grille.

« Je vous ai troublé, mon François. À table, vous n'étiez plus avec nous. Je suis désolée. Peut-être pensiez-vous jusqu'alors que le cours des choses était le même pour nous tous. Que le chemin de votre vie était également le mien, celui de Léontine ou de Lucie, ou de ces moins-que-rien qui, aujourd'hui, vous laissent en paix. Est-ce que je me trompe ?

– Je ne sais pas dire, Louise, je ne sais pas…

– Moi, je le crois. Mais il faut bien que nos voies divergent ou se croisent à un moment ou à un autre, elles ne peuvent être indéfiniment parallèles, sinon la vie nous serait insupportable, vous ne pensez pas ? »

Il y eut un silence ; François était embarrassé.

« Tout à coup, dit-il, comme nous étions encore dans le sous-bois, j'ai eu l'intuition que je devais retourner auprès des miens, et qu'ils m'appelaient très fort. Louise, vous comprenez ça ? Peut-être que je n'ai plus rien à faire ici. Que le gardien du parc de l'Âge d'or doit s'en aller. Je vous ai rencontrée, parce que ça devait être ainsi, mais, maintenant, mes neveux m'attendent, ma sœur aussi, et mon père qui est très âgé, et malade… Pourquoi ai-je ressenti ça dans mon cœur, comme une blessure profonde, lorsque vous nous avez emmenés visiter vos arbres, Lucie et moi ? Je ne peux pas répondre, Louise. Mais j'ai eu très mal. J'ai toujours très mal. Et tout est maintenant si confus…

– Je comprends votre confusion, dit Louise. Mais j'ai besoin de votre soutien, François.

– De mon soutien ? Que pourrais-je donc vous apporter ?

– Le courage de tout recommencer, comme il y a douze ans. Je le dois à mon mari, à mes enfants.

– Vous le pensez vraiment ?

– Sinon, vous aurais-je emmené admirer tous ces arbres que je sacrifierai demain ? C'est dur, vous savez… »

François hésita.

« Laissez-moi réfléchir », soupira-t-il enfin.

Alors, Louise :

« Pour mon Antoine, je vous en prie, qui craignait tant que la scierie ne disparaisse. Comme il était en Afghanistan, il l'écrivait à sa petite Lucie. Il était sans amertume, il était si tendresse, ce gamin… Puis, après une pause : Quel âge ai-je donc, François, que les années, ce soir, me pèsent tant sur le dos ? »

IV

LE LENDEMAIN DE CE MARDI où, pour la première fois, elle avait découvert sa fragilité à François Chang, Louise, que la nuit semblait avoir remplie d'élan, retrouva la *Scierie Charlannes et Fils* et les anciennes fonctions qu'elle y avait tenues.

Elle arriva seule, sans grand bruit, en début de matinée ; Bertrand Pouzadoux arriva peu après elle, comme elle l'en avait pressé, et, ensuite, Lucien, moins frais qu'à son habitude selon ce que certains remarquèrent, bientôt suivi de Marie Chappuis, la comptable que Lacombe, avant de prendre sa retraite, avait désignée comme susceptible de lui succéder et, maintenant, devenue à son tour chef comptable.

On se doute bien que si Louise passa la porte des bureaux, de l'accueil à l'étage supérieur, avant Lucien, ce n'était pas pour faire accroire qu'il n'avait plus sa place dans le bureau qu'elle avait occupé avant lui : en fait, le personnel dans son ensemble, qu'il fût administratif ou attaché aux ateliers, avait été informé de l'entretien préalable qu'elle devait avoir avec Bertrand Pouzadoux ; et c'était surtout avec un réel intérêt qu'il attendait l'issue de la réunion à quatre qui suivrait, chacun espérant, si attachés qu'ils étaient tous aux Charlannes, notamment à Gustave, demeuré pour nombre d'entre eux l'homme qui leur avait proposé leur premier emploi, que la mère et le fils parviendraient à s'arranger pour le bien de tout le monde. Car plus un seul ne doutait, depuis que le bruit courait du retour prochain de Louise, qu'à eux deux « la machine » se remettrait en marche avec la rigueur qui s'imposait. On avait même imploré toutes les vierges noires d'Auvergne, de Notre-Dame du Port à Notre-Dame d'Orcival, en passant par celles de Lempdes et de Beaumont, pour qu'il en fût ainsi. En revanche, l'arrivée de Bertrand Pouzadoux, connu de certains, mais inconnu de la plupart, ne fut pas sans intriguer. Ceux qui le connaissaient imaginèrent même qu'il venait là pour tout bazarder.

Il faut dire aussi que, depuis quelques années, disons le début de ce siècle, les scieries ne se portent guère bien dans notre région, surtout les scieries familiales, celles qui remontent à n'en plus rien savoir de mémoire fraîche et ne comptent comme salariés, en dehors des descendants de descendants, qu'un maximum de trois ou quatre hommes. En l'espace d'une seule décennie, sauf erreur, elles ont ainsi disparu pour la plupart au profit d'entreprises de taille moyenne, et certaines entreprises de taille moyenne ont-elles aussi été absorbées par des entreprises encore plus conséquentes. L'inquiétude de quelques-uns, même si la confiance demeurait dans leur cœur, n'était donc pas déplacée.

Bertrand Pouzadoux n'en avait pas moins paru brave bonhomme ; on avait même vu en lui de l'altruisme, là où il n'y avait que de la bonne éducation, dans la manière qu'il avait eue, en arrivant, de tenir la porte pour laisser passer une secrétaire. De plus, quand il avait demandé à rencontrer Louise Charlannes, à l'accueil, on avait cru remarquer de sa part une certaine déférence. Manifestement, Bertrand Pouzadoux ne débarquait pas en ogre, dévoreur de scierie, mais plutôt en ami civilisé, courtois et respectueux de la personne qu'il souhaitait visiter.

Malgré tout, les avis restant partagés, le mot s'était passé qu'on risquait gros si, jamais, on demeurait par trop indifférents au déroulement de la journée. Aussi, quand on apprit que la réunion n'allait plus tarder, chacun abandonna son travail pour gagner la cour, dont l'espace était maintenant occupé pour ses trois quarts par le parking arboré voulu par Lucien, et se tenir prêt à une éventuelle action. Rassemblement silencieux qui n'était pas sans rappeler la manifestation, lourde de conséquences, qui, plusieurs semaines après l'incendie, avait tant remué Louise, Paul Vassalou et plus encore le père Charlannes, jusqu'à leur tirer des larmes, tandis que les assureurs, intimidés, sinon inquiétés par ces travailleurs qui leur montraient les crocs, avaient un moment conservé leur superbe pour finalement battre en retraite.

Était-ce en souvenir de cet événement ? Louise s'était assise en bout de table, sur une simple chaise. Lucien se tenait non loin d'elle. En face, il y avait Bertrand Pouzadoux. Et à côté de Bertrand Pouzadoux, encore bel homme, et la tignasse aussi épaisse ou presque qu'à l'époque où Louise jouait avec lui à l'heure de la récréation, la chef comptable, Marie Chappuis, baptisée secrétaire générale pour la circonstance. Une idée de Lucien que Louise balaya d'un vif revers lors des présentations, Bertrand Pouzadoux n'y prêtant quant à lui aucune attention.

Sans tarder, il fut entendu que l'activité de la scierie, ou, pour être plus exact, l'activité du bois, n'était pas la cause de la démission de Lucien. La *Scierie Charlannes et Fils* tournait et ne demandait qu'à continuer. Sa clientèle était nombreuse et satisfaite. Seuls les engagements financiers qui la ligotaient pour quelques années encore à des organismes de crédits, en raison de projets fumeux que Bertrand Pouzadoux ne voulut même pas connaître, risquaient de mettre à mal son avenir proche, en particulier si l'un ou l'autre des établissements concurrents venait à jeter son dévolu sur elle dans le but évident de l'éliminer.

Lucien avait saisi le danger, comme il avait compris que ses erreurs aussi irréfléchies que répétées avaient entraîné l'entreprise dans l'état de précarité où elle se débattait : qu'une bonne âme vînt à répandre l'idée que la scierie faisait de la corde raide et que, là-dessus, deux ou trois clients prissent peur, et c'en serait fini ! On achèterait le tout pour l'euro symbolique ! Et on ne parlerait plus de la famille Charlannes.

« On dramatise un peu, remarqua tout de même Pouzadoux, mais tout n'est pas faux. La concurrence est terrible. Sur une vingtaine de scieries, là-haut, sans mentir, il n'y en a plus que deux de solides. Et une troisième, j'y pense, que dirige un nommé Chastel. Un rebelle, celui-là, et bâti comme un roc !

– Il n'empêche, fit Lucien, désabusé, qu'on dramatise ou non, je n'en peux plus. Ma connerie, c'est d'avoir expédié Vassalou. Marie, elle, n'y est pour rien. C'est tout juste si je lui ai donné jusqu'ici le droit de me donner un avis... »

Allait-il maintenant pleurnicher ?

Louise l'arrêta d'un geste.

« Néanmoins, tu resteras le patron, Lucien. J'ai réfléchi, il en sera ainsi. Tu as une femme, et une gamine, elles n'ont pas à assumer tes folies. Je ne sais pas ce qu'en pense Bertrand ?

– Vis-à-vis de la clientèle, du moins, c'est essentiel.

– À toi le commercial, mon petit ! Parce que ton père et moi, nous t'avons payé des études en ce sens, pas pour jouer les fils de riches. En revanche, tu nous laisseras, à Marie Chappuis et à moi, l'entière gestion de la maison... »

Venait à présent la question des arbres.

Louise exposa son dessein.

Lucien écouta, bouche bée.

« Tu possèdes une soixantaine d'hectares de forêt immédiatement exploitable, dit bientôt Bertrand à Louise. Ce qui est formidable par rapport à la superficie moyenne détenue par les particuliers. Ton père avait opté pour des douglas. Le meilleur choix. Et leur âge varie aujourd'hui entre trente-cinq et cinquante ans. Leur entretien est optimal, j'en sais quelque chose, mon équipe y veille avec attention, et leur accessibilité parfaite. La scierie disposera donc du meilleur bois au meilleur prix possible. Et tandis qu'avancera l'abattage, tu mettras les grumes en compte courant d'actionnaire pour leur valeur effective. Par la suite, tu consolideras le tout en capital, quitte à devenir majoritaire… »

Bertrand Pouzadoux était assez ravi de sa démonstration.

« Ainsi, reprit Louise à son tour, s'adressant alors à Lucien, nous regonflerons notre trésorerie, et gommerons peu à peu tes erreurs, ça te va ? »

Lucien hocha du chef : il n'avait pas trop le choix.

« Oui », répondit-il seulement.

Alors, comme si cette minute lui en rappelait à nouveau une autre, Louise se leva et elle ouvrit la fenêtre, celle que Vassalou avait ouverte, cela ferait bientôt douze années pleines : et là, sous ses yeux, comme sous les yeux de Lucien, de Marie Chappuis et de Bertrand Pouzadoux qui l'avaient suivie, ce sont tous les employés de la scierie, les hommes et les femmes, qui levèrent la tête au même instant, le visage largement éclairé d'un superbe sourire. Sourire d'apaisement. Sourire de remerciement destiné à tous les quatre.

« Quand je pense qu'un moment j'ai souhaité les abandonner, soupira Louise. Pour vivre ma vie, et m'occuper de mes bonnes œuvres. Quelle idiote j'étais ! Tu vois, mon Lucien, nous devons tout à ces gens et, pourtant, s'il le fallait, ce sont eux, tu ne m'ôteras pas ça de l'idée, qui, les premiers, nous porteraient assistance. C'est un peu fou… »

Louise referma la fenêtre.

Machinale, elle chercha une main à tenir, une main à serrer fort. Celle de Lucien se présenta.

« Comment t'en vouloir, mon garçon ? Tu as tout reçu d'un coup ; t'en auras perdu la tête quelque temps, voilà tout… Pourtant, un jour, je me souviens, t'as répondu en trop mal à ton grand-père. Au moins, sais-tu encore pourquoi ? Je parierais que non ! Parce que, pour une fois, il aurait voulu que tu prennes exemple sur ton frère. Le grand-père Charlannes, c'était pas une bourrique, même si j'ai eu de quoi lui en vouloir pour des cachotteries qu'ils m'ont faites, les Charlannes, père, mère et fils, et il revenait sans rechigner sur ses certitudes. Mais toi, tu l'as pris de travers, tu l'as envoyé dinguer, le pauvre vieux, et Antoine surtout... »

La voix posée de Louise, confidence d'une mère à son fils, avait commandé à Marie Chappuis et à Bertrand Pouzadoux de se tenir à l'écart. De leur côté, ils parlaient bas.

« Je me souviens de ce soir-là, reconnut Lucien. Je n'aurais pas dû. Cela n'excuse rien, mais j'avais déjà des soucis, je ne savais plus où on allait. C'était avant le départ de Vassalou.

– Bien avant, oui, confirma Louise. Nous en étions à la fin du dîner, tu es sorti de table et as jeté ta serviette.

– J'étais furieux, je suis allé prendre l'air sur le perron.

– Et lorsque tu es rentré, trois bonnes minutes plus tard, je t'ai gentiment demandé de ne plus jamais recommencer. De ça aussi, je pense, tu dois te souvenir.

– Sûr que oui... »

Lucien soupira : il se demandait où Louise voulait en venir.

La réponse ne tarda pas.

« Mais je ne t'ai jamais pardonné, Lucien. J'ai seulement mis cet écart de côté. Et la force des choses m'oblige aujourd'hui à te dire que si nous sommes ici, ensemble, dans ce bureau, c'est à ton père et aussi à Antoine que tu le dois ; sinon, je t'aurais volontiers laissé te débattre avec tes problèmes... Antoine était comme toi, tu ne l'as pas compris. Son attachement à la scierie était du même ordre que le tien...

– Que veux-tu dire ?

– Aussi ambigu, si tu préfères.

– En attendant, il a pris le large.

– Et tu penses peut-être que ce fut par lâcheté ?

– Je ne dis pas ça, non ; il n'avait pas choisi la solution la plus simple. Les ordres, sans doute, mais l'armée…

– Ce fut son choix, Lucien.

– Mais c'était avant tout mon frère ; un moment, il l'a oublié, alors que nous avions terriblement besoin l'un de l'autre. »

Il y eut un silence.

Louise était au bord des larmes ; Lucien se pencha vers elle, l'enserra tendrement.

« Je suis là », fit-il.

Il se tourna et prit à témoin Bertrand Pouzadoux :

« On va remettre tout ça en ordre, n'est-ce pas que j'ai raison ? Ensuite, on verra bien, il y aura toujours une solution. C'est toi qui me l'as dit, maman : ce n'est pas si grave, on se débrouillera et on continuera de lire notre nom encore longtemps, ici, juste au-dessus de l'entrée… »

Alors, ce sont ses larmes à lui qui coulèrent soudain sur ses joues, bien avant que celles de Louise ne prissent le même chemin sur les siennes. Parce qu'il avait décidé de partir, de quitter rapidement Loupières, notre petite ville, notre Auvergne qu'il ne supportait plus, que Pauline, privée de sorties, enchaînée à la scierie, à ces odeurs permanentes de bois mort, de bois humide ou bien trop sec, avait également prise en horreur. Il pleura, parce qu'il avait le sentiment d'illusionner sa mère, de lui mentir en ne le lui avouant pas. Parce qu'il enviait aussi Antoine, non pas d'être là où la connerie des hommes l'avait expédié, mais d'avoir pris son envol quand il en était encore temps. Il pleura parce que Louise, quoi qu'il fît, il le croyait, refuserait d'admettre qu'il s'envole à son tour, et qu'un jour, dans un mois ou deux, à cause de cela, il lui occasionnerait plus de souffrance qu'il ne lui en avait jamais faite. Lucien pleura, parce que, tout en lui séchant les yeux, Louise s'en voulait d'avoir été sévère avec lui.

V

Deux mois s'étaient écoulés. La scierie avait retrouvé son air d'antan, celui où chaque jour Gustave Charlannes et Paul Vassalou, puis Louise et Vassalou ne manquaient jamais de saluer les ouvriers, qu'ils fussent écorceurs ou tronçonneurs, conducteurs de scie ou de séchoir, classeurs de bois, de discuter avec eux parfois, un usage que Lucien avait remisé dans un fond de tiroir, le disant désuet, empreint de paternalisme. À présent, Louise s'annonçait généralement toute seule, un jour sur deux pas davantage, mais c'était assez pour que chacun sentît qu'on ne l'oubliait pas. Bien forcé, Lucien lui emboîtait malgré tout le pas de temps à autre, si son agenda le lui permettait. Si besoin était, il allait même jusqu'à prêter un coup de main.

Depuis un mois, le printemps s'était donc installé, un peu comme chez lui : après avoir délogé l'hiver, il habillait déjà de couleurs pâles les prés et les forêts, le temps des colchiques était terminé, viendrait bientôt celui du coucou bleu au feuillage tacheté de beige, de la carotte sauvage aux ombelles vaporeuses, de la délicate épervière, montée fière sur sa tige, de l'herbe à Robert, ou du leucanthemum commun au cœur jaune, auréolé de nacre. Autant de plantes, et bien davantage encore, que Lucie se plaisait à dénommer quand, le mardi après-midi, serrée entre Louise et François, tenant l'un et l'autre par le bras, ils se risquaient tous les trois aux alentours de notre petite ville.

C'était la deuxième fois, depuis son retour à Annecy, que Lucie était à nouveau parmi nous. La deuxième fois qu'elle se promenait ainsi avec Louise et François, avant de reprendre le train le soir même, à Clermont.

Le lendemain, dès l'après-midi, elle retrouverait la boulangerie : sa patronne et ses amies vendeuses, ainsi que le mitron, toujours aussi curieux de ces demoiselles. Sans doute, Lucie ne gagnait pas gros, mais elle savait la chance qui était la sienne d'avoir une patronne aussi compréhensive.

« Tu auras toujours ta place », lui avait-elle promis.

Elle aussi, à son époque, elle avait reçu son pesant de peine de cœur. Mais rien à voir avec celui qui avait frappé Lucie de plein fouet ; ça l'avait même enragée.

« C'est pas des choses qu'on pardonne à la vie ! » avait-elle grommelé un jour encore récent à l'une de ses clientes.

Il est vrai que Lucie avait du mal à s'en remettre et que les soirées, quand elle rentrait chez elle, étaient bien longues et difficiles à supporter. Car elle ne pouvait s'empêcher de revoir Antoine, de se l'imaginer, tout radieux de la rejoindre, quand elle lui ouvrait la porte, ou à table, assis en face d'elle, quand il lui tendait un fruit. Ce fruit qu'ils se partageraient, deux secondes plus tard, tout repas oublié, lèvres contre lèvres. Elle souffrait, mais n'en disait presque rien. Dernièrement, l'idée lui était venue de déménager. Un studio comme celui qu'elle avait, ça ne devait pas être compliqué d'en repérer un autre. Pourtant, elle n'était pas parvenue à se décider. Elle s'était bien renseignée auprès de deux agences immobilières, mais elle n'avait pas donné suite. À quoi bon ? Elle aurait aussitôt regretté. Elle en avait parlé aussi à sa mère, un lundi, jour de fermeture de la boulangerie, où elle s'était rendue chez ses parents. Quand elle avait commencé à évoquer cette idée, son père s'en était allé, déjà malheureux. Parce qu'il avait connu Antoine. « Mon bon gendre », il disait toujours en le voyant arriver, par la porte entrebâillée de son atelier, et bien loin alors d'imaginer l'impossible. Il n'avait pas voulu entendre discuter la mère et la fille. Il avait eu raison, comme il avait eu tort. Parce que Lucie, qui demandait de l'aide à eux deux, avait vite compris qu'elle n'était pas prête, et que le départ d'Antoine, elle l'avait toujours là, coincé dans la gorge, comme une boule qu'elle ne parvenait pas à avaler.

« Des choses comme ça, on les excuse pas à la vie ! » avait grondé la boulangère.

Entre Louise et François, tout en avançant, Lucie parvenait à s'enivrer, mais ça ne durait jamais, quelques minutes tout au plus, justement quand elle énonçait le nom des fleurs.

C'était un peu la même chose pour Louise qui parvenait à se moquer de ce savoir inconnu d'elle.

« D'où sors-tu tous ces noms ? » demandait-elle.

Alors Lucie lui racontait qu'elle tenait tout ça de son grand-père, quand elle se promenait avec lui, toute petite, et qu'il lui apprenait comment nommer les fleurs, et les plantes, et même les arbres, bien qu'il affirmât souvent son ignorance à leur sujet : s'il appréciait grandement leur ombre, il leur préférait néanmoins tout ce qui, du sol, n'excédait pas un bras levé.

« Il était donc si instruit que ça ? » s'étonnait Louise à chaque fois.

Mais Lucie ne répondait pas, qui venait de découvrir, recluse derrière une souche, une plantule nouvelle qu'elle n'avait jusqu'à ce moment rencontrée que dans les Alpes : un hellébore d'Orient au feuillage éclatant, dont une fleur bien tardive, et violacée, allait s'ouvrir. Et si ce n'était pas un hellébore qui se montrait à elle à ce moment, c'était une autre plante, ou encore une autre, devant la mine sidérée de Louise qui n'arrivait plus à suivre et celle, amusée, de François, longtemps resté silencieux. « Méditatif », précisait Louise.

Louise savait que François partirait bientôt. Elle le pratiquait depuis suffisamment longtemps pour n'en pas douter. Pourtant, il ne lui parlait jamais de son départ. Il n'en parlait jamais à qui que ce fût, ni à Federico ni à Ramon, ses amis fidèles, ni même à Julien, le jeune gardien des parcs Marmontel et Pourrat, qu'il aimait bien, en raison de son sérieux et de l'eau calme de ses yeux qu'un jour il avait comparée à l'extrême sagesse.

Louise savait que François quitterait le parc de l'Âge d'or avec regret, et qu'il redeviendrait à Paris le François Chang fraîchement débarqué à Clermont vingt années plus tôt, un peu hésitant, un peu perdu, mais qui ne l'aurait pas été ?

En ce milieu d'avril, cependant, parce que, dans sa tête, les choses avait suffisamment mûri, il se lança et demanda à Louise de l'assister dans ses démarches auprès de la mairie. Parce qu'il avait un contrat de travail et qu'il avait l'intention de le rompre. Il ne donna pour ainsi dire aucune autre explication : il avait un contrat, il voulait y mettre un terme, mais il souhaitait aussi que les formes y fussent. En cela, il faisait totalement confiance à Louise, sa véritable amie. Louise reconnut là sa délicatesse. Une attention de toujours aurait-elle ajouté, tant à son endroit qu'à l'égard de ceux qui l'avaient employé pendant tant de temps.

Louise entreprit donc le nécessaire sans en demander davantage à François. Afin de faciliter les choses, elle en dit quelques mots auparavant à notre maire, Noël Chamouzat, bien heureux de renouer avec elle à cette occasion. Celui-ci fut de plus enchanté d'apprendre la nouvelle. Louise s'en étonna.

« Les finances, répondit Noël Chamouzat, les finances… Ce sont elles qui nous gouvernent depuis toujours, Louise, vous le savez aussi bien que moi, sinon mieux. Nous projetions justement de ne pas reconduire le contrat du jeune Julien. Un bon élément, mais, par malheur pour lui, le dernier arrivé…

– Un jeune qui s'intéresse bien à son travail, observa Louise. François Chang m'en a entretenue. Ils s'apprécient tous les deux. Ainsi, il devra sa place au départ d'un de ses collègues.

– Eh oui, Louise !

– Je suis sûre que François Chang en sera satisfait. Je lui prépare sa lettre de démission et lui demande de vous l'adresser directement. On fait comme ça, Noël ? »

D'accord, ils allaient se séparer, quand Noël Chamouzat retint Louise d'un geste.

« Mais pourquoi donc nous quitte-t-il, votre François ? L'un de vos protégés, qui plus est ! Je n'ai même plus en tête le nombre d'années qu'il a pu passer chez nous. Et ça lui a pris comme ça, tout d'un coup ? C'est étrange, non ?

– Je ne sais pas vraiment, fit Louise. J'ai ma petite idée, mais non, il ne m'a pas dit pourquoi.

– Ah bon, s'étonna Noël Chamouzat. »

Puis il haussa les épaules.

« Allez les comprendre, ces gens… »

Et il s'éloigna, tout à son questionnement.

Louise, de son côté, rentra chez elle : dans l'après-midi, elle tenait une réunion avec les cadres de la scierie afin de faire le point sur les récentes propositions qu'elle avait formulées. Notamment, elle s'était mis en tête de tirer profit de l'écorçage, une opération effectuée après l'abattage des arbres en vue de favoriser leur séchage, mais à l'origine de déchets conséquents. « Pourquoi ne pas exploiter ces écorces ? » avait-elle suggéré. Il est vrai qu'à la scierie, au temps de Gustave, on ne songeait qu'à une chose : s'en défaire au plus vite. D'autres questions étaient à voir, comme la visite en groupes de la scierie, dont l'ancienne ligne de sciage, maintenue en état mais maintenant inemployée, par les élèves des lycées et collèges, voire par des touristes. Visites gratuites dans un cas et, bien sûr, payantes dans l'autre. Une façon d'apprendre à tout ce beau monde comment respire la planète. Quoi d'autre encore ? La boîte à idées, nouvellement installée à l'entrée des bureaux, le révélerait assez tôt : quelques revendications, comme d'usage, mais jamais trop agressives. À l'occasion de cette réunion, Louise tenait surtout à présenter Bertrand Pouzadoux qui avait accepté, à son grand soulagement, de prendre le poste abandonné par Paul Vassalou. À ce propos, qu'était-il devenu celui-là ? Parti sans trop rien dire. Il semble que Louise, de toute façon, n'ait guère eu le temps de le regretter. En tous les cas, avec Bertrand Pouzadoux, elle avait déniché l'homme qui convenait. Certes, il lui avait imposé ses conditions : pas plus de trois jours complets par semaine. Mais on aurait un homme qui connaissait tout des métiers du bois, et que personne, dorénavant, au sein de la scierie, ne pourrait sérieusement critiquer. Un homme sur lequel Louise pourrait également compter tant qu'elle-même assurerait sa place de chef d'entreprise, sinon en titre, du moins de fait. Parce que le vrai patron, du moins sur le papier, c'était toujours notre Lucien, dont le salaire, soit dit en passant, on ne sait comment cela s'était appris, avait été ramené à un niveau raisonnable. Pauline avait trouvé la pilule amère. Mais, quand Louise lui avait dit son fait, avec sévérité mais sans excès, Lucien ne volant pas à son secours, son amertume s'était éteinte comme une bougie dont on aurait soufflé la flamme comme il faut, sans la moindre fumée.

Louise rentra donc chez elle et elle déjeuna en compagnie de Léontine. Avant de partir à la scierie, elle monta se reposer, puis elle prépara le courrier que François lui avait demandé de rédiger. Tandis qu'elle s'habillait, elle eut un instant d'abattement. Cela lui était souvent arrivé. En particulier à l'époque de la disparition de Gustave où elle devait alors affronter tant de difficultés. Elle se donna du courage : quelques tapes sur les joues, histoire de leur rendre leurs couleurs, assorties de remontrances. « Faut réagir, ma mignonne ! » En principe, c'était suffisant. D'ailleurs, lorsqu'elle vit Lucien venu la chercher en voiture, plus rien déjà n'y paraissait. Elle descendit les trois marches du perron et le rejoignit. Le pas alerte, elle affichait un franc sourire.

À la manière de Louise, comme beaucoup quand on est accablé par le chagrin, Lucie cultiva, pendant les deux mois qui suivirent la mort d'Antoine, toutes les occasions pour s'étourdir. Ainsi, on l'a vue, quand elle était en promenade, ici, en Auvergne, aux bras de ses deux compagnons, leur disait-elle l'histoire des fleurs, ou de ses montagnes à elle, ou n'importe quoi d'autre qui pût détourner ses pensées des souvenirs qui, malgré ses efforts, vivaient en elle. À Annecy, ce fut la même chose. Dans son studio, elle ne songeait qu'à ranger ses affaires, les siennes, mais aussi celles qui avaient appartenu à Antoine et qu'elle conservait, toujours bien visibles, posées sur une étagère, une commode ou près de son lit, sur une petite table, tandis qu'elle regrettait de ne pas avoir le courage d'en glisser certaines au fond d'un tiroir où elle aurait fini, peut-être, par les oublier. À la boulangerie, durant ses heures de travail, cette même manie la poursuivait. Elle disposait alors les gâteaux ou les différentes sortes de pains, de telle façon que leur offre fût, selon son sentiment, plus attractive qu'auparavant, ne s'estimant pourtant jamais satisfaite. Elle en parlait alors à sa patronne, la boulangère, pour lui demander son opinion, laquelle lui répondait que, en effet, les grillés aux pommes et les tartelettes au citron, présentés comme Lucie les lui proposait, les uns à côté des autres, s'accordaient mieux qu'en compagnie des mille-feuilles ou des amandines. Lucie était en légère dépression. La brave femme le comprenait et en tenait le plus grand compte dans ses réponses, les autres vendeuses également ainsi que le mitron, au nez toujours enfariné. Ce sont là, bien entendu, quelques exemples. Il y en aurait beaucoup d'autres. Mais des exemples qui montrent combien Lucie avait besoin de s'occuper l'esprit, tant la mort d'Antoine l'avait éprouvée.

Cependant, depuis la mi-mars, on aurait pu remarquer avec un peu d'attention que, chaque mercredi, son chagrin se dissipait d'un coup ou, plutôt, qu'il devenait autre. Lucie, comme tous ses amis l'espéraient, reprenait-elle le dessus ? Que s'était-il passé qui pût alors nous la changer si régulièrement, au milieu de chaque semaine ? En fait, ce qu'elle attendait ce jour-là, sans le dire, c'était le prochain passage du facteur, et cette lettre qu'il ne manquerait pas de glisser dans sa boîte, la lettre que Marc, l'ami d'Antoine, avait dû lui envoyer quinze jours plus tôt, c'est du moins ce qu'elle espérait, le délai nécessaire pour qu'elle fût acheminée du camp de Nijrab jusqu'à Annecy.

La première fois, Marc avait écrit à Lucie spontanément, ajoutant sans y penser sa propre douleur à la douleur que Lucie éprouvait déjà. Il lui avait raconté comment il avait appris la terrible nouvelle, l'abattement qui s'était ensuivi. Avec force détails, ne supposant pas l'infini des larmes que cela ne manquerait pas de provoquer, il avait raconté l'attention, le soin que l'on avait eu du corps d'Antoine, et les honneurs funèbres qui lui avaient été rendus avant son envol pour la France.

Tu le sais, Lucie, mon chagrin est sans bornes ; nous étions tous les deux de ce même coin d'Auvergne ; le destin avait voulu nous réunir, un peu grâce à toi, en ce pays d'Annecy...

À plusieurs reprises, dans sa lettre, il répétait le mot : pourquoi. *Pourquoi* ? écrivait-il, comme un enfant. Ce qui ne signifiait pas seulement : Pourquoi Antoine ? Mais pourquoi toutes ces choses dans ce pays où il avait l'impression que lui et ses compagnons étaient venus pour rétablir la paix, la liberté de chacun, l'affranchissement des cœurs ? *Pourquoi ?* écrivait-il, impuissant à trouver lui-même une réponse. Mais en attendait-il une ? N'était-ce pas seulement un cri qu'il poussait ? formidable, comme une peur absolue ?

Marc avait écrit cette lettre, puis, la semaine suivante, il en avait écrit une autre, et ainsi de suite, chaque semaine. Aussi, on imagine facilement l'émotion de Lucie quand, au milieu de février, en rentrant chez elle, elle avait découvert, au milieu des réclames et quelques factures, non pas une, mais cinq lettres envoyées de Nijrab et qui, toutes, au dos de l'enveloppe, comportaient uniquement le prénom : *Marc*, comme adresse d'expéditeur. Un moment, Lucie avait cru se sentir mal. Peut-être n'avait-elle fait qu'un mauvais cauchemar ? Antoine était-il encore ? Comme un éclair vite estompé sur fond de ciel tourmenté. Puis elle s'était débarrassée de ses bagages, de ses vêtements qu'elle avait lancés sur une chaise. Elle s'était assise à la place où Antoine s'asseyait habituellement et les lettres, elle les avait disposées sur la table, d'abord les unes sur les autres, en tas, selon un ordre d'expédition qu'elle croyait être le bon, ensuite côte à côte, toujours selon l'ordre chronologique qu'elle s'était fixé. Ce n'est que longtemps après, moins fébrile, qu'elle avait ouvert la plus ancienne et avait commencé à la lire, lentement, très lentement, parcourant chaque phrase plusieurs fois, avec attention, comme pour les apprendre toutes.

Combien de temps fallut-il pour que Lucie cessât de lire et de relire ces lettres ? Souvent, pendant ses heures de repos, elle les emportait et s'asseyait dans les jardins de l'Europe et là, elle en ouvrait une dans laquelle Marc lui parlait de ses journées, des missions qu'ils effectuaient, lui et ses compagnons, dans cette vallée de la Kapisa que dominaient des montagnes nues et qu'il disait sans vie, les comparant aux siennes :

J'aime mes volcans, leurs courbes, ce Nid de la poule qui, de loin, nous dessine un soupir de musique, tirant sur l'émeraude...

Au fil des mots, Lucie avait la sensation d'entendre la voix d'Antoine. Parce que c'était un peu sa manière à lui de s'exprimer, cette sensibilité qu'il n'osait pas toujours, à peine formulée.

Une fois, comme Lucie était assise sur un banc du quai Bayreuth, tout près de l'embarcadère, deux soldats s'arrêtèrent devant elle, lui masquant le soleil. Ils étaient en uniforme et avait belle allure. Tous deux étaient du 27e B.C.A. Ils lui dirent qu'ils l'avaient reconnue, en raison, évidemment, de l'acte ignoble dont Antoine avait été victime, mais aussi parce qu'ils se souvenaient de cette époque où on les voyait tous les trois, Antoine, Marc et Lucie, monter sur *La Belle-Étoile* pour faire un tour sur le lac.

« Vous savez, nous sommes toujours là, termina l'un des deux soldats. Si vous avez besoin d'une aide quelconque, il ne faut pas hésiter... »

Lucie les remercia.

« Vous êtes gentils. »

Mal à l'aise, ils n'ont pas insisté.

Alors, Lucie les a regardés s'éloigner. De dos, elle a pensé retrouver les silhouettes d'Antoine et de Marc, les mêmes carrures, l'un évidemment plus grand, plus robuste que l'autre, la même démarche, un peu chaloupée, le même balancement des bras. Ainsi, au 27e B.C.A., on n'avait pas oublié Antoine ? Dans cette armée mangeuse d'hommes, que Lucie ne maudissait pas vraiment, mais c'était tout comme, il y en avait donc encore quelques-uns capables de se rappeler ?

« C'est gentil de votre part... »

Ensuite, Lucie est retournée à la boulangerie, le visage plus ouvert, détendu, mais un peu comme en s'enfuyant, le pas rapide, et les bras croisés, serrés l'un contre l'autre, avec, prisonnière, une joie secrète, et toute neuve, qu'elle était décidée à garder pour elle seule, encore un moment. Une joie qui lui murmurait à l'oreille que son Antoine était toujours là, près d'elle, qu'il était seulement devenu invisible à nous tous.

Elle tint bon quelques semaines. Quand elle revint dans notre petite ville, en mars et en avril, auprès de Louise, elle n'évoqua ni cette rencontre, ces jeunes soldats qui lui avaient demandé comment elle allait et avaient conservé le souvenir d'Antoine, ni les lettres de Marc, qu'elle recevait chaque mercredi. Pas un mot, à ce sujet, ne franchissait ses lèvres, et elle pensait que c'était très bien comme ça. De son côté, Louise ne manifestait plus ni curiosité ni inquiétude à son égard. Et tout comme Lucie, elle considérait que c'était bien ainsi, toujours persuadée qu'un jour ou l'autre la jeune fille s'évaporerait dans la nature, avec ou sans explications. Peut-être même, songeait-elle – était-ce pour se meurtrir ? Rien n'est plus sûr –, Lucie n'attendrait pas l'été pour cela.

Puis ce fut bientôt le mois de mai, les beaux jours, et Lucie revint nous voir une nouvelle fois.

À son étonnement, Louise ne se pressa pas à sa rencontre comme elle avait pourtant l'habitude.

« François est reparti à Paris », lui dit Hélène.

Il y eut un silence.

« Je t'expliquerai. »

Mais Hélène n'a rien expliqué par la suite. Qu'aurait-elle pu ? Lucie savait déjà à quel point Louise tenait à François, à sa présence auprès d'elle. Par certains aspects, il est vrai, leur destinée avait été si comparable, et leurs routes si idéalement parallèles depuis tant d'années, qu'il fallait bien un jour qu'elles se croisent et s'écartent, chacune aspirée par son propre avenir. Lucie se rappelait cette fois où Louise les avait emmenés tous les deux, de Vollore-Montagne jusqu'à « la nef des arbres », cette nef aux enfilades infinies de colonnes brunes et fines, pour une visite, comme dans un musée, qu'un orgue de nuages à peine audible et joué par le vent avait accompagnée. Elle-même, cette fois-là, n'avait-elle pas rappelé à François, qui se lamentait, que la vie l'ordonnait ainsi ? Qu'on ne résistât pas à ses inflexions, pour inattendues ou douloureuses qu'elles fussent ?

« Et puis, figure-toi, a ajouté Hélène, figure-toi que Lucien a déjà trouvé un emploi à Thiers, chez un coutelier bien connu. Quoi d'étonnant, diras-tu ? a-t-elle encore plaisanté. Un Charlannes, bon ou mauvais gestionnaire, ça se recrute toujours… »

Le week-end passa, puis le mardi arriva, aussi ensoleillé que les jours précédents. Après le déjeuner, Louise demanda à Lucie si elle aurait plaisir d'une balade « comme on en faisait avant ». Aujourd'hui, quelques pas autour de l'étang de Marchaud la tentaient, il faisait beau, pourquoi ne pas en profiter ?

En fait, Louise était affligée par la tournure des choses. Consternée à l'idée de ne pas savoir où elle-même allait, d'avancer ainsi au bonheur des semaines, malgré elle, sans avoir la maîtrise des événements.

« Il n'y a que la scierie, mais je n'ai aucun mérite, dont je sois à peu près certaine… Mais à quoi bon ? Lucien ne s'y intéressera jamais plus. Hélène, n'en parlons pas. Ne serait-il pas mieux, une fois financièrement remise, que je songe à la céder ? Mais qui en voudrait ? Qui en conserverait le nom ? Gustave, Antoine, tous les deux y tenaient si fort.

– Et votre ami ? risqua Lucie.

– Bertrand ? Comment veux-tu ? Lui, ce qui l'a toujours motivé ce sont les arbres, pas le bois. Connais-tu son refrain ? Il assure que le bois craque tandis que les arbres chantent. Et qu'au craquement, il préfère la chanson. »

Pour le moment, continua Louise, la maison de Loupières-le-Haut continuerait d'être habitée, mais pour combien de temps encore ? Parce qu'il était exclu pour Pauline et Mia d'y rester indéfiniment. Lucien finirait bien par leur dénicher la maison idéale à Thiers, en centre-ville, sachant que Thiers, certainement, leur servirait de tremplin. Tremplin qui les mènerait bientôt à Lyon ou à Paris. Ensuite ? Ensuite, ils effaceraient la scierie de leur existence, et même leur Auvergne. Avoir tant donné pour en arriver là. Que dire encore ? Louise parlait, désabusée, amère, comme elle se serait parlé à elle seule ; elle tenait le bras de Lucie, mais elle avançait la tête basse, et traînant les souliers. Ah oui, bien entendu, il y avait aussi cette brave Léontine. Bientôt, elle ne marcherait plus du tout. Mais tellement fière de servir encore à quelque chose ! En fait, un souci permanent. À combien de reprises était-elle déjà tombée ? Dix ou quinze ? Dieu merci, sans dégâts ! Voilà à peu près ce que Louise avait confié à Lucie.

« Tu vois, il n'y a finalement de gaieté chez moi que lorsque tu viens nous voir, ma chère petite…

– Bah », répondit Lucie.

Elles s'étreignirent, restèrent silencieuses un moment.

Puis, comme elles avaient repris leur marche, Louise se rappela soudain le commissaire Gagne.

« On t'a déjà parlé de lui, n'est-ce pas ? »

Il lui avait téléphoné huit jours plus tôt et tenait absolument à la voir. Avec elle, il avait évoqué Antoine.

« Tu sais qu'ils s'appréciaient tous les deux. Je ne sais pas exactement ce qu'il me veut. J'ai finalement accepté de le recevoir. Cela ne me fait pas très plaisir, mais si c'est pour Antoine. C'est un homme parfait, mais il nous a fait souffrir, soulevant des questions fréquemment restées sans réponses.

– Antoine m'en parlait souvent, acquiesça Lucie. Je sais aussi qu'ils s'écrivaient beaucoup.

– C'est dommage, tu aurais pu le rencontrer. »

Lucie soupira.

« Vous me raconterez plus tard. Vous savez bien que je vous reviendrai encore.

– Tu dis ça, tu es mignonne.

– Près de vous, ici, je suis si contente.

– Mais il faut aussi que ta vie se fasse… »

Était-ce si simple que ça ? Lucie l'aurait bien voulu. Mais elle aimait toujours Antoine, pensait trop à lui pour envisager une vie nouvelle, différente de celle qu'elle menait, dans l'idée obsédante, mais qui lui convenait, de retourner à Annecy quand elle n'y était pas et de revenir ici quand elle était chez elle.

« Antoine est toujours là, bien présent parmi nous, déclara-t-elle en soupirant. Vous savez, à Annecy, on pense tous à lui. Les soldats du 27e B.C.A., et son ami Marc. Je ne vous l'ai pas dit : il m'écrit toutes les semaines. Ce ne sont pas des nouvelles très fraîches, mais j'ai hâte de voir venir le mercredi, hâte de voir le facteur, hâte d'ouvrir ma boîte ; la lettre de Marc, il m'arrive de la lire trois fois de suite, et j'ai alors l'impression qu'Antoine la lit aussi : il est derrière moi, invisible, sa tête contre la mienne, je l'entends qui respire. Son souffle est doux et tiède, impalpable…

– Ma petite…

– Je vous assure, Louise.

– Je te crois, va, mais tu te fais du mal.

– Au contraire, j'existe, je vis de plus en plus, et le chagrin qui m'habitait a maintenant changé de nature : il ne m'accable plus, il m'accompagne, et je suis certaine que ce chemin, le chemin qu'il me fait suivre, s'ouvrira bientôt sur une large clairière… »

Mais Lucie s'arrêta là, comme soudain troublée par la vision qui lui avait traversé l'esprit. Vision où Marc, comme la foudre, lui était apparu au centre de la clairière, tout enveloppé de lumière et nu, son uniforme plié à ses côtés et posé sur le sol dans l'ombre du sous-bois. L'attendait-il ? Et lui ouvrait-il les bras ? Lucie n'aurait pu l'affirmer tant l'apparition avait été fugace. Mais elle s'était rappelé soudain ce qu'il lui avait écrit dans son dernier courrier. Qu'il quitterait sans doute l'armée à son retour en France. Que son contrat viendrait alors à son terme. Qu'il serait temps pour lui de songer à une autre existence et de retrouver les siens, à Courpière, où ses parents l'espéraient.

Bien sûr, j'ai tous mes compagnons avec moi, mais, malgré notre succès à Alasaï contre les talibans, beaucoup sont décontenancés, usés par cette humanité qui n'en est plus une. En arrivant à Kaboul, on avait conscience que notre mission ne serait pas facile, on la jugeait cependant nécessaire pour l'avenir du monde, la sécurité des générations futures. Lucie, si tu savais, ce pourrait être si beau de mourir pour quelque chose, mais là…

Les mots, ces mêmes mots, hier remplis d'espérance, aujourd'hui parcourus d'amertume, que Lucie avait lus et relus dans la lettre, la première, l'unique qu'Antoine lui avait écrite de Nijrab, jusqu'à pouvoir les réciter par cœur.

Le lendemain matin, Lucie reprit le train pour Annecy. Tout au long du voyage, impatiente, elle pensa à la lettre que Marc avait dû lui envoyer voici deux semaines et qu'elle trouverait sûrement dans sa boîte. Elle pensa à Hélène, elle pensa à Louise, à ce moment où, tout en déchiffrant l'écriture de Marc, elle sentirait la main d'Antoine peser sur son épaule. Elle pensa à Marc qui reviendrait bientôt. Elle compta aussi les jours.

VI

Le commissaire Gagne sonna à l'heure convenue à la grille des Charlannes. Il était descendu la veille au soir à Clermont où, après être allé dîner place de la Victoire, il avait dormi dans un hôtel situé place Delille, non loin de la rue Notre-Dame-du-Port. Noël Chamouzat arriva en même temps que lui.

Quand elle les vit s'avancer vers elle, Louise ne put retenir son étonnement. S'étaient-ils passé le mot ? Puis elle s'inquiéta. Parce que tous les deux ensemble, côte à côte, le même jour, à la même heure, cela ne pouvait être bon signe.

Un moment, elle hésita entre les faire entrer dans la cuisine ou dans le salon. Elle aurait préféré la cuisine – n'y avait-elle pas déjà reçu le commissaire ? –, mais Léontine s'y affairait, maladroitement, mais du mieux que lui permettait son âge.

« Je ne peux pas l'en empêcher », s'excusa Louise.

Ils s'installèrent dans le salon.

« Voulez-vous un café ? »

Elle s'absenta, fut bientôt de retour.

Les deux visiteurs avaient parlé de choses et d'autres, réservant l'objet de leur venue à Louise.

Elle tenta de sourire.

« Je ne m'attendais pas...

– Moi non plus, ajouta notre maire, qui s'était tourné vers le commissaire. Je passais seulement pour vous informer d'un arrêté que j'ai signé il n'y a même pas une demi-heure.

– Un arrêté, dites-vous ?

– Oui, à propos d'Antoine. »

Le commissaire Gagne intervint alors.

« Souhaitez-vous que je m'éloigne ? Je ne suis ici que pour vous, madame Charlannes, mais je peux faire un tour, dire mon bonjour à François Chang, je repasserai ensuite.

– François n'est plus parmi nous, fit Louise. Il nous a quittés voici quelques semaines. Je le pense à Paris où il a dû rejoindre sa famille. Puis, prenant Noël Chamouzat à témoin : Mais j'imagine que ce que monsieur le maire a à m'annoncer ne doit pas avoir un caractère si confidentiel que cela. N'est-ce pas, Noël ? Sinon, serait-il passé à l'improviste ?

– Non, en effet, cela n'a aucun caractère confidentiel », confirma le maire en souriant.

Il tendit alors l'arrêté en question à Louise.

Une minute plus tard, toute tremblante, elle le tendit à son tour au commissaire qui en prit connaissance.

« Vous feriez ça pour Antoine ? dit-elle.

– Avec votre permission, oui.

– Sur le monument aux morts ?

– Bien sûr, Louise. Ne le mérite-t-il pas ? Il est mort pour un idéal, pas pour la France, certes, mais pour tout ce qu'elle représente, ses valeurs, la liberté des hommes, des femmes, des enfants. La liberté, Louise. Mais, bien entendu, uniquement si vous y consentez, nous ne saurions vous imposer…

– Qu'allez-vous imaginer, Noël ? J'en tremble, ne voyez-vous pas ? Et voici que je pleure. Mon Dieu, si, il le mérite. Excusez-moi. Je suis ridicule. Il me faudrait un mouchoir… »

Louise s'était levée, elle appela Léontine, lui demanda de venir, s'en alla dans la cuisine, revint seule un instant plus tard, un paquet de mouchoirs à la main.

« Que fait-elle ? Que fait-elle ? »

Elle se moucha, renifla, s'essuya les yeux.

« Je suis idiote…

– Louise, soupira le maire, il faut que je vous parle, car je dois retourner à la mairie, on m'y attend.

– Noël, je vous écoute, je comprends bien… »

Mais elle appela à nouveau Léontine. Où donc était-elle encore ? Ne voyait-elle pas qu'on avait besoin d'elle ? N'entendait-elle pas qu'on criait après elle ? À la scierie, Louise n'aurait eu besoin de personne, mais là, c'était tout autre, il s'agissait de ses enfants, d'Antoine, mort, mort à vingt-cinq ans depuis déjà six mois, tué tout là-bas, en Afghanistan. N'était-ce pas assez pour qu'on se dépêchât ? Où donc était passée Léontine ?

« Noël, je vous écoute…

– Alors, voici, Louise, reprit le maire, si cela vous convient, nous avons fixé la date de la cérémonie au 18 juillet, le premier samedi suivant le 14 Juillet… »

Le commissaire Gagne toussota.

« Puis-je me permettre ? demanda-t-il. Pourquoi précisément cette date plutôt qu'une autre ?

– Je voulais y venir. Cela tient au 27e bataillon de chasseurs alpins, le 27e B.C.A., comme on dit, auquel, vous le savez, Antoine appartenait. Nous souhaiterions qu'un détachement puisse participer à la cérémonie. Qu'en pensez-vous ? »

Le commissaire opina.

« Antoine était fier d'être chasseur alpin, en effet.

– Ses compagnons seront de retour à la fin du mois de juin, je crois savoir, et le 27e B.C.A. dans son ensemble sera à l'honneur sur les Champs-Élysées lors du défilé du 14 Juillet. C'est pourquoi nous avons songé au samedi d'après. »

Sur ces mots, le maire s'adressa à Louise.

« Nous lui devions bien ça, non ? »

Mais il devait partir, il était très en retard.

« Je peux vous laisser, Louise ?

– Oui, oui, bien entendu, dit-elle encore toute remuée. Excusez-moi. Mais nous sommes passés par tant d'épreuves toutes ces années. Je vous remercie. Cela ne me rendra pas mon fils, mais je vous remercie… »

Elle raccompagna le maire jusqu'à la porte.

De retour dans le salon, toujours sans avoir aperçu Léontine, mais elle n'avait plus rien à lui demander, Louise retrouva le commissaire Gagne avec une sorte de délivrance à laquelle elle ne s'attendait pas. Elle soupira :

« Il y a des jours comme ça, on n'y peut rien. »

Puis elle le regarda, l'œil interrogatif.

« Vous vouliez donc me voir ?

– Oui, fit-il.

– À propos de votre enquête ?

– Oui, répéta le commissaire.

– Ne me dites pas qu'elle a été rouverte encore une fois. Ne me dites pas qu'il y a encore du nouveau. Comme je viens de le dire à Noël Chamouzat, commissaire, savez-vous tout ce que je supporte depuis douze années ? »

Le commissaire hésita, puis :

« Bien sûr que je le sais, madame Charlannes.

– Alors pourquoi ?

– Parce qu'Antoine, à l'occasion d'une lettre qu'il m'a adressée il y a longtemps, c'était à la mort de son grand-père, m'adjurant de lui dire tout ce que je savais sur la disparition de votre mari, surtout sur ce Pierre Besson, aurait désiré que je vous parle, comme j'ai l'intention de le faire aujourd'hui. Une lettre qu'il m'a d'ailleurs envoyée des semaines après l'avoir écrite, j'en ignore la raison. À cette époque, je ne savais encore rien. Mais j'avais la certitude que l'écheveau se dévi-derait un jour, de lui-même, comme je l'avais annoncé à votre fils Lucien et à Paul Vassalou. Alors je n'ai rien pu répondre à Antoine.

– Et s'il ne vous avait pas écrit ? se hasarda Louise.

– Je ne serais pas ici, aujourd'hui. Du moins, je le pense. Si j'osais, je vous en lirais bien quelques lignes… »

Le commissaire Gagne poursuivit sur ce ton, à la fois tranquille et mesuré. C'était celui d'un homme qui souhaitait aller au bout de la voie qu'il s'était tracée, et qui, pour accomplir son devoir, pesait ses mots, hésitait quand il le fallait et veillait, en lui parlant, à ne pas meurtrir davantage qu'elle ne l'était déjà la personne dont il n'ignorait rien de la souffrance. Et Louise écouta le commissaire, attentive, bien que parfois un peu soucieuse – son visage la trahissait alors –, ne l'interrompant qu'à de rares occasions, lorsque lui avait échappé le sens d'un terme ou d'une formule, ou bien pour apporter une précision qu'elle estimait nécessaire.

« Paul Vassalou est venu de lui-même, comme je vous l'ai dit. Il a cherché à me joindre. Ce fut pour lui difficile, car j'ai changé de bureau depuis mon dernier passage ici.

– Celui où je ne vous ai pas reçu ?

– C'est exact.

– Je suis navrée, croyez bien que je le regrette.

– Cela n'a plus d'importance, sourit le commissaire. J'ai donc vu Paul Vassalou, il y a trois semaines. Nous nous sommes rencontrés place du Châtelet, dans un café. Je savais, par Antoine, qu'il ne travaillait plus à la scierie. La mésentente entre lui et votre fils apparaissait déjà lors de mon enquête, vous vous en souvenez certainement. À ce moment, votre belle-fille attendait la petite Mia. Toutes les deux vont bien, j'espère ? »

Louise fit un signe de la tête.

Le commissaire se baissa pour prendre la serviette qu'il avait posée à ses pieds. Il en sortit un paquet d'enveloppes jaunies que réunissait une ficelle en chanvre.

« Voici ce dont Paul Vassalou tenait à se défaire. Un paquet de lettres contenant la correspondance entre votre mari, Gustave Charlannes, et Pierre Besson. Une bonne cinquantaine de lettres. Je suppose que vous en ignoriez l'existence. Comment sont-elles arrivées dans les mains de Paul Vassalou ? L'explication est bien simple : Lorsque votre fils Lucien a décidé d'entreprendre des travaux dans votre maison de Loupières-le-Haut, il a demandé à Paul Vassalou d'emménager dans une pièce, située au premier étage. Si j'ai bonne mémoire, deux réduits ou cagibis ont également été réunis en une autre pièce, afin de lui permettre de travailler, éventuellement de recevoir. C'est dans l'un de ces réduits, embarrassés de cartons et de valises, qu'il a découvert cette correspondance. Son étonnement d'alors ? Ce fut que votre mari ne lui en eût jamais parlé. Car Paul Vassalou n'ignorait rien, ou presque, de la relation longtemps entretenue entre lui et Pierre Besson. Des liens étroits, quasi uniques, que le temps, malgré un silence d'une vingtaine d'années, avait rendus indéfectibles, et dont les clés nous sont livrées à la lecture de toutes ces lettres. Une lecture qui permet d'appréhender la profondeur d'un attachement, non pas hors du commun, madame, mais qui pouvait effectivement, je le crois, les conduire là où ils sont à présent... »

Le commissaire marqua une pause.

Léontine fit irruption à ce moment.

« Te voici, ma pauvre Léontine. Que faisais-tu encore ? lui demanda Louise. Ne peux-tu rester tranquille un peu ?

– J'ai terminé, j'ai terminé, soupira Léontine.

– Alors viens donc t'asseoir auprès de nous. Ce que raconte le commissaire t'intéresse autant que moi. Il me parle de Paul. Et de Pierre Besson. Tu dois bien t'en souvenir ?

– De Paul Vassalou ? demanda Léontine.

– Mais non, dit Louise, un peu agacée. Tu fais mine de ne pas avoir compris. De Pierre Besson. C'était un ami de Gustave, quand il était jeune, il a même séjourné dans la maison. En diras-tu deux mots, maintenant ? »

Léontine hésita, fronça les sourcils.

Cette même hésitation que le commissaire, des années plus tôt, avait remarquée et notée dans son carnet.

« Ah oui, fit-elle enfin. Le petit Pierre ? Mais c'est Gustave qui disait toujours de ne pas en parler. "C'était ma vie d'avant", il faisait, en me signifiant de me taire. Et puis, après lui, ç'a été M. Charlannes.

– Vous saviez pour quelle raison ? » intervint le commissaire à cet instant.

Léontine haussa les épaules.

« Ma foi, non », fit-elle.

Puis elle ajouta, l'air entendu :

« Mais, vous pensez, j'aurais bien voulu qu'on me le dise. »

Un ange était passé.

Le commissaire s'était redressé sur son siège, tandis qu'il avait esquissé un sourire complice, suite à la remarque de Léontine ; Louise en avait fait autant.

« Encore un peu de café, commissaire ? »

Le commissaire Gagne, d'un geste, remercia Louise, puis il reprit, toujours prudent et pesant ses mots :

« Je vous laisserai ces lettres, évidemment, puisqu'elles vous appartiennent. Paul Vassalou me les a apportées à cette fin. Mais quand je l'ai vu, vous vous doutez peut-être que ce n'était pas seulement pour me les confier. Il me parla aussi très longuement de Pierre Besson. Une relation que je serais bien incapable de vous rapporter fidèlement. Parce qu'il y mêlait, non sans émotion, les sentiments que lui-même éprouvait pour votre mari. Plus que de la vénération. Des sentiments bien autres, certainement, que ceux de Pierre Besson, que je suppose, pardonnez-moi, plus proches d'un rapport amoureux, à tout le moins de la part de ce dernier. Parce que Gustave

Charlannes, qui ne vous connaissait pas à la prime époque dont je parle, c'est ce que j'ai cru comprendre, ne manquait pas de morigéner Pierre Besson, si j'ose dire, lorsque son style se montrait… trop lyrique. Selon ce que j'ai retenu, cela se lit dans les dernières lettres, celles où Gustave Charlannes commence, timidement, puis plus souvent et avec tendresse par la suite, à parler de vous, Pierre Besson a cru d'abord à une aventure, puis il emploie le terme d'amourette, enfin il devient jaloux. Et il décide bientôt de « rompre ». Mais de rompre quoi ? Un extraordinaire lien d'amitié, rien de plus pour Gustave Charlannes. Rien de plus, mais n'était-ce pas déjà formidable ? Parce que Gustave Charlannes aurait tout fait pour préserver l'amitié de Pierre Besson. Mais Pierre Besson ne l'a pas entendu ainsi.

– Hélas ! coupa brusquement Léontine. Je m'en souviens parfaitement, moi, car c'est dans cette pièce qu'ils en sont venus aux mains, Gustave et Pierre, et il a fallu que M. Charlannes intervienne pour les séparer. À ce moment, Louise, peut-être que tu ne t'en souviens pas, tu étais retournée la veille ou l'avant-veille à Bésagnac. Je ne sais plus quel bon prétexte on avait inventé pour t'éloigner. Mais tu ignorais l'existence de Pierre et on ne voulait surtout pas que tu le rencontres.

– Et ensuite ? Et ensuite, Léontine ?

– Eh bien, ma pauvre enfant, quand tu es revenue, on t'a raconté que Gustave il s'était fendu la lèvre en ratant une marche. Avec Mme Charlannes, j'avais tout rangé comme il faut. Même qu'on avait parfumé la maison pour chasser les vilaines odeurs de tabac. Parce que Pierre, il fumait comme dix quand il était nerveux. Gustave, il t'aimait fort, tu sais. Pour lui, il n'y avait même pas de choix possible. Alors Pierre, il est parti, et il a dit qu'on ne le reverrait jamais.

– En effet, Léontine, vous ne l'avez jamais revu, poursuivit le commissaire. Et vous, madame Charlannes, tout en subodorant son existence, vous ne me ferez pas croire le contraire, vous ne l'avez jamais aperçu, pas même croisé. À ce moment, selon ses parents, il a changé du tout au tout, s'est replié sur lui-même. Puis il a pris cette décision un peu folle, mais la plus sage aussi, afin de ne pas être tenté de troubler votre couple, de quitter la France et d'aller le plus loin possible. Dans son idée, ce devait être le sacrifice absolu. Sur son périple en Amérique latine, nos informations sont toujours aussi limitées, sur son séjour aux États-Unis également, nous savons néanmoins que le Bureau fédéral d'enquêtes était à sa recherche lorsque nous sommes arrivés à l'identifier comme étant la troisième victime de l'incendie. Une rencontre qui se serait mal terminée, suivie d'un chantage dont il aurait été victime et auquel il n'aurait pu répondre. Bref, il est parvenu à fuir et a débarqué au Havre, puis, du Havre, ses pas l'ont conduit jusqu'ici où il espérait trouver de l'aide… »

Louise fronça les sourcils :

« D'où l'argent puisé dans la caisse, n'est-ce pas ?

– Oui, mais au su de tous, madame, de votre beau-père et du chef comptable, M. Lacombe. »

Louise soupira :

« Je m'en doutais bien, mais j'ai tout de même du mal à imaginer tout cela. Était-ce pour me protéger ?

– Je ne pourrais vous répondre avec certitude, mais, oui, tout laisse à le croire. Imaginez-vous le cas de conscience auquel votre mari a été confronté ? auquel il ne pouvait être préparé et dont il a dû souffrir plus que vous le supposez ?

– De toute façon, aujourd'hui, cela m'est égal, je vous l'ai dit. J'aimais Gustave et il m'aimait, voilà tout. Ne pourrions-nous enfin en rester là ? Je suis lasse, je vous assure. »

Louise regardait le commissaire fixement.

Elle laissa tomber :

« Fatiguée de toutes ces choses… »

Le commissaire Gagne était dérouté, hésitant. Dans son esprit, Antoine lui intimait de poursuivre, parce que Louise, qu'elle y consentît ou non, devait entendre la vérité. Cette vérité toute simple, qu'elle avait déjà refusé d'entendre de la bouche de Vassalou et contre laquelle, en compagnie de François Chang, le gardien de cet univers, clos de murs épais, de briques sèches et grises, de cette même couleur que reflète parfois le Mékong avant de se perdre dans la mer de Chine, que tous les deux s'étaient inventé, elle avait combattu jusqu'à l'extrême pour la maintenir hors de sa mémoire. Une vérité contre laquelle elle croyait se protéger, tandis qu'au contraire, en l'apprenant, l'apaisement se serait plus sûrement installé en elle. Chose dont Louise était consciente, mais qu'elle ne pouvait admettre. Vivre en paix avec soi après tant de souffrance endurée ? Était-ce seulement pensable ?

« Je conviens que tout cela n'ait plus aucun intérêt pour vous, reprit le commissaire. Mais je ne peux pas en rester là. Je le dois à votre fils… Je lui dois de vous expliquer qui a provoqué l'incendie, pourquoi et comment… »

Louise fronça à nouveau les sourcils, le regard toujours fixe. Puis elle souffla :

« Le savez-vous vraiment ?

– S'il vous plaît…

– Le saura-t-on jamais, commissaire ?

– Je ne fais que ce que me dicte ma conscience.

– Tout cela est à présent si loin. Douze années ou presque se sont écoulées. Ne comprenez-vous donc pas ? Ce fut un accident, voilà tout, un accident malheureux au cours duquel trois personnes, dont mon mari et une gamine, trouvèrent la mort. Il est inutile de chercher plus loin. »

Et Louise acheva, déterminée :

« Vous ne m'apprendrez rien de plus, monsieur Gagne, rien de plus… »

Le commissaire Gagne n'est pas remonté tout de suite dans sa voiture. Il a d'abord longtemps erré dans nos rues, tenant à la main la serviette dans laquelle, à la demande expresse de Louise Charlannes, il avait serré la correspondance que son mari et Pierre Besson ont échangé dans leur jeunesse. Louise lui a dit que, de toute façon, elle n'en prendrait jamais connaissance. Sur le moment, Léontine en a été affectée, cela s'est vu dans la chassie de ses yeux quand quelques larmes s'y sont mêlées. Est-ce pour cela que le commissaire Gagne, au moment de s'en aller, s'est penché vers elle pour poser un baiser sur son front ? Il l'a fait sans y penser, spontanément ; il n'y a même pas réfléchi après.

Le commissaire Gagne a traversé notre petite ville, comme le font les touristes, l'air de ceux qui n'ont jamais rien vu auparavant, feignant l'enthousiasme à tout moment.

Il s'est arrêté aussi devant le *Vercingétorix* où il n'a vu personne, et il s'est promis d'y revenir un peu plus tard, pour déjeuner. Puis il est allé d'un parc à l'autre pour finalement entrer dans le parc de l'Âge d'or où Julien, le remplaçant de François Chang, l'a salué d'un léger signe de tête.

Bientôt, il s'est assis sur un banc, face à la pièce d'eau. C'est sur ce même banc, lui a-t-il semblé, que lui et Antoine s'étaient entretenus il y avait tout juste cinq ans.

Déjà cinq ans, réalise le commissaire Gagne. Comme le temps est passé vite. Il se demande si Antoine lui en veut de ne pas être allé au bout de ce qu'il croyait être sa mission. Il évite à présent de prononcer le mot « devoir ». Même intérieurement, pour lui seul, cela n'a plus guère de sens. Le terme « mission » est-il d'ailleurs plus approprié ? Ce n'est pas davantage certain. Puis il s'abandonne, se laisse doucement glisser, comme le vent d'aujourd'hui, dont on sent à peine le souffle, dans le silence, ce silence qu'il a expérimenté si souvent, qui précède les aveux ou les déclarations parfois les plus inattendues. Et là, il revoit Paul Vassalou, dans ce café de la place du Châtelet où ils se sont rencontrés.

Paul Vassalou a vieilli. À moins que ce ne soit cette barbe grisonnante, qu'il n'a pas rasée depuis trois ou quatre jours. Il a commandé un demi de bière. Le commissaire Gagne s'est contenté d'un café. Tout d'abord, Paul Vassalou parle de tout et de rien. Des multiples raisons qui l'ont poussé à quitter la scierie. De Louise qui ne l'a pas compris. Mais sans doute était-ce de sa faute. « J'ai été maladroit, je l'ai toujours été avec les femmes, alors, avec Louise Charlannes, songez un peu… » Le commissaire revoit Vassalou. Un Paul Vassalou qui absorbe une gorgée de bière, le dessus des lèvres bientôt ourlé d'une mousse onctueuse, puis une autre gorgée, et encore une autre. C'est là que survient le silence. À cet instant précis où Paul Vassalou déglutit pour la troisième fois. Ses mains tremblent légèrement ; son visage a changé de couleur, il est devenu plus pâle. Il a l'impression soudain qu'un air glacé a envahi la terrasse et, sans rien dire, il s'étonne que le commissaire ne lui en fasse pas la remarque. Il n'oublie alors qu'une chose, rien qu'une, mais elle est essentielle : lui seul a des révélations à formuler, lui seul et personne d'autre que lui ; parce qu'il a enfin décidé de tout raconter, ce ne sera pas long, s'imaginant que toutes les personnes qui sont là, installées autour de lui, sur le point d'entrer ou de sortir, les consommateurs comme les serveurs, le commissaire Gagne inclus, ont pris la même décision, la décision la plus sage, celle d'en finir avec cette angoisse invariable, permanente, qui les taraude, les traverse, les mine depuis des mois, des années. Un silence qui ne dure qu'une ou deux secondes, le temps pour que cette décision, devenue définitive, se transforme en mots qui le seront tout autant. Alors Paul Vassalou a posé son verre et, la tête basse, il commence :

« Gustave est entré dans le bureau, commissaire, la chemise défaite, la poitrine ensanglantée, mais ça n'était pas bien grave. Il était comme fou, avait les yeux hagards. Il m'a pris la main et il m'a dit qu'un grand malheur venait d'arriver. Que Pierre était mort, sûrement. J'ai tenté de le calmer, lui ai demandé de s'expliquer. Mais il est tombé sur son siège, sans me répondre vraiment, comme prostré. Il répétait à part lui, comme si je n'étais pas là, qu'il ne se pardonnerait jamais ce qui était arrivé. Que tout était sa faute. Qu'il avait tué son meilleur ami. Son ami de toujours. Je lui ai demandé où était Pierre Besson, où il l'avait laissé. Là, il m'a répondu qu'il était derrière la première ligne de sciage, à l'endroit où on le retrouvait presque chaque soir. On était vendredi. À cette heure, il n'y avait déjà plus grand monde à la scierie. Une ou deux personnes dans les bureaux, pas davantage aux ateliers. Je suis descendu à toute allure, j'ai couru : le corps était bien là, qui gisait, la chemise arrachée, dans une flaque de sang. Je me suis penché : Pierre ne respirait plus. Que s'était-il passé ? S'étaient-ils écharpés ? Si oui, pour quel motif ? Ces derniers jours, il est vrai, Pierre se montrait de plus en plus agressif. Il ne supportait plus d'être là, confiné dans un réduit depuis presque six mois, ne pouvant sortir que tôt le matin ou tard le soir. Je vous passe les détails, commissaire. Pourtant, nous cherchions par tous les moyens comment savoir s'il était ou non effectivement recherché. Mais non, nous ne parvenions à rien. Quelle idiotie, commissaire ! Quelle sottise ! Quand je pense à présent qu'il s'imaginait avoir l'Interpol aux fesses et que nous, comme des cons, on a embrayé là-dessus ! »

Paul Vassalou s'arrête alors. Il interroge :

« Vous permettez ? »

La bière a perdu son trait de mousse, mais elle coule, rapide et fraîche, et désaltère encore.

Puis il reprend, roulant son verre entre ses mains :

« Je n'ai jamais demandé à Gustave Charlannes quels pouvaient être les liens qui l'unissaient à Pierre Besson. D'ailleurs, il ne m'en aurait peut-être rien révélé. En revanche, ce que je peux vous assurer, commissaire, c'est que le pouvoir d'attraction de Gustave était étonnant. Il suffisait qu'on le voie, qu'il prenne la parole, quel que soit le lieu, quels que soient la circonstance et le propos, et, déjà, tout était entendu. Il vous embarquait et, alors, vous ne pouviez plus rien. Je me souviens, le premier jour, quand son père m'a présenté à lui, il m'a prévenu, comme ça, avec un large sourire, presque benoîtement, me signifiant de prendre garde, parce que son fils était un carnassier. Il le connaissait bien ! Oui, un carnassier. C'était le mot juste. Il vous empoignait, vous agrippait, il cherchait l'aorte, on a tous un point faible, et l'affaire était dite... On nous appelait souvent les jumeaux, même taille, même apparence... Quand une idée jaillissait chez l'un, c'est qu'elle avait germé au même instant chez l'autre... Mais, tout ça, Louise Charlannes a refusé de le comprendre...

– De comprendre quoi, monsieur Vassalou ?

– C'est difficile à expliquer. Un peu tout... »

Mais le commissaire insiste :

« Vous pourriez être plus précis ?

– Quand Gustave s'est élancé pour sauver la gamine, vous savez, la petite qu'on entendait se débattre et crier, j'ai su qu'il ne nous reviendrait pas. Bien sûr, il n'en a rien dit. Mais on ne m'ôtera jamais ça de la tête. Comme on dit, commissaire, l'occasion a fait le larron... Il savait que j'étais là...

– Pour assurer la suite ?

– Vous pouvez le voir comme ça...

– L'incendie, c'est donc vous ?

– Qui d'autre, commissaire ? Dans ces moments-là, ça tourne vite ; on n'a pas le temps de réfléchir ; tout se télescope, on est submergé par la déferlante et, pour sauver sa peau, une seule solution : le coup de pied au fond de l'eau. Ce qui était arrivé, je n'en savais rien. Mais le résultat était là. Et la conséquence inévitable : on interrogerait notre Gustave, on voudrait en savoir toujours plus, on l'emmerderait jusqu'à ce qu'il avoue que c'était lui, qu'il avait tué son copain, qu'il l'avait bousculé, projeté sur cette poutre en ferraille qui lui avait défoncé le crâne. On peut tout inventer, pas vrai ? Les flics, c'est des choses qu'ils connaissent bien. Pas de leçon à leur apprendre. Excusez-moi. Je ne veux pas être désobligeant. Mais je ne pouvais pas laisser faire… »

Paul Vassalou marque une pause.

Il avale une dernière gorgée, fait la grimace.

« Dans un coin, pas loin, deux jerricans d'essence. Plus près de moi, une bouteille de Volvic, elle est vide. Je la ramasse, je la remplis d'essence, je referme le jerrican. Ensuite, j'en verse sur la sciure, sur les lamelles de bois qui traînent tout autour. Dans le réduit où séjourne Pierre, il y a toujours du tabac, des allumettes, un briquet. Le nombre de fois où je lui ai répété que je ne voulais pas de ça dans la scierie. Surtout que c'est une année de sécheresse peu commune, on en a rarement eu des comme ça dans la région et partout ailleurs. Alors je fais ce qu'il faut en vitesse, et puis je me sauve à toutes jambes. Je remonte dans les bureaux, au premier étage. Cette fois, c'est bien le week-end, il n'y a plus personne. Derrière moi, ça commence à cramer.

– Et la petite ? intervient le commissaire.

– Émilie, vous voulez dire ? Pas vue. Elle connaissait Pierre Besson, sa copine également. Qu'elle ait été présente au moment de la dispute entre Besson et Gustave Charlannes n'est pas surprenant. Tout le monde, à la scierie, savait qu'elles venaient jouer avec lui. On n'allait pas dire tout ça à vos enquêteurs. Puisqu'ils voulaient tout savoir, ils n'avaient qu'à se débrouiller, avoir un peu de flair. Nous, du Besson, on ne s'en inquiétait pas. Un ami du patron, qui aurait osé mouf-ter ? Alors, paniquée, tétanisée peut-être, la petite, au lieu de s'enfuir, avait dû se rencogner je ne sais où. Je ne pouvais pas supposer. Sinon, vous pensez bien…

– Et après ?

– Là-haut, Gustave est en proie à une crise convulsive. Ses bras, ses jambes sont l'objet de contractions violentes et involontaires qui me prennent au dépourvu. Démuni, comme si j'étais à poil, je reste immobile un long moment au milieu du bureau. Que puis-je faire ? Lui sauter dessus ? Mais quand, enfin, Gustave me voit, il se calme bientôt, puis il s'alarme déjà, me demande où j'étais parti, pourquoi je l'ai abandonné. Pendant ce temps, le feu a continué son travail, une vilaine odeur nous prend maintenant à la gorge, Gustave va à la fenêtre et il se penche. "Merde ! Merde ! qu'il gueule. Il y a le feu à la scierie !" Alors, vous connaissez le Gustave. Il ne pense déjà plus à ses convulsions. Il appelle les pompiers, ils tarderont un peu, mais viendront tout de même assez vite. Et puis il y a ceux de Loupières-le-Haut : ils ont vu la fumée et pas que. Ceux du Bas aussi, ils rappliquent et vite fait. Du monde, il y en a déjà pas mal. Mais c'est encore là que le malheur vient s'ajouter au malheur : dans le cœur du feu, là où calcine le Pierre Besson, on entend comme un couinement. C'est notre fillette, la petite Émilie Dupeyroux, comme on l'a appris par la suite. Gustave fait ni une ni deux. Ce n'est pourtant pas à lui d'y aller. Surtout, il n'ignore pas que, sans lui, on sera comme des veufs, perdus pendant longtemps, mais rien n'y fait, il me repousse. Il se prépare comme il faut, mais pas vraiment, la preuve, il n'a pas tout prévu, et, avant de sauter dans le feu pour y griller, il me fout une grande claque dans le dos. Tout cela, je l'ai jamais dit, commissaire : une grosse baffe à vous démancher l'épaule, qui ressemble trop fort à un adieu. Dans la minute qui suit, mes deux jerricans explosent, et l'atelier central s'effondre sur lui et la fillette, dans un nuage de cendres et de poussières qui nous étouffent... »

Le commissaire Gagne sursauta à ce moment, on venait de lui taper sur l'épaule, c'était Julien, le nouveau gardien.

« Vous allez bien, m'sieur ?

– Oui, oui, fit-il. J'ai dû m'assoupir. Mais vous m'avez fait mal. Quelle heure est-il donc ?

– Pas loin de 1 heure, m'sieur. Enfin, je veux dire : dans les 13 heures. Mais je ne voulais pas taper fort. Vous m'excusez, j'espère ? Moi, je vais casser un peu la croûte. Alors, avant d'y aller, je voulais m'assurer...

– Merci, merci... »

Le gardien s'éloigna.

Mais le commissaire le rappela soudain :

« C'est vous qui avez remplacé François Chang ?

– Oui, m'sieur.

– Et vous savez pourquoi il est parti ?

– Ma foi, non, m'sieur. Ici, vous savez, beaucoup de gens le regrettent. Quel brave homme c'était ! Il m'a appris tant de choses, sur les oiseaux, sur les plantes. Sur tous les parcs de la ville, qui les a créés et quand. Sur la nature humaine également, comment elle a évolué depuis le début des temps, nos croyances. Enfin, j'espère que ce n'est pas à cause de moi qu'il s'en est allé. Parce que figurez-vous qu'ici on allait supprimer mon poste pour faire des économies. Forcément, je suis arrivé le dernier. Alors quand on réduit le personnel...

– Bien sûr, opina le commissaire.

– Autre chose, m'sieur ?

– Non, non. Encore merci.

– Parce que, maintenant, il faut que j'y aille ; j'ai un peu faim. Et puis mes habituées vont bientôt arriver. Des petites vieilles qui me racontent leurs douleurs.

– Eh bien, allez-y, répondit le commissaire amusé. Qu'est-ce que vous attendez ? Manquerait plus que ça que vous fassiez attendre vos amies. Puis il conclut en se redressant : D'ailleurs, moi aussi, je vais aller me prendre un petit quelque chose. Ensuite, je rentrerai à Paris... »

VII

Les semaines s'écoulèrent comme on tire un trait, et le 14 Juillet 2009 fut déjà là. Il était aux alentours de 10 heures lorsque François Chang s'installa avec ses neveux, Jean et Paul, devant la télévision, pour regarder le défilé militaire sur les Champs-Élysées. Il avait prévenu Thi Hoa : pour lui, ce défilé était trop important ; ce matin, il n'irait pas travailler chez *Sou Quan*. Thi Hoa lui avait répondu : « C'est comme tu veux, Dai Son… », avec un sourire complice. Car elle n'ignorait rien de la désolation de son frère, quand il avait appris la mort d'Antoine. Aujourd'hui, François Chang l'avait lu dans les journaux, le 27e B.C.A. devait défiler à la suite de la garde républicaine.

« Une place d'honneur, dit-il en serrant ses neveux bien fort dans ses bras. Je l'aimais, vous savez. C'était un bon gars. Pourtant, qu'est-ce qu'il m'en a fait voir, le gredin, avec ses vilains copains. »

Jean et Paul éclatèrent de rire. De concert, ils demandèrent à leur oncle :

« Ceux que tu appelais les moins-que-rien ? »

Mais François poursuivit son idée :

« Ensuite, cet après-midi, si vous voulez, je vous emmènerai aux Invalides. On pourra les voir et même parler avec eux. »

Il y eut un silence.

« Et aussi leur tâter les biscotos ? » interrogea Paul tout en continuant de glousser.

Mais sa question demeura là encore sans réponse. Parce que François, pendant une demi-seconde, le regard perdu, avait eu l'impression d'apercevoir Antoine : il était avec le commissaire Gagne, il lui faisait un signe de la main, comme un au revoir, puis il avait disparu. Pendant ce temps, le père de François s'était avancé à pas feutrés. La voix incertaine, il demanda aux enfants de lui faire une petite place.

À la même heure, Lucien et Pauline s'étaient assis sur leur canapé, la petite Mia entre eux deux, et ils avaient allumé le poste de télévision.

« C'est sur la 2 ou sur la 3 ? » s'était enquise Pauline.

La même scène, sûrement, aurait pu avoir lieu chez le commissaire Gagne qui, la veille, avait relu toutes les lettres qu'Antoine lui avait adressées durant ces dernières années. Celle-ci, surtout, lui avait fait mal au cœur :

Cher Martin, j'ignore toujours qui est Pierre Besson, et, sans toi, je n'en saurai peut-être jamais davantage à son sujet ; je suis dans l'état où se trouve ma mère depuis plus de dix ans maintenant, dans l'attente de quelque chose, une révélation, un mot de toi (...) Est-ce te demander trop ? Je ne peux me résoudre à la savoir souffrir à nouveau, parce qu'avec la mort de grand-père ses plaies se sont rouvertes, sans hasarder, une fois encore, cette requête : si tu sais quelque chose, pourquoi ne nous le confies-tu pas ? As-tu peur que cela nous détruise ? Depuis que je suis dans l'armée, tu as remarqué à juste raison que je me suis endurci. C'est que l'ignorance où nous sommes tous, dans la famille, de la personnalité véritable de mon père, ne me tenaille plus comme auparavant, bien que l'enfant que j'étais lors du drame ait été marqué à jamais par les heures, les jours et les mois qui suivirent. Mais il y a ma mère, que j'affectionne, et puis Lucien, ma petite nièce aussi, Mia, et puis sa maman, Pauline. Nos vies, chacune à sa façon, ont toutes été chamboulées, même si, au premier regard, cela ne se remarque pas. Le destin de Lucien n'était pas d'être là où il est, à la tête de la scierie ; il s'y perd, et, s'y perdant, il tend à la réduire à néant. Parce qu'elle lui a volé notre père, cet homme qu'il admirait tant. C'est irrationnel de sa part, mais contesteras-tu que ce soit ainsi ? Celui de ma mère n'était pas davantage d'être ce qu'il est à présent. Seulement, elle a du ressort, une ardeur peu commune, une vitalité folle, et ce compagnon d'infortune, François Chang, que les cieux lui ont envoyé quand il le fallait, à dessein. Il n'empêche, Martin, il suffit de peu de chose pour que, soudainement, tous les rouages de l'horloge se grippent…

Le commissaire Gagne était dans son salon, tandis que sa femme était allée faire un tour avec leur fils, Léo. Un gamin prometteur, pas très large des épaules, mais déjà grand pour son âge : onze ans dans deux mois. Elle l'avait emmené avec elle, bien qu'il ait préféré regarder le défilé – à cause des chars et des camions, parce que les soldats, « c'est pas mon truc ! » avait-il lâché avec une grimace –, pour laisser le commissaire tranquille, qui ruminait sans cesse les remords inutiles, pas même fondés, d'un dépositaire d'illusions. « T'es aussi dingue que ton Vassalou ! » avait remarqué sa femme, la voix sèche. D'ailleurs, Paul Vassalou s'était lui aussi installé devant son poste de télé et, maintenant que tout était en place, président de la République et consorts, comme de nombreux Français, il n'attendait plus que le défilé des hommes en blanc. Tarte sur la tête et gros bistouris sur la poitrine. Ces chirurgiens de l'impossible, partis au fond des terres pour en extraire un cancer dévastateur, et revenus, voici deux semaines, indemnes ou presque, à part quelques disparus en cours de route. « Antoine ne m'appréciait pas, il était injuste avec moi, parce que j'en aurais fait mon fils idéal, j'aurais souhaité qu'il le sache, mais le destin ne l'a pas voulu... avait confié Paul Vassalou au commissaire quand ils s'étaient rencontrés, place du Châtelet. Ma vie, ce n'était pas cette situation de marchand de meubles, même pas anciens, dans un de ces établissements du faubourg Saint-Antoine. Comme quoi, voyez-vous, même son prénom me poursuit. Pauvre gosse ! Contrairement à ce qu'ils croyaient tous, à l'exception de Louise Charlannes, avec lui, malgré la différence d'âge, on aurait fait un sacré tandem. Et la scierie se serait encore agrandie de belles acquisitions. » Puis il avait laissé tomber : « C'est comme ça, commissaire, nous n'y pouvons plus rien... » Le commissaire poussa un soupir, tandis que la garde républicaine défilait à grand renfort de cuivres et de tambours.

Louise Charlannes n'était pas allée à Paris. À l'invitation qui lui avait été remise officiellement, elle avait répondu par un merci poli. Pourtant, elle aurait eu l'occasion, rare, de serrer la main du président de la République et de quelques autres personnalités. Ce 14 Juillet, elle était donc chez elle, avec Léontine, Hélène et Lucie. Parce que Lucie avait pris quelques jours de vacances.

Depuis que Louise avait appelé Lucie pour lui apprendre ce que la municipalité préparait pour le 18 juillet, dans quatre jours maintenant, la pauvre ne vivait plus. Dans son studio, en pensant à la cérémonie, elle avait l'impression que son Antoine allait mourir une deuxième fois. Ses nuits étaient agitées. Dans la journée, à la boulangerie, son estomac se resserrait comme si elle allait vomir ; elle était alors obligée de sortir en vitesse, afin de respirer un grand coup. Pour ces raisons, et une autre qu'elle avait voulu conserver pour elle seule – le retour à Annecy des compagnons d'Antoine et la crainte de se retrouver un jour ou l'autre face à face avec Marc –, elle avait demandé à sa patronne une absence d'une dizaine de jours. Celle-ci avait bien regimbé un peu, mais, finalement, elle la lui avait accordée, pour un départ le 10 juillet et un retour le 20 suivant. Mais Marc, bien entendu, n'avait pas attendu le 10 juillet pour rôdailler devant chez elle.

C'était un de ces mercredis que Lucie attendait toujours avec impatience. Tout le monde savait, dans la ville, que les chasseurs du 27e B.C.A. étaient rentrés de Kapisa. Mais elle, ce qui la préoccupait surtout, debout derrière sa fenêtre, anxieuse, les nerfs à fleur de peau, c'était le passage du facteur. L'homme le plus espéré que la terre ait jamais porté. À cause de la lettre qu'elle comptait recevoir avant de partir à la boulangerie, probablement la dernière. Et ce mercredi, comme tous les autres depuis six mois, à l'exception d'un seul, Lucie n'était pas prête de l'oublier, la lui avait apportée, changeant bientôt son anxiété, mise en boule au fond d'elle-même et lui rongeant déjà les sangs, en friandise à la suave douceur qu'elle laisserait fondre ensuite, après lecture, le plus lentement possible, dans un creux de ses joues.

Lucie était dans la rue, elle longeait déjà le Thiou et n'était plus qu'à deux cents mètres de la boulangerie. Comme elle s'y attendait, Marc lui écrivait qu'elle ne recevrait plus de lettre ensuite, du moins d'Afghanistan, et que celle qu'elle tenait entre les mains serait donc bien la dernière. Comme toujours, il évoquait son existence au camp de Nijrab, le quotidien, les rares sorties dans la vallée, la lassitude de ses compagnons, la sienne, incommensurable, la hâte qu'ils avaient tous de revenir en France, et la sienne, surtout, de la revoir, elle, Lucie, la petite femme d'Antoine. À quelques mots près, en dehors de son retour imminent et du désir que Marc avait de la revoir très vite : une aspiration que Lucie avait douloureusement perçue au tout début, la jugeant maladroite, mais dont elle avait souri par la suite, et qui, à présent, la remuait curieusement, se refusant malgré elle, malgré l'envie qu'elle avait de le revoir également, à imaginer Marc, face à elle, autrement qu'en uniforme et l'arme au poing, soldat inabordable, bardé de fer, et gardien de sa mémoire, à quelques mots près, donc, c'étaient toujours les mêmes intentions, les mêmes non-dits, les mêmes scènes : le va-et-vient des hélicoptères, les tirs en rafales, de jour comme de nuit, tantôt dangereux, en direction du camp, tantôt en riposte vers l'extérieur, plus rassurants ; Lucie ne s'en attachait pas moins à chaque ligne, la lisant avec attention, la relisant ensuite. Et ce qu'il arrivait parfois, s'était encore manifesté cette fois-ci : si absorbée qu'elle était, elle heurta violemment une personne qui la déstabilisa et manqua la renverser. La lettre s'envola, tomba un peu plus loin, qu'une autre personne ramassa prestement, avant que le vent ne l'emportât plus loin encore.

« Cette lettre est à vous, mademoiselle ? » entendit alors Lucie, comme elle reprenait ses esprits.

La voix était jeune, aimable ; le timbre n'était pas inconnu.

Interdite, Lucie leva la tête.

« Antoine ? risqua-t-elle doucement.

– Non, pas Antoine. C'est moi, Marc.

– Marc ? » demanda-t-elle, incrédule.

Lucie s'était reculée tout en rangeant la lettre dans son sac.

Elle répéta, machinale :

« Marc ? »

Elle dévisageait son interlocuteur, une main au-dessus des yeux en guise de visière pour échapper au soleil.

« Tu ne me reconnais pas ? Ai-je donc tant changé ?

– Non, tu n'as pas changé, dit enfin Lucie.

– Alors, on s'embrasse ? »

Un baiser sur le front, un autre sur les joues.

Lucie était désorientée et se refusait à comprendre.

« Tu es revenu, fit-elle mécaniquement. Tu es revenu. Je suis si heureuse de te revoir. »

Marc ne disait rien ; déconcerté, il la laissait faire. Ni l'un ni l'autre ne s'étaient attendus à ces retrouvailles, à la façon dont elles se produisaient, à cette heure-ci, sur les berges encombrées du Thiou, par un matin si beau, si ensoleillé, presque cruel. Marc se contentait de la tenir dans ses bras, comme il l'aurait fait, pour la réchauffer aux temps les plus rigoureux de l'hiver. Lucie, toujours aussi menue, s'était maintenant blottie contre lui. La tête posée sur sa poitrine, elle écoutait battre son cœur à travers le T-shirt.

« Je ne crains plus rien ; je n'ai plus peur de rien », chuchotait-elle pour elle seule, tout en respirant fort.

Et puis une voix tonna, qui les fit sursauter :

« Alors, les amoureux, voyez donc pas que vous embarrassez le passage ? »

L'inconnu n'avait pas tort.

Ils s'écartèrent, firent quelques pas.

« On se revoit ?

– Quand tu veux, dit Lucie.

– Alors, demain soir ? demanda Marc. J'aurai quartier libre. C'est prévu. J'ai tant de choses à te raconter, si tu savais ; en dehors de mes copains, je ne connais que toi. Ici, t'es un peu ma seule famille. Ce serait bien. Tu me dis où ?

– À la maison, ça t'irait ? » demanda Lucie.

Avaient-ils enfin saisi ce qui leur arrivait ? Comme émerveillés, ils se jetèrent soudain dans les bras l'un de l'autre ; ils avaient des larmes plein les yeux.

« À demain, fit Marc en s'essuyant le visage. C'est bête, non, tout ça, tu ne trouves pas ? »

Les mains dans les cheveux de Lucie, cette chère petite tête qu'il serra à nouveau contre sa poitrine, dont il sentait le souffle tiède sur sa peau.

« À demain », répéta-t-il, puis il s'enfuit, comme l'aurait fait un voleur avec son larcin, à grande vitesse, sans se retourner une fois, et la planta là, dorée comme un fruit mûr et baignée de soleil, aussi belle que les jours à venir.

Ce 14 Juillet, le père de François Chang parlait tout bas à l'oreille de son petit-fils Paul. Il lui demandait si le défilé lui plaisait, la musique également. Paul était heureux comme tout, il avait l'impression de n'avoir jamais rien vu d'aussi beau. Comme ces hommes au grand béret vissé sur la tête, ce qui l'avait fait éclater de rire, et tout vêtus de blanc.

« Moi aussi, dit-il, un jour, je serai comme eux. Je serai chasseur alpin. »

Mais François, d'une tape sur la cuisse, lui ordonna de se taire.

« Qu'est-ce que tu racontes ! As-tu déjà oublié la terrible histoire d'Antoine ? Ne dis pas de bêtise ! »

Alors Paul s'arrêta aussitôt de plaisanter, il s'excusa.

« Tu as raison, Dai Son, pardonne-moi. »

Lucien s'était levé, avait pris Pauline par la main, ils sont sortis dans le jardin.

« Cette maison est trop grande pour nous », observa-t-il.

Parce qu'il avait maintenant dans l'idée de déménager et d'aller habiter à Thiers. Après tout, puisqu'il y travaillait.

« Et ta mère ? » demanda Pauline.

Il la regarda, puis il lui répondit, indifférent :

« Elle comprendra, je ne m'inquiète pas pour elle. Et elle ne sera pas toute seule, elle a Hélène avec elle, et Léontine. »

Que lui importait à présent le chagrin que leur départ, du moins celui de Mia, causerait à Louise ?

« Tu sais comme moi que c'est une femme de tête, reprit-il. Une femme de décision dont l'obsession, peut-être depuis le jour où elle s'est mariée, je n'en sais rien, en tout cas elle ne me l'a pas dit, aura toujours été de sauver notre héritage avec plus de volonté que les Charlannes issus de Charlannes. Regarde-moi, regarde mon frère, quant à Hélène… »

Pauline préféra ne rien répondre. Parce qu'il lui était revenu à l'esprit ce soir encore tout proche où Lucien était rentré, les yeux rougis, gonflés des pleurs qu'il avait versés dans les bras de Louise Charlannes. Elle venait pour la deuxième fois de prendre les rênes de la scierie. Silencieux, ils firent à nouveau quelques pas. Pauline se pencha machinalement pour cueillir une fleur. Quand elle se redressa, Mia apparut à une fenêtre du salon, puis elle leur cria de venir « très, très vite » voir les avions passer au-dessus de la place de la Concorde. Pauline et Lucien levèrent la tête instinctivement ; un fou rire les emporta en même temps.

Louise a pensé au commissaire Gagne, mais cela n'a duré qu'une seconde. Elle n'a même pas eu le temps de se demander pourquoi. Parce que Lucie a mis sa main dans la sienne, une main glacée, tremblante, juste à l'instant où elle a reconnu Marc, au quatrième rang, à l'extérieur. À ce moment, le commentateur évoquait les soldats du 27e B.C.A., revenus, disait-il, il y avait une quinzaine de jours de la vallée de la Kapisa. Il parlait de leur pas, qui diffère de celui des autres corps d'armée par sa rapidité. Puis la caméra se déplaça lentement, survolant le bataillon, et se rapprocha bientôt de l'un des soldats jusqu'à ne plus retenir de lui, pendant une bonne minute, que le haut de son corps : plan fixe, plan intrusif sur son visage, le visage de Marc, le visage d'un homme reposé, apaisé, aux traits réguliers, un visage au teint clair, presque pâle, et glabre, luisant sous le soleil, comme l'humidité de ses lèvres, l'intensité de son regard ; plan fixe sur la tarte qui lui pastellait le front et la joue gauche d'un ocre léger, sur la fourragère du même rouge que le rouge de la Légion d'honneur, suspendue à l'épaule, le blouson blanc immaculé, les décorations, au nombre de deux, mais dont on ne saura rien, et le Famas, enfin, qu'il tenait serré contre sa poitrine, fermement, comme s'il protégeait un enfant, son enfant, rien à voir avec le sabre ou l'épée de certains, scintillant mais sans âme, et qui vous scie le bras.

Malgré la bonne volonté de Louise, la main de Lucie ne se réchauffait pas. Elle demanda, presque craintive :

« C'était lui ? »

Mais Lucie répondit que non. Alors Louise, à nouveau :

« Veux-tu que nous fassions un tour ? »

Hélène les regarda s'éloigner, puis sortir.

Le temps n'était pas vilain, moins ensoleillé qu'à Paris, et la température de saison.

Dehors, Louise et Lucie descendirent le perron.

Louise hésita un moment, elle ne voulait pas effrayer Lucie, pourtant, n'y tenant plus, elle reprit bientôt, la voix à peine audible, comme se reprochant déjà sa question :

« Toi et Marc, vous vous êtes revus ? »

Lucie s'est arrêtée.

« Vous savez ?

– Non, je m'en doute seulement.

– Alors oui, admit Lucie. Je l'ai revu par hasard. C'est ce qu'il m'a assuré. En fait, je crois plutôt qu'il s'était mis sur mon chemin pour favoriser les choses… Mais…

– Mais quoi ?

– Je ne sais pas. Enfin, si. Comment dire ? Je pense toujours à un autre, vous comprenez.

– Antoine ?

– Je n'y peux rien… »

Il y eut un long silence.

Pourquoi Louise hésitait-elle à nouveau ? Elle l'ignorait. Des choses, toutes les deux, elles en avaient pourtant à dire. Quelques pas encore les conduisirent lentement vers le parc de l'Âge d'or d'où le gardien, Julien, leur fit un signe.

« Vous allez bien ? »

La question resta en suspens ; elles n'avaient pas entendu.

« Évidemment, tu sais qu'il va quitter l'armée ?

– Oui, bien sûr. Il me l'a écrit. Il va retourner chez lui. Je veux dire chez ses parents. En attendant un travail, je pense.

– Un travail, répéta Louise. Lorsqu'il était là-bas, en Afghanistan, il m'a adressé quelques lettres. Il sera libre de tout engagement le 1er août prochain. Dans une quinzaine de jours. Alors, je lui ai proposé de travailler à la scierie. Après ses vacances. Antoine avait de l'affection pour lui. Il me disait que Marc, c'était l'ami, quoi qu'il arrive, dont il ne voudrait jamais être séparé…

– Il a accepté ?

– Il m'a répondu qu'il ne connaissait rien au bois. Ses parents et son frère, à Courpière, cultivent les abricots et les fraises. Une exploitation qui ne saurait nourrir une bouche de plus. Aussi, il est décidé à tenter l'expérience. Entre les mains de Bertrand Pouzadoux, je suis certaine qu'il se plaira. »

Là-dessus, il y eut un nouveau silence.

Puis Louise pensa au repas de midi qu'il fallait aider Hélène et Léontine à préparer, et elle lâcha, hochant la tête, comme après une longue réflexion :

« J'imagine qu'Antoine aurait été très heureux de l'avoir auprès de lui. Et toi, ma petite Lucie, tu pourrais nous rejoindre aussi. Tu sais, je ne suis pas éternelle. Et tu ne vas tout de même pas rester vendeuse toute ton existence. Regarde-moi un peu. Crois-tu que j'étais bâtie pour diriger la scierie, avec tous ces costauds, ces fiers-à-bras ? Ma vie, je la voyais confite dans les bonnes œuvres. Et, pourtant, j'ai remis ça encore une fois… »

Mais Lucie ne répondit pas. Parce qu'elle avait le sentiment, soudain, que tout lui devenait trop facile. Savait-elle au moins ce qu'elle voulait ? N'était-elle pas déjà allée trop loin avec Marc ? Elle avait tellement regretté cette nuit folle où il l'avait serrée contre lui, lui déclarant qu'il l'aimait, cet attachement dont elle n'avait jamais rien ignoré, pas si sotte. Cette nuit tant redoutée, tant espérée, où il avait crié si fort en elle, où elle avait crié si fort, tandis qu'avec ses cuisses, de toutes ses forces, elle lui étranglait, elle lui étouffait les reins, lui parcourait, lui labourait le dos avec les ongles. Avait-elle su au moins avec qui elle avait fait l'amour ? Était-ce bien Marc ? Ou n'était-ce pas plutôt Antoine ? Quelle différence, les yeux fermés ? Les mêmes lèvres qui s'étaient écrasées sur les siennes, le même goût. Le même corps, la même chaleur qui s'en était dégagée. Cet enracinement en elle, au bas de son ventre, comme une ancre solide et profonde, mais envahie de douceur, de patience, qu'elle s'était imaginée retrouver.

« Tu as tout le temps de réfléchir », ajouta encore Louise.

Lucie acquiesça.

« J'ai le temps, oui », fit-elle.

Elle avait le temps... Elle avait le temps... Elles marchèrent encore un bout de chemin, arrivèrent à la grille de la maison que Lucie poussa, ennuyée, troublée par ce que Louise lui avait suggéré. « Tu pourrais nous rejoindre aussi... » Mais n'était-ce pas laisser ses parents, déjà qu'elle les voyait trop rarement, abandonner ses amies, la boulangerie, son lac, le mont Veyrier où Antoine, Marc et leurs compagnons du 27e B.C.A. avaient si souvent crapahuté ? « Tu pourrais nous rejoindre aussi... » Mais c'était venir habiter ici, dans notre petite ville, entre Limagne et Livradois, et, au sein de la scierie, remplacer le pain tout chaud sorti du four par des planches de bois fraîchement coupées.

Louise et Lucie avaient maintenant passé la grille.

À hauteur du perron, comme Lucie avait posé le pied sur la première marche, Louise se tourna vers elle, le visage animé, et elle lui prit le bras.

« C'était le vœu d'Antoine, dit-elle, un tremblement dans la voix. C'était son vœu le plus cher, comprends-tu ? » répéta-t-elle encore, en plantant son regard clair, marqué de lassitude, dans les yeux de Lucie.

Mais Lucie ne dit rien ; sa gorge était serrée.

Alors Louise eut un geste de la main, comme pour signifier que ce qu'elle venait de déclarer était sans importance, et, pressant le pas, elle entra dans la maison.

Épilogue

LA CÉRÉMONIE DU 18 JUILLET se déroula comme Noël Chamouzat l'avait souhaitée. Certainement, ce fut la plus émouvante à laquelle il avait jamais assisté. Surtout quand, sorti du détachement que le 27e B.C.A. avait envoyé pour l'occasion, Marc s'approcha du monument aux morts et, la douleur au ventre, sous l'œil attentif de notre vaillant poilu de 14-18, grandeur nature et repeint de frais, qui, au sommet de la stèle à quatre pans sur lesquels sont gravés les noms de nos aînés morts au front, brandit, superbe, une victoire de laurier, nous donna lecture de ce texte, presque sacré, qu'il avait lui-même rédigé. Pendant sa lecture où nous retrouvions l'Antoine de sa jeunesse, on découvrit aussi cette gravure toute neuve qui acheva d'en faire pleurer un grand nombre : *Antoine Charlannes, 1984-2008, Afghanistan.* Combien se tournèrent alors vers Louise et Lucie, sans négliger Hélène et Léontine. En revanche, beaucoup s'en rendirent compte avec désolation, parce que ça n'était pas mérité, on se tint parfois à l'écart de Lucien et Pauline, notamment les gens de la scierie qu'ils avaient déçus et les habitants de Loupières-le-Haut qui avaient cru bon d'épouser leur malaise. Certains, paraît-il, aperçurent François Chang. Mais discret comme il était déjà lorsqu'il gardait le parc de l'Âge d'or, ce qui n'a pas dû s'arranger, il n'aura pas osé approcher Louise. Il est vrai que la foule était dense. On a dit aussi avoir aperçu les Dupeyroux, les parents de la petite Émilie. En fait, des gens, il en était venu de partout et même d'Annecy : les camarades d'Antoine, moins proches que Marc, mais qui tenaient à témoigner de ce qu'il avait été pour eux aussi, un type pas vraiment comme les autres, qui savait écouter et qui inspirait le respect, dont la disparition les avait profondément choqués.

Juillet se termina et, avec le mois d'août, ce fut le retour de Marc à Courpière. Mais à sa descente du train, à la gare de Clermont, il n'était pas seul. Lucie l'accompagnait. Elle aussi revenait d'Annecy, plus chargée qu'elle ne l'était habituellement.

À la sortie de la gare, ils s'étaient cependant séparés : Marc monta dans la voiture de son père et Lucie dans celle de Louise qui l'attendait également.

« N'oubliez pas de venir nous voir, fit Louise avant de démarrer. On compte sur vous… »

Puis chacun était parti de son côté.

Pour Marc, les deux premières semaines avaient été difficiles. Les copains lui manquaient, la vie réglée qui avait été la sienne pendant huit années lui faisait également défaut, sans compter les sept mois, à peu de jours près, qu'il avait passés en Afghanistan et qui, presque chaque nuit, lui gâchaient des heures de sommeil réparateur.

Il en avait très vite parlé à Lucie à qui il avait bientôt téléphoné cinq ou six fois par jour, se plaignant auprès d'elle de ne pas être compris par son père et moqué par son frère, plus jeune que lui, qui, du jour où Marc s'était engagé, avait détesté l'armée. À présent, tout le monde en était conscient, ses sentiments s'étaient inversés, réaction naturelle mais dont son entourage immédiat ne saisissait pas le sens, et il en voulait à

Marc d'être revenu, jugeant avec dureté que sa place n'était plus à Courpière. D'ailleurs, qu'y faisait-il ? Toujours dans les jupons de leur mère, comme un enfant, il ne sortait que pour « se tirer » hors du bourg, tout seul, à pied, sans jamais leur demander, ni à lui ni à leur père, s'il pouvait les aider dans leurs tâches quotidiennes. Rien ne semblait l'intéresser que ses silences où il s'enfonçait, semblant ne penser qu'à cette vie d'enfer qu'il regrettait déjà.

« Pourquoi ne viens-tu pas ? » lui avait demandé Lucie.

Elle en avait soufflé deux mots à Louise qui n'avait fait aucune objection, rappelant qu'elle-même, le jour où ils étaient descendus du train, le lui avait proposé.

Marc avait donc pris son vélo, un vélo rouillé, dont les pneus ne valaient plus grand-chose. Il avait dit à sa mère : « À ce soir », puis il avait avalé les vingt kilomètres qui séparent Courpière de notre petite ville sans même s'en apercevoir.

Louise l'avait accueilli, suivie de Léontine.

« Et ma Lucie ? avait-il interrogé aussitôt, le visage brillant de sueur. Elle me dit de venir la voir, et elle ne m'attend pas ? Puis il avait continué, toujours en plaisantant : Sait-elle au moins à quel point j'ai peiné pour venir jusqu'ici ? »

Mais Lucie n'était pas loin, qui était arrivée deux minutes plus tard, une boîte de gâteaux à la main.

« Ceux que tu aimes », avait-elle annoncé en connaisseuse, son visage arborant un large sourire.

Il était reparti en fin d'après-midi, avant le souper. Mais le surlendemain, il était déjà revenu.

« Ici, je respire », avait-il soupiré, lui qui, durant des années, n'avait vécu qu'avec des bonshommes autour de lui.

Puis il avait continué :

« Je ne pensais pas que de rentrer chez soi, ce pût être aussi laborieux. Le père. La mère. Le frangin. Je suis comme un étranger. D'une autre culture, on dirait. D'une autre religion. Je n'en peux plus… »

Hélène qui était présente cette fois-là n'avait rien répondu, mais, dans son for intérieur, tout comme Louise, elle avait entendu l'appel à l'aide.

Un jour, peu après le 15 août, Lucie demanda à Louise si elle leur prêtait la voiture : elle avait dans l'idée d'emmener Marc se promener dans un endroit qu'il ne connaissait sûrement pas, à l'étonnante majesté, habité par les anges, et situé dans les hauteurs.

« Tu verras ! » avait-elle conclu.

Louise accéda au désir de Lucie.

« Mais à une condition, dit-elle, vous m'accompagnez tout d'abord à la scierie. Le travail reprend le 24, dans un peu plus d'une semaine. J'ai besoin d'y faire un tour. »

Puis après une hésitation :

« Au fait, Marc, toujours partant ? »

Avant de répondre, pour une raison connue de lui seul, il se tourna vers Lucie. Était-ce pour lui demander ce qu'elle en pensait ? Toujours est-il qu'il répondit bientôt :

« Plus que jamais !

– Alors je dois appeler Bertrand, pour que vous vous rencontriez le plus tôt possible. Ton premier apprentissage, ça ne t'ennuie pas que je te tutoie ? ce sera le bois, les diverses variétés, leurs qualités, leurs destinations respectives. Personne ne sait mieux le bois sur pied que lui, en dehors peut-être de Paul Vassalou. Mais tu ne le connais pas. Il faudra également que l'on envisage une solution pour te loger. Tu ne disposes pas de véhicule personnel et je te vois mal faire l'aller et retour chaque jour, de Courpière à la scierie et de la scierie à Courpière avec ta vieille bicyclette. Qu'est-ce que tu en dis, Lucie ? D'autant qu'avec ton frère ce n'est pas vraiment ça ! Parce que j'ai besoin que tu te donnes, mon grand. Donc, pour moi, pas question que les affaires de famille viennent faire des clapotis dans ta marmite. »

Marc apprécia le parler de Louise, presque militaire dans les inflexions, et se sentit revivre.

« Je ne veux pas non plus vous ennuyer, fit-il.

– Comme s'il était question de ça ! Tu fais maintenant partie de notre maison, même si tu n'es pas un Charlannes. D'ailleurs, est-ce que je suis moi-même une vraie Charlannes ? »

Un quart d'heure plus tard, Marc s'étant installé au volant, lui et Lucie quittèrent la scierie pour le Pas de Mousset d'où Louise, par le sentier qui mène à la Vierge de l'Hermitage, les avait conduits, elle et François Chang, jusqu'à « la nef des arbres », cette plantation de résineux dont elle était propriétaire.

« Tout ça, c'est à Louise, dit Lucie, radieuse, comme ils s'enfonçaient déjà dans le sous-bois. Nous y sommes venus cet hiver. Ces sapins, tu vois, ce sont des douglas. Tu savais que ça existait, toi, les douglas ? »

Marc ne répondit pas, mais il convint qu'il ne connaissait pas ce coin du Forez.

« Pourtant, je n'en suis pas né bien loin, remarqua-t-il. Courpière, Vollore-Ville, Vollore-Montagne, et nous voici… »

Ils continuèrent leur avance.

Lucie marchait devant.

L'air était limpide, transparent ; il embaumait la résine et tintait du bruit du vent : la musique des anges, cette musique raffinée, à peine audible, que le craquement des brindilles, sèchement brisées sous le pas des deux promeneurs, cadençait à sa façon, tantôt harmonieuse, tantôt dissonante, comme une contrariété soudaine mais vite envolée de l'esprit.

Quand ils remontèrent dans la voiture, Lucie, une fois assise, s'écria soudain :

« Mon Dieu, on a oublié Louise ! » Marc regarda sa montre, ennuyé. Mais Lucie éclata de rire.

« Je suis heureuse, lança-t-elle, n'est-ce pas l'essentiel ? »

Marc se mit à rire à son tour, observant cette joie nouvelle.

« Moi aussi, fit-il, je suis heureux... »

Il posa sa main sur celle de Lucie, et il démarra doucement. Puis quelque deux cents mètres plus loin :

« Comment te sens-tu ? interrogea-t-il.

– Bien, répondit Lucie. Je ne me suis jamais sentie aussi bien que maintenant... »

La journée s'acheva comme dans un rêve.

Le mois de septembre est arrivé. Hier, c'était le douzième anniversaire de cet incendie dont, officiellement, nous autres, les habitants de cette petite ville, nous ne savons toujours rien. Douze années déjà que Gustave Charlannes a péri dans un tourbillon de flammes et de cendres. Douze années pendant lesquelles Louise Charlannes n'a guère eu le temps de se reposer.

Aujourd'hui, elle a des projets. Elle se dit qu'une nouvelle vie commence pour elle, ses enfants, les vrais comme les moins vrais, et la scierie. « Cette scierie dont je n'avais rien à faire lorsque je me suis mariée, l'ai-je assuré suffisamment de fois ? » Aussi, pour que rien ne vienne plus entraver le cours régulier des jours, elle a demandé à Lucien d'abandonner son titre de président d'ici la fin de cette année. « Tu ne travailles plus chez nous, c'est donc entièrement justifié ! » a-t-elle rétorqué lorsque Lucien a tenté d'ouvrir le bec. Ensuite, elle a décidé qu'on ne parlerait plus dorénavant de la *Scierie Charlannes et Fils,* mais de la *Scierie Charlannes et Cie.* Nouvelle raison sociale qu'elle fera approuver, à la fin du mois de décembre, entre les fêtes, par l'assemblée générale ordinaire, au même titre que la démission de Lucien.

Entre Marc et Bertrand Pouzadoux, l'entente est parfaite. Mais dans la mesure où leur première rencontre date de peu, il est encore impossible de préjuger de ce que réserve l'avenir. Ce qui est certain, en tout cas, c'est que Marc a déniché un petit meublé qu'il loue à une vieille dame. Ce n'est pas du tout neuf, tout neuf, mais l'important n'était pas là. Il souhaitait surtout ne pas avoir à rentrer chez ses parents chaque soir et pouvoir arriver à son travail, chaque matin, à une heure correcte. Il s'est d'ailleurs acheté un vélo. À la scierie, Louise lui a fait affecter une pièce, située à deux portes de son propre bureau. Ainsi, lorsque la sienne est ouverte, elle peut l'appeler sans déranger trop de monde. Généralement, il n'est présent que l'après-midi, car Pouzadoux s'occupe de son apprentissage toute la matinée. Ce qui a lieu dehors, dans la montagne. À propos d'apprentissage, il a été convenu que Marc n'apprendrait pas seulement l'exploitation des forêts, mais aussi l'essentiel des métiers du bois. « On ne dirige bien les gens que si l'on est capable de répondre à leurs interrogations », a dit Louise. Marc a opiné, mais sans bien comprendre ce qu'elle entendait, en s'adressant à lui, par « diriger les gens ». Il craint à présent que Louise ne se fasse des illusions sur ses capacités. Et, pourquoi pas, sur ses réelles intentions ? Se pourrait-il qu'elle l'ait déjà impliqué dans ses projets ? Il hausse les épaules, flatté tout de même. « On verra bien », se dit-il. Et le voici, en élève appliqué, qui s'attaque maintenant à l'exercice que Bertrand Pouzadoux lui a enjoint de résoudre avant le repas : calculer l'âge de trois arbres abattus récemment à partir des coupes basses qui lui sont présentées. Marc se souvient de ce que son grand-père lui apprenait, tout gamin, et, souriant, il compte les cernes un par un, du mieux qu'il peut ; mais il s'énerve bientôt, parce que sa vue se brouille et l'oblige à recommencer depuis le début.

« Lucie me manque », avoue-t-il à Bertrand Pouzadoux quand celui-ci vient le chercher.

Il est vrai qu'elle est repartie à Annecy pour libérer son studio, faire un au revoir à la boulangère et à ses autres amies, parler aussi à ses parents. Alors, Bertrand Pouzadoux tente de le tranquilliser :

« Elle va revenir, fait-il. Tu l'aimes donc tant que ça ? »

Marc répond :

« Si je l'aime ? Sans le vouloir, je l'ai jetée dans les bras d'Antoine que j'aimais tant, lui aussi. Bon sang, je ne voudrais pas cette fois qu'elle m'échappe. Lui d'abord, puis elle ensuite, je veux pas imaginer... »

Marc ne croit pas à sa chance ; après ce qu'il a vécu, pourtant, il pourrait. Mais Lucie est déterminée pour eux deux. Même silhouette que Louise, même caractère. Hier soir, elle a parlé à ses parents. Disons qu'elle s'est surtout adressée à sa mère, parce que son père, que l'idée de perdre sa fille préoccupe depuis longtemps, n'a pas voulu intervenir pendant qu'elles conversaient. Lucie leur a donc fait part de sa décision.

« Je ne sais pas si c'est bien, mais je le crois », a-t-elle dit.

Ses meubles : une armoire, un canapé, une table, quelques chaises et rien de plus, elle a demandé qu'on les livre chez ses parents. Elle donne aussi des petites choses à ses copines ou, plutôt, elle s'en débarrasse. Lorsque sa mère lui a demandé si elle comptait habiter chez Antoine, Lucie a répondu que non, pour elle c'était impensable.

« Je veux travailler à la scierie, comme sa mère me l'a proposé ; mais y travailler comme n'importe quelle employée nouvellement embauchée, je n'imagine rien d'autre. Dans les premiers temps, je louerai une chambre... »

Quant à savoir si ce qu'on va lui proposer lui conviendra, Lucie n'a pas voulu en discuter.

« Avec Antoine, c'est ce qui serait arrivé, je serais partie, a-t-elle poursuivi, j'aurais abandonné la boulangerie... Enfin, je veux dire, si, comme Marc, il avait quitté l'armée... »

Il y a eu un long silence. Puis sa mère lui a demandé :

« Parce que tu aimes Marc, n'est-ce pas ? »

Lucie n'a pas vraiment répondu. Elle a opiné d'un mouvement de tête à peine perceptible.

« Et lui, poursuivit sa mère, qu'en penses-tu ? Il t'aime aussi ? N'êtes-vous pas l'un et l'autre encore sous le coup d'un drame qui vous a profondément marqués ? »

C'était l'évidence, Lucie n'a pas cherché à la contester.

« Il faut que vous nous fassiez confiance, a-t-elle dit. Aujourd'hui, Antoine est toujours avec moi, un peu dans mon dos, mais il se retire, il s'efface doucement, je ne l'entends presque plus. Pour Marc, j'imagine que ce doit être pareil. Mais c'est dur... »

À ce moment, le père de Lucie s'est levé. Il a respiré profondément.

« Je monte me coucher, a-t-il déclaré. Vous devriez en faire autant. »

Il en avait assez entendu : le chagrin lui piquait les yeux. Il s'est cependant arrêté devant l'escalier, ajoutant, le regard lointain et marqué de tendresse :

« L'important, ma petite Lucie, c'est que toi et Marc, vous ne vous fassiez point de mal. Les souvenirs, tu le sais, bons ou mauvais, sont toujours tenaces. Faut se méfier d'eux, même quand tu les crois rangés dans une malle dont tu aurais perdu la clé. Enfin, soupira-t-il encore, le temps est toujours là pour arranger les choses... »

Puis on a entendu les marches qui craquaient sous ses pieds, une espèce de bougonnement qui en disait long sur ce qu'il avait gardé pour lui. Alors Lucie et sa mère se sont regardées un moment, chacune cherchant à savoir ce que l'autre était en train de ruminer. Au bout de plusieurs minutes, Lucie est montée dans sa chambre à son tour. Elle s'est bientôt couchée et, les paupières closes, le visage de Louise s'est imposé à elle : elle lui souriait, assise dans le salon. « Ne résiste pas à la vie, semblait-elle lui conseiller. Tu as le droit d'aimer. » Lucie a pensé qu'elle rêvait déjà. Elle s'est retournée une fois, puis une fois encore. N'était-ce pas François Chang, maintenant, qui se tenait debout, devant la fenêtre ? Mais, comme elle se serait laissé emporter par la peur, elle s'est laissé emporter par le sommeil avant d'être certaine.

Oui, Louise a des projets. Elle sait que Lucie reviendra dans une semaine au plus tard, et qu'un jour ou l'autre Marc la prendra pour compagne. Comment pourrait-il en être autrement ? Pour l'ixième fois, elle relit ce passage d'une lettre qu'Antoine lui a envoyée au début du mois de décembre dernier, deux ou trois jours avant de partir d'Annecy pour gagner l'Afghanistan. Que lui écrivait-il alors ?

Maman, dis-toi que s'il m'arrive quoi que ce soit de fatal, pure supposition (je souris), Lucie attendra Marc comme elle m'aurait attendu. Peut-être même en prendra-t-il meilleur soin que moi. Alors, je compte sur toi : accueille-les comme tu nous aurais accueillis Lucie et moi, même si cela ne doit pas être facile. De toutes les façons, je ne me fais aucune inquiétude là-dessus. La facilité et toi, vous n'avez jamais fait bon ménage, pas vrai ? Je t'embrasse bien tendrement. Une bise à Mia, sur son joli petit front. Ton fils, Antoine.

Un jour, continue Louise pour elle-même, Marc et Lucie prendront sa suite. Les juristes apporteront vite une solution à ça, si jamais un problème se pose. Elle en a trop fait pour qu'il n'en soit pas ainsi. Et la *Scierie Charlannes et Cie*, centenaire dans dix années, continuera son bonhomme de chemin. Tout va d'ailleurs dans ce sens : la maison de Loupières-le-Haut sera bientôt libre. Ce matin, Lucien a rendu visite à Louise pour lui annoncer qu'il déménagerait avec sa petite famille avant la fin octobre. À Thiers, paraît-il, il aurait découvert la maison idéale, pas trop éloignée du centre, avec jardin et piscine.

« Toujours la folie des grandeurs ? » a remarqué Louise en plaisantant.

Il a souri lui aussi.

« On te manquera tout de même un peu ? » a-t-il ajouté.

« Je m'arrangerai toujours, tu le sais bien », a répondu Louise, fine mouche.

De fait, pendant ces douze dernières années, Louise s'est toujours « arrangée », ne songeant qu'à protéger les siens, à sa façon maladroite, mais tout de même, et à sauver cet outil de travail, la scierie, ce patrimoine qui, chez nous, dans notre petite ville et les alentours, fleure bon la tradition, et dont elle s'est pris d'amour en même temps que son Gustave, elle se demande encore pourquoi. « Je m'arrangerai toujours, tu le sais… » Une pensée, pourtant, qui nous la rend souvent mélancolique : le gardien du parc de l'Âge d'or, notre François Chang, lui fait défaut. Et c'est parfois terrible, la nuit, quand il se présente à elle, et qu'il lui tend la main pour l'emmener faire un tour, parce que alors, en se redressant, elle n'attrape que le vent.

Note et remerciements de l'auteur

Cet ouvrage est un roman, il n'a pas de vocation historique. Ses personnages, sortis de l'imagination de l'auteur, n'engagent que lui. Cependant, pour la crédibilité de l'ensemble, notamment lorsqu'il s'est agi des scieries établies en Auvergne, des boat people vietnamiens et des missions de l'armée française en Afghanistan au cours des années 2000, l'auteur a consulté une documentation importante, non éloignée de l'actualité immédiate. L'auteur tient à remercier la librairie Sudestasie, à Paris, pour le chaleureux accueil qui lui a été réservé. L'auteur s'est également rapproché du 27e bataillon de chasseurs alpins dans le cadre de ses opérations en Kapisa. Il remercie tout particulièrement ses interlocuteurs, l'adjudant-chef Guy Argoud et le caporal Sébastien Baudry, pour l'aide précieuse qu'ils lui ont apportée.

G. G.

Table des matières

Imprimé en U.E.
Dépôt légal : septembre 2013
ISBN : 978-2-8129-0959-7
ISSN : 1769-1788